DELIRIUM

LAUREN OLIVER

DELIRIUM

LIVRE 1

Traduit de l'anglais (États-Unis)
par Alice Delarbre

Photographie de couverture : © 2012 by Michael Frost
Jacket design by Erin Fitzsimmons. Art direction by Cara E. Petrus.

L'édition originale de cet ouvrage a paru en langue anglaise
chez Harper Teen, an imprint of HarperCollins Publishers,
sous le titre :
Delirium

Note géographique au sujet des descriptions de la ville américaine de Portland : même si nombre de lieux décrits dans ce roman existent (Tukey's Bridge, la baie de Back Cove, les quartiers de Munjoy Hill et de Deering Highlands entre autres) – j'ai d'ailleurs eu le plaisir de les découvrir à l'occasion de mes recherches sur place –, la plupart (sinon la totalité) des rues, lieux publics, plages et universités sont le fruit de mon imagination. Aux résidents de Portland, je demande pardon pour les libertés fictionnelles que j'ai prises avec votre merveilleuse ville, et je vous dis à bientôt.

Pour ceux qui m'ont transmis le virus
de l'amor deliria nervosa par le passé :
ils se reconnaîtront.
Pour ceux qui m'infecteront à l'avenir :
il me tarde de vous rencontrer.
Et à tous ceux-là, merci.

Un

Les maladies les plus dangereuses sont celles qui nous donnent l'illusion d'aller bien.

Les maladies les plus dangereuses sont celles qui nous donnent l'illusion d'aller bien.

Proverbe 42, *Le Livre des Trois S*

Il y a soixante-quatre ans que le Président et le Gouvernement ont classé l'amour au rang des maladies, et quarante-trois que les scientifiques ont mis au point un remède. Tous les autres membres de ma famille ont déjà subi le Protocole. Ma sœur aînée, Rachel, est immunisée depuis neuf ans. Elle est protégée de l'amour depuis si longtemps qu'elle dit ne même plus se souvenir des symptômes. Mon Protocole aura lieu dans quatre-vingt-quinze jours exactement, le 3 septembre. À la date de mon anniversaire.

Beaucoup de gens le redoutent, certains s'y opposent. Mais je n'ai pas peur. Je suis impatiente, même. Si ça ne tenait qu'à moi, je me ferais soigner dès demain : il faut avoir au moins dix-huit ans, cependant, parfois un peu plus. Autrement, l'opération est risquée, et les patients peuvent se retrouver frappés de lésions cérébrales, de paralysies partielles, de cécité, ou pire.

Je n'aime pas savoir qu'à l'heure qu'il est la maladie coule dans mon sang. Parfois, je le jure, je la sens, elle me brûle les veines à la façon d'un liquide gâté, à la façon du lait tourné. Elle me donne l'impression d'être sale. Elle m'évoque des enfants capricieux. Elle m'évoque des images de résistance, de filles malades se roulant par terre de désespoir et s'arrachant les cheveux, la bouche écumante de salive.

Et, bien sûr, elle me rappelle ma mère.

Après le Protocole, je serai heureuse et en sécurité pour toujours. C'est ce que tout le monde dit, les scientifiques, ma sœur, tante Carol. Une fois que j'aurai été traitée, les Évaluateurs m'attribueront un compagnon. Dans quelques années, nous nous marierons. Depuis peu, je me suis mise à rêver de mes noces. Je me tiens sous un dais blanc, des fleurs piquées dans les cheveux, main dans la main avec un garçon, mais chaque fois que je me tourne vers lui son visage devient flou, comme lorsqu'une caméra n'est pas au point, et je suis incapable de distinguer ses traits. Sa main est froide, sèche, et mon cœur cogne régulièrement dans ma poitrine – dans ce rêve, je sais qu'il battra toujours au même rythme, qu'il ne s'arrêtera pas, ne s'emballera pas, mais se contentera de ce *boum boum boum* jusqu'à ma mort.

Je serai sauvée, et je ne souffrirai jamais.

Tout n'a pas toujours été aussi parfait. À l'école, on nous apprend que dans le passé, à une époque moins éclairée, les gens ignoraient que l'amour était une maladie mortelle. Pendant longtemps, ils l'ont même considéré comme un bien à célébrer et à rechercher. C'est d'ailleurs une des raisons pour lesquelles il est si dangereux : « Il affecte l'esprit de sorte que le sujet est incapable de penser correctement ou de prendre des décisions rationnelles concernant son propre bien-être. » (Il s'agit du symptôme numéro douze répertorié dans le chapitre « *Amor deliria nervosa* » de la douzième édition du *Manuel pour la sûreté, la santé et la satisfaction*, ou *Le Livre des Trois S*.) Les gens identifiaient alors d'autres maux – stress, maladies cardio-vasculaires, anxiété, dépression, hypertension, insomnie, troubles bipolaires –, sans voir que ces symptômes étaient, dans la majorité des cas, des manifestations de l'*amor deliria nervosa*.

Naturellement, nous ne sommes pas entièrement à l'abri des effets du *deliria* aux États-Unis. Tant que le Protocole n'aura pas été perfectionné, tant que les moins de dix-huit ans ne pourront pas le subir sans dommages, nous ne serons jamais intégralement protégés. Le virus rôde toujours parmi nous, menaçant de nous étouffer de ses tentacules puissants. J'ai vu d'innombrables malades traînés de force pour être guéris, si tourmentés et dévastés par l'amour qu'ils auraient préféré se faire arracher les yeux ou s'empaler sur les barbelés entourant les bâtiments des laboratoires.

Il y a plusieurs années, le jour de son opération, une fille a réussi à se libérer de sa camisole de force et à gagner le toit d'un laboratoire. Sa chute a été rapide, elle n'a poussé aucun cri. Au cours des jours suivants, la télévision a diffusé le visage de la morte pour nous rappeler les dangers du *deliria*. Si ses yeux n'avaient pas été ouverts et si son cou n'avait pas formé un angle insolite, on aurait pu croire, à la façon dont sa joue reposait contre le macadam, qu'elle s'était allongée pour piquer un somme. Étonnamment, il n'y avait que très peu de sang, à part un mince filet sombre à la commissure des lèvres.

Plus que quatre-vingt-quinze jours, et je serai enfin saine et sauve. Je suis fébrile, évidemment : j'ai envie d'être libérée, j'ai du mal à être patiente. J'ai du mal à ne pas avoir peur tant que je ne suis pas immunisée, même si je n'ai jamais été infectée par le *deliria*.

On raconte qu'autrefois l'amour conduisait les gens à la folie, c'est terrifiant. *Le Livre des Trois S* rapporte aussi l'histoire de personnes mortes parce qu'elles avaient perdu l'amour ou ne l'avaient jamais trouvé, ce qui me terrifie encore plus.

En définitive, le *deliria* est le plus fatal des maux mortels : il vous tue, que vous soyez ou non contaminé.

Deux

*Il nous faut constamment être en garde contre la maladie :
la santé de notre nation, de notre peuple, de nos familles
et de nos esprits dépend de cette vigilance permanente.*

« Mesures sanitaires fondamentales », *Manuel pour la sûreté,
la santé et la satisfaction, douzième édition*

L'arôme des oranges m'a toujours rappelé les enterrements. Le matin de mon Évaluation, c'est cette odeur qui me tire du sommeil. Je consulte le réveil sur ma table de nuit : il est 6 heures.

La lumière est grise, les pâles rayons du soleil commencent seulement à effleurer les murs de la chambre que je partage avec les deux filles de ma cousine Marcia. Grace, la cadette, déjà habillée, est accroupie sur son lit et m'observe. Elle tient une orange entière dans une main. Elle essaie de la croquer comme une pomme, avec ses dents de lait. Mon estomac se soulève, et je referme les yeux pour chasser le souvenir de la robe qu'on m'a forcée à porter à la mort de ma mère, elle me donnait chaud et me grattait. Pour chasser aussi le souvenir des murmures, de l'énorme main qui me gavait de quartiers d'orange afin de me réduire au silence. À l'enterrement, j'avais mangé quatre oranges, morceau par morceau, jusqu'à ce qu'il ne reste plus qu'un tas d'écorces sur mes genoux ; alors, je m'étais mise à sucer celles-ci, et leur amertume m'avait aidée à ravaler mes larmes.

Je rouvre les paupières, et Grace se penche vers moi, m'offrant la sphère dans sa paume tendue.

— Non, Gracie.

J'écarte les draps pour me lever. Mon estomac se contracte et se détend à la façon d'un poing serré puis ouvert.

— Tu n'es pas censée manger la peau, tu sais, ajouté-je.

Elle continue à me fixer de ses grands yeux gris, silencieusement. En soupirant, je m'assieds à côté d'elle.

— Tiens, dis-je en lui montrant comment peler le fruit avec l'ongle du pouce.

Tout en déroulant des serpentins orange vif qui tombent dans son giron, je retiens mon souffle pour ne pas aspirer les effluves. Elle m'examine sans un mot. Lorsque j'ai fini, elle saisit l'orange pelée, à deux mains cette fois, comme s'il s'agissait d'une boule de verre et qu'elle craignait de la casser.

— Vas-y, lancé-je en lui donnant une bourrade. Mange, maintenant.

Devant son immobilité, j'entreprends de séparer les quartiers, un par un, tout en chuchotant, le plus doucement possible :

— Tu sais, les autres seraient plus gentils avec toi si tu ouvrais la bouche de temps en temps.

Elle ne répond rien. Le contraire m'aurait surprise : ma tante Carol ne l'a pas entendue prononcer un son en six ans et trois mois, soit depuis sa naissance. Pas une seule syllabe. Carol pense qu'elle a un problème au cerveau, mais les médecins n'ont rien trouvé jusqu'à présent. L'autre jour, en regardant Grace tourner et retourner une pièce d'un jeu de construction comme si celle-ci était d'une beauté miraculeuse, comme si celle-ci allait se métamorphoser

subitement, Carol en a conclu, sur le ton de l'évidence :
« Elle est bête à manger du foin. »

Je quitte Grace, et ses grands yeux gris étonnés, et ses longs doigts agiles, pour m'approcher de la fenêtre. J'ai de la peine pour elle. Marcia, sa mère, est morte. Elle clamait sans cesse qu'elle n'avait jamais voulu ses filles. C'est l'un des inconvénients du Protocole : une fois immunisées contre le *deliria nervosa*, certaines personnes n'ont plus aucun goût pour la parentalité. Heureusement, les cas de détachement émotionnel extrême – mère ou père se révélant incapable d'établir un lien *normal et responsable* avec leurs enfants et finissant par les noyer, les étouffer ou les battre à mort – sont rares.

Marcia devait avoir deux enfants, ainsi en avaient décidé les Évaluateurs. Sur le coup, cette décision avait semblé judicieuse. La famille de Marcia avait obtenu de bonnes notes de stabilisation dans le rapport annuel. Son mari, un scientifique, jouissait d'une excellente réputation. Ils vivaient dans une immense maison sur Winter Street. Marcia préparait tous les repas elle-même et donnait des leçons de piano pendant son temps libre, pour s'occuper.

Mais lorsque le Gouvernement a soupçonné le mari de Marcia d'être un Sympathisant, tout a changé. Elle a été contrainte de retourner s'installer avec ses deux filles chez sa mère, ma tante Carol, et les gens se sont mis à chuchoter sur leur passage et à les montrer du doigt. Grace ne peut pas se le rappeler, bien entendu ; je serais même surprise qu'elle ait le moindre souvenir de ses parents.

Le mari de Marcia a disparu avant d'être traduit en justice, ce qui est probablement une bonne chose. Les procès ont surtout lieu pour la forme : les Sympathisants sont presque toujours exécutés. Ou alors enfermés dans les

Cryptes pour la durée de trois vies humaines. Marcia le savait, évidemment. Tante Carol pense d'ailleurs que le cœur de celle-ci a lâché pour cette raison, quelques mois après la disparition de son époux, quand c'est elle qui a été condamnée à sa place. Le lendemain du jour où elle a appris son assignation, elle marchait dans la rue lorsque... *bam !* une crise cardiaque l'a terrassée. Le cœur est une chose fragile. Voilà pourquoi il faut être prudent.

Il fera chaud aujourd'hui, je le sens. L'atmosphère dans la chambre est déjà étouffante et, quand j'entrouvre la fenêtre pour chasser le parfum d'orange, l'air extérieur est aussi épais et collant qu'une langue poisseuse. J'inspire profondément, m'emplissant de l'odeur puissante des algues et du bois humide, prêtant l'oreille aux cris distants des mouettes qui tournoient sans fin quelque part au-delà des bâtiments gris et bas, au-dessus de la baie. Au loin, un moteur démarre en pétaradant. Je sursaute.

— Tu es nerveuse à cause de ton Évaluation ?

Je me retourne : ma tante Carol se tient dans l'embrasure de la porte, les mains croisées.

— Non.

C'est un mensonge, évidemment. L'esquisse d'un sourire flotte sur ses lèvres et disparaît presque aussitôt.

— Ne t'inquiète pas, tout se passera bien. Prends ta douche, je t'aiderai ensuite à te coiffer. On révisera tes connaissances en route.

— D'accord.

Ma tante continue à me dévisager. Je suis si gênée que je plante mes ongles dans le rebord de la fenêtre, derrière moi. J'ai toujours détesté qu'on m'observe. Il va falloir que je m'y habitue pourtant. Quatre Évaluateurs vont m'examiner sous toutes les coutures durant près de deux heures. Je porterai une blouse en plastique fin, translucide, comme celles qu'on trouve à l'hôpital, afin qu'ils puissent voir mon corps.

— Je parierais sur un 7 ou un 8, lâche-t-elle en faisant la moue.

C'est une note correcte, je m'en contenterais parfaitement.

— Mais tu n'auras pas plus de 6 si tu ne te laves pas.

L'année de terminale touche à sa fin, et l'Évaluation est mon dernier examen. Au cours des quatre derniers mois, j'en ai passé plusieurs : maths, physique, biologie, anglais oral et écrit, sociologie, psychologie et option photographie. Je devrais avoir mes résultats dans les semaines à venir. Je suis pratiquement certaine d'obtenir des notes suffisantes pour aller à l'université – j'ai toujours été une élève moyenne mais constante. Les membres du jury analyseront mes forces et mes faiblesses avant de me choisir un établissement et une spécialisation.

L'Évaluation est l'ultime étape avant que je sois appariée. Dans les prochains mois, les Évaluateurs m'enverront une liste de quatre ou cinq candidats ayant obtenu leur approbation. J'épouserai l'un d'entre eux après avoir décroché mon diplôme universitaire (à supposer que je puisse aller à la fac ; les filles n'ayant pas un dossier assez bon se marient à la sortie du lycée). Les Évaluateurs s'efforceront de m'associer à un garçon ayant des résultats similaires aux miens. Ils essaient, autant que possible, d'éviter d'importantes disparités d'intelligence, de caractère, d'origine sociale et d'âge. Bien sûr, on entend parfois des histoires horribles, comme celle de cette pauvre fille de dix-huit ans accouplée à un vieux riche octogénaire.

Les marches poussent un grincement atroce, annonçant l'arrivée de la sœur de Grace. Jenny est grande pour ses neuf ans, et très maigre : sa silhouette est anguleuse, et sa poitrine s'incurve à la façon d'une cuillère. C'est terrible à dire, mais je ne l'apprécie pas, elle a hérité l'air pincé de sa mère.

Elle se place à côté de Carol dans l'embrasure de la porte, et me toise. Je mesure à peine 1,60 mètre, et je ne dépasse Jenny que de quelques centimètres. Je me sens idiote d'être embarrassée devant ma tante et mes petites-cousines, mais la brûlure de la démangeaison remonte le long de mes bras. Je sais qu'elles s'inquiètent toutes de ma performance à l'Évaluation : il est essentiel qu'on m'attribue quelqu'un de bien. Jenny et Grace ne seront pas opérées avant très longtemps. Une bonne union serait synonyme de revenus supplémentaires pour toute la famille d'ici quelques années. Elle permettrait aussi, peut-être, de faire taire les messes basses qui, quatre ans après le scandale, continuent à nous suivre où que nous allions, comme l'écho du bruissement des feuilles emporté par le vent : *Sympathisantes… Sympathisantes… Sympathisantes…*

Ce mot est à peine plus supportable que celui qui m'a accompagnée pendant des années, à la mort de ma mère, pareil au sifflement d'un serpent venimeux laissant du poison dans son sillage : *suicide.* Un mot fuyant, un mot que l'on murmure, que l'on marmonne, que l'on crache, un mot que l'on souffle entre ses deux paumes placées en coupe sur sa bouche ou que l'on susurre derrière une porte close. Il n'y avait que dans mes rêves qu'on pouvait le crier à pleins poumons.

Je prends une profonde inspiration, puis je me penche pour tirer le panier en plastique de sous mon lit afin de cacher à ma tante mes tremblements.

— Lena va se marier aujourd'hui ? lui demande Jenny.

Sa voix m'a toujours évoqué le bourdonnement monotone des abeilles.

— Ne sois pas sotte, rétorque ma tante, sans irritation toutefois. Tu sais bien qu'elle ne peut pas se marier tant qu'elle n'est pas guérie.

Je sors ma serviette de toilette du panier et me redresse en la serrant contre ma poitrine. À l'idée de me marier, j'ai la bouche qui s'assèche. C'est un passage obligé. « Le mariage, synonyme d'ordre et de stabilité, est la marque d'une société en bonne santé » (voir « Fondements de la société », *Le Livre des Trois S*, p. 114). Pourtant, lorsque j'y pense, mon cœur se met à tambouriner dans ma poitrine, tel un insecte prisonnier d'une vitre. Je n'ai jamais touché un garçon de ma vie – les contacts entre Vulnérables de sexe opposé sont interdits avant le Protocole. Je n'ai même jamais adressé la parole à un garçon plus de cinq minutes, à l'exception de mon cousin, de mon oncle et d'Andrew Marcus, qui aide celui-ci au magasin (il se cure le nez en permanence et planque ses crottes sous les conserves de légumes).

Si je ne réussis pas mon examen de fin du secondaire – *je vous en prie, faites que je réussisse, faites que je réussisse !* –, on célébrera mon mariage juste après ma guérison, dans environ trois mois. Et il sera suivi de la nuit de noces.

Les effluves d'orange sont encore puissants, et mon cœur se soulève une nouvelle fois. J'enfouis mon visage dans ma serviette et me concentre sur ma respiration pour ne pas vomir. Du rez-de-chaussée monte un bruit de vaisselle. Ma tante soupire avant de regarder sa montre.

— Nous partons dans moins d'une heure. Tu devrais te dépêcher.

Trois

Seigneur, aide-nous à enraciner nos pieds dans la terre,
À garder nos yeux tournés vers la route,
Et à toujours nous souvenir des anges déchus,
Qui, en voulant s'approcher trop près du Soleil,
Ont vu leurs ailes brûler,
Et sont tombés dans la mer.
Seigneur, aide-moi à enraciner mes pieds dans la terre,
Et à garder mes yeux tournés vers la route,
Pour que jamais je ne trébuche.

Psaume 42

Ma tante insiste pour m'accompagner aux laboratoires, coincés entre deux autres administrations – celles-ci forment, le long des quais, une enfilade de bâtiments blancs pareille à une rangée de dents éclatantes dans la bouche baveuse de l'océan. Quand j'étais petite, à l'époque où je venais de m'installer chez elle, ma tante m'accompagnait à l'école tous les jours. Avec ma mère et ma sœur, nous vivions dans les faubourgs de la ville, et j'étais décontenancée et effrayée par le dédale de rues sombres qui sentaient les ordures et le poisson pourri. J'aurais aimé, alors, que ma tante me prenne la main, mais elle ne le faisait jamais, et je la suivais, les poings serrés, hypnotisée par le mouvement des raies de son pantalon en velours, redoutant le moment où l'établissement pour filles de

Sainte-Anne se profilerait au sommet de la dernière hauteur, avec sa façade en pierre sombre lézardée et fissurée évoquant le visage tanné de ces pêcheurs au gros travaillant sur les docks.

C'est incroyable comme les choses changent. Le quartier du port me terrifiait tellement autrefois que je redoutais d'avoir à m'éloigner de ma tante. Désormais, je le connais si bien que je pourrais en suivre les tours et les détours les yeux fermés, et, aujourd'hui, je donnerais n'importe quoi pour être seule. L'océan est caché à ma vue par les serpentins d'asphalte, pourtant son odeur me chatouille déjà les narines, et je me détends. Le sel marin envahit l'air et le rend plus consistant, plus lourd.

— Souviens-toi, me répète Carol pour la millième fois, ils veulent découvrir ta personnalité, bien sûr, mais plus tes réponses seront génériques, plus tes choix pour l'avenir seront variés.

Lorsqu'elle évoque le mariage, ma tante se sert toujours de termes puisés dans *Le Livre des Trois S* : devoir, responsabilité et persévérance.

— Entendu.

Un bus nous dépasse en trombe. Le blason de Sainte-Anne orne son flanc, et je baisse aussitôt la tête, songeant que Cara McNamara ou Hillary Packer pourraient m'observer derrière les vitres crasseuses en gloussant et en me montrant du doigt. Tout le monde sait que je passe mon Évaluation aujourd'hui. Il n'y en a que quatre par année, et chacun reçoit sa convocation longtemps à l'avance.

Tante Carol a insisté pour que je me maquille, et j'ai l'impression d'avoir la peau recouverte d'une couche gluante. En découvrant mon reflet dans le miroir de la salle de bains, j'ai cru voir un poisson, surtout avec mes

cheveux plaqués au moyen d'épingles en métal et de bar-
rettes. Un poisson hérissé d'hameçons.

Je n'aime pas le maquillage et ne me suis jamais inté-
ressée à la mode. Ma meilleure amie, Hana, pense que
je suis folle. Quoi de plus naturel ? Hana est sublime. Il
lui suffit d'enrouler sa chevelure blonde en un chignon
informe sur le dessus du crâne pour donner l'impression
de sortir de chez le coiffeur. Je ne suis pas moche, mais
je ne suis pas non plus jolie. Tout chez moi se situe entre
deux. Mes yeux ne sont ni verts ni marron, mais d'une
couleur indéfinie. Je ne suis ni mince ni grosse. La seule
chose que l'on pourrait affirmer à mon sujet est que je suis
petite.

— S'ils t'interrogent, Dieu t'en garde, sur Marcia et son
mari, surtout rappelle-toi de dire que tu ne les as jamais
bien connus...

— Mmmmm.

Je ne l'écoute que d'une oreille. Il fait chaud, trop
chaud pour le mois de juin, et la sueur perle déjà dans le
bas de mon dos et sous mes bras, alors que j'ai vaporisé
une quantité généreuse de déodorant ce matin. Sur notre
droite s'étend la baie de Casco, bordée par les îles de Peaks
et de Great Diamond, où sont postées les tours de guet.
Au-delà, l'immensité de l'océan et, encore au-delà, tous
les pays et toutes les villes qui tombent en décrépitude à
cause de la maladie.

— Lena ? Est-ce que tu m'écoutes ?

Me prenant par le bras, Carol me force à la regarder.

— Bleu, dis-je en répétant le dernier mot qu'elle a prononcé. Le bleu est ma couleur préférée. Ou le vert.

Le noir est trop morbide, le rose, trop enfantin et
l'orange, trop incongru ; quant au rouge, il irriterait les
Évaluateurs.

— Et en ce qui concerne tes passe-temps ?

Je me libère doucement de son emprise.

— On a déjà vu ça ensemble.

— C'est sérieux, Lena. Tu vis peut-être le jour le plus important de ta vie entière.

Je soupire. Devant moi, les grilles qui protègent les bâtiments des laboratoires s'ouvrent lentement dans un murmure électrique. Deux files d'attente se sont déjà formées : d'un côté, les filles et de l'autre, à quinze mètres, devant une seconde entrée, les garçons. Les paupières plissées à cause du soleil, j'essaie de repérer des visages connus, mais l'océan m'a éblouie et des taches noires dansent devant mes yeux.

— Lena ? insiste ma tante.

J'inspire profondément, puis me lance dans le petit laïus que nous avons ressassé un milliard de fois :

— Je m'occupe du journal du lycée. Je suis fascinée par la photographie, parce qu'elle permet d'immortaliser des instants précis. J'aime passer du temps avec mes amies et assister aux concerts donnés dans le parc de Deering Oaks. J'adore la course à pied et j'ai été cocapitaine de l'équipe de cross pendant deux années. Je détiens le record de l'école au 5 000 mètres. Je garde souvent mes petites-cousines, et j'apprécie énormément les enfants.

— Tu fais la moue...

— J'adore les enfants, dis-je en affichant un immense sourire.

À la vérité, je n'ai pas d'inclination particulière pour ceux-ci, à l'exception de Gracie. Ils gigotent sans arrêt et sont affreusement bruyants, sans parler de leur manie d'attraper tout ce qui leur tombe sous la main, de baver et de se faire pipi dessus. Pourtant, je sais que je serai obligée d'en avoir, un jour.

— C'est mieux, m'encourage Carol, continue.

— Mes matières préférées sont les maths et l'histoire.

Elle hoche la tête pour me marquer sa satisfaction.

— Lena ! lance une voix dans mon dos.

Je fais volte-face. Hana vient tout juste de descendre de la voiture de ses parents. Ses cheveux blonds ondulés encadrent son visage, et sa tunique découvre une de ses épaules bronzées. Les regards de toutes les filles et de tous les garçons qui patientent dans la cour sont braqués sur elle. Hana a ce pouvoir d'attraction sur les gens.

— Lena ! Attends !

Hana se précipite à ma rencontre en agitant le bras avec frénésie. Derrière elle, ses parents entreprennent une manœuvre compliquée, un demi-tour dans la rue étroite. Leur voiture, noire et brillante, évoque une panthère et, aux rares occasions où je suis montée dedans, j'ai eu l'impression d'être une princesse. Presque plus personne ne possède d'auto maintenant, et on pourrait presque compter sur les doigts d'une main ceux qui ont les moyens de la faire rouler : l'essence est rationnée et vendue à prix d'or. Certains membres de la classe moyenne ont installé la leur devant leur maison, statues figées et inutiles, aux pneus immaculés et dépourvus de toute trace d'usure.

— Bonjour, Carol, lâche Hana, hors d'haleine.

Un magazine tombe de son sac entrouvert : il s'agit d'une des publications officielles, *Maison et Famille*. En réponse à mon air interloqué, elle m'adresse une grimace en le ramassant.

— Maman m'a forcée à l'apporter. Elle veut que je le lise en attendant mon Évaluation. Elle dit que ça fera bonne impression.

Mon amie s'enfonce un index dans la bouche et mime un haut-le-cœur.

— Hana ! souffle sèchement ma tante.

L'inquiétude qui perce dans sa voix me serre le cœur. Carol ne perd presque jamais son calme, ne serait-ce que momentanément. Elle tourne vivement la tête à droite et à gauche, comme si elle s'attendait à découvrir des Régulateurs ou des Évaluateurs tapis dans la rue baignée de soleil.

— Ne vous inquiétez pas, ils ne nous espionnent pas, la rassure Hana avant de lui tourner le dos, d'ajouter en silence à mon intention : « pour le moment », et de sourire.

Devant nous, la double file de filles et de garçons s'allonge, débordant dans la rue, alors que les portes vitrées automatiques des bâtiments viennent de s'ouvrir, livrant passage à plusieurs infirmières les bras chargés de feuilles, qui orientent les premiers vers la salle d'attente. Ma tante m'effleure le coude, avec la fugacité d'une aile d'oiseau.

— Vous feriez mieux de vous mettre dans la queue.

Elle a retrouvé ses intonations normales ; j'aimerais que son calme déteigne sur moi.

— Lena ? poursuit-elle.

— Oui ?

Je ne me sens pas très bien. Les bâtiments me paraissent très distants, et si blancs que je supporte à peine de les regarder ; l'asphalte vibre sous la chaleur. Les mots « le jour le plus important de ta vie entière » tournent en boucle dans ma tête. J'ai l'impression que le soleil est un énorme spot braqué sur moi.

— Bonne chance.

Ma tante ponctue sa phrase d'un de ces sourires éclairs dont elle a le secret.

— Merci.

J'avais espéré que Carol dirait autre chose, quelque chose comme « Je suis sûre que tu vas être parfaite » ou « Essaie de ne pas t'en faire », mais à son habitude elle reste plantée là, une expression indéchiffrable sur le visage.

— Ne vous inquiétez pas, madame Tiddle, lance Hana en m'adressant un clin d'œil. Je veillerai à ce qu'elle ne gâche pas tout. Promis juré.

Face à la décontraction et à la nonchalance avec lesquelles mon amie aborde l'Évaluation, ma nervosité s'envole.

Nous nous dirigeons ensemble vers l'entrée. Hana mesure près de 1,75 mètre, si bien que, quand je marche à côté d'elle, je suis obligée de faire une grande enjambée tous les deux pas pour ne pas rester à la traîne, et je finis toujours par avoir l'impression de ressembler à un canard ballotté sur les flots. Aujourd'hui, pourtant, ça ne m'embête pas. Je suis même contente qu'elle soit avec moi : sans elle, je me liquéfierais.

— Ta tante prend ça vachement au sérieux ! lance-t-elle alors que nous nous approchons de la file d'attente.

— C'est sérieux.

J'identifie quelques personnes autour de moi : des connaissances de Sainte-Anne, des types que j'ai vus jouer au foot derrière Spencer Prep, une des écoles pour garçons. L'un d'eux, qui m'a surprise en train de les observer, hausse un sourcil interloqué, et je baisse aussitôt les yeux, tout en rougissant et en sentant l'inquiétude me gagner de nouveau. « Tu seras appariée dans environ trois mois », me dis-je, même si ces mots me paraissent dénués de sens et, du coup, aussi absurdes et risibles que les cadavres exquis de mon enfance : *Je veux une banane pour mon horsbord. Donne ma chaussure mouillée à ton gâteau cloqué.*

— Ouais, je sais. Crois-moi, j'ai lu *Le Livre des Trois S* comme n'importe qui.

Hana remonte ses lunettes de soleil sur son front et bat des cils en prenant une voix suave :

— « L'Évaluation est le rite de passage qui vous prépare à un avenir de bonheur, de stabilité et de collaboration. »

Elle laisse retomber ses lunettes sur l'arête de son nez avec une moue.

— Tu n'es pas d'accord ? murmuré-je.

Hana est bizarre ces derniers temps. C'est vrai, elle a toujours été différente des autres : plus franche, plus indépendante, plus audacieuse. Et j'ai d'ailleurs voulu être son amie pour cette raison, notamment. Je suis timide, redoutant de dire ou de faire ce qu'il ne faut pas. Et Hana est mon opposé exact.

Dernièrement, toutefois, ça a pris une autre ampleur. D'abord, elle ne s'intéresse plus aux cours et a été convoquée dans le bureau du proviseur à plusieurs reprises pour avoir répondu aux profs. Ensuite, au beau milieu d'une conversation, elle s'interrompt parfois brusquement, comme si elle venait de rencontrer un obstacle. D'autres fois, je la surprends le regard perdu vers l'océan – à croire qu'elle rêve de s'évader à la nage.

En l'observant maintenant, avec ses yeux gris clair et sa bouche aussi fine et tendue qu'un arc, la peur me saisit. Je revois ma mère se débattant dans les airs avant de tomber telle une pierre dans l'océan ; je revois le visage de la fille qui s'est jetée du toit d'un laboratoire, sa joue contre le macadam. Je chasse ces pensées de mon esprit. Hana n'est pas malade. Impossible… je le saurais !

— S'ils voulaient vraiment notre bonheur, ils nous laisseraient choisir par nous-mêmes, marmonne-t-elle.

— Hana ! riposté-je sèchement. Retire ce que tu viens de dire !

Il n'y a pas de pire offense que de critiquer le système. Elle lève les mains dans un geste de capitulation.

— Très bien, très bien, je retire.

— Tu sais parfaitement que ce n'est pas possible. Rappelle-toi ce qu'on nous a appris sur le passé : le chaos perpétuel, les luttes, la guerre. Les gens étaient malheureux.

— J'ai dit que je retirais.

Elle me sourit, mais ma colère ne s'est pas entièrement dissipée et je détourne la tête.

— En plus, poursuis-je, ils nous laissent le choix.

En règle générale, les Évaluateurs établissent une liste de quatre ou cinq personnes compatibles, parmi lesquelles on fait sa sélection. Ainsi, tout le monde est satisfait. Depuis le temps que le Protocole existe et que les mariages ont été arrangés de la sorte, il y a eu moins de douze divorces dans le Maine, et moins de mille dans l'ensemble des États-Unis – et, dans la plupart des cas, le mari ou la femme étant suspecté d'être un Sympathisant, le divorce se révélait nécessaire et était d'ailleurs approuvé par le Gouvernement.

— Un choix restreint, me reprend-elle. Parmi des gens désignés par d'autres.

Je rétorque abruptement :

— Les choix sont toujours restreints dans la vie.

Elle ouvre la bouche comme pour répondre, mais se borne à éclater de rire. Puis elle me prend la main et la serre, deux fois rapidement, puis deux fois plus longuement. Il s'agit de notre vieux signal. Nous avons contracté cette habitude en CP ; c'était notre façon de dire, chaque fois que l'une de nous avait peur ou était contrariée : « Je suis là, ne t'en fais pas. »

— D'accord, d'accord, ne monte pas sur tes grands chevaux. J'adore l'Évaluation, entendu ? Longue vie au rite de l'Évaluation !

— J'aime mieux ça, dis-je, même si je ne suis pas entièrement rassurée.

La queue progresse lentement. Nous franchissons le portail en fer surmonté de sa couronne alambiquée de fils barbelés pour pénétrer dans la longue allée qui mène aux différentes annexes. Les deux files s'écartent l'une de l'autre : les filles vers le bâtiment 6C, et les garçons vers le 6B.

À l'approche de l'entrée, nous recevons une bouffée d'air conditionné chaque fois que les portes vitrées coulissent. C'est une sensation extraordinaire, nous sommes enveloppées de la tête aux pieds d'une fine couche de glace, comme des Esquimaux, et j'en profite pour me retourner et soulever ma queue-de-cheval, en maudissant la touffeur. Nous n'avons pas la climatisation à la maison, nous devons nous contenter d'immenses ventilateurs fatigués qui s'enraient constamment au milieu de la nuit. Et la majeure partie du temps, Carol ne nous autorise même pas à les utiliser : ils consomment trop d'électricité pour nos maigres moyens.

Enfin il n'y a plus que quelques personnes devant nous. Une infirmière sort, les bras chargés de questionnaires et de stylos qu'elle nous distribue.

— Assurez-vous de bien renseigner tous les champs, s'il vous plaît, sans oublier vos antécédents médicaux et familiaux.

Mon cœur remonte dans ma gorge. Les cases pourtant clairement identifiées – nom de famille, prénom, adresse, âge – s'embrouillent sous mes yeux. Je suis contente que Hana soit devant moi. Elle prend appui sur son avant-bras pour remplir le formulaire, le stylo file sur la page.

— Suivante.

Les portes coulissent une nouvelle fois, et une seconde infirmière apparaît, qui indique à Hana d'entrer. Dans la froide obscurité derrière elle, j'aperçois une salle d'attente lumineuse, blanche, avec une moquette verte.

— Bonne chance, murmuré-je à Hana.

Mon amie se retourne et me sourit brièvement ; je perçois, enfin, sa fébrilité. Un léger pli s'est formé entre ses sourcils, et elle se mordille le coin de la lèvre.

Elle pénètre dans le bâtiment puis en ressort brusquement, les traits déformés par une expression violente que je ne lui connais pas. Elle m'attrape par les épaules et colle sa bouche contre mon oreille. Je suis si stupéfaite que j'en laisse tomber mon questionnaire.

— Tu sais qu'on ne peut pas être vraiment heureux si on n'est pas aussi malheureux parfois, hein ?

Elle a la voix cassée, comme si elle venait de pleurer.

— Quoi ?

Ses ongles s'enfoncent dans ma peau, et à cet instant précis elle me fait peur.

— On ne peut pas être vraiment heureux si on n'est pas aussi malheureux parfois. Tu le sais, n'est-ce pas ?

Sans me laisser le temps de répondre, elle me libère et s'écarte, les traits aussi détendus qu'à son habitude. Elle se baisse pour ramasser mon formulaire et me le tend en souriant. Puis elle pivote sur ses talons et disparaît derrière les portes vitrées, qui se referment sur elle, comme la surface de l'eau qui vient d'engloutir quelque chose.

Quatre

Le diable s'introduisit dans l'Éden.
Il apportait avec lui le mal – amor deliria nervosa – sous la forme d'une
graine. Elle crût et s'épanouit en un magnifique pommier,
qui donna des fruits aussi rouges que le sang.

« Genèse », *Une histoire complète du monde et de l'univers connu,*
Steven Horace, docteur en histoire de l'université de Harvard

Lorsque l'infirmière m'introduit à mon tour dans la salle d'attente, Hana s'est volatilisée, aspirée par l'une des douze portes identiques qui s'alignent dans le couloir blanc aseptisé. En revanche, une dizaine d'autres filles patientent encore. L'une d'elles, pliée en deux sur une chaise, griffonne ses réponses, les rature, puis recommence. Une autre accable une infirmière de questions pour comprendre la différence entre « antécédents médicaux » et « antécédents familiaux ». Elle semble à deux doigts de faire une syncope – une veine palpite sur son front et sa voix monte dans les aigus –, et je me demande si elle mentionnera une « propension excessive à l'angoisse » sur son formulaire.

La situation n'a rien de comique, et pourtant je dois me couvrir la bouche pour réprimer un ricanement. J'ai tendance à avoir un fou rire nerveux dans les situations stressantes. Ce travers m'attire souvent des ennuis pendant les devoirs sur table, au lycée. Est-ce le genre d'information que j'aurais dû préciser ?

Une infirmière me prend mon questionnaire et le feuillette pour vérifier que je n'ai omis aucune réponse.

— Magdalena Haloway ? lance-t-elle avec les accents gais et saccadés qui semblent l'apanage de cette profession, comme si leur acquisition était intégrée à leur formation.

— Mmmm...

Je me reprends aussitôt : ma tante m'a expliqué que les Évaluateurs seraient attentifs aux écarts de langage.

— Oui, c'est moi.

Ça me fait toujours bizarre d'entendre mon vrai nom de famille, *Haloway* : ses sonorités réveillent une ancienne douleur. Depuis près de douze ans, j'utilise celui de ma tante, Tiddle. Ce nom est peut-être idiot – Hana m'a un jour dit qu'elle n'en connaissait pas de plus ridicule –, mais au moins il n'est pas associé à mes parents. Et les Tiddle forment une véritable famille, alors que les Haloway se réduisent à un souvenir. Quoi qu'il en soit, pour tous les documents officiels, je dois utiliser mon nom de naissance.

— Suivez-moi.

L'infirmière désigne un des couloirs, et je suis le clic ! clac ! régulier de ses talons sur le linoléum. Les murs sont d'un blanc éblouissant. Les papillons qui s'agitaient dans mon ventre depuis un moment remontent jusqu'à ma tête et la font tourner ; j'essaie de recouvrer mon calme en imaginant l'océan, dehors, son souffle irrégulier, le manège des mouettes dans le ciel au-dessus.

« Ce sera bientôt fini, me dis-je. Ce sera bientôt fini, je pourrai rentrer à la maison, et je n'aurai plus jamais à me soucier de l'Évaluation. »

Le couloir paraît s'étendre à l'infini. À ma droite, une porte s'ouvre et se referme, puis, quelques secondes plus tard, à l'endroit où le couloir forme un coude, nous croisons une fille. Elle a le visage rouge, et il est évident qu'elle vient de pleurer. Son Évaluation doit déjà être terminée. Il me semble reconnaître une des premières candidates de la queue.

Je ne peux pas m'empêcher d'avoir de la peine pour elle. L'épreuve dure entre trente minutes et deux heures en moyenne, mais tout le monde sait que, plus elle s'éternise, meilleur sera le résultat. Bien sûr, il y a des exceptions. Marcy Davies est devenue célèbre parce qu'il y a deux ans, ressortie au bout de quarante-cinq minutes, elle a pourtant obtenu 10 sur 10. Et l'année dernière, Corey Winde a battu le record de l'entretien le plus long – trois heures et demie – et n'a eu qu'un 3. L'Évaluation suit un certain nombre de règles, mais le hasard y a sa part. C'est pourquoi j'ai parfois le sentiment que l'ensemble du processus a été conçu pour être aussi intimidant et perturbant que possible.

Je m'imagine soudain en train de courir dans ces couloirs immaculés et de pousser toutes les portes. Il n'y a pas de pire moment pour commencer à douter de l'Évaluation, et je maudis en silence Hana : c'est sa faute ! Tout ça ne m'arriverait pas si elle ne m'avait pas chuchoté ces mots à l'oreille, dehors. *On ne peut pas être vraiment heureux si on n'est pas aussi malheureux parfois. Un choix restreint… Parmi des gens désignés par d'autres…*

Je suis contente qu'on choisisse à notre place. Je suis contente de ne pas avoir à décider, mais, surtout, je suis contente de ne pas avoir à forcer quelqu'un d'autre à me désigner. Évidemment, si les choses se passaient encore comme autrefois, ce serait du gâteau pour Hana. Hana et ses cheveux dorés, et ses yeux gris lumineux, et ses dents parfaitement alignées, et son rire qu'elle communique à tous ceux qui se trouvent dans un rayon de trois kilomètres. Chez elle, même la maladresse est séduisante ; on a toujours envie de tendre la main pour l'aider ou de lui porter ses livres. Lorsque je trébuche ou que je renverse du café sur mon tee-shirt, les gens détournent le regard. Dans ces moments-là, je les entends quasiment penser : « Quelle empotée ! » Et dès que je suis en présence d'inconnus, mon cerveau devient flou, gris et humide, semblable à une rue où la neige vient de fondre. Hana, elle, a toujours les bons mots.

Aucun type sain d'esprit n'opterait pour moi alors qu'il y a des filles comme Hana : quel garçon voudrait d'un cookie rassis quand il pourrait avoir à la place une grosse coupe de glace avec de la crème Chantilly, des cerises confites et des vermicelles en chocolat ? Je serai donc heureuse de recevoir l'imprimé me présentant les « Candidatures validées ». Au moins, j'ai la certitude de finir avec quelqu'un. Peu importe si on ne me trouve pas jolie (même si, de temps à autre, je me prends à rêver que ça arrive). Peu importerait même si j'étais borgne.

— Par ici.

L'infirmière s'arrête enfin devant une porte qui ne se distingue en rien des autres.

— Vous pouvez laisser vos vêtements et vos affaires dans l'antichambre. Revêtez la blouse fournie, qui se ferme dans le dos. Surtout, n'hésitez pas à prendre le temps nécessaire pour boire un peu et faire quelques exercices de méditation.

La vision de centaines de filles assises en tailleur par terre, les mains sur les genoux, psalmodiant, jaillit dans mon esprit, et je dois, une nouvelle fois, refréner un fou rire.

— Mais sachez, cependant, que plus vous tarderez, moins les Évaluateurs auront de temps pour vous connaître.

Son sourire est raide, à l'instar du reste de sa personne : sa peau, ses yeux, sa blouse. Elle me regarde bien en face, mais j'ai l'impression qu'elle ne me voit pas réellement, qu'elle reprend déjà, mentalement, le couloir vers la salle d'attente, au son de ses talons, pour aller escorter une autre candidate dans un autre couloir et lui servir le même discours. Je me sens terriblement seule entre ces murs épais qui étouffent les bruits, loin du soleil, du vent et de la chaleur, au cœur de cette perfection artificielle.

— Quand vous serez prête, empruntez la porte bleue. Les Évaluateurs vous attendent dans le laboratoire.

Lorsqu'elle s'est éloignée, je pénètre dans l'antichambre, petite et aussi éclatante que le couloir. Elle ressemble au cabinet d'un médecin. Dans un coin, une énorme machine émet des bips réguliers, au centre, une table d'examen est recouverte de papier, et dans toute la pièce règne une odeur puissante d'antiseptique. Je retire mes vêtements en frissonnant, mon corps entier se couvre de chair de poule, en particulier mes bras, sur lesquels mes poils se hérissent. Super ! Les Évaluateurs vont penser que je suis un monstre poilu.

Je plie soigneusement mes vêtements, y compris mon soutien-gorge, et enfile la blouse translucide. Je m'enveloppe dedans et noue la ceinture autour de ma taille, bien consciente qu'on distingue à la perfection les contours de ma silhouette, notamment ma culotte, à travers le plastique.

« Bientôt. Bientôt, ce sera terminé. »

Je prends une profonde inspiration et franchis la porte bleue.

La lumière est encore plus éclatante dans le labo, aveuglante même, si bien que la première image que les Évaluateurs auront de moi sera celle de quelqu'un qui recule, les paupières plissées, une main placée en visière sur le front. Quatre ombres sur un canoë flottent devant moi. Puis mes yeux s'habituent et celles-ci se précisent, devenant quatre Évaluateurs assis derrière une longue table basse. La pièce est immense et totalement vide, à l'exception des examinateurs et d'une table d'opération en acier repoussée contre un mur. Une double rangée de plafonniers abat sa lumière puissante sur moi, et je remarque la hauteur de plafond : il y a au moins dix mètres. J'éprouve soudain le besoin irrépressible de croiser les bras sur ma poitrine afin de me dissimuler aux regards. Ma bouche est sèche, et mon esprit aussi brûlant, vide et blanc que les ampoules. J'ai oublié ce qu'on attend de moi.

Heureusement, un des Évaluateurs, une femme, prend la parole :

— Vous avez votre questionnaire ?

Son ton est amical, mais cela ne parvient pas à desserrer le poing qui s'est refermé sur mon ventre et me comprime les intestins. « Oh, non ! Je vais faire pipi. Je vais faire pipi devant eux. » J'essaie d'imaginer ce que Hana me dira quand tout sera terminé, quand nous ressortirons à l'air libre, humant le parfum du sel et du bitume chauffé par les rayons du soleil. « La vache ! Tu parles d'une perte de temps, lancera-t-elle. On aurait dit quatre grenouilles avachies sur un bout de bois et occupées à nous dévisager. »

— Euh... oui, dis-je en m'avançant.

J'ai l'impression que l'air s'est solidifié, qu'il me résiste. Lorsque je ne suis plus qu'à quelques pas de la table, je tends mon questionnaire aux Évaluateurs. Il y a trois hommes et une femme, mais je suis incapable de me concentrer très longtemps sur leurs traits. Mon regard glisse rapidement sur leurs visages, puis je recule, n'ayant réussi à distinguer que des nez, des yeux foncés et une paire de lunettes sur laquelle la lumière se réfléchit.

Mon formulaire circule entre leurs mains. Je laisse mes bras ballants le long du corps et tente d'affecter une expression détendue.

Dans mon dos, à environ six mètres du sol, un observatoire occupe toute la largeur du mur du fond. On y accède par une petite porte rouge, ouvrant derrière les rangées de sièges blancs disposées en gradins, prévues pour accueillir des étudiants, des médecins, des internes et de jeunes chercheurs. Non seulement les scientifiques effectuent le Protocole, mais encore ils se chargent des visites de contrôle et soignent souvent les cas complexes d'autres maladies.

Je me rends soudain compte que l'opération doit avoir lieu dans cette même pièce, ce qui expliquerait la présence de la table chirurgicale. L'angoisse m'étreint à nouveau. Pour une raison que je ne m'explique pas, alors que je me suis souvent imaginé ce que j'éprouverais une fois guérie, je ne me suis jamais représenté le Protocole lui-même : le métal froid, les lumières aveuglantes, les tubes, les fils, la douleur.

— Magdalena Haloway ?

— Oui, c'est moi.

— Très bien. Pourquoi ne commenceriez-vous pas par nous parler un peu de vous ?

L'Évaluateur à lunettes se penche en avant en écartant les mains et en souriant. Il a de grandes dents carrées qui me rappellent les carreaux de la salle de bains. Le reflet sur ses verres m'empêche de voir ses yeux, et je prie en silence pour qu'il retire ses lunettes...

— Parlez-nous de ce que vous aimez faire, insiste-t-il. Quels sont vos centres d'intérêt, vos loisirs, vos matières préférées ?

Je me lance dans l'exposé que j'ai préparé, sur la photographie, la course à pied et mes amies, sans parvenir toutefois à me concentrer. Je vois les Évaluateurs opiner en prenant des notes et des sourires se dessiner sur leurs lèvres, signalant qu'ils se détendent : je m'en tire bien, même si je n'entends pas les mots qui sortent de ma bouche. Je suis obnubilée par la table d'opération, je lui jette régulièrement des coups d'œil : la lumière joue sur sa surface comme sur la lame d'un couteau.

Soudain, je me retrouve à penser à ma mère. Elle n'a pas pu être guérie en dépit de trois opérations, et la maladie l'a dévorée, la grignotant de l'intérieur, creusant ses yeux, décolorant ses joues, prenant possession de ses pieds pour la conduire, centimètre après centimètre, jusqu'à cette falaise, puis pour la jeter dans l'abîme de lumière en dessous.

C'est en tout cas ce qu'on m'a raconté. J'avais six ans à l'époque. Je me rappelle seulement la chaude caresse de ses doigts sur mon visage la nuit et des derniers mots qu'elle m'a susurrés : « Je t'aime. Souviens-toi. Ils ne peuvent pas nous enlever ça. »

Je ferme aussitôt les yeux, submergée par l'image de ma mère se convulsant sous le regard d'une dizaine de scientifiques en blouse, qui consignaient impassiblement leurs commentaires. À trois reprises, elle a été sanglée sur une table métallique, à trois reprises, elle a été détaillée par une foule d'observateurs depuis leur poste en hauteur, notant chacune de ses réactions tandis que les aiguilles puis les rayons laser lui transperçaient la peau. En temps normal, les patients sont anesthésiés pendant le Protocole et ne sentent rien, mais il a un jour échappé à ma tante qu'ils avaient refusé d'endormir ma mère la troisième fois, de crainte que cela n'interfère avec les stimuli de son cerveau.

— Voulez-vous un peu d'eau ?

La femme m'indique une bouteille et un verre sur la table. Elle a remarqué que j'avais flanché pendant quelques secondes, mais ce n'est pas grave. J'ai terminé ma présentation et, à la façon dont les Évaluateurs me considèrent – avec satisfaction et fierté, comme s'ils étaient face à un petit enfant qui vient de réussir à faire coïncider des formes géométriques avec les découpes sur un plateau en bois –, je sais que je les ai convaincus.

Je me sers et avale quelques gorgées d'eau, profitant de cette pause bienvenue. Je sens la sueur perler sous mes bras, sur mon crâne et sur ma nuque, et je prie pour qu'ils n'en voient rien. Je m'efforce de garder les yeux rivés sur eux, mais du coin de l'œil j'aperçois toujours cette maudite table qui me nargue.

— Très bien, Lena, maintenant, nous allons vous poser quelques questions. Nous attendons des réponses honnêtes. Rappelez-vous, notre but est d'apprendre à vous connaître en tant que personne.

Je ne peux pas m'empêcher de me demander : « Par opposition à quoi ? Moi en tant qu'animal ? » J'inspire profondément et me force à acquiescer en souriant.

— Entendu.

— Quels sont vos livres préférés ?

— *Amour, guerre et intrusions*, de Christopher Malley, réponds-je du tac au tac. *Frontière*, de Philippa Harolde.

Inutile d'essayer de repousser les images mentales qui déferlent à présent sur moi. Un mot ne cesse de s'écrire dans mon esprit comme pour s'y graver à tout jamais. *Douleur*. Ils voulaient imposer à ma mère un quatrième

Protocole. Ils sont venus la chercher la nuit de sa mort, pour l'emmener aux laboratoires. Mais elle s'est enfuie dans l'obscurité, puis elle s'est envolée. Et avant, elle m'avait réveillée en me susurrant ces mots – « Je t'aime. Souviens-toi. Ils ne peuvent pas nous enlever ça » –, et le vent m'en a rapporté l'écho longtemps après son départ, écho répercuté par les arbres secs et les feuilles, qui toussaient et chuchotaient dans l'aube grise et froide.

— Et *Roméo et Juliette*, de William Shakespeare, conclus-je.

Les Évaluateurs opinent du chef en notant mes réponses. Tous les élèves de troisième étudient la pièce de Shakespeare en cours de santé.

— Et pourquoi ? s'enquiert le troisième Évaluateur.

« Parce que c'est terrifiant » : c'est ce que je suis censée répondre. Il s'agit d'une histoire édifiante nous mettant en garde contre les dangers du vieux monde, avant le remède. Mais j'ai l'impression que ma gorge a enflé, que les mots ne peuvent plus se frayer un chemin, ils y restent accrochés telles les ronces qui se prennent dans mes vêtements lorsque je cours dans les champs. J'ai soudain l'impression d'entendre le grondement sourd de l'océan, son chuchotis distant et insistant, et j'imagine ce qu'a dû ressentir ma mère lorsque l'eau, aussi pesante qu'une chape de béton, s'est refermée sur elle. Voilà pourquoi la réponse qui m'échappe est la suivante :

— Parce que c'est beau.

Aussitôt, les quatre visages se redressent pour m'observer, comme des marionnettes reliées par un même fil.

— Beau ? répète l'Évaluatrice en fronçant le nez.

Il y a une tension à couper au couteau dans la pièce, et je me rends compte que j'ai commis une très, très grosse erreur. L'Évaluateur à lunettes se penche en avant.

— Le choix de ce terme est intéressant. Très intéressant.

Cette fois, lorsque ses lèvres découvrent ses dents, celles-ci m'évoquent davantage les canines courbes d'un chien.

— Peut-être trouvez-vous une forme de beauté à la souffrance ? Peut-être appréciez-vous la violence ?

— Non. Non, pas du tout.

J'essaie de me concentrer, mais le grondement de l'océan envahit ma tête. Il est plus fort de seconde en seconde. À présent, il me semble même entendre des hurlements, plus faibles, comme si l'écho de ceux de ma mère me parvenait après toutes ces années.

— Je voulais simplement dire... C'est tellement triste d'une certaine façon...

Je me débats pour me maintenir à la surface, mais je sombre maintenant, engloutie par la lumière blanche et le bourdonnement... Le sacrifice. J'aimerais leur parler de la beauté du sacrifice, mais les mots ne sortent pas.

— Avançons, reprend froidement l'Évaluatrice, qui s'est départie du ton amical avec lequel elle m'avait proposé à boire. Nous allons vous poser une question simple. Quelle est votre couleur préférée ?

Une partie de mon cerveau, celle où siègent la rationalité, l'instruction et la logique, me hurle : « Bleu ! Réponds bleu ! » Mais cette autre partie de moi, plus ancienne, que me rapportent les vagues assourdissantes, l'emporte.

— Gris, bredouillé-je.

— Gris ? s'exclame le quatrième Évaluateur.

Mon estomac se décroche. Je sais que je m'enfonce, je peux pour ainsi dire voir mes notes dégringoler sous mes yeux. Mais il est trop tard. Je suis fichue, à cause de ce grondement, qui s'amplifie encore et encore, de ce piétinement sourd qui m'interdit toute concentration. Je bafouille malgré tout une explication :

— Pas vraiment gris. Juste avant le lever du soleil, il y a un moment où le ciel est de cette couleur pâle indéfinissable, une sorte de gris, ou de blanc, et je l'ai toujours aimée parce qu'elle me fait penser à ce qu'on éprouve en attendant un événement heureux.

Ils ne m'écoutent plus. Ils ont tous le regard rivé sur un point derrière moi, le cou dévissé, l'air déconcerté, comme pour tenter d'isoler un mot familier au milieu d'un discours tenu dans une langue étrangère. Puis soudain le grondement et les hurlements éclatent, et je me rends compte qu'ils n'ont jamais été le fruit de mon imagination. Des gens sont vraiment en train de crier, et il y a un bruit de roulement, ou de tambourinement, évoquant mille pieds se déplaçant en rythme. Je distingue un troisième son, moins puissant que les deux autres : un mugissement qui n'a rien d'humain.

Dans ma confusion, je ne parviens pas à réunir les différentes pièces du puzzle. L'Évaluatrice se lève à demi de son fauteuil en lançant :

— Qu'est-ce qui...

Au même moment, Lunettes s'écrie :

— Ne bouge pas, Helen, je vais voir ce qui se trame.

Mais à cet instant précis, la porte bleue s'ouvre à la volée et un troupeau de vaches – des bêtes en chair et en os, meuglant et transpirant – déboule en désordre dans le laboratoire.

« Il s'agissait bien d'un piétinement ! » L'espace d'une seconde, avec un détachement étrange, j'éprouve de la fierté à avoir correctement analysé le bruit. Puis, juste après, je réalise qu'une bande de ruminants fond sur moi, et que je suis à deux doigts de finir écrasée sous leurs sabots.

Je me réfugie aussitôt derrière la table chirurgicale, qui me protège du troupeau paniqué, en sortant juste la tête pour voir ce qui se passe. Les Évaluateurs sont montés sur la table basse, tandis qu'un mur de pelages pie se déploie autour d'eux. L'Évaluatrice hurle à pleins poumons, et Lunettes tente de la raisonner – « Calme-toi ! calme-toi ! » –, alors qu'il s'agrippe à elle comme s'il risquait de se noyer et qu'elle était un canot de sauvetage.

Des perruques sont accrochées aux cornes de certaines vaches, et d'autres sont à moitié emmaillotées dans des blouses semblables à la mienne. Pendant un moment, face à cette vision délirante, je suis persuadée de dormir les yeux ouverts. Peut-être que cette journée entière n'est qu'un rêve et que je découvrirai en me réveillant que je suis toujours à la maison, dans mon lit, le matin précédant mon Évaluation. Mais je repère alors le slogan sur le flanc des vaches : LE PROTOCOLE NE SAUVE PAS, IL TUE. Les mots ont été tracés sans soin, juste au-dessus des numéros au fer rouge indiquant que les bêtes sont destinées à l'abattoir.

Un petit frisson me remonte le long de la colonne vertébrale, et les pièces du puzzle commencent à se mettre en place. Tous les deux ans, les Invalides – on appelle ainsi ceux qui vivent dans la Nature, cette partie du territoire s'étendant entre les villes connues – s'introduisent dans Portland pour organiser une manifestation. Une année, ils sont venus, de nuit, peindre des têtes de mort rouges sur toutes les maisons des scientifiques célèbres. Une autre fois, ils ont pénétré par effraction dans le commissariat central, qui se charge de coordonner les patrouilles et les postes de surveillance de la ville, et ils ont transporté les meubles sur le toit, y compris les machines à café. Ce qui était à la fois amusant et impressionnant : on s'attendrait à ce que le commissariat soit l'un des endroits les mieux gardés de Portland. Les gens qui vivent dans la Nature ne tiennent pas l'amour pour une maladie et ne croient pas au traitement. Ils l'assimilent même à une forme de cruauté. D'où leur slogan.

Maintenant, je comprends : les vaches sont habillées comme si elles allaient passer leur Évaluation, elles sont censées nous représenter. Montrer que nous recevons le même traitement que du bétail.

Elles se calment progressivement, ne chargeant plus personne et évoluant d'un pas traînant dans le laboratoire. L'Évaluatrice, munie d'une chemise en carton, l'agite devant elle lorsque les bêtes s'approchent de la table pour manger les papiers qui y sont éparpillés – je comprends soudain qu'il s'agit des notes des Évaluateurs. Dieu merci ! Si les vaches les détruisent toutes, les Évaluateurs oublieront peut-être que j'étais en train de sombrer. À présent que je suis, en grande partie du moins, cachée par la table qui me protège des sabots puissants, force m'est de reconnaître que la situation est hilarante.

Soudain, je l'entends. Par-dessus les piétinements, les meuglements et les hurlements, un rire s'élève, discret et mélodieux, telles quelques notes de piano.

L'observatoire : un garçon se tient là-haut et contemple le chaos à ses pieds. En riant.

J'ai à peine levé les yeux vers lui qu'il accroche mon regard. J'en ai le souffle coupé, et la scène se fige une seconde, comme si je l'observais à travers l'objectif de mon appareil photo, zoomé au maximum, et que le monde entier se suspendait le temps que l'obturateur s'ouvre et se referme.

Il a les cheveux châtain doré, de la couleur des feuilles au début de l'automne, et les yeux ambre clair. À l'instant où je l'aperçois, je saisis qu'il a joué un rôle dans la scène à laquelle je viens d'assister. J'en déduis qu'il doit vivre dans la Nature, qu'il doit s'agir d'un Invalide. La peur me tord le ventre, et j'ouvre la bouche pour crier quelque chose – j'ignore quoi, exactement –, mais, au même moment, il secoue très légèrement la tête et je me retrouve frappée de mutisme. Puis il fait quelque chose d'absolument, de positivement inconcevable. Il m'adresse un clin d'œil.

L'alarme se déclenche enfin. Elle est si puissante que je suis contrainte de me couvrir les oreilles. Je tourne la tête pour voir si les Évaluateurs ont remarqué le garçon, mais ils sont trop occupés à danser sur leur table pour ça et, lorsque je regarde à nouveau dans sa direction, il a disparu.

Cinq

Si en route tu croises un trou, tu risques de te rompre le cou.
Si en route tu croises une pierre, tu te condamnes à une vie solitaire.
Si en route tu croises une badine, à la maladie tu te destines.
Regarde où te mènent tes pas, si tu ne veux pas
Ramener, ici-bas, tous ceux passés de vie à trépas.

Comptine populaire qui se récite généralement en sautant
à la corde ou en tapant dans les mains

Cette nuit-là, je fais un rêve familier.
Je suis au bord d'une immense falaise de calcaire blanc. Sa surface est mouvante. La corniche sur laquelle je me tiens commence à s'effriter, à se déliter, à dégringoler des milliers de mètres plus bas, dans l'océan, qui se brise si violemment contre la paroi qu'on dirait une immense marmite où l'eau forme de gros bouillons écumants. J'ai une peur bleue, mais je suis incapable de bouger, de reculer, alors que je sens le sol se dérober sous mes pieds, alors que je sens les millions de molécules se repositionner dans l'espace, dans le vent : d'une seconde à l'autre, je vais tomber.

Et juste avant que je m'avise qu'il n'y a rien d'autre sous moi que le vide, et que très bientôt les hurlements du vent m'envelopperont tandis que je filerai vers l'eau, les vagues qui déferlent s'écartent, et j'aperçois le visage de ma mère, pâle, bouffi, bleu, flottant à la surface. Elle a les yeux écarquillés, la bouche entrouverte, prête à crier, et les bras étendus en croix, comme pour m'accueillir contre son sein.

Alors, je me réveille. Je me réveille toujours à cet instant précis.

Mon oreiller est trempé, et ma gorge me gratte. J'ai pleuré dans mon sommeil. Gracie est blottie contre moi, une joue écrasée contre les draps, les lèvres articulant une litanie silencieuse. Elle se glisse systématiquement dans mon lit quand je fais ce rêve, je suppose qu'elle le sent.

J'écarte les cheveux de son visage et le drap mouillé de sueur de ses épaules. Ça me fera de la peine d'abandonner Gracie quand je quitterai la maison. Nos secrets nous ont rapprochées, ils nous lient. Elle est la seule à connaître la Froideur : ce sentiment qui m'envahit parfois lorsque je suis allongée dans mon lit, un sentiment noir et vide qui me coupe la respiration et me laisse haletante comme si je venais d'être plongée dans un bain d'eau glaciale. Ces nuits-là, même si c'est illégal, je pense à ces mots étranges et terribles – « je t'aime » –, et je me demande quel goût ils auraient sur ma langue, tout en m'efforçant de me souvenir de la musique que ma mère leur donnait.

Naturellement, je garde bien précieusement le secret de Gracie. Je suis la seule à savoir qu'elle n'est ni bête ni diminuée, qu'elle n'a aucun problème. Je suis la seule à l'avoir jamais entendue parler. Une nuit qu'elle était venue se faufiler sous mes draps, je me suis réveillée au tout petit matin, à l'heure où les ombres nocturnes commencent seulement à quitter la chambre. Elle sanglotait en silence contre l'oreiller, répétant inlassablement le même mot, que je distinguais à peine, parce qu'il était étouffé par la couverture : « Maman, maman, maman... » À croire qu'elle essayait de ravaler sa douleur, que celle-ci l'étranglait dans son sommeil. Je l'avais serrée dans mes bras et, après ce qui m'avait paru des heures, l'épuisement avait fini par avoir raison d'elle et elle s'était rendormie, la tension désertant peu à peu son corps, le visage chauffé et rougi par les larmes.

Voilà la raison de son mutisme. Tous les autres termes de son vocabulaire sont éclipsés par ce mot unique, trop grand, dont l'écho occupe encore les recoins sombres de sa mémoire. *Maman*.

Je sais. Je me souviens.

Je m'assieds dans mon lit et observe le rai de lumière qui s'étire sur le mur, tout en guettant les cris des mouettes. J'avale une gorgée d'eau dans le verre posé sur ma table de nuit. Nous sommes le 2 juin. Quatre-vingt-quatorze jours.

J'aimerais, pour Grace, que l'intervention puisse avoir lieu plus tôt. Je trouve du réconfort à l'idée que, le moment venu, elle guérira, elle aussi. Un jour, elle sera sauvée, les souffrances passées seront aussi faciles à avaler que les bouillies que l'on sert aux bébés.

Un jour, nous serons tous sauvés.

Lorsque je réussis à me traîner jusqu'à la cuisine (ayant l'impression que quelqu'un m'a frotté les yeux avec du sable), l'incident de la veille, ou plutôt sa version officielle, passe aux informations. Carol baisse le volume de notre minuscule télé pendant qu'elle prépare le petit déjeuner, et je me rendors presque, bercée par les murmures des journalistes.

« Hier, un camion de bétail destiné aux abattoirs a été interverti avec un chargement de produits pharmaceutiques. Cette erreur est à l'origine de l'hilarante scène de pagaille que vous pouvez voir sur votre écran. »

Soit des infirmières poussant des cris perçants en se débattant avec des vaches mugissantes.

L'explication est on ne peut plus farfelue, mais tant que les Invalides ne sont pas mentionnés, tout le monde est content. Nous ne sommes pas censés connaître leur existence, et ils ne sont d'ailleurs pas censés exister : on raconte qu'ils ont été exterminés il y a plus de cinquante ans, pendant le blitz.

À l'époque, le Gouvernement avait décidé de fermer les frontières des États-Unis. Actuellement, elles sont gardées en permanence par des militaires. Personne ne peut les franchir, ni pour entrer ni pour sortir. Toutes les communautés dont l'existence a été officiellement reconnue et acceptée doivent également protéger leur territoire, ainsi le veut la loi, et les déplacements entre deux communautés requièrent un accord écrit des représentants municipaux du Gouvernement, qu'il faut obtenir six mois à l'avance. Ces règles garantissent notre sûreté. « Sécurité, inviolabilité, bien commun » : voilà la devise de notre pays.

Pour l'essentiel, l'entreprise du Gouvernement a réussi. Nous n'avons pas connu de guerre depuis la fermeture des frontières, et il n'y a pour ainsi dire plus de crimes, à l'exception d'actes de vandalisme isolés ou de vols sans importance. La haine n'existe plus aux États-Unis, en tout cas parmi les Invulnérables. On trouve bien quelques cas sporadiques de détachement maladif, mais toutes les interventions médicales comportent un risque.

Toutefois, jusqu'à présent, le Gouvernement n'est pas parvenu à débarrasser le pays des Invalides : ils constituent la seule faiblesse du système. Voilà pourquoi nous ne parlons pas d'eux. Nous prétendons que la Nature et les gens qui la peuplent n'existent pas. Le mot lui-même n'est d'ailleurs prononcé que très rarement, à l'occasion de la disparition d'un citoyen soupçonné d'être un Sympathisant ou de la fuite d'un jeune couple voulant éviter le Protocole.

Il y a néanmoins une excellente nouvelle : toutes les Évaluations de la veille ont été annulées. Nous recevrons une nouvelle convocation, j'aurai donc une seconde chance. Et cette fois, je le jure, je ne la gâcherai pas. Je m'en veux terriblement d'avoir flanché.

Dans l'univers familier de la cuisine rutilante – les tasses bleues ébréchées remplies de café, les bips irréguliers du micro-ondes (l'un des rares appareils électriques que Carol nous autorise à utiliser, avec les ampoules) –, la journée d'hier m'apparaît comme un long rêve étrange. C'est un miracle en réalité qu'une bande d'Invalides fanatiques ait décidé de libérer un troupeau de vaches au moment précis où je ratais l'examen le plus important de ma vie. Je ne comprends toujours pas ce qui m'a pris. Quand je repense aux dents de Lunettes et au moment où je me suis entendue répondre « gris », je frémis. Quelle idiote !

Soudain, je me rends compte que Jenny vient de me poser une question.

— Quoi ?

Je cligne des yeux pour qu'elle cesse de danser dans mon champ de vision. J'observe ses mains, qui découpent une tranche de pain grillé en quarts bien nets. De haut en bas, puis de gauche à droite. Le couteau heurte le rebord de l'assiette chaque fois.

— Je t'ai demandé ce qui clochait chez toi. On dirait que tu vas vomir ou un truc dans le genre.

— Jenny, la reprend Carol, qui fait la vaisselle. Tu pourrais parler d'autre chose pendant que ton oncle petit-déjeune.

— Je vais très bien. Je suis juste un peu fatiguée.

J'arrache un morceau de pain grillé et je le passe sur le morceau de beurre ramolli au milieu de la table avant de me forcer à manger. Un interrogatoire familial en règle est bien la dernière chose qu'il me faut.

Carol se retourne pour m'examiner. Son visage m'a toujours évoqué celui d'une poupée. Même lorsqu'elle s'anime, même lorsqu'elle est furieuse, heureuse ou décontenancée, ses traits restent étonnamment inexpressifs.

— Tu n'as pas réussi à trouver le sommeil ?

— Si. J'ai fait un cauchemar, rien de plus.

À l'autre extrémité de la table, mon oncle William relève aussitôt le nez de son journal.

— Oh, mon Dieu ! Vous savez quoi ? Lena vient juste de me rappeler que j'ai rêvé cette nuit, moi aussi.

Carol hausse les sourcils, et Jenny manifeste également son intérêt. Il est extrêmement rare de rêver une fois qu'on est immunisé. Un jour, ma tante m'a raconté qu'aux rares occasions où ça lui arrive, elle voit des piles d'assiettes, immenses, qui s'élèvent jusqu'au ciel, et qu'elle les escalade parfois pour rejoindre, au-delà des nuages, leur sommet. Mais son ascension est sans fin, l'amas de vaisselle s'étend à l'infini. À ce que j'en sais, ma sœur Rachel ne rêve plus du tout.

En souriant, William poursuit :

— Je réparais le joint de la fenêtre dans la salle de bains. L'autre jour, je t'ai dit qu'il y avait un courant d'air, Carol, tu te souviens ? Bref, j'appliquais la silicone, mais chaque fois que j'avais terminé, elle se désagrégeait, tels des flocons de neige, et le vent passait à nouveau sous la fenêtre, ce qui faisait que je devais tout recommencer. Encore, et encore, et encore… Ça durait des heures.

— C'est très étrange, commente ma tante en posant des œufs au plat sur la table.

Ils sont très baveux, comme mon oncle les aime, et les jaunes tremblotent, pareils à des danseuses de hula hoop, sur le blanc luisant d'huile. Mon estomac se soulève.

— Pas étonnant que je sois si fatigué ce matin, conclut-il. J'ai bricolé toute la nuit.

Tout le monde éclate de rire, sauf moi. J'engouffre un autre morceau de pain en me demandant si je rêverai encore, une fois guérie.

J'espère que non.

Cette année, pour la première fois depuis la sixième, je n'ai pas un seul cours en commun avec Hana, et je ne la retrouve qu'en fin de journée, dans les vestiaires, au moment de nous préparer pour aller courir, alors même que la saison de cross-country est terminée depuis quinze jours. (À l'occasion de la sélection régionale, j'ai quitté Portland pour la troisième fois de ma vie : nous n'avons parcouru qu'une soixantaine de kilomètres sur l'autoroute grise et morne de la municipalité, pourtant ma gorge était si serrée que j'avais du mal à déglutir.) Hana et moi, on chausse nos baskets dès qu'on en a l'occasion, même pendant les vacances scolaires.

J'ai commencé à courir quand j'avais six ans, après le suicide de ma mère. La première fois que j'ai fait plus d'un kilomètre, c'était le jour de son enterrement. On m'avait dit de rester à l'étage le temps que ma tante prépare la maison pour la messe et dispose la nourriture sur une table. Marcia et Rachel étaient chargées de m'aider à m'habiller, mais soudain une dispute avait éclaté, et elles ne m'avaient plus prêté la moindre attention. Je m'étais donc aventurée au rez-de-chaussée pour demander à ma tante de remonter la fermeture Éclair dans mon dos. Mme Eisner, sa voisine à l'époque, était avec elle. Au moment où j'avais pénétré dans la cuisine, celle-ci était en train de dire : « C'est affreux, bien entendu, mais il n'y avait plus aucun espoir pour elle. Les choses sont pour le mieux. Lena a tout à y gagner, également. Qui voudrait d'une mère pareille ? »

Je n'étais pas censée assister à cet échange. Mme Eisner avait poussé un cri étouffé en me voyant avant de refermer la bouche avec un petit bruit sec, pareil à celui d'un bouchon qu'on enfonce dans le goulot d'une bouteille. Ma tante était restée plantée là et, à cet instant précis, j'avais eu le sentiment que le monde et l'avenir s'écroulaient, j'avais compris que cette cuisine, avec son lino crème immaculé, sa lumière blafarde et son énorme masse de gelée vert vif sur le comptoir, était le seul endroit qui me restait, maintenant que ma mère n'était plus.

Soudain, la situation m'était devenue insupportable. Je ne pouvais plus souffrir le spectacle de tante Carol dans cette cuisine qui, je le savais, serait bientôt la mienne. Je ne pouvais plus souffrir la vue de la gelée. Ma mère détestait ça. Mon corps entier s'était mis à me démanger, comme si un millier de moustiques vrombissaient dans mes veines, me piquant de l'intérieur, me donnant envie de hurler, de sauter, de me tortiller.

Alors, j'avais pris la fuite en courant.

Dans les vestiaires, je trouve Hana occupée à lacer ses baskets, un pied en appui sur un banc. J'ai un secret inavouable : si j'aime autant courir avec elle, c'est en partie parce que cette activité est la seule minuscule petite chose que je réussis mieux qu'elle. Mais je préférerais mourir plutôt que de le reconnaître.

Je n'ai pas encore eu le temps de me débarrasser de mon sac qu'elle m'a déjà attrapée par le bras.

— Tu arrives à le croire, toi ?

Elle retient un sourire, et ses yeux, qui passent par différentes couleurs – bleu, vert, doré –, ont cette lueur d'excitation que je leur connais bien.

— C'était forcément un coup des Invalides, poursuit-elle. En tout cas, tout le monde le dit.

Nous sommes seules dans les vestiaires, la saison sportive étant terminée, mais je lance, d'instinct, un regard nerveux autour de moi.

— Parle moins fort.

Elle recule d'un pas et rejette ses cheveux sur le côté.

— Détends-toi, j'ai passé la pièce au peigne fin. J'ai même vérifié les toilettes. On est tranquilles.

J'ouvre le casier que j'utilise depuis mon arrivée à Sainte-Anne, il y a dix ans. Le fond est tapissé de papiers de chewing-gums, de Post-it déchirés et de trombones égarés, sur lesquels sont posés, en tas informe, mes affaires de sport, deux paires de baskets, mon maillot de l'équipe de cross et une dizaine de flacons à moitié vides (déodorant, après-shampooing et parfum). Dans moins de deux semaines, je serai diplômée et je ne reverrai plus jamais ce casier, ce qui, l'espace d'une seconde, me rend triste. Je sais que le parfum des salles de sport est censé être repoussant, mais je l'ai toujours adoré : les effluves chimiques des produits d'entretien mêlés à l'odeur des déodorants, des ballons de foot et même à celle, persistante et diffuse, de la sueur. Ça me rassure. La vie a un fonctionnement surprenant : on désire si fort certains changements qu'ils mettent, semble-t-il, une éternité à se produire, et pourtant, dès qu'ils sont imminents, on rêverait de suspendre le temps pour se pelotonner dans l'instant les précédant.

— Qui ça, « tout le monde » ? Aux infos, ils ont expliqué que c'était une erreur de transport, ou un truc dans le genre.

J'éprouve le besoin de répéter la version officielle, même si je sais aussi bien que Hana que ce sont des craques. Elle s'assied à califourchon sur le banc, sans me quitter des yeux. À son habitude, elle oublie que je déteste me sentir observée pendant que je me change.

— Ne joue pas les imbéciles. Si les infos l'ont dit, on a justement la preuve que c'est faux. Et qui confond une vache et une boîte de médocs ? Ce n'est pas comme si c'était compliqué de faire la différence.

Je hausse les épaules. De toute évidence, elle a raison. Je me détourne légèrement : je n'ai jamais été aussi à l'aise avec mon corps que Hana et d'autres filles de Sainte-Anne, je n'ai jamais réussi à dépasser la sensation bizarre qu'il a été mal conçu aux endroits clés. Que j'ai été dessinée par un artiste amateur : tant qu'on n'y regarde pas de trop près, tout va bien, mais dès qu'on s'attache aux détails, les maladresses et les erreurs sautent aux yeux.

Hana commence ses étirements sans changer de sujet pour autant. Je n'ai jamais rencontré quelqu'un de plus fasciné par la Nature qu'elle.

— Quand on y réfléchit bien, c'est assez incroyable. Tu imagines l'organisation que ça demande ? Ils devaient être quatre ou cinq, sinon plus, pour tout coordonner.

Je repense au garçon dans l'observatoire, avec ses cheveux couleur feuilles d'automne, et sa façon de rire, la tête rejetée en arrière, dévoilant la voûte sombre de sa bouche. Je n'en ai parlé à personne, pas même à Hana, et je le regrette à présent.

— Quelqu'un s'est sans doute procuré les codes de sécurité, poursuit-elle. Un Sympathisant, peut-être...

La porte des vestiaires s'ouvre avec fracas, et nous sursautons toutes les deux en échangeant un regard surpris. Des bruits de pas rapides sur le lino. Après quelques secondes d'hésitation, Hana lance, avec naturel, un sujet de discussion anodin : la couleur des robes pour la cérémonie de remise des diplômes. Elles seront orange cette année. Mme Johanson, qui dirige l'équipe d'athlétisme, apparaît alors derrière une rangée de casiers, balançant son sifflet au bout d'un doigt.

— Au moins, on a évité le marron, contrairement à Fielston Prep, réponds-je même si je n'ai écouté Hana que d'une oreille distraite.

Mon cœur bat la chamade, l'image du garçon m'obsède, et je me demande si Mme Johanson nous a entendues prononcer le mot « Sympathisant » ; elle nous gratifie d'un simple signe de tête, c'est donc peu probable.

J'ai appris à exceller à ce petit jeu : dire une chose quand on en pense une autre, faire semblant d'être attentif quand on a la tête ailleurs ou d'être paisible et heureux alors qu'en réalité on panique. C'est l'une des aptitudes que l'on développe en grandissant, lorsque l'on découvre qu'une oreille peut toujours traîner. La première fois que j'ai utilisé le téléphone portable que ma tante et mon oncle partagent, je me suis étonnée que ma discussion avec Hana soit coupée, à intervalles irréguliers, par des interférences. Carol m'a alors expliqué qu'il s'agissait des appareils d'écoute du Gouvernement : ils enregistrent, de façon aléatoire, des bribes de conversations téléphoniques, puis les analysent, à la recherche de mots clés tels qu'*amour*, *Invalide* ou *Sympathisant*. Ils ne visent personne en particulier : tout est laissé au hasard pour davantage d'équité.

Ce qui est presque pire. J'ai la sensation quasi permanente qu'une énorme paire d'yeux risque de se poser sur moi à tout instant, de percer à jour mes pensées coupables, et qu'alors je me pétrifierai à la façon d'un animal pris dans la lumière d'un phare.

Parfois, j'ai l'impression qu'il y a deux moi qui coexistent : celui, superficiel, qui opine quand il faut et dit ce qu'on attend de lui, et l'autre, enfoui, qui s'inquiète, qui rêve et qui aime le gris. La plupart du temps, ils sont parfaitement en phase et je remarque à peine qu'ils sont distincts, mais, de temps en temps, j'ai le sentiment d'être constituée de personnes différentes et de courir le risque à tout instant de me déchirer en deux. Un jour, je me suis confiée à Rachel. Elle s'est contentée de me répondre, en souriant, que tout s'arrangerait avec le Protocole. Après le Protocole, a-t-elle ajouté, tout irait comme sur des roulettes et chaque journée s'écoulerait paisiblement.

— Je suis prête !

Je referme la porte de mon casier pour ponctuer ma phrase. Des toilettes nous parvient le sifflement de Mme Johanson. Suivi du bruit d'une chasse d'eau. De celui d'un robinet.

— C'est mon tour de choisir l'itinéraire, lance Hana, le regard scintillant, et, sans me laisser le temps de protester, elle bondit en avant pour me donner une bourrade. Touchée ! Attrape-moi, maintenant !

Sur ce, elle s'élance vers la porte, en riant aux éclats, et je dois courir pour la rejoindre.

Plus tôt dans la journée il a plu, l'orage a rafraîchi l'air. Dans les rues, les flaques s'évaporent, voilant Portland d'une brume miroitante. Au-dessus de nos têtes, le ciel est d'azur à présent. L'eau de la baie est calme et argentée, la côte, pareille à une énorme ceinture, semble la maintenir en place.

Je n'ai pas demandé à Hana où elle comptait aller, mais je ne suis pas surprise de la voir prendre la direction du vieux port, en empruntant le sentier qui longe Commercial Street et remonte aux laboratoires. On se cantonne généralement aux rues adjacentes, moins fréquentées, mais aujourd'hui c'est peine perdue. Il est 15 h 30, les cours sont terminés et les trottoirs sont bondés d'étudiants qui rentrent chez eux. Nous sommes dépassées par quelques bus vrombissants et une ou deux voitures. Celles-ci étant censées porter chance, à leur passage les gens tendent la main pour effleurer les capots luisants ou les vitres propres, qui ne tarderont pas à être maculés de traces de doigts.

Nous courons de front, Hana et moi, et échangeons des ragots. Nous n'évoquons pas le fiasco de la veille ni les rumeurs au sujet des Invalides, il y a trop de monde autour de nous. Elle mentionne son examen d'éthique, et je lui raconte la bagarre entre Cora Dervish et Minna Wilkinson. Nous parlons également de Willow Marks, qui n'est pas venue en cours depuis le mercredi précédent. Des Régulateurs l'auraient trouvée dans le parc de Deering Oaks la semaine dernière après le couvre-feu. En compagnie d'un garçon.

Des bruits circulent sur son compte depuis des années : c'est le genre de fille qui passionne les gens. Elle est blonde, mais se fait des mèches de couleurs différentes, et je me souviens qu'en troisième, à l'occasion d'une sortie scolaire au musée, en passant devant un groupe de garçons de Spencer Prep, elle avait dit, si fort qu'un des adultes qui nous accompagnaient aurait très bien pu l'entendre : « Je rêve d'en embrasser un sur les lèvres. » Elle aurait d'ailleurs été surprise en train de flirter avec un garçon en seconde et s'en serait tirée avec un avertissement parce qu'elle ne montrait aucun signe de *deliria*.

De temps à autre, les gens commettent des erreurs : les scientifiques ont démontré que c'était le résultat du même genre de déséquilibre moléculaire et hormonal que celui qui conduit parfois à l'Anormalité, autrement dit à ce que des garçons soient attirés par des garçons, et des filles par des filles. Ces pulsions sont, elles aussi, corrigées par le traitement.

Mais, cette fois, l'affaire est sérieuse, apparemment ; Hana lâche la bombe au moment où nous nous engageons dans Center Street : M. et Mme Marks ont décidé d'avancer de six mois la date de l'opération de Willow, elle ratera la remise des diplômes. Je n'en reviens pas.

— Six mois ? Mais c'est dangereux, non ?

Nous courons à un rythme soutenu depuis vingt minutes, et je suis incapable de savoir si mon cœur s'affole à cause de l'effort physique ou de la nouvelle. Je suis plus essoufflée que de coutume, comme si quelqu'un me comprimait la poitrine.

Hana incline la tête vers la droite, pour indiquer un raccourci par une ruelle, avant de répondre :

— Ce n'est pas la première fois que le Protocole est anticipé.

— Ouais, mais ça n'a jamais réussi. Tu penses aux effets secondaires ? Aux troubles mentaux ? Aux problèmes de vision ?

Si les scientifiques interdisent l'opération aux mineurs, c'est principalement parce qu'elle ne réussit pas aussi bien sur les jeunes et que, dans les cas les plus graves, elle a provoqué des dégâts dramatiques. L'hypothèse qu'ils privilégient est que le cerveau et les circuits neurologiques sont encore trop malléables avant dix-huit ans. À vrai dire, plus tard on subit l'opération, meilleurs sont les résultats, mais la majeure partie de la population est traitée autour de son dix-huitième anniversaire.

— Ils doivent considérer que c'est un risque à prendre. Ça vaut toujours mieux que d'attraper l'*amor deliria nervosa*, non ? Le plus fatal des maux mortels...

On trouve cette accroche en tête de tous les pamphlets sur le *deliria*. Hana le récite d'un ton égal, qui me noue le ventre. Avec la bousculade de la veille, j'ai oublié son attitude juste avant l'Évaluation, mais tout me revient en force, ses propos ainsi que son air étrange, son regard voilé et indéchiffrable.

Ma respiration est de plus en plus heurtée et je sens une crampe poindre dans ma cuisse droite. Le seul moyen de la combattre est de forcer la cadence.

— Plus vite, limace !

— Envoie la sauce !

Un immense sourire lui barre le visage, et nous accélérons de concert. La douleur dans mes poumons enfle avant de se diffuser un peu partout, laminant la moindre parcelle de mon corps. Ma crampe à la jambe me fait tressaillir chaque fois que mon talon entre en contact avec le macadam. Il en est toujours ainsi entre le troisième et le quatrième kilomètre, comme si le stress, l'angoisse, l'irritation et la peur réunis se transformaient en souffrance physique, en millions d'aiguilles me transperçant. Je deviens alors incapable de reprendre mon souffle ou de penser à autre chose que : « Je n'y arriverai pas, je n'y arriverai pas, je n'y arriverai pas. »

Puis la douleur disparaît tout aussi subitement qu'elle est apparue, la crampe s'évanouit et le poids se soulève de ma poitrine, me permettant de respirer normalement. Aussitôt, je me mets à exulter : je me réjouis du contact du sol sous mes pieds, de la simplicité des mouvements, du déroulement des chevilles, de la progression dans le temps et l'espace, de la liberté totale et de la délivrance. Je jette un coup d'œil à Hana. Je lis sur son visage qu'elle éprouve les mêmes sentiments, qu'elle a franchi le mur, elle aussi. Elle sent mon regard sur elle et se tourne vers moi, sa queue-de-cheval blonde décrivant un arc lumineux, pour m'indiquer que tout va bien.

Étonnamment, je n'ai jamais autant l'impression d'être proche d'elle que lorsque nous courons ensemble. Même quand nous ne parlons pas, j'ai le sentiment qu'un lien invisible nous unit, que nos bras et nos jambes se meuvent à l'unisson, que nous obéissons au même rythme muet. Jour après jour, je mesure un peu plus que ça aussi, ça changera après le Protocole. Hana se cantonnera à l'ouest de la ville et se liera avec ses voisins, plus riches et plus sophistiqués que moi. De mon côté, j'habiterai dans un appartement minable de Cumberland Street, et elle ne me manquera pas ou, du moins, je ne me souviendrai pas de ce que j'éprouvais lorsque nous courions côte à côte. On m'a prévenue qu'après le Protocole je n'aimerais peut-être plus courir. C'est l'un de ses autres effets secondaires : les gens changent souvent d'habitudes, perdant tout intérêt pour des activités et des choses qu'ils affectionnaient avant.

« Une fois guéris, les citoyens sont à l'abri de tout désir violent, et ils n'ont ainsi plus à endurer de souffrances, présentes comme passées » (« Après le Protocole », *Manuel pour la sûreté, la santé et la satisfaction*, p. 132).

Le monde tourbillonne autour de moi, les piétons et les rues se fondent en un long ruban de couleurs et de sons se déroulant sous mes yeux. Nous dépassons Saint-Vincent, la plus grande école pour garçons de Portland. Une demi--

douzaine d'élèves jouent au basket, ils se lancent le ballon mollement en s'interpellant. Leurs échanges sont confus, série indistincte de mots, de cris et d'éclats de rire, comme toujours lorsque les garçons sont en bande, dans la rue ou sur la plage. À croire qu'ils ont un langage propre... Pour la millième fois environ, je me réjouis que la politique de ségrégation nous tienne à distance les uns des autres la plupart du temps.

Au moment où nous passons devant eux, je perçois une pause d'une fraction de seconde : ils redressent la tête et la pivotent dans notre direction. Je suis trop gênée pour soutenir leur regard. Mon corps entier brûle, j'ai l'impression qu'on vient de me plonger dans un four, tête la première. Pourtant, un instant plus tard à peine, je sens leurs yeux glisser sur moi, harponnés par Hana. Le soleil qui joue dans ses cheveux d'or m'éblouit.

La douleur s'insinue de nouveau dans mes jambes, elles me paraissent soudain très lourdes, mais je me force à continuer : nous nous engageons dans Commercial Street et laissons Saint-Vincent dans notre dos. Hana doit accélérer pour me rattraper. Je me tourne vers elle et réussis à haleter :

— On fait la course !

Hana donne un coup de collier en s'aidant des bras et manque de me rejoindre, mais je baisse la tête et bondis en avant, moulinant des jambes aussi vite que possible, tout en remplissant d'air mes poumons, qui me semblent avoir la taille d'un petit pois, et en faisant la sourde oreille aux hurlements de mes muscles. Ma vision périphérique se trouble et je ne vois plus que le grillage qui barre la rue devant nous. Lorsque je m'affale dessus, il tremble sous mon poids.

— J'ai gagné ! hurlé-je en me retournant.

Hana arrive une seconde plus tard, hors d'haleine. Pour ralentir notre rythme cardiaque, nous nous mettons à marcher en cercle, hoquetant et avalant de grandes goulées d'air entre deux éclats de rire. Lorsque Hana retrouve enfin son souffle, elle se redresse en s'esclaffant :

— Je t'ai laissée gagner !

C'est une vieille blague entre nous. Je décoche un coup de pied dans les gravillons et elle évite les projectiles.

— Si ça te fait plaisir de le penser !

Des mèches se sont échappées de ma queue-de-cheval. Je me débats avec l'élastique pour libérer entièrement ma chevelure, puis je me penche en avant afin de sentir la caresse du vent sur ma nuque. La sueur qui ruisselle le long de mon visage me pique les yeux.

— Jolie coiffure !

Hana me bouscule légèrement et je me déplace de côté en redressant la tête pour lui rendre son coup avec mes cheveux. Elle esquive. Le grillage en travers de la rue marque l'entrée d'une allée de service. Il est occupé, en son centre, par un petit portillon métallique. Hana l'enjambe et me fait signe de la suivre. Je n'avais pas examiné les environs : l'allée de service débouche sur un parking, occupé par une forêt d'immenses bennes et de hangars pour les chargements des cargos. Au-delà se trouve l'alignement familier des bâtiments blancs, semblables à d'énormes dents. Il doit s'agir de l'arrière des laboratoires. Je m'avise seulement que le grillage est coiffé de barbelés et parcouru de panneaux, par intervalles de cinq mètres, qui clament : PROPRIÉTÉ PRIVÉE. ENTRÉE INTERDITE. ACCÈS RÉSERVÉ AU PERSONNEL.

— Je ne suis pas sûre que nous soyons censées...

— Allez, un peu d'audace ! m'interrompt-elle.

Je promène rapidement mon regard sur le parking et la rue derrière nous. Personne. La guérite de sécurité, sise derrière le grillage, est vide, elle aussi. Je me penche en avant pour jeter un coup d'œil à l'intérieur. Un sandwich entamé, emballé dans un papier gras, est posé sur un petit bureau à côté d'une pile de livres en équilibre précaire et d'une vieille radio qui crache un grésillement entrecoupé d'extraits de musique. Je n'aperçois aucune caméra de surveillance, pourtant il doit y en avoir – tous les bâtiments officiels en sont équipés. J'hésite une longue seconde avant de franchir le portillon à mon tour et de rattraper Hana. Ses yeux brillent d'excitation, et je comprends que, depuis le début, elle voulait venir ici.

— Les Invalides ont dû emprunter cette entrée, lance-t-elle toujours essoufflée, reprenant la conversation entamée dans les vestiaires. Tu ne crois pas ?

— Ça n'a en effet pas l'air très compliqué.

Je tente de feindre le détachement, mais la situation dans son ensemble (l'allée de service déserte et l'immense parking chauffé par le soleil, les bennes bleues et les fils électriques zigzaguant dans le ciel, les toits scintillants des bâtiments blancs) me met mal à l'aise. Tout est plongé dans le silence, et immobile, figé presque, comme dans un rêve ou juste avant un énorme orage. Je n'ose pas le dire à Hana, mais je serais prête à donner n'importe quoi pour retourner dans le dédale familier de rues et de boutiques entourant le vieux port.

Bien qu'il n'y ait personne alentour, j'ai l'impression d'être observée. C'est une sensation plus désagréable encore que celle que j'éprouve à l'école, dans la rue et même à la maison, où je dois surveiller mes faits et gestes, pire que celle d'être pris au piège, à laquelle tout le monde finit pourtant par s'habituer.

— Ouais, lance Hana en décochant un coup de pied dans la poussière compacte, qui se soulève en un petit nuage et retombe aussitôt. La sécurité laisse à désirer pour un centre médical de cette envergure.

— Pour un ranch, tu veux dire !

— Je ne suis pas certain d'apprécier votre sens de l'humour...

La voix s'est élevée dans notre dos, et nous sursautons simultanément, Hana et moi. Je fais volte-face et la Terre s'arrête de tourner. Un garçon se dresse là, les bras croisés, la tête penchée sur le côté. Un garçon à la peau dorée et aux cheveux comme des feuilles d'automne sur le point de tomber.

C'est lui. Le garçon d'hier, l'Invalide.

Sauf que, de toute évidence, il n'a rien d'un Invalide. Il porte la chemisette bleue des employés de la sécurité sur un jean, et un badge plastifié est fixé à son col.

— Je m'absente deux secondes pour aller remplir ma bouteille, poursuit-il en nous indiquant celle-ci, et je me retrouve avec deux intruses sur les bras.

Ma stupeur est telle que je suis incapable de bouger ou de parler. Hana, qui doit me croire terrorisée, s'empresse de prendre la parole :

— Nous n'avons rien fait de mal. Nous faisions un jogging et nous... nous nous sommes perdues.

Le garçon prend un air narquois et bascule d'avant en arrière sur ses talons.

— Vous n'avez pas vu les pancartes dehors ? « Entrée interdite » ? « Accès réservé au personnel » ?

Hana baisse les yeux, gagnée par la nervosité à son tour. Elle est mille fois plus confiante que moi, mais ni elle ni moi ne sommes habituées à discuter avec un garçon dans un lieu public, encore moins un employé de la sécurité, et elle a dû réaliser qu'il disposait d'une tonne de motifs pour nous arrêter.

— On devait être distraites, marmonne-t-elle.

— Mmmm, répond-il en haussant les sourcils.

Il est évident qu'il n'ajoute aucune foi à nos paroles, mais il ne semble pas en colère pour autant.

— Ces panneaux sont assez discrets, persifle-t-il. Et il n'y en a qu'une dizaine. Je comprends qu'ils vous aient échappé.

Il détourne le regard une seconde, les paupières plissées, et j'ai l'impression qu'il essaie de refréner un fou rire. Il ne ressemble pas aux autres gardiens que j'ai pu croiser, en tout cas pas à ceux qui sont postés à la frontière et tout autour de Portland, vieux, bedonnants et renfrognés. Je me rappelle que, la veille, j'aurais mis ma main à couper qu'il venait de la Nature.

Et j'aurais eu tort. Au moment où il tourne la tête, j'aperçois le signe infaillible de la guérison : la marque du Protocole, une cicatrice triangulaire juste à côté de l'oreille gauche, où les scientifiques plantent une aiguille à trois pointes, qui sert uniquement à immobiliser le patient pour que le traitement puisse lui être administré. Les gens arborent leur cicatrice à la façon d'une médaille honorifique ; il est rare de croiser des Invulnérables portant les cheveux longs, et les femmes qui ne les ont pas fait couper s'arrangent toujours pour les tirer en arrière.

Ma peur s'estompe : parler avec un Invulnérable n'a rien d'illégal. Les règles de ségrégation ne s'appliquent pas dans ce cas. Je ne suis pas certaine qu'il m'ait reconnue ; quoi qu'il en soit, il n'en donne aucun signe. N'en pouvant plus, je finis par lâcher :

— Je t'ai vu...

À la dernière seconde, je m'interromps. *Je t'ai vu hier. Tu m'as fait un clin d'œil.* Hana ne dissimule pas sa stupéfaction :

— Vous vous connaissez, tous les deux ?

Elle me décoche un regard interrogateur : elle sait pertinemment que je n'ai jamais échangé plus de deux mots avec un garçon, sauf pour demander pardon quand je veux me frayer un chemin à travers la foule, ou m'excuser quand je marche involontairement sur les pieds de quelqu'un. Nous ne sommes autorisées qu'à avoir des contacts restreints avec les membres de la gent masculine qui ne sont pas de notre famille. Même lorsqu'il s'agit d'Invulnérables. (D'ailleurs, à l'exception des médecins et des professeurs, nous n'en avons pas l'occasion.)

Le garçon m'observe sans se départir de son calme ni de son professionnalisme, pourtant, je jurerais avoir aperçu une étincelle dans son regard, exprimant l'amusement ou le plaisir.

— Non, répond-il d'une voix égale, nous ne nous sommes jamais rencontrés. Je m'en souviendrais.

Le même éclat fugace passe dans son regard. « Serait-il en train de se payer ma tête ? »

— Je suis Hana, se présente celle-ci. Et voici Lena.

Elle me donne un coup de coude ; je dois ressembler à un poisson, les yeux ronds et la bouche grande ouverte, mais je suis trop époustouflée pour parler. Il ment. Je sais qu'il s'agit du garçon que j'ai vu hier, je le parierais sur ma vie.

— Alex, enchanté de faire votre connaissance.

Il ne me quitte pas des yeux lorsqu'il serre la main de Hana. Puis il me tend la sienne en disant :

— Lena… Jamais entendu ce prénom avant.

Je marque une hésitation. Les poignées de main me rendent nerveuse, j'ai l'impression de jouer à l'adulte, déguisée avec des vêtements trop grands pour moi. De plus, je n'ai jamais eu de contact physique avec un inconnu. Mais il ne retire pas sa main et, au bout d'une seconde, je finis par l'accepter. Au moment où nos peaux se touchent, une minuscule décharge électrique me traverse, et je m'écarte aussitôt en lâchant :

— C'est le diminutif de Magdalena.

Alex rejette la tête en arrière et m'observe à travers ses paupières mi-closes.

— Magdalena... ça me plaît.

Je suis troublée par la façon dont il prononce mon prénom. Dans sa bouche, ces syllabes paraissent mélodieuses, et non sèches et anguleuses, ainsi que mes professeurs les ont toujours fait sonner. En plongeant mes yeux dans ses prunelles ambre, je suis subitement assaillie par une réminiscence de ma mère versant du sirop sur une pile de pancakes. Je me détourne, penaude, comme si, ayant réveillé ce souvenir, il pouvait s'en emparer. La gêne engendre toujours la colère chez moi, j'insiste donc :

— Je te connais. Je t'ai vu hier. Tu étais dans l'observatoire du laboratoire, tu... tu...

Une fois de plus, le courage me manque et, à la dernière seconde, je me rétracte. *Tu me regardais.* J'ignore le regard noir que Hana me lance : elle m'en veut de ne lui avoir rien raconté.

Alex reste de marbre. Il ne cille pas et ne se départit pas de son sourire, ne serait-ce qu'un quart de seconde.

— Tu dois faire erreur. Les gardiens ne sont pas autorisés à accéder aux laboratoires pendant les Évaluations. En particulier les gardiens à mi-temps.

Nous nous dévisageons une seconde supplémentaire. À présent, j'ai la certitude qu'il ment, et son sourire nonchalant me donne envie de le gifler. Je serre les poings et inspire profondément en m'efforçant de garder mon calme. Ne perdant pas facilement mon sang-froid, j'ignore pourquoi son attitude m'exaspère autant. Hana brise la tension :

— Alors, la sécurité se résume à ça ? Un gardien à temps partiel et des pancartes ?

Les yeux d'Alex s'attardent sur moi avant de se poser sur Hana, comme s'il remarquait sa présence pour la première fois.

— Qu'est-ce que tu veux dire ?

— Je m'attendais à ce que les labos soient mieux protégés. Ça ne m'a pas l'air très compliqué d'y pénétrer par effraction.

— Tu as l'intention d'essayer ? demande-t-il en haussant les sourcils.

Hana se pétrifie, et mon sang se solidifie dans mes veines. Elle est allée trop loin. Si Alex décide de faire un rapport nous présentant comme des Sympathisantes potentielles ou des fautrices de troubles, nous en aurons pour des mois et des mois d'enquête et de surveillance, et nous pourrons dire adieu à nos chances d'obtenir de bonnes notes à notre Évaluation. Je me représente aussitôt une vie entièrement consacrée à regarder Andrew Marcus se curer le nez, et je flanche.

Percevant sans doute notre peur, Alex brandit les deux mains.

— Détendez-vous, je plaisantais. Vous ne m'avez pas vraiment l'air de terroristes.

Je mesure soudain combien nous devons paraître ridicules avec nos shorts de course, nos débardeurs trempés de sueur et nos baskets fluo. En tout cas moi. Hana, elle, ressemble à un mannequin représentant une marque de sport. De nouveau, je sens le rouge de la honte me monter au visage, suivi d'un accès de colère. Pas étonnant que les Régulateurs aient décidé de ségréguer les garçons et les filles : quel cauchemar d'éprouver en permanence ce mélange d'agacement, d'embarras et de trouble !

— Il s'agit de la zone de chargement des cargos, explique Alex en désignant d'un geste la rangée de hangars. Les vraies mesures de protection sont mises en œuvre plus près des bâtiments. Gardiens permanents, caméras de surveillance, clôtures électrifiées... la totale, quoi.

Je perçois l'excitation de Hana lorsqu'elle demande :

— La zone de chargement ? Tu veux dire que les livraisons arrivent ici ?

Intérieurement, j'entame une prière : « Ne dis rien de débile. Ne dis rien que tu pourrais regretter. Ne parle pas des Invalides. »

— Exactement.

Hana danse sur place, basculant son poids d'avant en arrière. Je voudrais la mettre en garde, mais elle évite soigneusement mon regard.

— Alors, c'est ici que les camions viennent ? Avec l'équipement médical et... et d'autres trucs ?

— En effet.

De nouveau, je crois apercevoir une étincelle dans les yeux d'Alex, alors que ses traits demeurent impassibles. Pourquoi mentirait-il ? Peut-être n'est-il pas autorisé à pénétrer dans les laboratoires pendant les Évaluations. Peut-être riait-il du spectacle apocalyptique au lieu de prêter main-forte.

Et peut-être ne me reconnaît-il vraiment pas, après tout. Nos regards ne se sont croisés que brièvement, et je suis sûre qu'il n'a eu qu'une vision fugace de mon visage quelconque, facile à oublier. Ni joli ni vilain, simplement banal, semblable aux milliers qu'il doit croiser quotidiennement.

Lui, en revanche, n'a rien de banal. La situation a quelque chose de dingue : je parle en plein jour à un inconnu, certes un Invulnérable, et, alors que j'ai la tête qui tourne, mes sens sont comme aiguisés, portant à mon attention des détails minuscules. Je remarque la façon dont une boucle de ses cheveux contourne sa cicatrice, je remarque ses longues mains bronzées, ses dents blanches et la symétrie parfaite de son visage. Son jean, délavé, lui tombe bas sur la taille, et les lacets de ses baskets sont d'un drôle de bleu, à croire qu'il les a coloriés lui-même avec un feutre.

Je m'interroge sur son âge. Je pourrais lui donner le même que le mien, mais il doit être légèrement plus vieux, dix-neuf ans peut-être. Une autre question me traverse l'esprit : a-t-il déjà été apparié ? La réponse est positive, évidemment.

Sans le vouloir, je me suis mise à le dévisager, et il se tourne brusquement vers moi. Je baisse les yeux, prise de la crainte irrationnelle qu'il n'ait réussi à lire dans mes pensées.

— J'aimerais beaucoup visiter les lieux, suggère Hana sans aucune finesse.

Je lui pince le bras dès qu'Alex a le dos tourné et elle affiche un air penaud. Au moins, elle ne l'a pas cuisiné pour connaître le fin mot de l'incident de la veille, nous évitant la prison ou un interrogatoire.

Tout en jouant avec sa bouteille, qu'il lance et rattrape d'une main, Alex répond :

— Croyez-moi sur parole, il n'y a rien à voir. À moins que vous ne soyez passionnées par les déchets industriels... Dans ce cas-là, bienvenue au paradis ! lance-t-il en désignant les bennes d'un signe de tête. Ah, j'oubliais ! Nous jouissons malgré tout de la meilleure vue sur la baie de Portland. C'est l'un de nos privilèges.

— Vraiment ? demande Hana en plissant le nez de surprise, momentanément détournée de son enquête.

Alex opine en lançant, une nouvelle fois, la bouteille. L'eau qu'elle contient réfléchit les rayons du soleil en tournoyant dans les airs, à la façon d'un bijou captant la lumière.

— Je peux vous montrer le point de vue, si vous voulez. Suivez-moi !

Je ne rêve que de déguerpir, mais Hana s'empresse d'accepter la proposition. Je lui emboîte le pas, en maudissant intérieurement sa curiosité et son obsession pour tout ce qui touche aux Invalides et en faisant le vœu de ne plus jamais la laisser choisir notre itinéraire. Alex et elle marchent devant moi, et seules quelques bribes de leur échange me parviennent. Il lui explique qu'il suit des cours dans l'une des facs de la ville, mais son domaine de spécialisation m'échappe ; Hana lui apprend que nous allons bientôt avoir notre diplôme de fin de secondaire ; il lui dit qu'il a dix-neuf ans ; elle lui répond que nous en aurons toutes deux dix-huit d'ici la fin de l'année. Heureusement, ils évitent d'aborder l'événement de la veille.

L'allée de service débouche sur une autre, plus petite et parallèle à Fore Street, qui monte en pente raide vers la promenade côtière. Là sont alignés de grands entrepôts. Le soleil est encore haut dans le ciel, et écrasant. Je suis assoiffée, pourtant, lorsque Alex se retourne pour me proposer sa bouteille, je décline son offre, avec trop de précipitation et de force. L'idée de poser mes lèvres au même endroit que les siennes me rend fébrile.

Nous atteignons le sommet de la côte, pantelants tous trois à cause de l'ascension, et découvrons la baie qui se déploie sur notre droite, semblable à une immense carte aux bleus et aux verts éclatants. Hana retient son souffle. La vue est époustouflante : dégagée et parfaite. Le ciel est rempli de nuages pommelés qui m'évoquent des oreillers de plume, les mouettes décrivent des cercles paresseux au-dessus de l'eau, et les oiseaux au loin forment des motifs qui s'éparpillent presque aussitôt.

Hana s'éloigne de quelques pas.

— Incroyable ! C'est sublime, non ? J'ai beau vivre ici depuis toujours, je ne m'y habitue pas. Je crois que je n'aime jamais autant l'océan qu'au milieu d'un après-midi ensoleillé et lumineux, ajoute-t-elle à mon intention. On dirait une photo. Tu n'es pas d'accord, Lena ?

Profitant de la délicieuse caresse rafraîchissante du vent sur mes bras et mes jambes, de la baie et du soleil chauffé à blanc qui semble clignoter, je suis si détendue que j'en ai presque oublié la présence d'Alex. Il se tient légèrement en retrait et n'a pas desserré les dents depuis que nous avons atteint notre but. Je manque donc de faire un bond de trois mètres lorsqu'il se penche pour me chuchoter au creux de l'oreille : « Gris. »

— Quoi ?

Je me tourne aussitôt vers lui, le cœur battant. Les yeux rivés sur l'eau, Hana poursuit sa tirade, regrettant de ne pas avoir son appareil photo sur elle, puis se demandant pourquoi on n'a jamais ce dont on a besoin. Alex est près de moi, si près que je distingue chacun de ses cils, comme autant de coups de pinceau sur une toile de maître, et je constate que la lumière dans ses yeux se fait dévorante, que ceux-ci semblent brûler.

— Qu'est-ce que tu viens de dire ? soufflé-je dans un murmure rauque.

Il s'approche un peu plus. Des flammes semblent jaillir de ses prunelles et incendier mon corps entier. Je n'ai jamais été aussi proche d'un garçon. J'ai l'impression d'être simultanément sur le point de m'évanouir et de prendre mes jambes à mon cou. Mais je suis incapable de bouger.

— Je préfère l'océan lorsqu'il est gris. Enfin, pas exactement gris. Tu sais, cette couleur pâle, sans nom. Elle me fait penser à ce qu'on éprouve en attendant qu'un événement heureux se produise.

Il se souvient. Il était là. Le sol se dérobe sous mes pieds, exactement comme dans mon rêve avec ma mère. Je ne vois plus que les yeux d'Alex, ainsi que les ombres et les lumières qui y jouent.

— Tu as menti, réussis-je à articuler. Pourquoi ?

Il ne me répond pas et s'écarte de quelques pas avant de lancer :

— Bien sûr, le spectacle est encore plus joli au coucher du soleil. Vers 21 h 30, le ciel s'embrase, en particulier du côté de la baie de Back Cove. Ça vaut vraiment le déplacement.

Il marque une pause et, bien que sa voix soit calme et détachée, j'éprouve soudain le sentiment qu'il essaie de me dire quelque chose d'important.

— Je suis prêt à parier que le coucher de soleil sera particulièrement incroyable, ce soir.

Les rouages de mon cerveau se mettent en marche, décryptant progressivement le sens de ses paroles et sa façon de souligner certains détails. Et soudain, le déclic se produit : il a indiqué un endroit et une heure, il me fixe un rendez-vous.

— Serais-tu en train de me proposer... ?

À cet instant précis, Hana me rejoint et m'attrape par le bras.

— La vache, Lena ! s'exclame-t-elle joyeusement, il est déjà 17 heures passées ! Tu y crois, toi ? On doit absolument rentrer !

Avant que j'aie le temps de répondre ou de protester, elle m'entraîne sur la déclivité et, lorsque j'ai enfin la présence d'esprit de jeter un coup d'œil par-dessus mon épaule pour voir si Alex nous observe ou s'il m'adresse le moindre signe, il a disparu.

Six

Maman, maman, aide-moi à retrouver la maison,
Je suis perdue dans les bois, sans compagnon,
J'ai croisé un loup-garou, vilaine bête barbue,
Il a montré les crocs pour me dévorer toute crue.

Maman, maman, aide-moi à retrouver la maison,
Je suis perdue dans les bois, sans compagnon,
J'ai été attaquée par un vampire, vieux filou,
Il a montré les crocs pour les planter dans mon cou.

Maman, maman, borde-moi,
Je suis à demi morte, je ne rentrerai pas,
J'ai rencontré un Invalide, et il m'a eue, le beau parleur,
Il a montré son sourire, et s'est jeté sur mon cœur.

« L'enfant perdue », *Comptines et contes populaires*,
réunis par Cory Levinson

Ce soir-là, je me montre terriblement distraite. En dressant la table pour le dîner, je verse, par mégarde, du vin dans le verre de Gracie, et du jus d'orange dans celui de mon oncle, et en râpant du fromage je m'écorche tellement les doigts que ma tante me chasse de la cuisine en me disant qu'elle préfère ne pas avoir des morceaux de peau sur ses raviolis. Je ne peux pas m'empêcher de penser aux dernières paroles d'Alex, aux reflets changeants de ses yeux, à l'expression singulière de son visage – comme s'il me lançait une invitation.

« Vers 20 h 30, le ciel s'embrase, en particulier du côté de la baie de Back Cove. Ça vaut vraiment le déplacement... »

Y a-t-il une chance, même infime, pour qu'il ait réellement cherché à me faire passer un message ? Y a-t-il une chance qu'il s'agisse d'un rendez-vous ? Cette idée suffit à me donner le tournis.

Je suis également obnubilée par ce qu'il m'a susurré au creux de l'oreille : « Gris. » Il était là, il m'a vue, il s'est souvenu de moi. Tant de questions se bousculent dans mon esprit que j'ai l'impression que la brume qui envahit souvent la baie de Portland est remontée de l'océan pour s'immiscer sous mon crâne, m'empêchant d'avoir les idées claires.

Ma tante finit évidemment par remarquer que quelque chose cloche. Juste avant le dîner, j'aide toujours Jenny à travailler sur ses devoirs, et aujourd'hui je lui fais réviser ses tables de multiplication. Nous sommes assises par terre dans le salon attenant à la « salle à manger » (une alcôve qui contient à grand-peine une table et six chaises). Le cahier d'exercices ouvert sur mes genoux, je lui pose des questions, mais mon esprit est en pilote automatique et mes pensées sont à des milliers de kilomètres de là. Plus exactement à cinq kilomètres et demi, dans l'anse marécageuse de Back Cove. Je connais la distance avec autant de précision parce que c'est un parcours agréable depuis la maison. Je calcule justement combien de temps il me faudrait pour m'y rendre à vélo, avant de me reprocher intérieurement d'envisager pareille chose.

— Sept fois huit ?

Jenny pince les lèvres avant de répondre :

— Cinquante-six.

— Neuf fois six ?

— Cinquante-deux.

D'un autre côté, aucune loi n'interdit de parler à un Invulnérable. Les Invulnérables ne sont pas dangereux. Ils peuvent même s'ériger en mentors ou en guides spirituels pour les Vulnérables. Alex a beau n'avoir qu'un an de plus que moi, le Protocole nous sépare de façon irrémédiable. Il pourrait aussi bien être mon grand-père.

— Sept fois onze ?

— Soixante-dix-sept.

— Lena ?

Ma tante s'est frayé un chemin dans l'étroite salle à manger et se tient à présent derrière Jenny. Je cligne deux fois des yeux en m'efforçant de me concentrer. La préoccupation se peint sur les traits de Carol.

— Quelque chose ne va pas ? demande-t-elle.

— Non.

Je baisse aussitôt le regard. Je déteste quand ma tante me dévisage de la sorte, j'ai le sentiment qu'elle lit dans mes pensées les plus répréhensibles. Je me sens coupable de songer à un garçon, même invulnérable. Si Carol l'apprenait, elle dirait : « Oh, Lena ! Sois prudente ! Souviens-toi de ce qui est arrivé à ta mère. » Et elle ajouterait : « Le même mal pourrait bien couler dans tes veines. »

Les yeux rivés sur le tapis usé, je poursuis :

— Pourquoi ?

Carol se penche pour attraper le cahier d'exercices posé sur mes genoux et clame de sa voix puissante et haut perchée :

— Neuf fois six font cinquante-quatre. Pas cinquante-deux, Lena, répond-elle en refermant le cahier dans un bruit sec. Je suppose que tu connais tes tables de multiplication, non ?

Jenny me tire la langue. Je rougis en réalisant mon erreur.

— Désolée, je devais juste... avoir la tête ailleurs.

Le silence tombe sur la pièce, les yeux de Carol ne quittent pas un seul instant ma nuque : je sens leur brûlure. J'ai peur de crier, de pleurer ou de tout avouer si elle continue à me fixer. Enfin, elle soupire.

— Tu penses encore à l'Évaluation, n'est-ce pas ?

Je libère mon souffle, et un poids se soulève de ma poitrine.

— Oui, je crois bien, dis-je en hasardant un regard vers elle.

Elle me sourit de son petit sourire fuyant.

— Je sais que tu es déçue d'avoir à tout recommencer. Mais prends les choses du bon côté : tu seras encore mieux préparée.

Je hoche la tête en tentant de me composer une mine réjouie, même si la culpabilité me gagne progressivement. Je n'ai pas songé à l'Évaluation de la journée, pas une seule fois.

— Oui, tu as raison.

— Venez, maintenant, nous passons à table.

Ma tante m'effleure le front : son contact est aussi frais et apaisant qu'une brise légère. La culpabilité enfle davantage mon sein ; je n'en reviens pas d'avoir ne serait-ce que considéré la possibilité de me rendre à Back Cove. Ce serait la pire chose à faire, j'en suis entièrement persuadée, et je me lève pour rejoindre la table, le cœur léger, guillerette, comme lorsqu'on se sent rétabli après une grosse fièvre.

Pourtant, au cours du dîner, ma curiosité et avec elle mes doutes se raniment. Je peine à suivre les conversations. Je ne songe qu'à une chose : « Y aller ? Ne pas y aller ? Y aller ? Ne pas y aller ? » À un moment, remarquant que tout le monde rit à l'anecdote de mon oncle sur l'un de ses clients, je m'esclaffe aussi, malheureusement trop fort et trop longtemps. Tous les regards se braquent sur moi, même celui de Gracie, qui fronce le nez et incline la tête à la façon d'un chien repérant un objet intéressant.

— Tout va bien, Lena ? m'interroge mon oncle, en remontant ses lunettes sur son nez comme pour me voir plus nettement. Je te trouve bizarre…

— Je vais très bien. Je suis juste un peu stressée.

Je joue avec les raviolis dans mon assiette. En temps normal, je suis capable d'engloutir une demi-boîte à moi seule, en particulier après une longue course, et d'enchaîner sur un dessert, mais ce soir je n'en ai avalé que quelques-uns, et encore avec difficulté.

— Fiche-lui la paix, intervient ma tante. Elle est contrariée par son Évaluation qui ne s'est pas déroulée comme prévu.

Ils s'adressent un bref regard, et je sens une poussée d'adrénaline : il est rare qu'ils aient ce genre de complicité muette. La plupart du temps, leurs échanges se limitent aux affaires du quotidien, mon oncle raconte des histoires sur son travail, et ma tante sur les voisins. « Qu'est-ce qu'on mange ce soir ? », « Le toit fuit », bla-bla-bla… Je vais jusqu'à imaginer qu'ils vont faire une entorse et évoquer la Nature, et les Invalides. Mais mon oncle secoue la tête de façon presque imperceptible.

— Ce genre d'erreur arrive tout le temps, rétorque-t-il en plantant les dents de sa fourchette dans un ravioli. L'autre jour, alors que j'avais demandé à Andrew de commander trois caisses de jus d'orange, il s'est trompé de code. Devinez ce que nous avons reçu ? Trois caisses de lait maternel. Je lui ai dit : « Andrew... »

Je m'abstrais, une nouvelle fois, de la discussion, reconnaissante à mon oncle d'être bavard et à ma tante d'avoir pris mon parti. C'est l'un des avantages d'être timide, personne ne vous embête quand vous vous repliez sur vous-même. Je me penche en avant pour jeter un coup d'œil à l'horloge de la cuisine : 19 h 30, et nous n'avons toujours pas fini de dîner. Ensuite, il faudra que j'aide à débarrasser la table et à faire la vaisselle, ce qui peut durer une éternité.

Dehors, le soleil s'effiloche en filaments d'un rose doré. On dirait un sucre d'orge luisant et coloré. Le coucher de soleil sera magnifique, en effet. Je suis soudain tiraillée par une envie de sortir si urgente que je dois me retenir des deux mains à ma chaise pour ne pas bondir et franchir la porte en trombe.

Je finis par me résoudre à mettre un terme à mes angoisses et à me fier à la chance, ou au destin, si l'on préfère. Si nous avons terminé de manger et de ranger à temps pour que je puisse rejoindre Back Cove, j'irai. Sinon, je resterai. Une fois la décision prise, je me sens mille fois mieux et je réussis même à enfourner quelques raviolis supplémentaires avant que Jenny (miracle suprême !), dans un sursaut subit, vide son assiette d'une traite. Ma tante m'informe aussitôt que je peux commencer la vaisselle dès que je le souhaite.

Je me lève pour collecter les assiettes autour de la table. Il est près de 20 heures. Même si je réussis à avoir terminé en quinze minutes, ce qui relèverait de l'exploit, je pourrai difficilement rejoindre la plage pour la demie. Et je ne parle pas d'être rentrée avant 21 heures, autrement dit avant le couvre-feu imposé aux Vulnérables.

Et si quelqu'un me surprend dans les rues après le couvre-feu... J'ignore ce qui se produirait, à la vérité : je ne me suis jamais retrouvée dehors après 21 heures.

Alors que je viens d'accepter l'idée que je ne pourrai jamais faire l'aller-retour à Back Cove à temps, l'inconcevable se produit : ma tante m'arrête au moment où je veux ramasser son assiette.

— Finalement, tu es dispensée de vaisselle ce soir, Lena. Je m'en chargerai.

Tout en parlant, elle pose une main sur mon bras. Comme précédemment, son contact est aussi rafraîchissant et fugace qu'une brise. Avant de réfléchir aux conséquences, je bredouille :

— Ça tombe bien, il faudrait que je passe en vitesse chez Hana.

— Maintenant ? s'étonne-t-elle alors qu'une expression momentanée d'inquiétude – ou de suspicion ? – se manifeste sur ses traits. Mais il est près de 20 heures, déjà !

— Je sais. Nous... elle... elle devait me rendre un manuel, je viens juste de me le rappeler.

À présent, l'expression de suspicion – car il s'agit bien de cela – s'épanouit sur son visage, donnant à ses sourcils la forme d'accents circonflexes et à sa bouche un pli sévère.

— Vous n'avez pas un seul cours en commun, et de toute façon ils sont terminés. Je ne saisis pas bien l'urgence...

— Ce n'est pas pour le lycée !

Je lève les yeux au ciel, tentant de m'inspirer de la nonchalance de Hana, alors que j'ai les paumes moites et le cœur qui bat la chamade. Je poursuis :

— Il s'agit d'une sorte de guide, bourré de tuyaux. Sur l'Évaluation. Hana sait que je ne suis pas encore prête, vu qu'hier ma langue a failli fourcher.

De nouveau, ma tante lance un regard à mon oncle.

— Le couvre-feu est dans une heure, reprend-elle. Si tu te fais arrêter dehors après…

Avec la nervosité, mon irritabilité s'accentue.

— Je suis au courant ! Ce n'est pas comme si on ne me rebattait pas les oreilles avec ce couvre-feu depuis ma naissance.

À la seconde où les mots franchissent mes lèvres, le remords se met à me ronger, et je baisse les yeux pour éviter le regard de Carol. Je ne lui ai jamais répondu, j'ai toujours veillé à me montrer aussi patiente, obéissante et bonne que possible : autrement dit, j'ai toujours tâché de me rendre invisible, d'être la gentille fille serviable qui aide dans la maison, s'occupe des enfants, de ses devoirs, et ne fait pas de vagues. Je sais que je dois témoigner de la reconnaissance à Carol, qui nous a accueillies, Rachel et moi, après la mort de notre mère. Sans elle, je serais probablement en train de croupir dans un orphelinat, où je n'aurais reçu aucune éducation, où personne ne m'aurait accordé la moindre attention, et je serais sans doute condamnée à trimer dans un abattoir, où je nettoierais des viscères de mouton, des bouses de vache ou d'autres trucs dans le genre. Peut-être, je dis bien peut-être, si j'avais de la chance, je pourrais espérer devenir femme de ménage. Aucun couple ne veut adopter un enfant dont l'histoire personnelle porte la marque infâme de la maladie.

J'aimerais pouvoir lire dans les pensées de ma tante. J'ignore ce qu'elles contiennent, mais Carol semble me scruter, s'évertuant sans doute à déchiffrer mon expression, à l'analyser. Pour m'encourager, je me répète en boucle intérieurement : « Tu ne fais rien de mal, c'est inoffensif, tout va bien. » Je m'essuie les paumes sur l'arrière de mon jean, persuadée que je vais y laisser des traces de transpiration.

— Ne traîne pas, finit-elle par lâcher.

Je bondis aussitôt dans l'escalier pour monter troquer mes sandales contre mes baskets. Puis je dévale les marches et m'élance dehors, alors que ma tante a à peine commencé à débarrasser. Elle me lance quelques mots au moment où je passe en trombe, mais je suis déjà sur le seuil et je ne l'entends pas. Le carillon de la vieille horloge dans le salon résonne au moment où la moustiquaire bat dans mon dos. Vingt heures précises.

J'enlève l'antivol de mon vélo et l'enfourche pour remonter l'allée jusqu'à la rue. Les pédales grincent et vibrent. Le vélo appartenait à ma cousine Marcia, il doit avoir au moins quinze ans, et le laisser dehors à longueur d'année ne contribue pas à le maintenir en bon état.

Je me dirige vers Back Cove : la route descend, heureusement. Les rues sont toujours désertes à cette heure. La plupart des Invulnérables sont chez eux, occupés à dîner, ranger, ou se préparer pour une nouvelle nuit sans rêves, et les Vulnérables sont rentrés ou en chemin, surveillant avec fébrilité les minutes qui filent jusqu'au couvre-feu.

J'ai encore les muscles des jambes endoloris. Si j'arrive à Back Cove à temps et qu'Alex est là-bas, je serai dans un état lamentable, dégoulinante de sueur. Je ne m'arrête pas pour autant. À présent que j'ai quitté la maison, je chasse de mon esprit tous les doutes et toutes les questions pour me concentrer, et me magner le train autant que mes crampes me le permettent, déboulant dans les rues désertes à toute vitesse, empruntant des raccourcis dès que l'occasion se présente, et observant la descente imperturbable du soleil vers la ligne dorée de l'horizon, comme si le ciel, d'un éclatant bleu électrique, était une étendue d'eau dans laquelle les feux déclinants se noyaient.

Je ne me suis retrouvée seule dehors à cette heure de la journée qu'à de rares occasions, et j'éprouve une sensation étrange, effrayante et grisante à la fois, qui me rappelle ce que j'ai ressenti en parlant à Alex cet après-midi : à croire que l'énorme œil qui nous surveille en permanence a été aveuglé une fraction de seconde, à croire que la main que l'on a tenue toute sa vie a subitement disparu et que l'on est libre d'aller dans la direction de son choix.

Des lueurs apparaissent autour de moi à travers les fenêtres ; elles proviennent, pour l'essentiel, de bougies et de lanternes : le quartier est pauvre, tout y est rationné, en particulier le gaz et l'électricité. Au détour d'une rue, je perds de vue le soleil, occulté par les immeubles à trois ou quatre étages, qui forment une barrière encore plus touffue dans Preble Street : des bâtiments grands, étroits et sombres, serrés les uns contre les autres comme pour se réchauffer en prévision de l'hiver, déjà. Je n'ai pas réfléchi à ce que j'allais dire à Alex, et l'idée de me retrouver seule avec lui me noue soudain l'estomac. Je freine brusquement : je dois m'arrêter pour reprendre mon souffle. Mon cœur tambourine avec frénésie. Après m'être reposée une minute, je repars, pédalant plus lentement à présent. Je suis encore à deux kilomètres environ, mais j'aperçois la plage qui scintille sur ma droite. Le soleil bascule derrière la masse sombre des arbres à l'horizon. Il me reste dix minutes, quinze maximum, avant la tombée de la nuit.

Une pensée me frappe subitement avec la violence d'un coup de poing et je manque de piler : il ne sera pas là. Je serai en retard, et il sera parti. Ou je découvrirai qu'il m'a joué un tour.

Je presse un bras sur mon ventre, en priant pour que les raviolis restent à leur place, et je reprends de la vitesse. Je suis si concentrée sur les mouvements successifs de mes pieds – gauche, droit, gauche, droit – et sur la lutte qui se livre entre ma volonté et mon estomac que je n'entends pas les Régulateurs arriver.

Je m'apprête à franchir le feu de circulation depuis longtemps hors d'usage sur Baxter Street lorsque je suis soudain éblouie par un mur de lumières clignotantes : il s'agit des rayons d'une dizaine de lampes torches braquées sur mes yeux. Je freine en me protégeant le visage d'une main et manque de passer par-dessus le guidon – ce qui aurait été d'autant plus embêtant que, dans ma précipitation, j'ai oublié mon casque.

— Stop ! aboie un des Régulateurs, le chef de la patrouille, sans doute. Contrôle d'identité.

Ces groupes, composés de volontaires et d'employés du Gouvernement, parcourent les rues chaque nuit, à la recherche de Vulnérables ne respectant pas le couvre-feu, et en profitent pour vérifier, par les fenêtres des maisons aux rideaux ouverts, que les habitants ne se livrent pas à des activités illicites, à l'instar de deux Vulnérables se touchant, voire de deux Invulnérables s'adonnant à des « actes pouvant trahir une récidive du *deliria* après le Protocole » (étreintes et baisers trop empressés, par exemple). Ça arrive rarement, mais ça arrive.

Les Régulateurs font directement leur rapport au Gouvernement et travaillent en collaboration étroite avec les scientifiques des laboratoires. Ce sont ceux-là qui ont envoyé ma mère subir sa troisième opération : une patrouille l'avait surprise en train de verser des larmes une nuit juste après l'échec de la deuxième intervention. Elle était perdue dans la contemplation d'une photo de mon père, et elle avait oublié de vérifier que les rideaux étaient bien tirés. Quelques jours plus tard, elle repassait sur le billard.

Il est facile d'éviter les Régulateurs, normalement : on les entend venir à des kilomètres. Ils ont des talkies-walkies pour rester en contact avec les autres patrouilles, et les interférences statiques qui ponctuent leurs échanges créent un énorme bourdonnement qui vous donne l'impression d'être attaqué par un essaim de frelons. Je devais vraiment avoir la tête ailleurs. Me maudissant intérieurement pour ma bêtise, je descends de vélo et tire mon portefeuille de ma poche arrière. Je n'ai pas oublié de le prendre, c'est déjà ça. Il est illégal de se balader dans Portland sans carte d'identité. Et personne n'a envie de passer la nuit en prison en attendant que les autorités procèdent aux vérifications d'usage.

— Magdalena Ella Haloway, dis-je en m'efforçant de conserver des intonations égales quand je tends ma carte au Régulateur qui commande le groupe.

Je le distingue mal derrière sa lampe torche, qu'il s'échine à pointer sur moi, me forçant à plisser les paupières. Il est grand, mince, sec. Je n'en vois pas davantage.

— Magdalena Ella Haloway, répète-t-il.

Il retourne ma carte de ses longs doigts pour vérifier mon code d'identification, un numéro attribué à tout citoyen américain. Les trois premiers chiffres renvoient à votre État, les trois suivants à votre ville, les trois suivants à votre famille et les quatre derniers à votre identité.

— Et où allez-vous, Magdalena ? reprend-il. Le couvre-feu est dans moins de quarante minutes.

Moins de quarante minutes. Il est presque 20 h 30. Je fais passer mon poids d'un pied sur l'autre, trahissant mon impatience, et tente de me ressaisir. Beaucoup de Régulateurs, en particulier les volontaires, sont des employés de la ville sous-payés : laveurs de vitres, releveurs de compteurs de gaz ou gardiens de la sécurité.

J'inspire profondément et réponds de ma voix la plus innocente :

— Je descendais rapidement à Back Cove. Je me sentais barbouillée après le dîner.

Le sourire que je me force à afficher doit me donner un air débile. Inutile de pousser le mensonge plus loin, je m'attirerais des ennuis. Le Régulateur en chef continue à m'examiner, le faisceau de sa lampe toujours orienté vers moi, ma carte d'identité dans la main. L'espace d'un instant, je le sens hésiter, et j'acquiers la certitude qu'il va me laisser partir, mais il remet ma carte à un de ses collègues.

— Passe-la au SVS, veux-tu ? Vérifie sa validité.

Je reçois un coup au cœur. Le SVS est le Système de Validation Sécurisé, autrement dit un réseau informatique qui répertorie tous les citoyens du pays. Le système peut mettre jusqu'à vingt ou trente minutes pour répondre, en fonction du nombre de connexions. Le Régulateur ne s'imagine peut-être pas que j'ai fabriqué de faux papiers, mais il veut me faire perdre mon temps.

Un miracle se produit alors : une voix s'élève à l'arrière de la patrouille.

— Elle est valide, Gerry. Je reconnais cette fille. Elle vient au magasin. Elle vit au 172, Cumberland Street.

Gerry se retourne, abaissant la lampe torche dans le mouvement. Je cligne des paupières pour chasser les taches noires qui flottent dans mon champ de vision. J'identifie quelques visages : une femme qui travaille au pressing du quartier et passe ses après-midi sur le pas de la porte à mâcher du chewing-gum et à cracher dans la rue ; l'agent de la circulation qui est posté en centre-ville près de Franklin Arterial, l'une des rares voies de Portland où le flux de voitures est encore suffisamment important pour justifier sa présence ; un éboueur qui ramasse les poubelles dans notre quartier et, au fond, Dev Howard, qui possède le supermarché Quikmart au bas de la rue où j'habite.

En temps normal, mon oncle rapporte à la maison l'essentiel des courses – boîtes de conserve, pâtes et viande –, son magasin, situé de l'autre côté de la ville, sur Munjoy Hill, faisant à la fois office d'épicerie et de quincaillerie, mais il arrive, quand nous manquons de papier-toilette ou de lait, que je file au Quikmart. M. Howard m'a toujours fichu la trouille. Il est extrêmement maigre et ses yeux noirs tombants m'évoquent ceux d'un rat. Ce soir, pourtant, j'ai envie de le serrer dans mes bras. Je n'aurais jamais cru qu'il connaîtrait mon nom, car il ne m'adresse jamais la parole, à part pour me demander, après avoir compté tous mes achats, et en me jetant un regard noir sous ses paupières lourdes : « Ce sera tout ? » Il faudra que je pense à le remercier à l'occasion de ma prochaine visite.

Gerry continue à hésiter une fraction de seconde supplémentaire, mais les autres Régulateurs commencent à trépigner, impatients de reprendre la patrouille et de trouver quelqu'un à arrêter. Gerry finit par lancer, en tournant brusquement la tête dans ma direction :

— Rends-lui ses papiers.

Le soulagement s'accompagne de la montée d'un rire nerveux, et je dois lutter pour conserver mon sérieux le temps de ranger ma carte. Mes mains tremblent légèrement : la présence des Régulateurs a cet effet sur les gens, curieusement. C'est systématique. Même lorsqu'ils se montrent affables, on ne peut pas s'empêcher de se rappeler les histoires terribles qui courent sur leur compte : raids, passages à tabac, guets-apens.

— Sois prudente, Magdalena, m'avertit Gerry. Veille à rentrer avant le couvre-feu...

Je me raidis en brandissant un bras devant mes yeux pour les protéger du faisceau de sa lampe, qui m'éblouit de nouveau.

— ... si tu ne veux pas t'attirer d'ennuis.

Il a ajouté ces derniers mots d'un ton léger, mais il me semble percevoir une violence sous-jacente, qui s'apparenterait à de la colère ou de l'agressivité. Je me reproche aussitôt ma paranoïa : peu importent leurs façons de procéder, les Régulateurs sont là pour nous protéger, ils veulent notre bien.

La patrouille reprend sa route sans chercher à me contourner, si bien que pendant quelques secondes je me retrouve à contre-courant du flux qui déferle sur moi : coups d'épaule, vestes en coton, odeurs d'eau de Cologne mêlée de transpiration. Les talkies-walkies reprennent vie en crachotant puis s'éloignent. Des bribes d'informations me parviennent : « Market Street, une fille et un garçon... suspicion d'infection... musique sans autorisation sur Saint Lawrence Street... personne surprise en train de danser... » Je suis ballottée de gauche à droite par des bras, des poitrines et des coudes, jusqu'à ce que, enfin, la vague m'ait dépassée et recrachée derrière elle, m'abandonnant, seule, dans la rue, alors que les bruits de pas des Régulateurs s'évanouissent dans mon dos. Je reste immobile le temps que le vrombissement de leurs radios et l'écho de leurs bottes sur le pavé se soient entièrement éteints.

Puis j'enfourche mon vélo et, de nouveau, un poids se soulève de ma poitrine : j'éprouve un sentiment de joie et de liberté. Je n'en reviens toujours pas d'avoir réussi à m'échapper aussi facilement de la maison. Je me serais cru incapable de mentir à ma tante – de mentir tout court, d'ailleurs – et, quand je pense que j'ai été à deux doigts de subir un interrogatoire des Régulateurs pendant des heures, j'ai envie de bondir, le poing brandi. Ce soir, le monde entier est de mon côté ! Et je ne suis qu'à quelques minutes de Back Cove. Les battements de mon cœur s'accélèrent quand je m'imagine en train de dévaler la pente herbue, Alex se découpant à contre-jour sur les derniers rayons, aveuglants, du soleil, et que je repense à ce petit mot chuchoté. *Gris.*

Je m'engage en trombe sur Baxter Street, qui tournicote sur le dernier kilomètre menant à Back Cove. Dans cette zone, les bâtiments se sont effondrés, laissant place à des taudis épars, de chaque côté de la route défoncée. Au-delà, une courte étendue d'herbes hautes descend vers la plage. L'eau est un immense miroir, que le ciel ourle de rose et d'or. À l'instant précis où je prends le dernier tournant, le soleil, arche d'or massif au-dessus de la ligne d'horizon, jette ses derniers feux clignotants, faisant voler en éclats l'obscurité de l'océan et éclaboussant, le temps d'un instant, le paysage d'une lumière blanche, avant de sombrer, inéluctablement, entraînant à sa suite les roses, les rouges et les violets du ciel, qui ne laissent dans leur sillage que la nuit.

Alex avait raison : c'est un coucher de soleil à vous couper le souffle, un des plus beaux qu'il m'ait été donné de voir.

Pendant un moment, je suis incapable de bouger ou de faire quoi que ce soit d'autre que de respirer lourdement, le regard rivé sur le spectacle. Puis l'engourdissement me gagne. Il est trop tard, les Régulateurs ont dû se tromper d'heure. Il doit être 20 h 30 passées, maintenant. Même si Alex m'attendait quelque part sur la longue boucle de la crique, je n'aurais pas la moindre chance de le trouver et d'être de retour à la maison avant le couvre-feu.

J'ai les yeux qui piquent, et le monde devant moi se trouble, les couleurs et les formes se fondent. Je suis tellement surprise par mes larmes que j'en oublie tout le reste : la déception et la frustration, la présence d'Alex sur la plage, les reflets cuivrés des derniers rayons du soleil sur ses cheveux. Je ne me souviens pas de la dernière fois où j'ai pleuré. Ça remonte sans doute à des années. Je m'essuie les yeux du revers de la main et ma vision est à nouveau nette. Ce n'étaient que des gouttes de transpiration, en réalité, je suis soulagée. Malgré tout, le malaise qui me noue l'estomac ne s'estompe pas, lui.

Je reste là quelques minutes, à cheval sur mon vélo, les doigts serrés sur mon guidon jusqu'à ce que j'aie retrouvé mon calme. Une partie de moi voudrait tout envoyer bouler – le couvre-feu, les Régulateurs, la terre entière – et dégringoler jusqu'à l'océan pour sentir le vent dans mes cheveux. Mais c'est impossible, ça l'a toujours été et ça le restera. Je n'ai pas le choix : je dois rentrer.

Je manœuvre maladroitement pour effectuer un demi-tour et remonte la rue. À présent que l'adrénaline et l'excitation m'ont désertée, j'ai l'impression d'avoir des jambes de plomb, et je suis essoufflée au bout de cinq cents mètres à peine. Cette fois, en revanche, je guette les patrouilles de Régulateurs et de policiers.

En chemin, je m'avise que tout est sans doute pour le mieux. Je dois être cinglée d'avoir pédalé comme une dératée dans le jour déclinant pour retrouver un inconnu sur une plage. Surtout que j'ai déjà obtenu des réponses à toutes les questions que je me posais : il travaille aux laboratoires et a dû se retrouver dans l'observatoire le jour de l'Évaluation pour une raison anodine (une envie pressante ou une bouteille d'eau à remplir, par exemple).

D'autant que j'ai vraisemblablement tout imaginé : le message, le rendez-vous... Alex doit être chez lui, occupé à travailler pour la fac. Et il a plus que probablement oublié les deux filles rencontrées dans l'après-midi. Il voulait seulement se montrer aimable, leur faire la conversation.

Tout est pour le mieux. Pourtant, j'ai beau me répéter cette phrase en boucle, l'étrange sensation de vide dans mon ventre ne disparaît pas. Et, si ridicule que cela soit, je ne peux pas me débarrasser du sentiment persistant et irritant que j'ai raté ou perdu quelque chose à tout jamais.

Sept

*De tous les systèmes corporels (neurologique, cognitif,
sanguin, sensoriel), le système cardiaque est le plus fragile
et le plus sujet aux perturbations. Le rôle de la société
est de prémunir ces systèmes contre les infections
et dégradations, au risque de mettre, dans le cas contraire,
l'avenir de la race humaine en danger. De même qu'un fruit
est protégé des insectes, des chocs et de la pourriture
par l'ensemble des techniques agricoles modernes,
de même il nous faut protéger le cœur.*

« Rôle et but de la société », *Le Livre des Trois S*

J e dois mon prénom à Marie Madeleine, ou Marie la
Magdaléenne, qui a failli mourir d'amour. « Contaminée si grièvement par le *deliria*, elle viola les règles
sociales en tombant amoureuse d'hommes qui ne pouvaient pas l'aimer en retour ou l'accueillir » (« Marie »,
13-1, *Livre des lamentations*).

On nous a appris son histoire en cours de sciences
bibliques. D'abord, il y a eu Jean, puis Matthieu, Jérémie,
Pierre et Judas, et bien d'autres hommes sans nom.

Son dernier amour, raconte-t-on, a été le plus grand : un
certain Joseph, resté célibataire toute sa vie, l'a recueillie
dans la rue, brisée, couverte de contusions et à moitié
folle à cause du *deliria*. Il y a des débats sur la personne
de Joseph – était-il vertueux ou non ? a-t-il succombé au
fléau lui aussi ? –, mais, en tout état de cause, il a pris soin

d'elle. Il l'a veillée jusqu'à la guérison et a tenté de ramener la paix dans son âme.

Il était malheureusement trop tard. Marie Madeleine était tourmentée par son passé, hantée par ses amours perdues, abîmées et ruinées, par les maux qu'elle avait infligés aux autres et qui lui avaient été infligés à elle. Elle n'avait plus d'appétit, elle sanglotait à longueur de journée, elle s'accrochait à Joseph en le suppliant de ne jamais la quitter, sans réussir pour autant à puiser du réconfort dans la bonté de son sauveur.

Et un matin, elle s'est réveillée et a découvert que Joseph était parti, sans un mot ni une explication. Cet ultime abandon a été le coup fatal, et elle s'est écroulée à terre en suppliant Dieu de la délivrer de ses souffrances.

Il a entendu ses prières et, dans sa compassion infinie, il l'a libérée de la malédiction du *deliria*, fardeau dont étaient accablés tous les êtres humains pour punition du péché originel d'Adam et Ève. D'une certaine façon, Marie Madeleine a été la première Invulnérable.

« Ainsi, après des années de tribulations et de douleur, elle vécut dans la vertu et la paix jusqu'à la fin de ses jours » (« Marie », 13-1, *Livre des lamentations*).

Je ne me suis jamais expliqué pourquoi ma mère m'avait appelée Magdalena, alors qu'elle ne croyait pas à la guérison – c'était bien le problème, d'ailleurs. Et le *Livre des lamentations* ne parle, finalement, que des dangers du *deliria*. J'y ai beaucoup réfléchi, et je suis parvenue à la conclusion que, en dépit de tout, ma mère avait conscience d'avoir tort : elle savait, au fond d'elle, que l'immunisation et le Protocole étaient pour le mieux. Je crois même que, à l'époque déjà, elle avait une idée de ce qu'elle allait faire. Ce prénom était son dernier cadeau d'une certaine manière, en forme de message.

D'après moi, elle essayait de me dire : « Pardonne-moi. Un jour, cette peine-là aussi disparaîtra. »

Vous voyez ? Quoi qu'en pensent les autres, quoi qu'il se soit passé, j'ai la certitude qu'elle n'était pas entièrement mauvaise.

Les deux semaines suivantes sont les plus actives de ma vie. L'été explose dans Portland. Début juin, la chaleur s'était déjà installée, mais pas les couleurs – les verts étaient encore pâles et hésitants –, et au petit matin il régnait un froid mordant. Au cours de la dernière semaine de cours, le monde se donne soudain à voir en Technicolor, les cieux sont d'un bleu électrique le jour et d'un noir d'encre la nuit, les nuages d'orage sont violets et les fleurs d'un rouge aussi vif que des taches de sang. Chaque jour après l'école, il y a une réunion, une cérémonie ou une fête à laquelle se rendre. Hana est invitée à toutes, et moi à la plupart, ce qui ne va pas sans me surprendre.

Harlowe Davis, qui vit, comme Hana, dans l'ouest de la ville et dont le père travaille pour le Gouvernement, me propose même de passer pour une « soirée d'adieu informelle ». J'étais pourtant persuadée qu'elle ignorait jusqu'à mon existence : chaque fois qu'elle adressait la parole à Hana, ses yeux glissaient sur moi, comme si je ne méritais pas qu'ils me voient. J'accepte toutefois son invitation. Sa maison a toujours suscité ma curiosité, et elle se révèle aussi spectaculaire que je m'y attendais. Sa famille possède également une voiture, et tout un tas d'appareils électroménagers, machines, sèche-linge, etc., dont ils doivent se servir quotidiennement, sans parler des énormes lustres requérant des ampoules par dizaines. Harlowe a convié la plupart des élèves de terminale : sur un total de soixante-sept, une cinquantaine sont présentes et, même si j'ai un peu l'impression de me fondre dans la masse et de ne pas avoir été distinguée, je m'amuse bien. On s'installe dans le jardin, pendant que la bonne multiplie les va-et-vient pour apporter des plats, encore et toujours – du coleslaw, de la salade de pommes de terre et autres accompagnements –, et que le père de Harlowe fait cuire des côtelettes et des hamburgers sur l'énorme barbecue fumant. Je mange jusqu'à avoir l'impression que je vais exploser, puis je m'allonge sur le plaid que je partage avec Hana. On reste presque jusqu'au couvre-feu, jusqu'à ce que les étoiles percent à travers un rideau bleu foncé et que les moustiques se mettent à pulluler brus-quement, nous forçant à trouver refuge dans la maison, à grand renfort de hurlements, d'éclats de rire et de larges mouvements de bras. Après coup, je réalise que j'ai passé une des meilleures journées depuis longtemps.

Même les filles que je n'apprécie pas particulièrement, comme Shelly Pierson, qui me déteste depuis la sixième et le concours de sciences que j'ai gagné, la reléguant à la deuxième place, se montrent sympas. Sans doute parce que nous savons toutes que la fin approche. Pour la plupart, nous ne nous reverrons pas après le diplôme et, même si c'est le cas, ce sera différent. Nous serons différentes. Nous serons des adultes invulnérables, immunisées, réfé-rencées, appariées et placées sur le chemin qui aura été tracé pour nous, telles des billes parfaitement lisses prêtes à rouler le long de pentes égales et rectilignes.

Theresa Grass fête ses dix-huit ans avant la fin des cours et elle subit son Protocole, à l'instar de Morgan Dell. Après quelques jours d'absence, elles reviennent au lycée, juste avant la remise des diplômes. Le changement est spectaculaire. Elles semblent apaisées à présent, plus matures et, d'une certaine façon, plus distantes, comme protégées par une fine couche de glace. Il y a encore deux semaines, Theresa était surnommée « la Crasse », et tout le monde se moquait de sa démarche traînante, de sa manie de mâchonner la pointe de ses cheveux et de son côté débraillé, mais maintenant elle se tient bien droite, les yeux dirigés devant elle, l'esquisse d'un sourire aux lèvres, et tout le monde s'écarte sur son passage pour ne pas la gêner. Il en va de même pour Morgan. Leurs angoisses et leurs complexes auraient-ils disparu avec la maladie ? J'ai remarqué, par exemple, que les jambes de Morgan avaient cessé de trembler. Chaque fois qu'elle prenait la parole en cours, celles-ci remuaient tellement qu'elles faisaient vibrer sa table. Mais le Protocole a été le plus souverain des remèdes ! Bien sûr, elles ne sont pas les premières de la classe à avoir été immunisées : Eleanor Rana et Annie Hahn ont toutes deux été opérées à l'automne, ainsi qu'une demi-douzaine d'autres filles au cours du dernier semestre – mais la transformation a été moins specta-culaire chez elles.

Je continue mon compte à rebours. Quatre-vingt-un jours, quatre-vingts, soixante-dix-neuf.

Willow Marks ne revient pas à l'école. Différentes rumeurs nous parviennent : elle aurait subi le Protocole et tout irait bien ; elle aurait subi le Protocole, aurait dis-joncté et on parlerait de l'enfermer dans les Cryptes, qui servent à la fois de prison et d'asile psychiatrique ; elle se serait enfuie dans la Nature. Une seule chose est cer-taine, toute la famille Marks a été placée sous surveil-lance. Les Régulateurs reprochent aux parents de Willow, ainsi qu'à la famille étendue, de ne pas lui avoir inculqué les bonnes valeurs et, quelques jours seulement après l'incident présumé du parc de Deering Oaks, j'ai surpris une conversation chuchotée entre mon oncle et ma tante :

M. et Mme Marks avaient été renvoyés de leurs emplois respectifs. Une semaine plus tard, nous apprenions qu'ils avaient été contraints d'aller s'installer chez un parent lointain. Les gens n'arrêtaient pas de jeter des pierres à travers leurs vitres et, sur une façade de leur maison, on pouvait lire, en lettres énormes : SYMPATHISANTS. Tout ça n'a pas de sens, parce qu'il y a des enregistrements des Marks prouvant qu'ils réclament, avec insistance, l'anticipation du Protocole pour leur fille, en dépit des risques, mais, pour citer ma tante, la peur rend les gens incontrôlables. La population est terrifiée à l'idée que le *deliria* pourrait prendre des proportions importantes à Portland. Elle veut prévenir une épidémie.

J'ai de la peine pour les Marks, naturellement, mais c'est la vie. Exactement comme avec les Régulateurs : personne n'apprécie les patrouilles et les contrôles d'identité, mais nous savons tous que notre sécurité est en jeu et que nous devons impérativement nous montrer coopératifs. Et au risque de passer pour une affreuse, la famille de Willow n'a pas occupé mes pensées très longtemps. Il y avait trop de papiers administratifs à remplir, sans parler de l'agitation, des casiers à nettoyer, des derniers examens à passer et des personnes à qui dire au revoir.

Avec Hana, nous trouvons à peine le temps de courir ensemble. À ces occasions-là, nous nous en tenons, d'un accord tacite, à nos trajets habituels. À ma grande surprise, elle n'évoque pas une seule fois l'après-midi aux laboratoires. Mais elle est très inconstante, et sa dernière obsession porte sur une brèche à l'extrémité nord de la frontière qui aurait été, à en croire certains, pratiquée par les Invalides. Quant à moi, je ne caresse pas l'idée de retourner aux laboratoires, ne serait-ce qu'une seconde. J'évite de m'interroger sur Alex, ce qui ne me demande pas d'effort particulier : je n'en reviens pas d'avoir passé une soirée à parcourir les rues de Portland et d'avoir menti à Carol et aux Régulateurs, rien que pour aller le retrouver. Dès le lendemain, j'ai assimilé le souvenir de cette soirée à un rêve ou à une hallucination. J'ai dû être victime de folie passagère : à force de courir sous le soleil, quelques fusibles avaient probablement fondu.

Le jour de la cérémonie de remise des diplômes, Hana est installée trois rangées devant moi. Lorsqu'elle me dépasse pour rejoindre son siège, elle m'attrape la main et lui donne quatre pressions, deux longues suivies de deux courtes, puis, au moment de s'asseoir, elle incline la tête en arrière pour que je voie qu'elle a écrit au marqueur, sur le dessus de sa coiffe : BON DÉBARRAS ! J'étouffe un rire, et elle se retourne, une expression de sérieux feint sur le visage. Nous sommes toutes fébriles, et je ne me suis jamais sentie aussi proche des autres élèves de Sainte-Anne – transpirant toutes sous le soleil de plomb, nous éventant avec les programmes qu'on nous a distribués, réprimant un bâillement ou une moue d'exaspération lorsque le proviseur, Mme McIntosh, nous endort avec son discours sur « l'entrée dans l'âge adulte et l'ordre social », échangeant des bourrades et tirant sur le col de nos robes qui grattent pour sentir un souffle d'air sur nos nuques.

Les familles ont pris place sur des chaises pliantes en plastique blanc, sous un dais blanc cassé décoré de multiples drapeaux, ceux de l'école, de la ville, de l'État, du pays. Tous applaudissent poliment chacune des élèves qui se lèvent pour aller recevoir leur diplôme. Lorsque mon tour arrive, je parcours l'assemblée du regard, à la recherche de ma tante et de ma sœur, mais je suis si nerveuse à l'idée de trébucher et de m'étaler sur l'estrade en montant récupérer le document de la main de Mme McIntosh que je ne distingue rien d'autre que des taches de couleur – vert, bleu, blanc, mosaïque de visages roses et bruns – et ne suis pas davantage capable d'identifier le moindre son à l'exception du clap ! clap ! des applaudissements. Et de la voix de Hana, forte et claire comme une cloche : « Alléluia, Halena ! » Nous avons pris l'habitude de répéter ces mots avant une compétition ou un examen pour nous encourager mutuellement, en fondant nos deux prénoms.

Une fois la cérémonie achevée, nous faisons la queue pour être prises en photo, individuellement, avec notre diplôme. L'école a engagé un photographe professionnel et installé une tenture bleu roi au milieu du terrain de football, devant laquelle nous posons à tour de rôle. Nous sommes trop excitées pour garder notre sérieux. Beaucoup de filles sont pliées en deux de rire, si bien qu'on ne voit que le sommet de leur crâne sur les clichés.

Quand mon tour arrive, Hana bondit à la dernière seconde dans le champ de prise de vue et me passe un bras autour des épaules ; le photographe est si surpris qu'il appuie tout de même sur le déclencheur. Clic ! Sur la photo, je suis tournée vers Hana, la bouche arrondie par la stupeur. Elle mesure une tête de plus que moi, a les yeux fermés et rit aux éclats. C'est une journée particulière, qui a quelque chose d'enchanté, pour ne pas dire magique, parce que, alors que j'ai le visage rougi et les cheveux collés sur le front par la sueur, on dirait que Hana a légèrement déteint sur moi : en dépit de tous mes défauts, sur ce cliché, pour une fois, je suis jolie. Plus que ça. Belle, même.

La fanfare de l'école joue sans interruption – et sans fausses notes la plupart du temps –, et la musique qui envahit le terrain trouve un écho dans les cris des oiseaux qui tournoient dans le ciel. Avant que j'aie le temps de comprendre ce qui se trame, toutes mes camarades de classe se réunissent en cercle et s'étreignent en bondissant et en hurlant : « On a réussi ! On a réussi ! On a réussi ! » Comme si nous étions libérées d'une énorme pression. Aucun des parents ou des professeurs ne tente de nous séparer. Au moment où nous nous écartons les unes des autres, je les aperçois, à faible distance, qui nous observent patiemment, les mains jointes. Je croise le regard de ma tante, et mon ventre se noue : je sais qu'elle et les autres nous font cadeau de cet instant, notre dernier instant ensemble, avant que les choses changent pour de bon.

Et les choses vont changer, changent déjà à cette seconde précise. Alors que la masse d'élèves se disperse en groupes, et les groupes en individus, je remarque que Theresa Grass et Morgan Dell ont pris la direction de la rue. Elles sont chacune accompagnées de leur famille et cheminent tête baissée, sans un regard derrière elles. Elles n'ont pas partagé nos manifestations de joie, tout comme, je m'en avise seulement maintenant, Eleanor Rana ou Annie Hahn ou aucune des filles immunisées. Elles ont déjà dû rentrer. Ma gorge se serre, même si, bien sûr, je sais que c'est dans l'ordre des choses : tout a une fin, il faut aller de l'avant sans regarder en arrière. Oui, c'est dans l'ordre des choses.

J'aperçois Rachel dans la foule et je m'élance vers elle, soudain impatiente de profiter de sa présence, et me prenant à espérer qu'elle m'ébouriffera ainsi qu'elle le faisait quand j'étais toute petite et me dira : « Bien joué, Dingo ! »

— Rachel !

Pour une raison que je ne m'explique pas, je suis hors d'haleine et j'ai du mal à parler. Je suis si heureuse de la voir que j'ai l'impression que je pourrais éclater en sanglots, mais je me retiens de le faire, évidemment, et j'ajoute :

— Tu es venue !

— Évidemment que je suis venue, répond-elle en me souriant. Tu es ma seule sœur, tu l'as oublié ?

En me tendant le bouquet de marguerites qu'elle a apporté, grossièrement emballé dans du papier kraft, elle poursuit :

— Félicitations, Lena.

J'enfouis mon nez dans les fleurs et hume leur parfum, tout en luttant contre une envie irrépressible de serrer ma sœur dans mes bras. Pendant une seconde, nous restons plantées là, à nous regarder dans le blanc des yeux, puis elle se rapproche. Persuadée qu'elle va m'enlacer en souvenir du bon vieux temps ou, au moins, me donner une accolade, je suis surprise qu'elle se contente de chasser une mèche de mon front.

— Beurk, dit-elle sans se départir de son sourire, tu es collante de sueur.

J'ai beau savoir que je me conduis comme une imbécile immature, je ne peux pas m'empêcher d'être déçue par son attitude.

— C'est à cause de ma robe.

En le disant, je réalise que, oui, le problème doit venir de ma robe : c'est elle qui m'étrangle, qui m'étouffe et qui me gêne pour respirer.

— Viens, lance-t-elle, tante Carol veut sans doute te féliciter.

Celle-ci se tient à la périphérie du terrain, avec mon oncle, Grace et Jenny ; elle discute avec Mme Springer, ma prof d'histoire. J'emboîte le pas à Rachel. Elle ne mesure que quelques centimètres de plus que moi et nous progressons au même rythme, l'une derrière l'autre. Elle ne desserre pas les dents. Je sens qu'elle se demande déjà quand elle pourra rentrer chez elle et retrouver sa vie.

Je m'autorise un dernier coup d'œil en arrière, la tentation est trop forte. Je contemple les filles qui évoluent dans leurs robes orange pareilles à des flammes. Tout semble s'éloigner rapidement, j'ai l'impression de voir la scène à travers une longue-vue. Les voix se mêlent, devenant indistinctes, me rappelant le bruit de fond permanent de l'océan, qu'on entend partout dans Portland, et auquel on est si habitué qu'on finit par ne plus le remarquer. Le tableau se fige, les couleurs vives sont contrastées, les contours se précisent, comme soulignés d'un trait à l'encre : sourires crispés des parents, crépitements des flashes, bouches grandes ouvertes et dents blanches éclatantes, chevelures brillantes, ciel azuré et soleil nimbant la scène de sa lumière éblouissante. Tout est si net et parfait que j'ai l'impression qu'il s'agit déjà d'un souvenir, ou d'un rêve.

Huit

H comme hydrogène, un poids de un,
Qui, quand il explose, éclaire autant
Que du soleil les rayons brûlants.

He comme hélium, un poids de deux,
Le gaz rare, à la présence volatile,
Qui transforme le monde en ballon docile.

Li comme lithium, un poids de trois,
Bûcher funéraire, si les flammes s'en mêlent,
Et, pour moi, sommeil mortel.

Be comme béryllium, un poids de quatre...

« Prières élémentaires », *in* « Prière et Étude », *Le Livre des Trois S*

Tous les étés, j'aide mon oncle au magasin les lundi, mercredi et samedi, et mon travail consiste principalement à garnir les étagères, tenir le comptoir de l'épicerie et, de temps à autre, aider au classement des dossiers et aux comptes dans le petit bureau derrière l'allée des céréales et des produits secs. Dieu merci, fin juin, suite à son Protocole, Andrew Marcus a été embauché, à temps plein, dans un autre magasin.

Le matin du 4 Juillet, je rends visite à Hana. Tous les ans, nous allons voir les feux d'artifice sur la promenade côtière. Il y a toujours un orchestre qui joue et des marchands de brochettes de viande, d'épis de maïs et de tartelettes aux pommes baignant dans une mare de glace à la vanille et servies dans des petits bateaux en papier. Le 4 Juillet, nous célébrons l'indépendance de notre pays, nous commémorons la fermeture de ses frontières. C'est l'une de mes fêtes préférées. J'adore la musique qui résonne dans la ville, j'adore l'épaisse fumée qui se dégage des grils, envahit les rues de sa brume et donne aux passants des contours flous. J'adore surtout les horaires exception-nels du couvre-feu : les Vulnérables sont autorisés à ren-trer deux heures plus tard, soit à 23 heures. Ces dernières années, Hana et moi, nous nous sommes amusées à tenir le plus tard possible, et nous nous sommes chaque fois rapprochées de la limite. L'an dernier, j'ai franchi le seuil de la maison à 22 h 58 précisément, le cœur battant, les membres frémissants de fatigue (j'avais été forcée de piquer un sprint). Mais dès que j'avais été allongée dans mon lit, je n'avais pas pu m'arrêter de sourire. J'avais l'impression d'être une miraculée.

Je compose le code à quatre chiffres du portail de Hana (elle me l'a appris en quatrième, en m'expliquant que c'était un « signe de confiance », et en ajoutant qu'elle me couperait en deux, « de la tête aux pieds », si je le répétais à quiconque), et je franchis la porte d'entrée. Je ne prends pas la peine de frapper. Ses parents sont rarement là, et Hana ne vient jamais ouvrir. Curieusement, je suis pour ainsi dire la seule à lui rendre visite. Hana a toujours été populaire à l'école, les autres filles l'admirent et veulent lui ressembler. Pourtant, même si elle se montre amicale avec toutes, Hana n'a jamais été vraiment proche de per-sonne à part moi.

Parfois, je me demande si elle n'aurait pas préféré que Mme Jablonski l'eût placée à côté de quelqu'un d'autre en CP, puisque nous sommes devenues amies ainsi. Le nom de famille de Hana est Tate, et nous étions installées selon l'ordre alphabétique (à l'époque, j'avais déjà adopté celui de ma tante, Tiddle). Elle aurait peut-être préféré se retrouver avec Rebecca Tralawny, ou Katie Scarp, ou même Melissa Portofino. Il m'arrive de penser qu'elle mériterait d'avoir une meilleure amie un peu plus « unique ». Un jour, Hana m'a dit qu'elle m'appréciait parce que j'étais vraie, parce que je ressentais réellement les choses.

— Bonjour ! lancé-je dès que j'ai pénétré dans la maison.

Le hall d'entrée est, comme d'habitude, sombre et glacial. Mes bras se couvrent de chair de poule. J'ai beau être venue ici un nombre incalculable de fois, je suis toujours surprise par le pouvoir de la climatisation, qui ronronne à l'intérieur des murs. Je m'immobilise quelques instants, humant l'odeur puissante de cire qui se dégage des meubles, de nettoyant pour vitres et de fleurs fraîches. Les vibrations de la musique dans la chambre de Hana, au premier, descendent jusqu'à moi. J'essaie d'identifier la chanson, mais je ne distingue aucune parole, seulement le tambourinement des basses à travers le plancher.

Au sommet des marches, je marque une pause. La porte de Hana est fermée. À présent, j'ai la certitude de ne pas connaître la chanson qu'elle écoute et qui hurle si fort que j'en suis fébrile : heureusement que la maison est environnée, sur ses quatre flancs, par des arbres et des pelouses, ainsi, personne ne risque de la dénoncer aux Régulateurs. Je n'ai jamais rien entendu de pareil : la musique est perçante, violente, et je serais bien incapable de dire si elle est interprétée par un chanteur ou une chanteuse. De petites décharges électriques me remontent le long de la colonne vertébrale ; cette sensation me rappelle celle que j'éprouvais, petite, quand je me faufilais dans la cuisine pour chiper un biscuit dans le placard, celle qui m'envahissait juste avant d'être surprise par le bruit des pas de ma mère, dans mon dos. Je faisais alors volte-face, le visage et les mains constellés de miettes, la mine coupable.

Je me ressaisis et pousse la porte de Hana. Elle est installée devant son ordinateur, les pieds posés sur son bureau, et elle remue la tête tout en tambourinant en rythme sur ses cuisses. Dès qu'elle m'aperçoit, elle bascule en avant et enfonce une touche du clavier. La musique s'interrompt aussitôt. Étonnamment, le silence qui suit semble tout aussi bruyant.

Elle rabat ses cheveux sur une épaule et s'écarte du bureau. Une expression furtive passe sur son visage, trop furtive pour que je puisse la déchiffrer.

— Salut ! lance-t-elle avec un enjouement légèrement forcé. Je ne t'ai pas entendue entrer.

— Tu ne m'aurais sans doute pas plus entendue si j'avais défoncé la porte !

Je m'approche de son lit et m'affale dessus : il est immense, avec trois oreillers de plume. Un vrai bonheur.

— C'était quoi ?

— Comment ça ?

Elle remonte les genoux contre sa poitrine et fait un tour complet dans son fauteuil de bureau. Je me redresse sur les coudes et l'observe. Hana ne se fait passer pour une idiote que lorsqu'elle a quelque chose à cacher.

— La musique...

Elle continue à me fixer d'un air perplexe.

— La chanson que tu écoutais à fond quand je suis arrivée. Celle qui a failli me percer les tympans !

— Ah... ça !

Hana souffle si fort que sa frange se soulève. Un nouveau signe qui la trahit : quand elle ment, elle joue sans arrêt avec ses cheveux.

— Un nouveau groupe que j'ai découvert en ligne, poursuit-elle.

— Sur la BMFA ? insisté-je.

Hana est dingue de musique. Au collège, elle passait des heures sur le site de la BMFA, la Bibliothèque des musiques et films autorisés.

— Pas vraiment, répond-elle en détournant les yeux.

— Comment ça, pas vraiment ?

L'Intranet, comme tout aux États-Unis, est contrôlé en permanence pour notre sécurité. Le contenu de l'intégralité des sites est rédigé par des agences gouvernementales, telle la Liste des divertissements autorisés, qui est mise à jour semestriellement. Les livres électroniques se trouvent sur la BLA, la Bibliothèque des lectures autorisées, les musiques et les films sur la BMFA, et on peut tout télécharger sur son ordinateur à moindre coût. À supposer qu'on en possède un, naturellement. Ce qui n'est pas mon cas.

Hana pousse un soupir, puis elle finit par affronter mon regard.

— Tu peux garder un secret ?

Je gagne le bord du lit pour m'asseoir, cette fois. Je n'aime pas du tout sa façon de me dévisager : elle ne m'inspire rien de bon.

— De quoi s'agit-il, Hana ?

— Tu peux garder un secret ? insiste-t-elle.

Je me remémore le jour de l'Évaluation, lorsque nous attendions devant les laboratoires et que le soleil nous tapait sur la tête, je me remémore ce qu'elle m'a chuchoté, au creux de l'oreille, sur le bonheur et le malheur. J'ai soudain peur pour elle. Peur d'elle. Pourtant, j'acquiesce et réponds :

— Ouais, bien sûr.

— Entendu...

Elle baisse les yeux, tripote le revers de son short pendant une seconde, puis prend une profonde inspiration et poursuit :

— La semaine dernière, j'ai rencontré un type...

— Quoi ?!

J'ai failli tomber du lit.

— Détends-toi, dit-elle en brandissant une main. Il est invulnérable, d'accord ? Il travaille pour la ville. En tant que censeur.

Mon rythme cardiaque se ralentit et je m'affale à nouveau sur les oreillers.

— OK. Et ?

— Et... rétorque-elle en étirant le mot avant d'ajouter : Il était dans la salle d'attente du médecin en même temps que moi. J'y vais pour ma séance de kiné, tu te souviens ?

Hana s'est foulé la cheville l'automne dernier et elle continue à suivre des séances de rééducation hebdomadaires pour la renforcer.

— On a engagé la conversation.

Elle s'interrompt. Je ne vois vraiment pas où elle veut en venir, ni quel rapport il peut y avoir avec la musique qu'elle écoute. J'attends donc la suite. Elle finit par arriver :

— Bref, je lui ai parlé des jurys, de mon envie d'aller à l'université du Massachussets, et il m'a expliqué son travail, ses tâches au quotidien... Il s'occupe de créer des restrictions d'accès, de programmer les sites Internet pour que les gens ne puissent pas écrire n'importe quoi, divulguer des informations fausses ou partager des « commentaires incendiaires » (elle mime les guillemets en levant les yeux au ciel) et d'autres trucs du genre. C'est une sorte de gardien de la sécurité en ligne.

— OK.

J'aimerais lui dire d'en venir au fait (comme tout un chacun, je suis au courant des mesures de sécurité mises en œuvre sur Internet), mais ça ne servirait qu'à la braquer.

Elle aspire une grande goulée d'air.

— Il ne s'occupe pas seulement de la sécurité. Il traque aussi les failles... les braquages virtuels, si tu veux. Les hackers, en résumé, qui franchissent toutes les barrières et réussissent à mettre en ligne leur propre contenu. Le Gouvernement appelle ça des sites flottants : ils subsistent une heure, voire un jour ou deux, avant d'être découverts. On y trouve plein de trucs interdits, des forums, des clips vidéo et de la musique.

— Et tu es tombée sur l'un d'entre eux.

Je me sens nauséeuse. Les mots se bousculent dans mon esprit, semblables à des enseignes au néon clignotantes : *illégal, interrogatoire, surveillance. Hana.*

Elle ne semble pas avoir remarqué que je suis pétrifiée. Son visage à elle est animé d'une énergie nouvelle, inédite, et elle se penche pour continuer à débiter, très vite :

— Pas un, des dizaines. Il y en a des tonnes, il suffit de savoir chercher. De savoir *où* chercher. C'est dingue, Lena. Tous ces internautes, qui doivent habiter un peu partout dans le pays et sont capables de passer au travers des mailles du filet ! Tu devrais voir ce que certains écrivent. Au sujet... au sujet de la guérison. Il n'y a pas que les Invalides qui n'y croient pas. Un peu partout, des citoyens sont persuadés...

Je la dévisage avec une intensité telle qu'elle baisse les yeux et change aussitôt de sujet :

— Et si tu entendais la musique ! Des morceaux incroyables, magiques, qui ne ressemblent à rien de ce que tu connais, qui pourraient te faire perdre la tête... Tu vois ce que je veux dire ? Qui te donnent envie de hurler et de sauter et de casser des objets et de pleurer...

La chambre de Hana est grande, elle fait presque le double de la mienne, pourtant j'ai l'impression d'être oppressée entre ses murs. Si la climatisation fonctionne encore, je ne la sens plus. L'air me paraît chaud, lourd, humide presque, et je me lève. Hana finit par s'interrompre. J'essaie d'entrouvrir la fenêtre, mais elle est bloquée. Je m'échine sur elle en prenant appui sur le rebord.

— Lena... hasarde Hana au bout d'un moment.

— Elle refuse de s'ouvrir.

Je n'ai plus qu'une idée en tête : il me faut de l'air. Le reste de mes pensées est un mélange flou d'interférences statiques, de lumières fluorescentes, de blouses médicales, de tables en acier et de scalpels, traversé par l'image de Willow Marks traînée de force aux laboratoires, hurlant, sa maison défigurée par des vitres brisées et des slogans tracés à la peinture.

— Lena, répète Hana plus fort. Arrête...

— Elle est coincée. La chaleur a dû gauchir le bois. Si seulement je réussissais à l'ouvrir !

Je tire de toutes mes forces et la fenêtre cède enfin. Elle s'ouvre avec un bruit sec, et le loquet qui la maintenait close atterrit sur la moquette. Pendant un instant, Hana et moi restons paralysées, les yeux rivés sur l'objet. L'air qui pénètre à présent dans la pièce ne m'apporte aucun soulagement. La chaleur est encore pire dehors.

— Désolée, marmonné-je, sans être capable d'affronter son regard. Je n'avais pas l'intention de... J'ignorais qu'elle était verrouillée. Les nôtres ne sont pas pareilles.

— Ne t'inquiète pas pour ça. Je me fiche de cette stupide fenêtre.

— Un jour, quand elle était petite, Grace a escaladé son berceau et a tenté de grimper sur le toit. Il lui a suffi de faire coulisser le panneau et de se faufiler à l'extérieur.

— Lena...

Hana m'attrape par les épaules. Je ne sais pas si j'ai de la fièvre – je passe sans arrêt du chaud au froid –, mais, à son contact, un frisson me traverse et je m'écarte vivement.

— Tu m'en veux, poursuit-elle.

— Pas du tout. Simplement... je m'inquiète.

Ce n'est pas entièrement vrai. Je lui en veux, oui. Je suis même furieuse. Tout ce temps, j'ai navigué à ses côtés sans me douter de rien, véritable dindon de la farce, obnubilée par l'idée qu'il s'agissait de notre dernier été ensemble, me faisant un sang d'encre pour l'avenir (les compagnons qu'on sélectionnera pour moi, l'Évaluation, les notes et d'autres trucs du même acabit), alors qu'elle, tout en prétendant acquiescer – « mm-mmm, ouais, moi aussi » ou « je suis sûre que tout ira bien » –, elle s'entichait dans mon dos d'un garçon que je ne connais pas. Pire, un garçon ayant des secrets, des habitudes étranges et des opinions sur des sujets auxquels nous ne sommes même pas censés penser. Je comprends maintenant mon désarroi le jour de l'Évaluation, lorsqu'elle s'était retournée vers moi pour me murmurer ces paroles étranges, les yeux écarquillés et les joues enflammées. Comme si la vraie Hana, ma meilleure amie, ma seule amie, avait, l'espace d'une seconde, été remplacée par quelqu'un d'autre. Hana était devenue une étrangère.

Transpercée par une profonde tristesse, je pivote vers la fenêtre. C'était prévisible, je suppose. Si je veux être honnête avec moi-même, j'ai toujours su que ça arriverait. On est systématiquement déçu par les êtres auxquels on a accordé sa confiance, sur lesquels on croit pouvoir compter. Lorsqu'on leur laisse la bride sur le cou, les gens mentent, font des cachotteries, ils changent et disparaissent. Certains s'évanouissent derrière un nouveau visage ou une nouvelle personnalité, et d'autres derrière un épais brouillard matinal avant de s'élancer d'une falaise. C'est pourquoi le Protocole est aussi important. C'est pourquoi nous en avons besoin.

— Enfin, Lena, je ne vais pas être arrêtée pour avoir consulté des sites Internet. Ni pour avoir écouté de la musique, ou quoi que ce soit.

— Ce serait tout à fait possible. On en a arrêté pour moins que ça.

Elle le sait pertinemment. Elle le sait et s'en soucie comme d'une guigne.

— Ouais, eh bien, j'en ai ma claque, répond-elle d'une voix légèrement tremblante qui me déconcerte.

Je ne l'ai jamais entendue aussi peu sûre d'elle.

— Nous ne devrions même pas avoir cette discussion. Quelqu'un pourrait…

— … nous espionner ? m'interrompt-elle. Bon sang, Lena ! J'en ai assez de ça aussi, pas toi ? Tu n'en as pas assez de devoir toujours surveiller tes arrières et jeter un coup d'œil par-dessus ton épaule ? De prendre garde à ce que tu dis, penses ou fais ? Je ne peux plus… je ne peux plus respirer, je ne peux plus dormir, je ne peux plus remuer le petit doigt ! J'ai l'impression d'être entourée de murs. Où que j'aille, *bam !* je me heurte à un mur ! Dès que je désire quelque chose, *bam !* un nouveau mur !

Elle se passe une main dans les cheveux. Pour la première fois, elle ne me semble ni jolie ni confiante. Elle est livide et malheureuse ; son expression m'évoque quelque chose, mais je ne parviens pas à identifier quoi.

— Il s'agit de garantir notre propre sécurité, dis-je en regrettant de ne pas être plus convaincante (je n'ai jamais su imposer mon opinion dans les débats). Tout s'arrangera dès que nous serons...

Encore une fois, elle ne me laisse pas achever.

— Guéries ?

Elle éclate de rire, d'un rire qui ressemble à un aboiement sec et qui est dépourvu d'humour. Au moins, elle ne me contredit pas ouvertement.

— Tu as raison, poursuit-elle, tout le monde partage ton avis, d'ailleurs.

Soudain, ça me revient : elle me rappelle les bêtes que nous avions vues, une fois, à l'occasion d'une sortie scolaire aux abattoirs. Les vaches, alignées dans l'étable, nous fixaient silencieusement pendant que nous déambulions, elles avaient le même regard apeuré et résigné. Et désespéré aussi. Je suis effrayée subitement, je suis morte d'inquiétude pour elle.

Pourtant, lorsqu'elle reprend la parole, elle semble avoir recouvré, en partie au moins, son calme.

— Peut-être bien, après tout, que tout s'arrangera une fois que nous serons guéries. Mais d'ici là... c'est notre dernière chance, Lena. Notre dernière chance de faire *quelque chose*. Notre dernière chance de choisir.

« Choisir » : elle a employé le même terme le jour de l'Évaluation. J'acquiesce toutefois, je n'ai aucune envie de la provoquer.

— Quels sont tes projets, alors ?

En la voyant détourner le regard et se mordiller la lèvre, je comprends qu'elle n'est pas certaine que je sois digne de confiance.

— Il y a une fête ce soir...

— QUOI ?

Le sentiment de peur revient au galop.

— Elle est annoncée sur le Net, s'empresse-t-elle d'ajouter. Il s'agit d'un concert, des groupes joueront près de la frontière, dans une des fermes de Stroudwater.

— Tu n'es pas sérieuse ? Tu n'as pas... tu n'as pas vraiment l'intention d'y aller ? Rassure-moi, Hana, dis-moi que tu ne l'envisages pas...

— Il n'y a aucun danger, d'accord ? Je te le jure. Ces sites Internet... ils sont incroyables, Lena. Je t'assure que tu serais accro, toi aussi, si tu les consultais. Ils sont cachés, on y accède généralement par le biais de liens présents sur des pages référencées, approuvées par le Gouvernement, pourtant ils ne sont pas comme les autres, tu vois ce que je veux dire ? Ils sont différents.

Je me suis arrêtée à sa première phrase :

— Aucun danger ? Comment pourrait-il n'y avoir aucun danger ? Ce type, le censeur, son boulot consiste à débusquer les gens assez débiles pour mettre en ligne ce genre de choses...

— Ils ne sont pas débiles, ils sont même incroyablement intelligents !

— Sans parler des Régulateurs, des patrouilles, des brigades pour la jeunesse, du couvre-feu et de tout ce qui fait de cette idée l'une des pires que tu...

— Très bien ! rétorque-t-elle en levant les bras avant de les abattre sur ses cuisses, avec un claquement si fort que je sursaute. Très bien ! C'est une mauvaise idée, une idée risquée. Mais tu sais quoi ? Je m'en fiche !

Pendant une seconde, le silence tombe sur nous. Nous nous affrontons du regard, et l'atmosphère devient électrique, comme si à la moindre étincelle tout risquait d'exploser.

— Et moi, alors ? finis-je par demander en m'efforçant de contrôler mes intonations.

— Tu es la bienvenue. Vingt-deux heures trente, à Roaring Brook Farm, à Stroudwater. Il y aura de la musique. On dansera, on s'amusera. On fera ce qu'on est censés faire avant qu'ils nous retirent la moitié du cerveau !

Je ne relève pas.

— Je ne crois pas que je viendrai, Hana. Au cas où tu l'aurais oublié, nous avions d'autres projets pour ce soir. Des projets qui remontent à quelque chose comme... douze ans.

— Ouais, eh bien, les gens évoluent ! riposte-t-elle.

Elle me tourne le dos, mais j'ai l'impression qu'elle vient de me décocher un coup de poing dans le ventre.

— Très bien.

Ma gorge se serre. Cette fois, je sais que c'est du sérieux, et je sens les larmes monter. Je rassemble mes affaires éparpillées sur son lit – mon sac s'est renversé et la couette de Hana est couverte de petits bouts de papier, d'emballages de chewing-gums, de pièces de monnaie et de stylos. Je les fourre dans mon sac tout en ravalant mes sanglots.

— Très bien, occupe ta soirée à ta guise, ça m'est égal.

Sans doute prise de culpabilité, Hana se radoucit :

— Sérieusement, Lena, tu devrais venir. Réfléchis-y. On n'aura aucun ennui, je te le promets.

— Tu ne peux pas me le promettre...

J'inspire profondément dans l'espoir de réussir à chasser les tremblements de ma voix avant de poursuivre :

— Tu n'en sais rien. Comment pourrais-tu en avoir la certitude ?

— Et toi, tu ne peux pas continuer à vivre dans la peur en permanence.

C'est la goutte d'eau qui fait déborder le vase : je pivote vers elle, furieuse, sentant croître en moi une rage profonde, noire et ancienne.

— Bien sûr que j'ai peur ! Et j'ai toutes les raisons du monde ! Évidemment, tu n'as pas peur, toi, avec ta petite vie parfaite et ta petite famille parfaite. Pour toi, tout est parfait, parfait, parfait… Tu es aveugle ! Tu ne sais rien !

— Parfaite ? Tu crois vraiment ça ? Tu crois que ma vie est parfaite ?

J'entends la colère couver derrière son calme apparent. Je résiste à la tentation de tourner les talons.

— Ouais, exactement.

Elle émet un nouveau rire semblable à un jappement, à une petite explosion.

— Tu t'imagines vraiment que tout est là, hein ? Que ça se résume à ça ?

Elle décrit un tour complet sur elle-même, les bras tendus, comme pour désigner la pièce, la maison, le quartier. Sa question me prend au dépourvu.

— Qu'y aurait-il d'autre ?

— Tout, Lena, répond-elle en secouant la tête. Écoute, je ne vais pas te présenter d'excuses. Je n'ignore pas que tu as des raisons d'avoir peur. Ce qui est arrivé à ta mère est affreux…

— Ne la mêle pas à ça.

Je me tends, mon corps devient électrique.

— Mais tu ne peux pas continuer à tout lui reprocher. Il y a plus de onze ans qu'elle est morte.

La fureur m'engloutit. Mon esprit perd le contrôle, pareil à des roues sur une plaque de verglas, et percute des mots au hasard : *Peur. Reprocher. N'oublie pas. Maman. Je t'aime.* Et je comprends soudain que Hana est une vipère, qui attend depuis longtemps son heure, qui s'est insinuée dans mon sein, aussi profondément que possible, pour me mordre.

— Va te faire foutre.

Voilà ce que ma rage lui lance.

— Écoute, Lena, dit-elle en levant les deux mains en signe d'apaisement, j'essaie juste de t'expliquer que tu dois lâcher prise. Tu n'es absolument pas comme elle. Et tu ne termineras pas comme elle. Tu n'as pas à te sentir menacée.

— Va te faire foutre, tu m'entends ?

Je sais qu'elle veut être gentille, mais mon cerveau ne me répond plus, les mots sortent tout seuls, se bousculant les uns les autres, et je regrette qu'ils ne soient pas autant de coups que je lui décocherais en pleine face – bing bing bing bing !

— Tu ignores tout d'elle... et de moi. Tu ne comprends rien.

— Lena, dit-elle en tendant une main vers moi.

— Ne me touche pas, riposté-je en reculant d'un pas incertain, avant d'attraper mon sac.

Je heurte son bureau en me dirigeant vers la porte. Ma vision est trouble. Je distingue à peine les barreaux de la rambarde, je trébuche, manquant de dévaler les marches, et je retrouve la sortie à tâtons. Il se pourrait que Hana soit en train de m'appeler, mais tous les bruits se perdent dans le rugissement qui résonne à mes oreilles, sous mon crâne. La lumière du soleil, éblouissante, éblouissante lumière blanche, la morsure glaciale de l'acier sous mes doigts, le portail, l'odeur de l'océan, de l'essence. Un gémissement, qui croît. Un cri déchiré, bip bip bip.

Mes idées s'éclaircissent brusquement et je me jette sur le bas-côté de la chaussée juste avant d'être écrasée par une voiture de police, qui me dépasse en trombe, sirènes hurlantes, lumières tourbillonnantes, m'enveloppant dans un nuage de poussière. Ma gorge est si irritée que ma quinte de toux se transforme en haut-le-cœur et, quand je laisse enfin libre cours aux larmes, j'éprouve un soulagement infini, comme lorsqu'on dépose un lourd fardeau porté trop longtemps. Maintenant que j'ai ouvert les vannes, je ne peux plus les arrêter et, tout le long du chemin du retour, je suis contrainte de presser régulièrement mes paumes sur mes yeux pour chasser les larmes qui brouillent ma vision. Je me rassure en songeant que, dans moins de deux mois, cet incident n'aura plus aucune importance. Ces sentiments me déserteront et je renaîtrai, libre, disposée à prendre mon essor.

Hana ne le comprend pas, elle ne l'a jamais compris. Pour certains d'entre nous, ça ne se résume pas au *deliria*. Certains d'entre nous, les chanceux, auront l'opportunité de prendre un nouveau départ, sur des bases inédites, meilleures. Ils seront guéris, complets, parfaits, pareils à une plaque de fer déformée qui ressort de la forge rougeoyante, étincelante et aussi tranchante qu'une lame de rasoir.

C'est tout ce que je désire, tout ce que j'ai jamais désiré. C'est la promesse de la guérison.

Neuf

Seigneur,
Règle nos cœurs,
De même que tu as réglé le cours des planètes sur leur orbite,
De même que tu as figé le chaos qui menaçait.
De même que la force de ta volonté empêche les étoiles,
encore et toujours, de chuter,
De même qu'elle empêche l'océan de devenir poussière,
et la poussière de devenir eau,
De même qu'elle empêche les planètes de se télescoper
Et le soleil d'exploser,
Seigneur, règle le cours de nos cœurs
Sur une orbite solide,
Et aide-les à ne pas en dévier.

Psaume 21

C e soir-là, bien après que je me suis couchée, les paroles de Hana continuent de tourner en boucle dans ma tête. « Tu ne termineras pas comme elle. Tu n'as pas à te sentir menacée. » Elle les a dites pour me rassurer, je le sais. Et elles devraient me rassurer ; pourtant, pour une raison que je ne m'explique pas, ce n'est pas le cas. Pour une raison que je ne m'explique pas, elles me mettent en colère. Une douleur lancinante me laboure la poitrine, j'ai l'impression qu'un objet immense, froid et pointu y est logé.

Encore une chose que Hana ne comprend pas : penser à la maladie, m'inquiéter de savoir si j'ai hérité d'une prédisposition pour celle-ci est tout ce qui me reste de ma mère. Je ne la connais qu'à travers ce fléau. Il est ce qui nous lie.

Sans lui, je n'ai rien.

Bien sûr, j'ai des souvenirs d'elle, des tas, même – ce qui est surprenant quand on songe que j'avais six ans à sa mort. Je me rappelle que, lorsque la neige venait de tomber, elle m'envoyait dehors pour en remplir des poêles. Nous versions ensuite du sirop d'érable dessus et nous regardions le mélange se solidifier, presque instantanément, en fils ambrés, volutes fragiles, dentelle comestible. Je me souviens combien elle aimait chanter en nous faisant sauter dans l'océan, lorsque nous nous baignions sur la plage près de la promenade côtière. À l'époque, j'ignorais à quel point c'était inhabituel. Les autres mères apprennent à leurs enfants à nager. Les autres mères baignent leurs bébés, leur mettent de la crème solaire pour les protéger des brûlures et font tout ce qu'on attend d'elles, ainsi que l'expose la partie consacrée à l'éducation des enfants dans *Le Livre des Trois S.*

Mais elles ne chantent pas.

Je me souviens qu'elle m'apportait des tartines beurrées quand j'étais malade et déposait un baiser sur mes bleus quand je tombais, et je me rappelle qu'une fois, alors qu'elle me berçait dans ses bras après une chute de vélo, une femme avait poussé un petit cri étouffé avant de lâcher : « Vous devriez avoir honte », et que je n'avais pas compris le sens de ces paroles, ce qui avait redoublé mes sanglots. Après cet incident, ma mère ne m'avait plus consolée de la sorte que dans l'intimité. En public, elle se contentait de se renfrogner : « Tout va bien, Lena, relève-toi. »

Nous organisions des soirées dansantes, aussi. Ma mère les appelait nos « impros en chaussettes », parce que, après avoir roulé les tapis dans le salon, nous revêtions nos chaussettes les plus épaisses pour faire des glissades sur le parquet. Même Rachel y participait, alors qu'elle clamait toujours haut et fort qu'elle était trop grande pour les jeux de bébé. Ma mère fermait les rideaux et empilait des coussins contre la porte de l'entrée et contre celle de la cuisine avant de monter le volume de la musique. Nous riions si fort que je me couchais toujours avec un mal de ventre.

J'avais fini par saisir que, si elle tirait les rideaux, c'était pour éviter que d'éventuelles patrouilles ne nous aperçoivent pendant nos impros en chaussettes, qu'elle se servait des coussins pour étouffer les bruits afin de parer à l'éventualité d'une dénonciation de nos voisins. J'avais compris que si, dès que nous quittions la maison, elle dissimulait sous sa chemise l'insigne militaire de mon père (un poignard en argent qu'il avait hérité de son propre père et qu'elle portait tous les jours à une chaîne autour du cou), c'était pour ne pas éveiller les soupçons. J'avais compris que les souvenirs les plus heureux de mon enfance étaient un mensonge. Qu'ils avaient trait à des activités dangereuses et illégales. Qu'ils étaient anormaux. Ma mère était anormale, et elle m'avait sans doute transmis cette caractéristique.

Pour la première fois, je m'interroge véritablement sur ce qu'elle a dû ressentir la nuit où elle s'est rendue sur les falaises sans s'arrêter au bord du précipice, poursuivant sa course dans les airs. Avait-elle peur ? A-t-elle pensé à moi ou à Rachel ? Avait-elle des regrets de nous laisser ?

Puis mes pensées tombent sur mon père. Je n'en ai pas le moindre souvenir, et même si je conserve une vague réminiscence de mains épaisses et d'un visage immense flottant au-dessus du mien, je crois que je [1] dois surtout au portrait encadré, que ma mère conservait dans sa chambre, nous représentant mon père et moi. Je n'avais que quelques mois, et il me portait dans ses bras, souriant, le regard tourné vers l'objectif. Il est impossible que je puisse me le rappeler pour de bon. Je n'avais même pas un an lorsqu'il est mort d'un cancer.

La touffeur est atroce, pâteuse, elle s'agglomère sur les murs. Jenny est allongée sur sa couette, bras et jambes écartés, elle respire sans un bruit, la bouche grande ouverte. Grace aussi dort à poings fermés, murmurant en silence dans son oreiller. La chambre a l'odeur des souffles humides, des peaux moites et du lait chaud.

Je sors de mon lit, déjà vêtue d'un jean noir et d'un tee-shirt. Je ne me suis même pas donné la peine de me mettre en pyjama. Je savais que je ne réussirais pas à fermer l'œil cette nuit. Plus tôt dans la soirée, j'ai pris une décision. J'étais attablée avec Carol, oncle William, Jenny et Grace, nous mâchonnions et avalions en silence, le regard vide. L'atmosphère pesait si fort sur moi qu'elle m'empêchait de respirer, à la façon de deux poings se refermant sur une poche d'eau. J'ai alors pris conscience d'une chose : Hana avait dit que je n'avais pas à me sentir menacée, mais elle avait tort.

Mon cœur cogne si fort que les battements résonnent dans mes tympans, et je suis persuadée que toute la maisonnée va les percevoir, que ma tante se redressera d'un bond dans son lit avant de me coincer et de m'accuser d'essayer de sortir en douce. Ce qui est justement le cas, bien sûr. J'ignorais qu'un cœur pouvait faire autant de ... e repense à la nouvelle d'Edgar Allan Poe que ... s dû lire en cours, sur cet homme qui commet ... e puis se rend à la police parce qu'il est persuadé ... le cœur du macchabée battre sous son plancher. C'est censé être un texte sur la culpabilité et les dangers de la désobéissance civile, pourtant, la première fois que je l'ai lu, je l'ai trouvé maladroit et mélodramatique. Aujourd'hui seulement, je pige : Poe a dû souvent faire le mur dans sa jeunesse.

J'entrouvre la porte de la chambre en retenant mon souffle et en priant pour qu'elle ne grince pas. Jenny pousse soudain un cri et mon cœur s'arrête. Mais alors, elle se retourne sur le ventre en jetant un bras sur son oreiller, et je libère lentement ma respiration : elle a, tout simplement, le sommeil agité.

Le couloir est plongé dans l'obscurité complète. La chambre de ma tante et de mon oncle est sombre, elle aussi, et le seul son qui me parvient est le chuchotis des arbres à l'extérieur ainsi que le craquement des murs, caractéristique des vieilles maisons arthritiques. Je finis par trouver le courage de me faufiler dans le couloir et de refermer la porte de la chambre derrière moi. J'avance si lentement que j'ai l'impression de faire du surplace, je sens les bosses et les plis du papier peint sous mes doigts en longeant le mur. Une fois que j'ai rejoint l'escalier, ma main glisse, millimètre après millimètre, sur la rambarde et je progresse sur la pointe des pieds. La maison semble pourtant résister à mes efforts, comme si elle souhaitait, à travers ses cris, que je sois prise sur le fait. Chaque marche grince ou gémit. Chaque lame de plancher frémit et tressaille sous mon pas, et j'entame une négociation silencieuse avec la bâtisse : « Si je réussis à sortir sans réveiller tante Carol, je jure devant Dieu que je ne claquerai plus jamais aucune porte. Je ne te traiterai plus de "vieille baraque", même intérieurement, je ne maudirai plus tes fuites, et je ne passerai jamais, jamais plus mes nerfs sur les murs de la chambre quand Jenny m'irrite. »

Mes prières trouvent peut-être une oreille attentive ; en tout cas, je réussis miraculeusement à atteindre l'entrée. Je marque un temps d'arrêt, guettant des bruits de pas à l'étage, ou des chuchotements, mais, à l'exception de mon cœur, qui continue à s'affoler, le silence règne. La maison elle-même paraît hésiter et retenir son souffle : la porte s'ouvre en produisant à peine un murmure et, lorsque je me faufile dans la nuit, les pièces que je laisse derrière moi sont aussi noires et immobiles qu'une tombe.

Sous le porche, je connais un moment d'hésitation. Le feu d'artifice s'est terminé il y a une heure – j'ai entendu les dernières explosions bégayantes, pareilles à des coups de feu, au moment de me préparer pour aller au lit –, et les rues sont étrangement silencieuses et vides. Il est 23 heures passées de peu. Certains Invulnérables traînent peut-être encore sur la promenade côtière, mais tous les autres citoyens sont chez eux. Je n'aperçois pas une seule lumière alentour. Les lampadaires ne fonctionnent plus depuis plusieurs années, ne subsistant que dans les quartiers les plus riches de Portland, et ils m'évoquent des yeux aveugles. Heureusement, le clair de lune est très éblouissant.

Je tends l'oreille, à l'affût de patrouilles ou de groupes de Régulateurs – j'espérerais presque en entendre et être contrainte de rentrer me mettre à l'abri dans la maison, dans mon lit... La panique se remet à me vriller la poitrine. Mais rien ne vient troubler la paix des lieux, comme si la ville était sous verre. Tout ce que je possède de rationalité et de bon sens me hurle de faire demi-tour et de remonter dans ma chambre, mais un instinct plus profond et plus têtu me force à poursuivre.

Je descends l'allée et détache mon vélo de la grille.

Il a tendance à émettre des cliquetis, particulièrement au démarrage, je le pousse donc dans la rue. Les roues produisent un tic-tac rassurant au contact du macadam. Je ne me suis jamais retrouvée dehors aussi tard de toute ma vie. Je n'ai jamais violé le couvre-feu. Cependant, malgré la peur, qui reste bien présente et m'écrase de son poids constant, une sensation vacillante d'excitation s'insinue en moi, repoussant en partie mes craintes. « Tout va bien, il ne m'arrivera rien, j'en suis capable. » Je ne suis qu'une fille, une fille quelconque d'un mètre soixante à peine qui n'a rien de remarquable, mais j'en suis capable. Tous les couvre-feux et patrouilles de la Terre ne m'en empêcheront pas. C'est incroyable comme cette pensée me réconforte. C'est incroyable comme elle entame la peur, à la façon d'une minuscule bougie grignotant l'obscurité, éclairant les contours des choses et consumant la nuit noire.

Lorsque j'atteins l'extrémité de ma rue, je saute sur mon vélo et sens les rouages s'emboîter. Je commence à pédaler dans la douce brise, veillant à ne pas aller trop vite, les sens en éveil pour déceler la présence éventuelle de Régulateurs. Heureusement, Roaring Brook Farm est à l'opposé des festivités du 4 Juillet, qui se tiennent sur la promenade côtière. Une fois que j'aurai rejoint la large bande de terres agricoles ceignant Portland, je devrais être tirée d'affaire. Les patrouilles s'aventurent rarement jusqu'aux fermes et aux abattoirs. Mais, pour cela, je dois traverser l'ouest de la ville, où vivent les riches comme Hana, le quartier de Libbytown et franchir le pont de Congress Street. J'ai de la chance, toutes les rues que j'emprunte sont désertes.

Stroudwater est à une grosse demi-heure, même à un bon train. En quittant la presqu'île et les bâtiments du centre pour pénétrer dans les terres, sur le continent, je croise des maisons plus petites et plus distantes les unes des autres, entourées de pelouses pelées et envahies par les mauvaises herbes. Je n'ai pas encore atteint la campagne de Portland, mais j'aperçois les premiers signes de ruralité : végétation s'immisçant dans les vérandas dégradées, chouette poussant un hululement plaintif dans la nuit, silhouettes noires des chauves-souris fendant soudain les ténèbres. Des voitures sont stationnées devant presque toutes les maisons – à l'instar de l'ouest de la ville –, mais elles ont, à l'évidence, été récupérées à la casse. Elles ont été posées sur des parpaings, et abandonnées à la rouille. Un arbre s'élève par le toit ouvrant de l'une d'elles, comme si la voiture venait de tomber du ciel et de s'empaler dessus, tandis que le capot béant d'une autre révèle l'absence de moteur. Au passage, j'en déloge un chat, qui miaule en détalant.

Après avoir traversé le fleuve, les maisons disparaissent carrément, et les champs succèdent aux champs, les fermes aux fermes. Leurs noms, évoquant des animaux et des arbres, les font paraître accueillantes et agréables, suscitant des images de gâteaux et de crème battue. Pourtant, la plupart d'entre elles appartiennent à de grandes entreprises et sont remplies de bétail, gardé, le plus souvent, par des orphelins.

J'ai toujours aimé cet endroit, mais l'obscurité donne un caractère effrayant à ces grandes étendues vides, et je ne peux pas m'empêcher de penser que, si je venais à croiser une patrouille, je n'aurais aucun endroit où me réfugier, aucune cachette. Au-delà des champs, je distingue les formes sombres des granges et des silos, flambant neufs pour certains, tenant à peine debout pour d'autres, s'accrochant à la terre comme des crocs de prédateurs. Le parfum de l'air est légèrement sucré, à cause des plantations et du fumier.

La ferme de Roaring Brook est juste à côté de la frontière sud-ouest. Elle a été abandonnée il y a des années, lorsque le bâtiment principal et les deux silos à grain ont été détruits par un incendie. Cinq minutes environ avant de l'atteindre, il me semble distinguer une ligne de basses, presque imperceptible à cause du chant rauque des criquets, mais mon imagination me joue peut-être un tour, à moins qu'il ne s'agisse de mon cœur, qui s'est remis à battre la chamade. Un peu plus loin, pourtant, j'obtiens la confirmation de mon impression. Avant même de rejoindre la petite route de terre qui descend jusqu'à la grange, ou plutôt à ce qu'il en reste, des notes de musique jaillissent, se cristallisant dans l'air nocturne comme la pluie qui se transforme subitement en neige, retombant en tourbillons sur la terre.

De nouveau la peur m'étreint. Une seule pensée occupe mon esprit : « C'est mal, mal, mal. » Les mots tambourinent sous mon crâne. Tante Carol me tuerait si elle savait. Ou elle me ferait jeter dans les Cryptes. Ou bien elle m'emmènerait aux laboratoires pour que je subisse une opération anticipée, à l'instar de Willow Marks.

Je bondis de mon vélo dès que j'aperçois le chemin menant à Roaring Brook Farm et l'immense panneau métallique planté dans le sol indiquant : PROPRIÉTÉ DE LA VILLE DE PORTLAND, DÉFENSE D'ENTRER. Je pousse mon vélo dans les bois qui longent la route. La ferme et la grange se trouvent quinze ou vingt mètres plus bas, mais je ne veux pas traîner mon vélo aussi loin. Je le pose contre un arbre, toutefois, je ne l'attache pas. Je ne tiens pas à me figurer ce qui se passerait s'il y avait un raid, mais je sais seulement que, dans ce cas-là, je n'aimerais pas être obligée de me débattre avec un cadenas dans la pénombre. J'aurais besoin d'être rapide.

Je contourne le panneau d'interdiction. Je suis en train de devenir une spécialiste de l'exercice, réalisé-je, en me rappelant ceux que nous avons ignorés, Hana et moi, à l'arrière des labos. Pour la première fois depuis long-temps, je repense à cet après-midi-là, et aussitôt l'image d'Alex riant aux éclats dans l'observatoire surgit dans mon esprit.

Je m'efforce de me concentrer sur les environs, la lune éclatante, les fleurs sauvages au bord du chemin, ce qui me divertit de la sensation que j'ai d'être sur le point de vomir. Je ne sais pas vraiment ce qui m'a poussée à sortir de chez moi, je ne sais pas vraiment pourquoi je me suis sentie obligée de démontrer à Hana qu'elle avait tort, et je tente de chasser l'idée, plus perturbante que tout, que j'utilise ma dispute avec elle comme prétexte.

Qu'au fond de moi, je suis, peut-être, tout simplement intriguée.

Je n'éprouve aucune curiosité à cet instant précis, tou-tefois. Rien que de la peur. Et l'impression d'être très, très bête.

La ferme et l'ancienne grange sont sises dans une dépression entre deux collines, sorte de vallée miniature : les bâtiments paraissent posés au creux de deux lèvres pincées. À cause de la déclivité, la ferme est cachée de ma vue, mais, à l'approche du sommet de la colline, la musique se fait plus distincte, plus forte. Je n'ai jamais rien entendu de tel. En tout cas, ça ne ressemble pas à la musique auto-risée qu'on peut télécharger sur le site de la BMFA, rigide, harmonieuse et structurée, et que les groupes jouent dans le parc de Deering Oaks, lors du festival estival de musique.

La voix qui chante est sublime, aussi épaisse et onctueuse que du miel chaud, elle monte une octave et la redescend si vite que j'en suis étourdie. La musique qui l'accompagne est étrange, puissante et violente – mais elle ne s'apparente pas aux gémissements et aux déchirements que Hana écoutait sur son ordinateur dans l'après-midi, en dépit de certaines similitudes, mélodiques et rythmiques. Les haut-parleurs de l'ordinateur crachaient un air métallique et affreusement brouillé. Celui-ci afflue et reflue avec irrégularité et mélancolie. Il m'évoque, curieusement, l'océan pendant une grosse tempête, le déferlement des vagues et l'écume marine qui éclabousse les docks ; la façon dont ce spectacle grandiose vous stupéfie.

Lorsque je franchis le sommet de la colline et que la grange en ruine ainsi que la ferme croulante s'étalent devant moi, la musique enfle à la façon d'une vague près de se briser. J'en ai le souffle coupé, tant je suis frappée par la beauté de l'ensemble. L'espace d'une seconde, j'ai vraiment l'impression de contempler l'océan, une mer de gens, dansant sous les flots de lumière qui se déversent de la grange, à la façon d'ombres s'enroulant autour d'une flamme.

Le bâtiment est entièrement éventré, il est ouvert en deux et noirci par l'incendie qui l'a laissé exposé aux éléments. Seule une partie tient encore debout – des fragments de trois murs, une portion du grenier où devait, autrefois, être entreposé le foin. Le groupe s'est installé là. De jeunes arbres frêles sont apparus dans les champs. Les plus anciens, entièrement brûlés, dépourvus de branches et de feuilles, pointent vers le ciel comme des doigts fantomatiques.

À quinze mètres derrière la grange, je distingue la frange noire des terres sauvages. La Nature. Je ne peux pas voir la clôture qui marque la frontière à cette distance, mais j'ai le sentiment de la sentir, de percevoir l'électricité qui s'en dégage. Je ne m'en suis approchée qu'à de rares occasions. Une fois, ma mère, il y a très longtemps, m'a fait entendre le sifflement de l'électricité – le courant est si fort que l'air alentour semble vibrer et qu'on peut recevoir une décharge si on s'approche à moins d'un mètre –, avant de me faire promettre de ne jamais, jamais, jamais toucher le grillage de la frontière. Elle m'avait expliqué que, lorsque le Protocole avait été rendu obligatoire, des gens avaient tenté de la franchir : à peine avaient-ils posé la main sur le grillage qu'ils étaient frits comme du bacon. Je me souviens qu'elle avait utilisé cette image : comme du bacon. Depuis, j'ai longé la frontière quelquefois avec Hana, lors de nos entraînements, en veillant toujours à m'en tenir éloignée de trois mètres au moins.

Dans la grange, des enceintes et des amplis ont été installés, ainsi que deux énormes lampes industrielles, qui éclaboussent de leur éclat blafard tous les spectateurs qui se massent près de la scène, accentuant le moindre détail, alors que les autres, plongés dans la pénombre, se mêlent, indistincts. La chanson se termine, et le public, océan houleux, acclame le groupe. À part moi, je me fais la réflexion qu'ils ont dû se brancher sur le compteur électrique d'une autre ferme, avant d'ajouter aussitôt : « C'est idiot, je ne trouverai jamais Hana, il y a bien trop de monde. » Mes pensées sont interrompues par une nouvelle chanson, aussi violente et sublime que la précédente, et la musique semble traverser la nuit noire pour venir s'ancrer au tréfonds de mon âme et m'attirer vers elle. Je m'engage sur la pente sans réfléchir. Mes pieds semblent dotés de leur volonté propre, comme s'ils suivaient une piste invisible, qui descend, descend, descend.

J'oublie, momentanément, que je suis censée être ici pour chercher Hana. J'ai l'impression de vivre un rêve, où les événements les plus étranges paraissent naturels. Tout est nébuleux, comme enrobé de brouillard, et je suis consumée, de la tête aux pieds, par un unique désir : m'approcher de la musique pour l'entendre mieux et qu'elle ne cesse jamais, jamais, jamais.

— Lena ! Je n'en reviens pas ! Lena !

Tirée de la brume de ma rêverie par ce cri, je réalise soudain que je suis cernée de toutes parts par des gens.

Non. Pas simplement des gens. Mais des garçons. Et des filles. Tous vulnérables, et qui ne montrent pas le moindre signe de gêne. Des garçons et des filles qui discutent ensemble. Des garçons et des filles qui rient. Des garçons et des filles qui partagent le même gobelet. Le sol se met à tanguer.

Hana fond sur moi, se frayant un chemin à travers la cohue en jouant des coudes, et, sans me laisser le temps d'ouvrir la bouche, elle se précipite sur moi comme elle l'a fait pour la photo du jour de la remise des diplômes et m'écrase contre sa poitrine. Ma stupeur est telle que je recule et manque de tomber sur les fesses.

— Tu es là ! lance-t-elle en s'écartant, sans me lâcher les épaules, pour m'étudier. Tu es bien là !

La chanson se termine et la chanteuse, une fille minuscule avec de longs cheveux noirs, annonce une pause. Mon cerveau se remet lentement en marche, et la pensée la plus débile de la Terre me vient : « Elle est encore plus petite que moi et elle chante devant cinq cents personnes. » Puis je songe aussitôt : « Cinq cents personnes...

Cinq cents personnes ! Qu'est-ce que je fiche ici avec cinq cents personnes ? »

— Je ne peux pas rester, m'empressé-je de lancer.

Dès que les mots ont franchi mes lèvres, je me sens soulagée. J'ai réussi à prouver ce que je voulais prouver en venant ici, je suis donc autorisée à repartir. Je dois m'extraire de cette masse, de ce brouhaha, de ce mur mouvant de poitrines et d'épaules qui m'entoure. J'étais trop absorbée par la musique jusqu'à présent pour regarder autour de moi, mais je prends subitement conscience des couleurs, des parfums et des mains qui s'agitent.

À l'instant où Hana s'apprête à répondre – peut-être pour me convaincre de rester –, nous sommes interrompues par un garçon dont les cheveux filasse lui tombent dans les yeux. Il tend à Hana un des deux immenses gobelets en plastique qu'il tient dans les mains. Celle-ci l'accepte et le remercie, avant de se tourner vers moi.

— Lena, je te présente mon ami Drew.

Une expression de culpabilité traverse son visage, rapidement chassée par un sourire aussi resplendissant que si nous étions en train de discuter d'un contrôle de bio dans la cour de Sainte-Anne.

Je voudrais répondre, mais aucun son ne sort, ce qui est sans doute une bonne chose, vu qu'une alarme incendie retentit dans ma tête. Au risque de passer pour naïve, à aucun moment, sur la route menant ici, je n'ai envisagé que la soirée pourrait être mixte. Ça ne m'a même pas traversé l'esprit.

Enfreindre le couvre-feu est une chose, et écouter de la musique illégale en est une autre, plus grave. Mais transgresser les lois de ségrégation est l'un des pires délits. D'où par exemple le renvoi de Sainte-Anne de Chelsea Bronson après avoir été, prétendument, surprise, pendant le couvre-feu, en compagnie d'un garçon de Spencer, ainsi que les licenciements consécutifs et mystérieux de ses parents et leur déménagement forcé. Et il n'y avait aucune preuve tangible. Rien que des rumeurs.

Drew m'adresse un petit signe de la main.

— Salut, Lena.

J'ouvre la bouche et la referme. Toujours aucun son. Pendant une seconde, nous restons plantés là dans un silence gêné. Puis il me tend brusquement le second gobelet.

— Un peu de whisky ?

Pour toute réponse, je glapis :

— Du whisky ?

Je n'ai eu que très rarement l'occasion de boire de l'alcool. Une fois par an, à Noël, lorsque tante Carol me sert un quart de verre de vin, et à une occasion chez Hana, quand nous avions piqué de la liqueur de mûre à ses parents : nous l'avions sirotée jusqu'à ce que le plafond se mette à tourner. Hana avait ri comme une petite folle, mais moi, je n'avais aimé ni la saveur sucrée et écœurante du breuvage, ni la façon dont mes pensées se délitaient telle la brume dispersée par le soleil. Perdre le contrôle, voilà ce dont il s'était agi. Voilà ce que j'avais détesté.

Drew hausse les épaules.

— Ils n'avaient plus que ça. La vodka part toujours en premier dans ces soirées.

« Dans ces soirées... » Elles avaient donc lieu régulièrement ?

— Non, dis-je en repoussant le gobelet vers lui. Garde-le.

Il balaie mon objection d'un geste de la main, se méprenant à l'évidence sur mes intentions.

— Je t'en prie, je vais en chercher un autre.

Drew sourit brièvement à Hana avant de disparaître dans la foule. Il a un sourire en coin agréable, ses lèvres s'étirent vers son oreille gauche d'une façon… Réalisant soudain la nature de mes pensées, je sens la panique monter en moi, et je visualise aussitôt une vie d'opprobre.

Le contrôle. Tout est question de contrôle.

— Je dois y aller, réussis-je à articuler à l'intention de Hana.

C'est un progrès.

— Y aller ? répète-t-elle, le front plissé. Tu as fait tout ce chemin à pied et…

— Je suis venue à vélo.

— Peu importe. Tu as pédalé jusqu'ici et tu veux repartir ?

Hana tente de me saisir la main, mais je croise aussitôt les bras pour me dérober. La peine se peint sur son visage. Je feins de frissonner pour expliquer mon geste, tout en me demandant pourquoi je suis aussi gênée en sa présence. Il s'agit de ma meilleure amie, de la fille que je connais depuis le CP, de la fille qui a toujours partagé son dessert avec moi le midi et qui a collé son poing dans la figure de Jillian Dawson le jour où cette dernière a dit que ma famille était infectée.

— Je suis fatiguée, rétorqué-je, et je n'ai rien à faire ici.

Je me retiens d'ajouter : « Toi non plus, d'ailleurs. »

— Tu as entendu le groupe ? Il est super, non ?

Ce ton mielleux ne ressemble pas à Hana, et une douleur aiguë et violente me laboure les côtes. Elle s'adresse à moi avec formalisme, comme si nous étions des étrangères. Elle perçoit le malaise à son tour.

— Je… je n'écoutais pas vraiment.

J'ignore pourquoi, mais je ne veux pas que Hana sache que, oui, j'ai écouté le groupe, et que, oui, je l'ai trouvé super, mieux qu'extra. C'est trop intime, voire embarrassant – j'en éprouve quasiment de la honte –, et même si j'ai parcouru tout le chemin jusqu'ici, au mépris du couvre-feu et du reste, pour la voir et m'excuser, je suis de nouveau envahie par le même sentiment que dans l'après-midi : Hana est devenue une étrangère à mes yeux, et moi aux siens.

Je suis habituée à cette sensation de dédoublement, qui fait que mes pensées et mes actions ne sont pas toujours accordées, à cet écartèlement constant. Mais Hana, elle, est clairement tombée de l'autre côté, du côté de l'interdit.

Est-il possible que tout ce temps où nous révisions, où nous courions ensemble, cet autre monde ait existé parallèlement au mien, débordant d'activité, prêt à surgir de l'ombre et des ruelles dès le coucher du soleil ? Fêtes illégales, musique défendue, Vulnérables s'approchant sans crainte de la maladie…

Un monde sans peur. Impossible…

Alors que je me tiens au milieu du rassemblement le plus important que j'ai vu de ma vie, je me sens soudain terriblement seule.

— Reste, me dit calmement Hana.

C'est un ordre, pourtant, l'hésitation est perceptible dans son intonation, on pourrait croire qu'elle pose une question.

— Reste pour la deuxième partie du concert, reprend-elle.

Je secoue la tête. Je regrette d'être venue. Je regrette d'avoir été témoin de tout ça. Je regrette d'avoir découvert ce que j'ai découvert : je ne pourrai plus me réveiller le matin et aller retrouver Hana pour lézarder sur la promenade côtière, selon notre habitude, et nous plaindre que l'été est ennuyeux. Si seulement je pouvais m'imaginer que rien n'a changé.

— J'y vais, dis-je (d'une voix tremblante, à mon grand désespoir). Mais ne t'inquiète pas pour moi, reste.

À la seconde où j'ai prononcé ces mots, je me rends compte qu'elle n'a jamais proposé de rentrer avec moi. Elle me regarde avec une expression des plus étrange, mêlée de remords et de pitié.

— Je peux te raccompagner, si tu veux, répond-elle – mais je sais pertinemment qu'elle ne le suggère que pour me faire plaisir.

— Non, non, c'est inutile.

Mes joues sont brûlantes, et je recule d'un pas. Je me cogne à quelqu'un, un garçon, qui se retourne et me sourit. Je m'écarte aussitôt de lui.

— Attends, Lena !

Hana veut me retenir. Elle a déjà un gobelet, pourtant je lui tends le mien, la forçant à le saisir de sa main libre. Déstabilisée un instant, elle coince les deux boissons sous le coude, et j'en profite pour me placer hors d'atteinte.

— Tout ira bien, je te promets. On s'appelle demain, dis-je avant de me faufiler entre deux personnes (être petite a cet avantage : je peux me glisser dans n'importe quel trou de souris).

Hana disparaît aussitôt, engloutie par la cohue. Je me fraie un chemin en baissant les yeux et en espérant que le feu de mes joues va rapidement s'apaiser.

Tout danse devant mes yeux, je vois flou, et j'ai de nouveau l'impression de rêver. Garçon. Fille. Garçon. Fille. Qui rient ensemble, échangent des bourrades, se touchent les cheveux. De ma vie entière, je ne me suis jamais sentie aussi différente et décalée. Un hurlement perçant et synthétique résonne, puis le groupe se remet à jouer. Cette fois, pourtant, la musique n'a aucun effet sur moi. Je ne marque même pas de temps d'arrêt. Je continue à marcher en direction de la colline, me figurant le silence apaisant des champs sous le ciel étoilé, l'obscurité familière des rues de Portland, le rythme régulier des patrouilles, avançant en cadence, les échos des talkies-walkies des Régulateurs, autrement dit mon quotidien habituel et familier.

Enfin, la foule devient plus clairsemée. Il faisait chaud au cœur de l'affluence, et la brise qui me pince la peau rafraîchit mes joues. J'ai recouvré en partie mon calme et, arrivée à la lisière de la marée humaine, je m'autorise un dernier regard vers la scène. La grange à ciel ouvert et la lumière blanche étincelant dans la nuit m'évoquent un petit feu au creux d'une paume.

— Lena !

Incroyable comme je reconnais aussitôt cette voix alors même que je ne l'ai entendue qu'une fois auparavant, pendant une dizaine de minutes, quinze maximum. Je reconnais le rire qu'elle contient en germe, les intonations semblables à celles de quelqu'un qui se pencherait vers vous au milieu d'un cours particulièrement rasoir pour partager un secret palpitant. Le temps s'arrête. Le sang se fige dans mes veines. Mon souffle se suspend. L'espace d'une seconde, la musique elle aussi s'éteint, et je n'entends plus qu'un joli tambourinement sourd, distant, et je songe qu'il s'agit des battements de mon cœur avant de m'aviser que c'est impossible, parce que celui-ci s'est arrêté aussi. Mon champ de vision se réduit, et je ne vois plus qu'Alex, en gros plan, qui trace son chemin vers moi à coups d'épaule.

— Lena ! Attends !

Un éclair de terreur me traverse – pendant un temps très bref, je me figure qu'il est ici avec une patrouille ou un groupe de surveillance, avant de constater qu'il est habillé normalement, en jean et tee-shirt. Sans oublier ses vieilles baskets à lacets bleus.

— Qu'est-ce que tu fiches ici ? balbutié-je au moment où il me rejoint.

— Moi aussi, je suis content de te voir, réplique-t-il avec un sourire.

Il a laissé plusieurs centimètres entre nous, et je lui en suis reconnaissante. Dans la pénombre, je ne distingue pas la couleur de ses yeux, et je ne suis pas mécontente de ne pas avoir cette distraction : je n'ai pas besoin de ressentir la même émotion que lorsqu'il s'est penché pour chuchoter, l'autre jour, et que j'ai eu conscience que deux centimètres, à peine, séparaient ses lèvres de mon oreille, conscience accompagnée de terreur, de culpabilité et d'excitation tout à la fois.

— Je n'ai pas envie de plaisanter, dis-je en me composant une mine renfrognée.

Son sourire vacille, mais ne s'évanouit pas entièrement. Il souffle avant de répondre :

— Je suis venu écouter la musique. Comme tout le monde.

— Mais tu ne peux pas... Mais c'est...

Je me débats avec le langage, ne sachant pas très bien comment exprimer mes pensées.

— ... illégal ? complète-t-il avec un haussement d'épaules.

Une boucle de cheveux lui caresse le sourcil gauche et, lorsqu'il se tourne pour balayer du regard l'assemblée, elle accroche la lumière de la scène, révélant son incroyable teinte brun doré.

— Ne t'inquiète pas, reprend-il d'une voix si douce que je suis obligée de me pencher pour l'entendre malgré la musique, personne ne fait de mal à personne.

Je m'apprête à rétorquer qu'il n'en sait rien, mais la mélancolie qui perce dans ses intonations m'arrête. Alex se passe une main dans les cheveux, et je distingue derrière son oreille gauche la petite cicatrice triangulaire, à la symétrie parfaite. Peut-être est-il seulement nostalgique de ce qu'il a perdu suite au Protocole. La musique ne touche pas les gens avec la même force et, bien que l'opération ait aussi dû le guérir de toute sensation de regret, elle n'a pas les mêmes effets sur tout le monde et ne réussit pas toujours à la perfection. Voilà pourquoi mon oncle et ma tante rêvent encore, parfois. Voilà pourquoi ma cousine Marcia se retrouvait soudain à verser des larmes hystériques, sans signes avant-coureurs ni raison apparente.

— Et toi, alors ? demande-t-il avec un sourire éclatant et cette note de taquinerie dans la voix. Quelle est ton excuse ?

— Je ne voulais pas venir, m'empressé-je de répliquer, mais je devais…

Je m'interromps, consciente de ne pas savoir exactement pourquoi je suis là.

— Je devais donner quelque chose à quelqu'un, finis-je par reprendre.

Il hausse les sourcils, visiblement peu convaincu. Je me dépêche d'ajouter :

— À Hana. Mon amie. Tu l'as rencontrée l'autre jour.

— Je me rappelle.

Je n'ai jamais vu personne sourire aussi longtemps. On dirait que son visage a été modelé pour sourire en permanence.

— Tu ne t'es pas encore excusée, d'ailleurs, poursuit-il.

— M'excuser pour quoi ?

Le public continue à se masser près de la scène, et nous nous retrouvons seuls, Alex et moi. De temps à autre, quelqu'un nous dépasse, balançant une bouteille à la main ou chantonnant, mais à ces exceptions près nous ne sommes que tous les deux.

— Pour m'avoir fait faux bond.

Un coin de sa bouche se soulève et, de nouveau, j'ai l'impression qu'il partage un secret merveilleux avec moi, qu'il essaie de me confier quelque chose.

— Tu ne t'es pas pointée à Back Cove, ce jour-là, ajoute-t-il.

Un sentiment de triomphe m'envahit : il était à Back Cove ! Il m'avait bien donné rendez-vous ! Au même instant, l'inquiétude s'insinue dans mon sein : il attend quelque chose de moi. J'ignore quoi, exactement, mais je le sens, et ça me terrifie.

— Alors ? reprend-il en croisant les bras et en se balançant d'avant en arrière. Tu comptes me demander pardon, ou pas ?

Son aisance et son aplomb m'exaspèrent, exactement comme l'autre jour. La situation est tellement injuste : ses sentiments sont à l'opposé de ceux que, moi, j'éprouve. Je serais bien capable d'avoir une crise cardiaque d'une seconde à l'autre, ou de me liquéfier.

— Je ne demande pas pardon aux menteurs, dis-je, surprise par ma propre assurance.

Il tressaille.

— Qu'est-ce que je suis censé comprendre ?

— Arrête, riposté-je, de plus en plus sûre de moi. Tu as prétendu ne m'avoir jamais vue. Et ne pas me reconnaître. Tu as prétendu que tu n'étais pas dans l'enceinte des labos le jour de l'Évaluation.

Je compte chacun des mensonges sur mes doigts.

— Très bien, très bien, répond-il en levant les deux mains en signe de reddition. Je suis désolé, d'accord ? Tu as raison, c'est à moi de te présenter des excuses.

Il me fixe une seconde avant de pousser un soupir.

— Je te l'ai expliqué, les membres de la sécurité ne sont pas autorisés à pénétrer dans les laboratoires pendant l'Évaluation. Pour préserver l'intégrité du processus, ou un truc dans le genre. Mais j'avais terriblement besoin d'une tasse de café, et celui de la machine qui se trouve au premier étage du bâtiment C est très bon, il peut être servi avec du vrai lait, bref, j'ai utilisé mon code pour aller en chercher. Ce n'est pas plus compliqué. Et ensuite, j'ai été forcé de mentir. J'aurais pu être viré. Je ne travaille dans ces fichus labos que pour payer mes études...

La fin de sa phrase se noie dans le silence. Pour une fois, son assurance l'a déserté. Il semble même soucieux, comme s'il craignait que je ne le dénonce.

— Que faisais-tu dans l'observatoire, alors ? insisté-je. Pourquoi me regardais-tu ?

— Je n'ai pas réussi à atteindre le premier étage, répond-il en me fixant, comme pour jauger ma réaction. Je me suis introduit dans le bâtiment et... j'ai entendu ce boucan de tous les diables. La précipitation, le grondement, et aussi des hurlements.

Je ferme les yeux, me rappelant la sensation brûlante des lumières éblouissantes, l'illusion de percevoir, depuis la salle d'opération, le bruit de l'océan, et les cris de ma mère. Lorsque je les rouvre, Alex m'observe toujours.

— Bref, je n'avais pas la moindre idée de ce qui se tramait. J'ai cru... je ne sais pas, c'est idiot, mais j'ai cru que, peut-être, quelqu'un attaquait les laboratoires. Et puis, alors que j'étais planté là, tout à coup, une centaine de vaches ont fondu sur moi...

Il hausse les épaules avant de reprendre :

— Il y avait un escalier sur ma gauche. J'ai paniqué et m'y suis engouffré. J'ai pensé que les vaches ne grimperaient pas les marches, ajoute-t-il avec un sourire fugace et hésitant cette fois. J'ai débouché dans l'observatoire.

Son explication est parfaitement plausible. Je suis rassurée, à présent. En même temps, pourtant, une certaine tristesse se niche dans ma poitrine, une pointe de déception. Et d'entêtement. Une part de moi continue à douter. Je me souviens qu'il riait aux éclats, la tête rejetée en arrière, je me souviens qu'il m'a adressé un clin d'œil. Je me souviens de son expression amusée, confiante, joyeuse. Dénuée de toute inquiétude.

« Un monde sans peur... »

— Alors, tu n'as aucun détail sur ce qui... sur ce qui est arrivé ?

Mon ton me surprend moi-même. Je serre les poings en espérant qu'il ne remarquera pas l'étranglement subit de ma voix.

— Tu veux parler de l'interversion des chargements ?

Il a posé sa question d'une traite, sans tressaillir, et mes derniers doutes s'envolent. À l'instar de n'importe quel Invulnérable, il ne remet pas en question la version officielle.

— Je n'étais pas responsable de la réception des livraisons, ce jour-là. Le gars en charge, Sal, a été viré. On est censés vérifier la marchandise. Ça lui est sorti de l'esprit, je suppose, ajoute-t-il en penchant la tête et en écartant les bras. Ça te va, comme réponse ?

— Ça me va.

Le poids dans ma poitrine est toujours là, cependant. Alors que, plus tôt dans la soirée, j'étais impatiente de quitter la maison, maintenant, j'aimerais pouvoir, d'un claquement de doigts, me retrouver dans mon lit, m'asseoir, repousser les couvertures et me rendre compte que tout, la fête, la rencontre avec Alex, n'était qu'un rêve.

— Alors… reprend-il en inclinant la tête vers la grange. Tu crois que nous pourrions nous approcher sans être piétinés ?

Le groupe joue une chanson rythmée et bruyante. Je ne comprends pas les émotions que cette musique a suscitées en moi plus tôt : je ne perçois plus que du vacarme. J'essaie de ne pas penser au fait qu'il vient de dire « nous », et que, pour une raison qui m'échappe, ce mot est particulièrement plaisant dans sa bouche.

— J'étais en train de partir, en réalité.

Je réalise que je lui en veux, sans doute de ne pas être celui que je croyais, alors que je devrais justement lui être reconnaissante d'être normal, invulnérable, et de ne représenter aucun danger.

— En train de partir ? Mais tu ne peux pas !

J'ai toujours veillé à ne pas me laisser gagner par la colère ou l'irritation. Je ne peux pas me le permettre chez Carol, je lui dois trop – de surcroît, après les quelques crises que j'ai piquées, enfant, elle m'a observée à la dérobée pendant des jours, m'analysant, me jugeant. Je sais qu'elle pensait : « Elle est comme sa mère. » Soudain, pourtant, je lâche prise et je permets à la colère de sortir. J'en ai assez de ces gens qui prétendent que cet univers, cet univers interdit, est la norme et que je suis une anomalie. C'est parfaitement injuste : j'ai l'impression que les règles ont subitement changé et que personne n'a songé à m'avertir.

— Bien sûr que je peux, et je vais d'ailleurs le faire.

Je tourne les talons et commence à gravir la colline, persuadée qu'il va me laisser tranquille. À ma grande stupeur, ce n'est pas le cas.

— Attends ! s'écrie-t-il en se lançant à ma suite.

— Qu'est-ce que tu fabriques ?

Je pivote pour lui faire face, décontenancée, une fois de plus, par mon aplomb, alors que mon cœur s'emballe. Voilà peut-être le secret pour parler aux garçons : être en permanence en colère.

— Comment ça ?

Nous sommes tous deux légèrement essoufflés par notre ascension, mais il réussit néanmoins à sourire avant de reprendre :

— Je veux juste te parler.

— Tu me suis.

Je croise les bras, ce qui m'aide à mettre de la distance entre nous, puis j'ajoute :

— Tu me suis. Encore.

J'ai atteint mon but : il a un mouvement de recul, et j'éprouve un plaisir malsain en constatant que je l'ai déstabilisé.

— Encore ? répète-t-il.

Pour une fois, je ne suis pas celle qui bredouille ou qui se débat pour trouver ses mots. Ils jaillissent littéralement de ma bouche :

— Il me semble quelque peu étrange d'avoir passé l'essentiel de ma vie sans jamais te voir et, soudain, de te croiser partout.

Je n'avais pas prévu de dire ça – je ne m'étais même pas avisée que c'était étrange –, mais je me rends aussitôt compte qu'il s'agit de la vérité.

Craignant de l'avoir mis en pétard, je suis étonnée de le voir rejeter la tête en arrière et éclater d'un rire bruyant et inextinguible. Le clair de lune ourle d'argent le contour de ses joues, de son menton et de son nez. Je suis si abasourdie par sa réaction que je le fixe sans bouger. Il finit par me regarder. Même si je ne distingue toujours pas la couleur de ses yeux (la lune modifie les teintes, tantôt nimbant les choses d'un éclat argenté, tantôt les laissant dans le noir), j'ai l'impression qu'ils dégagent une chaleur, une lueur, exactement comme la première fois.

— Tu n'as peut-être pas fait attention, répond-il doucement en se basculant d'avant en arrière.

Inconsciemment, je recule : sa proximité me rend nerveuse. Quand bien même nos corps sont séparés par plusieurs centimètres, j'ai l'impression qu'ils se touchent.

— Qu'est-ce que... qu'est-ce que tu veux dire par là ?

— Que tu as tort.

Il s'interrompt, me dévisage et, même si je m'efforce de ne pas broncher, je sens que ma paupière gauche palpite. Avec un peu de chance, il ne le remarquera pas dans l'obscurité.

— Nous nous sommes souvent vus.

— Je m'en souviendrais, si nous nous étions déjà rencontrés.

— Je n'ai pas dit que nous nous étions rencontrés.

En se mordillant la lèvre (ce geste le rajeunit), il enchaîne :

— Laisse-moi te poser une question. Pourquoi ne passes-tu plus devant le Gouverneur quand tu cours ?

Malgré moi, je retiens mon souffle.

— Comment es-tu au courant ?

— J'ai travaillé au *Grind*, sur Monument Square, le semestre dernier. Je t'apercevais tout le temps.

J'ouvre et je referme la bouche sans émettre un son ; mon cerveau ne répond plus quand j'ai le plus grand besoin de lui. Naturellement, je connais le café dont il parle : Hana et moi, nous passions devant deux, voire trois fois par semaine, et nous observions le va-et-vient incessant des étudiants qui soufflaient sur la mousse coiffant leur tasse, l'éparpillant comme des flocons. Le *Grind* donne sur une petite place pavée appelée Monument Square, pile au milieu de la boucle de dix kilomètres que je parcourais systématiquement à une époque.

En son centre se dresse la statue d'un homme, usée par les intempéries et barbouillée de quelques graffitis. Il a une jambe tendue en avant et son chapeau serré dans une main, si bien qu'il donne l'impression d'affronter une terrible tempête ou d'être pris dans une bourrasque. Son autre poing est projeté devant lui. Il ne fait pas de doute que, dans un passé lointain, il tenait quelque chose – sans doute une torche –, et que cette partie de la statue a été cassée ou dérobée. De sorte qu'à présent le Gouverneur chemine le poing vide, troué par une découpe circulaire, cachette idéale pour les messages et les secrets. Avec Hana, nous avons déjà fouillé le trou à la recherche d'un trésor et n'avons trouvé que de vieux chewing-gums et des pièces de monnaie.

Je ne me souviens plus quand, ni pourquoi, Hana et moi avons commencé à l'appeler le Gouverneur. La pluie et le vent ont effacé les inscriptions sur la plaque au pied de la statue, les rendant illisibles. Personne d'autre que nous ne lui donne ce nom. Pour tout le monde, il s'agit de la « statue de Monument Square ». Alex a dû surprendre une de nos conversations, un jour.

Il continue de m'observer, dans l'attente d'une réponse que je ne lui ai toujours pas fournie. Je n'ai pas dû passer devant le Gouverneur depuis mars ou avril.

— Je change d'itinéraire de temps à autre. Sinon, je me lasse. Tu te souviens de moi ?

Je n'ai pas pu m'empêcher d'ajouter cette dernière question en glapissant. Il éclate de rire.

— Difficile de ne pas te remarquer ! Tu faisais le tour de la statue en bondissant et en poussant des cris.

Le rouge me monte aux joues. Heureusement que nous sommes loin des lumières de la scène, je dois être cramoisie. J'avais complètement oublié que j'avais l'habitude de sauter pour essayer de toper dans la main du Gouverneur, rituel qui me donnait du courage pour le trajet de retour jusqu'à l'école. Parfois, nous criions même : « Halena ! » Nous devions avoir l'air de vraies foldingues.

— Je ne…

Je m'humecte les lèvres, tout en m'évertuant à trouver une explication qui ne soit pas ridicule.

— Quand on court, on fait parfois des choses bizarres. À cause de l'endorphine. C'est un peu comme une drogue, tu vois ? Ça sème la zizanie dans ta cervelle.

— J'aimais bien, tu avais l'air…

Il suspend la fin de sa phrase. Ses traits se contractent légèrement – si discrètement que j'ai du mal à discerner le changement dans l'obscurité –, mais, l'espace d'une seconde, il est si immobile et triste que j'en ai presque le souffle coupé : il paraît transformé en statue. Alors que je crains qu'il n'aille jamais au bout de sa pensée, il lance :

— … tu avais l'air heureuse.

Le silence s'installe quelques instants, puis, soudain, l'Alex que je connais est de retour, avec son aisance et son sourire.

— Je t'ai laissé un message, un jour. Dans le poing du Gouverneur.

Cette idée est si incroyable que je m'entends répéter :

— Tu as laissé un message pour moi ?

— Probablement quelque chose de débile, du genre : « Salut ! », accompagné d'un smiley et de mon nom. Mais tu as cessé de venir... Il y est sans doute encore. Ça ne doit plus être qu'une boule de papier détrempé maintenant.

« Il m'a laissé un message. Il m'a laissé un message, à moi. » Cette pensée, l'idée qu'il m'ait remarquée et se soit souvenu de moi plus d'une seconde est si bouleversante que je sens mes jambes flageoler et des fourmis me remonter dans les mains.

Alors, la peur m'envahit. Ça commence ainsi. Même si lui est immunisé, même si lui n'est pas en danger, moi, je le suis. Voilà comment ça commence. « Phase un : préoccupations, difficultés de concentration ; bouche sèche ; transpiration, paumes moites ; vertiges et perte de repères... » Un sentiment mêlé de nausée et de soulagement m'envahit, comme lorsque vous découvrez que le monde entier connaît votre secret le plus honteux, et ce, depuis toujours. Tante Carol avait raison, mes profs avaient raison, mes cousines aussi. Je suis bien la fille de ma mère, après tout. Je porte cette chose, cette maladie en moi, prête à me ronger les entrailles, à m'empoisonner.

— Je dois y aller.

Je reprends l'ascension de la colline, je cours presque désormais, mais, une fois de plus, il s'élance à ma suite.

— Hé ! pas si vite !

Au sommet de la pente, il m'attrape par le poignet pour me retenir. Son contact me fait l'effet d'une brûlure, et je me dégage vivement.

— Lena, attends une seconde.

Quand bien même je sais que je ne devrais pas, j'obtempère. Je suis fascinée par sa façon de prononcer mon prénom, ses syllabes pareilles à des notes de musique.

— Tu n'as pas de souci à te faire, d'accord ? Tu n'as pas à avoir peur, ajoute-t-il de son ton mélodieux. Je ne flirte pas avec toi.

La honte me dévore. *Flirter*. Un terme répugnant. Il suppose que je le crois en train de flirter.

— Je ne... je ne pensais pas que tu... Je ne pourrais jamais m'imaginer que...

Les mots se bousculent dans ma bouche et j'ai la certitude désormais que l'obscurité, si profonde soit-elle, ne suffit pas à masquer le rouge de mes joues.

— Est-ce que tu serais, toi, en train de flirter avec moi, alors ?

— Quoi ? Non !

Mon esprit s'emballe sous l'effet de la panique, et je me rends compte que j'ignore de quoi il s'agit, exactement. J'en ai seulement entendu parler dans les manuels, je sais simplement que c'est mal. Est-il possible de flirter malgré soi ? Est-il en train de flirter ? Les palpitations de ma paupière gauche empirent.

— Détends-toi ! Je plaisantais.

Il pivote légèrement sur la gauche, sans me quitter des yeux. La lune éclaire vivement sa cicatrice, parfait triangle blanc évoquant l'ordre et la régularité.

— Je ne suis pas un danger. Je suis invulnérable, tu te souviens ? Je ne peux pas te faire de mal.

Il a parlé d'une voix douce et égale, et je le crois. Mon cœur, toutefois, continue à se débattre frénétiquement dans ma poitrine, palpitant si vite que j'ai l'impression qu'il va m'enlever dans les airs. J'ai exactement la même sensation lorsque je me retrouve sur les hauteurs de Portland, en surplomb de Congress Street, et que la ville entière s'étend à mes pieds, avec les gris et les verts chatoyants de ses rues – qui sont, à distance, belles et étrangères à la fois –, juste avant d'étirer mes bras et de m'élancer, de dévaler la pente, le visage cinglé par le vent, sans produire aucun effort, laissant la force de la gravité m'attirer vers le bas.

Je suis soudain frappée par le calme. Le groupe a cessé de jouer, et le silence est tombé sur la foule. On n'entend plus que le souffle du vent caressant l'herbe. Là où nous nous tenons, derrière le sommet de la colline, la grange et l'assemblée sont invisibles. Je me mets à imaginer que nous sommes les seuls, les deux seuls êtres éveillés, et vivants, dans cette ville, dans le monde.

Des notes de musique s'élèvent alors et s'entremêlent, aussi douces qu'un soupir, si ténues au début que je crois qu'il s'agit encore du vent. Cette mélodie n'a rien en commun avec celles que le groupe a jouées plus tôt – elle est délicate, fragile, chaque note, pareille à du verre soufflé ou de la soie, décrivant des volutes dans l'air nocturne. Une nouvelle fois, je suis touchée par cette beauté absolue qui ne ressemble à rien de ce que je connais, et je me retrouve assaillie par des envies contradictoires de rires et de larmes.

— C'est ma chanson préférée.

Un nuage passe devant la lune, projetant des ombres sur le visage d'Alex. Il ne m'a toujours pas quittée des yeux, et j'aimerais connaître ses pensées.

— As-tu déjà dansé ? demande-t-il.

— Non, réponds-je un peu trop vivement.

— Ce n'est rien, je ne le répéterai pas, rétorque-t-il en riant doucement.

Des souvenirs de ma mère s'abattent sur moi : la caresse de ses mains lorsqu'elle me faisait tournoyer sur le plancher ciré de notre maison comme si nous étions des patineurs sur glace, sa voix flûtée lorsqu'elle accompagnait les chansons qui sortaient des enceintes.

— Ma mère aimait danser.

Les mots m'ont échappé, et je les regrette presque aussitôt. Pourtant, Alex ne m'interroge pas. Il ne se moque pas davantage. Il continue à m'observer. Puis il me tend la main à travers l'espace, à travers l'obscurité.

— Accepterais-tu ?

Sa question, tout juste murmurée, est à peine audible à cause du vent.

— Accepterais-je quoi ?

Mon cœur rugit dans mes tympans et, bien que plusieurs centimètres séparent encore nos deux mains, une énergie crépite et circule entre nous. À la fièvre qui s'empare de mon corps, il me semble que nous sommes pressés l'un contre l'autre, paume contre paume, joue contre joue.

— De danser, dit-il en abolissant la distance entre nous et en me prenant la main pour m'attirer vers lui.

À cette seconde précise, la chanson monte dans les aigus, et les deux sensations se mêlent en moi, la main d'Alex et la mélodie se confondent.

Nous dansons.

La plupart des événements, même ceux qui ont marqué le plus durablement notre planète, puisent leur origine dans quelque chose de petit. Le tremblement de terre qui réduit en miettes une ville commence par un frémissement, un souffle. La musique naît d'une vibration. L'inondation qui a dévasté Portland il y a vingt ans après deux mois de pluies continues, qui a détruit un millier de maisons, déversant dans les rues pneus, sacs-poubelle et vieilles chaussures malodorantes tels des trophées, cette inondation qui, en se retirant, a recouvert la ville d'un film verdâtre et laissé une odeur de pourriture et de décompo-sition des mois durant, a débuté par une goutte d'eau, pas plus grosse que l'ongle du petit doigt, sur les docks.

Et Dieu a créé l'univers à partir d'un atome qui n'était pas plus grand qu'une idée.

La vie de Grace s'est écroulée à cause d'un mot, un seul : *Sympathisant*. Mon monde a explosé à cause d'un autre : *suicide*.

Rectification : la première fois qu'il a explosé, c'était à cause d'un mot.

La seconde aussi. Un mot qui s'était frayé un chemin dans ma gorge et avait dansé sur ma langue puis sur mes lèvres avant que j'aie eu le temps de le peser ou de le retenir.

Il apportait une réponse à la question : « Veux-tu me retrouver demain ? »

« Oui. »

Dix

Symptômes de l'amor deliria nervosa

PHASE UN
préoccupations, difficultés de concentration
bouche sèche
transpiration, paumes moites
vertiges et perte de repères
acuité mentale réduite, pensées confuses,
capacités de raisonnement diminuées

PHASE DEUX
périodes d'euphorie, rire hystérique et redoublement d'énergie
périodes de désespoir, léthargie
modifications de l'appétit,
perte ou gain de poids rapide
obsessions, désintérêt pour le quotidien
capacités de raisonnement atteintes,
distorsion de la réalité
bouleversement des cycles de sommeil,
insomnie ou fatigue constante
pensées et actions monomaniaques
paranoïa, sentiment d'insécurité

PHASE TROIS (CRITIQUE)
gêne respiratoire
douleurs à la poitrine, à la gorge ou au ventre
difficultés à déglutir, refus de s'alimenter
disparition totale des facultés rationnelles, comportement
imprévisible, désirs et fantasmes violents,
hallucinations et visions

Si vous pensez que vous ou un membre de votre entourage pourriez
avoir contracté le deliria, *merci d'appeler le 1800, numéro d'urgence*
gratuit, pour discuter des mesures à prendre.

Je n'avais jamais compris comment Hana pouvait mentir à une telle fréquence et avec autant d'aisance. Mais les mensonges sont comme le reste : d'autant plus faciles qu'on a de l'entraînement.

Voilà pourquoi, lorsque je rentre du magasin le jour suivant et que Carol me demande si ça ne me dérange pas de manger des hot dogs au dîner pour le quatrième soir consécutif (conséquence d'un excédent de stock au magasin de mon oncle – une fois, elle nous a servi des haricots en conserve à tous les repas pendant deux semaines), je lui réponds que Sophia Hennerson de Sainte-Anne m'a invitée, avec d'autres filles, à dîner. Je n'ai même pas besoin de réfléchir, le mensonge me vient naturellement. Et même si je sens mes paumes devenir moites, ma voix conserve son calme, et je jurerais que mon visage n'a pas changé de couleur, parce que Carol m'adresse un de ses sourires fugaces en répliquant que c'est une bonne idée.

À 18 h 30, j'enfourche mon vélo pour me diriger vers la plage de l'Est, où nous avons convenu de nous retrouver, Alex et moi.

Il y a un tas de plages à Portland. Celle-ci est sans doute l'une des moins populaires, ce qui en faisait, évidemment, l'une des préférées de ma mère. Le courant y est plus fort qu'à Willard Beach ou Sunset Park. Je ne saurais expliquer pourquoi. Mais ça m'est égal. J'ai toujours été une bonne nageuse. Lors de mon premier bain, ma mère m'a lâchée et j'ai éprouvé un accès de panique mêlé d'excitation. J'ai appris rapidement ensuite, et à quatre ans je franchissais les brisants toute seule.

Si cette plage est aussi peu fréquentée, alors même qu'elle n'est qu'à faible distance de l'un des parcs les plus prisés de la promenade côtière, c'est parce qu'elle est constituée d'une étroite bande de sable épais et parsemé de galets, à l'aplomb des entrepôts et des bennes des laboratoires, ce qui ne constitue pas un cadre particulièrement agréable. Et lorsqu'on se baigne à cet endroit, on aperçoit distincte-ment le pont, Tukey's Bridge, et l'étendue de terre sauvage entre Portland et Yarmouth. Beaucoup n'aiment pas être aussi près de la Nature. Ça les rend nerveux.

Je ne suis pas non plus très à l'aise, mais il y a une part de moi – minuscule, hésitante – qui l'apprécie. Pendant un temps, suite à la disparition de ma mère, je me prenais à rêver qu'elle n'était pas morte, pas vraiment, et mon père non plus, qu'ils s'étaient enfuis, ensemble, dans la Nature. Il était parti cinq ans avant elle, pour tout organiser, pour construire une petite maison avec un poêle à bois et des meubles façonnés à partir de branchages. J'allais même jusqu'à m'imaginer qu'ils viendraient me chercher, je me représentais ma chambre dans le moindre détail : un tapis bordeaux, une petite courtepointe vert et rouge, un fauteuil rouge.

Je m'étais adonnée à cette rêverie plusieurs fois avant de mesurer combien c'était mal. Si mes parents s'étaient réfu-giés dans la Nature, cela faisait d'eux des Sympathisants, des Résistants. Il valait mieux qu'ils soient morts. De surcroît, j'ai rapidement appris que mes fantasmes sur la Nature se réduisaient bien à cela, des fantasmes, des his-toires d'enfants. Les Invalides n'ont rien, aucun moyen de faire du commerce, de se procurer des courtepointes ou des fauteuils. Rachel m'a un jour dit qu'ils doivent vivre telles des bêtes sauvages, crasseux, le ventre vide, sans lueur à l'horizon. Voilà d'ailleurs pourquoi, d'après elle, le Gouvernement ne se met pas en tête de régler ce problème, de reconnaître leur existence. Tous mourront bientôt, de froid, de faim ou de maladie – le *deliria* les montera les uns contre les autres et ils se battront comme des enragés, s'arracheront les yeux.

Toujours d'après elle, à ce que nous en savons, c'est déjà le cas ; la Nature est peut-être bien vide, morte, résonnant seulement des bruissements et murmures bestiaux.

Rachel a sans doute raison de comparer la vie des Invalides à celle des bêtes sauvages, mais, de toute évidence, elle se trompe sur le reste : ils sont bien vivants et ils ne veulent pas que nous l'oubliions. C'est pour cette raison qu'ils organisent ces actions. Qu'ils lâchent des vaches dans les labos.

La nervosité ne me gagne pas avant que j'atteigne la plage. Le soleil se couche dans mon dos, mais il recouvre l'océan d'une lumière blanche et fait tout scintiller. Je place une main en visière au-dessus de mes yeux pour ne pas être éblouie et repère Alex près de l'eau, grand coup de pinceau noir sur l'étendue bleue. La scène de la veille me revient en force : une de ses mains posée au bas de mon dos, si délicatement que j'avais l'impression que le contact de ses doigts était purement imaginaire, l'autre enserrant la mienne, aussi rassurante qu'un morceau de bois réchauffé par le soleil. Nous avons tournoyé dans une danse qui ressemblait à celle qu'exécutent les mariés pendant leurs noces, mais en mieux, d'une certaine façon, parce qu'avec davantage de décontraction et de naturel.

Il fait face à l'océan et me tourne le dos, ce dont je me réjouis. La timidité m'envahit lorsque je m'engage sur les marches branlantes et voilées par le sel qui mènent du parking à la plage ; je m'arrête pour délacer mes baskets – le sable est chaud sous la plante de mes pieds.

Un vieil homme remonte de l'océan avec une canne à pêche. Il m'observe d'un air suspicieux, puis pivote pour fusiller Alex du regard avant de m'examiner à nouveau sévèrement. Je m'apprête à lancer : « C'est un Invulnérable », mais l'homme se contente de grogner en me dépassant et, le voyant mal appeler les Régulateurs, je me tais. Non que nous risquerions de sérieux ennuis si nous étions attrapés – c'est ce qu'Alex entendait par « je ne suis pas un danger » –, mais je n'ai aucune envie de répondre à un interrogatoire et d'attendre que mon code d'identification soit passé au SVS. Sans oublier que, si les Régulateurs se déplaçaient jusqu'à cette plage pour « comportement suspect » et découvraient seulement un Invulnérable ayant pris en pitié une fille quelconque de dix-sept ans, ils seraient contrariés... et passeraient forcément leurs nerfs sur quelqu'un.

Pitié. Je chasse aussitôt le mot de mon esprit, surprise par la souffrance que cette simple pensée provoque en moi. Toute la sainte journée, j'ai essayé de ne pas m'inquiéter, de ne pas me demander pourquoi Alex était aussi gentil avec moi. Je me suis même imaginé, pendant une seconde, une seconde de folie, qu'après mon Évaluation je pourrais être appariée avec lui. Cette pensée aussi, j'ai dû la repousser. Alex a déjà reçu l'imprimé avec les candidatures sélectionnées pour lui – il l'aura eu avant le Protocole, juste après l'Évaluation. S'il n'est pas encore marié, c'est tout simplement parce qu'il suit des cours à la fac. Mais il le sera dès qu'il aura décroché son diplôme.

Naturellement, mes réflexions m'ont ensuite amenée à me demander avec quel genre de fille il a été apparié : sans doute une de la trempe de Hana, aux cheveux blond clair et dotée de cette capacité horripilante à rendre gracieux le moindre de ses gestes, même celui de nouer ses cheveux en queue-de-cheval, comme s'il était chorégraphié.

Il y a quatre autres personnes sur la plage. À une trentaine de mètres, une mère et son enfant – elle, assise dans un fauteuil pliant au tissu passé, le regard perdu vers l'horizon, tandis que lui, qui ne doit pas avoir plus de trois ans, joue dans les vagues et pousse un cri (de douleur ? de plaisir ?) chaque fois qu'elles le renversent, avant de se redresser, cahin-caha, sur ses pieds. Plus loin, un couple marche côte à côte, sans se toucher. Ils doivent être mariés. Ils ont tous deux les mains croisées dans le dos et les yeux fixés droit devant, ils avancent sans parler ni sourire, mais ils semblent paisibles, isolés chacun par une bulle protectrice invisible.

Je rejoins Alex, qui se retourne et sourit en m'apercevant. Le soleil joue dans ses cheveux, les faisant paraître, l'espace d'un instant, blancs, avant qu'ils reprennent leur teinte habituelle.

— Salut ! lance-t-il. Je suis content que tu sois venue.

Je me trouve timide à nouveau, et idiote avec mes chaussures miteuses à la main. Sentant le rouge me monter aux joues, je baisse les yeux, lâche mes baskets dans le sable et les retourne avec mes orteils.

— Je t'avais bien dit que je viendrais, non ?

Étonnée par la sécheresse de mon intonation, qui n'avait rien de prémédité, je tressaille et me maudis intérieurement. J'ai l'impression qu'un filtre s'est mis en place dans mon cerveau, sauf qu'au lieu d'arranger les choses, il déforme tout, si bien que les paroles qui sortent de ma bouche sont décalées, différant radicalement de mes pensées.

Heureusement, Alex éclate de rire.

— Je disais juste ça parce que tu m'as posé un lapin la dernière fois. On s'assied ?

— D'accord, réponds-je, soulagée.

Ma gêne s'estompe dès que nous sommes tous deux installés : mes chances de tomber ou de faire un truc débile sont réduites. Je ramène mes jambes contre ma poitrine et appuie mon menton sur mes genoux. Alex a pris soin de laisser un petit mètre de distance entre nous.

Nous restons là en silence pendant quelques minutes. Au début, je cherche désespérément un sujet de discussion. Chaque seconde muette semble s'étirer à l'infini, et je me persuade qu'Alex doit penser que je n'ai aucune conversation. Mais alors il déterre un coquillage à demi enfoui dans le sable pour le jeter dans l'océan, et je me rends compte qu'il n'est pas le moins du monde embarrassé. Je me détends à mon tour. Et je bénis même le silence.

Parfois, j'ai l'impression qu'en se contentant de regarder les choses, en s'asseyant et en laissant le monde exister sous ses yeux... parfois, oui, je le jure, j'ai l'impression que le temps se fige et que le monde suspend sa course. Rien qu'une seconde. Et que si on réussissait à se saisir de cette seconde-là, alors on vivrait éternellement.

— La marée reflue, dit-il en lançant haut et fort un autre coquillage, qui est avalé par la vague.

— Je sais.

L'océan abandonne dans son sillage un tapis d'algues vertes et pulpeuses, de brindilles et de bernard-l'ermite fourmillants. L'air, quant à lui, est chargé d'une odeur puissante de sel et de poisson. Une mouette picore sur le sable en déposant de minuscules empreintes palmées.

— Ma mère m'emmenait ici, quand j'étais petite. On marchait vers l'océan à marée basse, aussi loin que possible. Il y a toujours des trucs incroyables échoués sur le sable : crabes des Moluques, palourdes géantes et anémones de mer. Ils restent là quand la mer se retire. Elle m'a également appris à nager ici.

J'ignore pourquoi les mots surgissent subitement, pourquoi j'éprouve ce besoin soudain de parler.

— Ma sœur restait toujours sur le rivage pour construire des châteaux de sable. On s'imaginait qu'il s'agissait de véritables villes, que nous avions atteintes à la nage, à l'autre bout de la Terre, dans des endroits qui ne connaissaient pas de remède au *deliria*. Sauf que, dans nos jeux, il n'y avait pas d'épidémie, ces lieux n'étaient pas détruits ni ravagés. Ils étaient magnifiques et paisibles, ponctués de constructions de verre et de lumière.

Alex conserve le silence. Du bout du doigt, il trace des formes dans le sable, mais je sais qu'il m'écoute. Les mots dégringolent :

— Je me souviens que ma mère sautait dans l'eau en me portant sur sa hanche. Et une fois, elle m'a lâchée. Enfin pas pour de vrai, j'avais des brassards. Mais j'ai eu si peur que je me suis mise à brailler de toutes mes forces. Je n'étais pas bien vieille, mais je me rappelle parfaitement. J'avais été si rassurée quand elle m'avait reprise dans ses bras... Mais un peu déçue, aussi. Comme si j'avais raté une opportunité de faire un truc super, tu vois ?

— Qu'est-il arrivé ? demande-t-il en relevant les yeux vers moi. Tu ne viens plus ici ? Ta mère s'est lassée de l'océan ?

Je pose mon regard sur l'horizon. L'océan est relativement calme, aujourd'hui. Une mer d'huile, de toutes les nuances de bleu et de violet, qui se retire de la plage avec un bruit étouffé de succion. Inoffensive.

— Elle est morte, dis-je, déconcertée d'avoir autant de mal à prononcer ces mots.

Alex reste coi et je m'empresse d'ajouter :

— Elle s'est tuée. Quand j'avais six ans.

— Je suis désolé, lâche-t-il si bas que je l'entends à peine.

— Mon père est mort quand j'avais huit mois. Je n'ai pas le moindre souvenir de lui. Je crois... je crois qu'elle ne s'en est jamais remise. Tu vois ce que je veux dire ? Elle n'était pas immunisée. Ça n'a pas marché, je ne sais pas pourquoi. Ils ont essayé à trois reprises... essayé de la sauver. Elle a subi le Protocole trois fois, mais ça n'a pas... ça ne l'a pas guérie.

Je m'interromps pour avaler une goulée d'air, sans oser regarder Alex, aussi immobile qu'une ombre sculptée. Pourtant, je n'arrive pas à m'arrêter de parler. Je me rends compte, bizarrement, que je n'ai jamais raconté l'histoire de ma mère auparavant. Je n'ai jamais eu à le faire. Mon entourage, mes camarades de classe, les voisins et amis de ma tante étaient déjà tous au courant des secrets honteux de ma famille. Ce qui explique qu'ils m'aient toujours regardée avec pitié, du coin de l'œil. Ce qui explique que, des années durant, chaque fois que je pénétrais dans une pièce, j'aie essuyé une pluie de messes basses, avant de recevoir comme une claque le silence soudain qui suivait mon entrée – le silence et les mines coupables, désappointées. Même Hana connaissait mon histoire avant que nous nous retrouvions assises l'une à côté de l'autre, en CP. Je m'en souviens, parce que lorsqu'elle m'avait trouvée dans les toilettes, en train d'étouffer mes sanglots avec un morceau de papier hygiénique, elle avait poussé d'un coup de pied la porte du box où je m'étais réfugiée et m'avait demandé : « C'est à cause de ta maman ? » Voilà les premiers mots qu'elle m'avait adressés.

— J'ignorais que quelque chose clochait avec elle. J'ignorais qu'elle était malade. J'étais trop petite pour comprendre.

Je garde les yeux rivés sur l'horizon, sur cette ligne fine et stable, tendue comme une corde. La baie s'étend à perte de vue et, devant le spectacle de l'océan qui se retire, je me prends à faire le même rêve que petite : peut-être qu'il ne remontera pas, peut-être qu'il disparaîtra pour toujours de la surface de la Terre et découvrira, à la façon de lèvres se rétractant sur des dents, les bas-fonds froids et durs, le socle blanchi.

— Si j'avais su, peut-être que j'aurais pu...

Ma voix vacille et je suis incapable de poursuivre, de terminer ma phrase. « Peut-être que j'aurais pu faire quelque chose. » Je n'ai jamais prononcé cette phrase tout haut, je ne me suis même jamais autorisée à la penser. Mais cette idée est bel et bien présente dans mon esprit, solide comme un roc et incontournable : j'aurais pu faire quelque chose. J'aurais *dû* faire quelque chose.

Nous restons muets. La mère et l'enfant ont sans doute ramassé leurs affaires pendant mon récit et sont rentrés chez eux : nous sommes seuls sur la plage, Alex et moi. Maintenant que les mots ne bouillonnent plus en moi, qu'ils ne s'échappent plus de ma bouche, je suis stupéfaite d'avoir partagé autant de souvenirs intimes avec une personne quasi étrangère, un garçon de surcroît. Je suis soudain dévorée par une honte cuisante. Je cherche désespérément quelque chose à ajouter, quelque chose d'anodin sur la marée ou la météo, mais, selon son habitude, mon esprit est vide quand j'ai le plus grand besoin de lui. Je crains d'affronter le regard d'Alex. Lorsque j'ai rassemblé suffisamment de courage pour lui jeter un coup d'œil en biais, je découvre qu'il observe le large. Son expression est parfaitement impénétrable, à l'exception d'un petit muscle de sa mâchoire qui se contracte à intervalles réguliers. Je reçois un coup au cœur. C'est exactement ce que je craignais : il a honte de moi à présent, il est dégoûté par l'histoire de ma famille, par le mal qui coule dans mes veines. D'une seconde à l'autre, il va se lever et m'annoncer qu'il vaut mieux que nous ne nous voyions plus. Je ne connais pas bien Alex, et un gouffre infranchissable nous sépare, pourtant, étonnamment, cette perspective me bouleverse.

Je suis prête à sauter sur mes pieds et à prendre la fuite pour ne pas avoir à prétendre que je comprends, bien sûr, lorsqu'il se tournera vers moi en disant : « Écoute, Lena, je suis désolé, mais... » avec ce regard que je ne connais que trop bien. (L'an passé, un chien enragé errait en liberté dans le quartier de Munjoy Hill, il aboyait sur tous les passants et montrait les crocs, la gueule écumante. Il était famélique, galeux et envahi par les puces, il avait perdu une patte, mais il a fallu pas moins de deux policiers pour l'abattre. Des badauds s'étaient amassés, et je comptais parmi eux. Je m'étais arrêtée sur le chemin du retour après avoir couru. Pour la première fois de ma vie, j'avais décrypté le regard que les gens posaient sur moi depuis toujours, ainsi que la moue qui apparaissait sur leurs lèvres au nom de *Haloway*. Il y avait de la pitié, oui, mais de l'écœurement aussi, et la peur de la contamination. Ils avaient la même expression en observant le chien qui tournait en rond, jappant et crachant. Un soupir général de soulagement avait retenti lorsque la troisième balle était enfin venue à bout de la bête et qu'elle avait définitivement cessé de bouger.)

Alors que je suis sur le point de craquer, Alex m'effleure le coude d'un doigt.

— On fait la course ? propose-t-il en se levant et en époussetant le sable de son short.

Il me tend la main, la naissance d'un sourire aux lèvres. À cette seconde, je lui voue une gratitude infinie. Il ne me tiendra pas rigueur de mon passé familial. Il ne me trouve ni répugnante ni détraquée. Il m'aide à me hisser sur mes pieds, et j'ai l'impression qu'il me presse la main, brièvement, une fois que je suis debout : je suis à la fois surprise et heureuse, son geste me rappelle le code secret que je partage avec Hana.

— Seulement si tu as le goût de l'humiliation.

— Tu crois pouvoir me battre, alors ? demande-t-il en haussant un sourcil.

— Je ne le crois pas, j'en suis sûre.

— On va voir, dit-il en inclinant la tête. Le premier aux flotteurs ?

Il a réussi à me déstabiliser. La mer continue de descendre, les bouées ondulent encore sur un bon mètre de profondeur.

— Tu veux courir dans l'eau ?

— On a peur ? lance-t-il avec un sourire.

— Je n'ai pas peur, seulement...

— Parfait, me coupe-t-il en m'effleurant l'épaule de deux doigts. Et si on arrêtait un peu de parler, pour... Partez !

Il démarre aussitôt en trombe. Il me faut deux bonnes secondes pour me lancer à ses trousses en criant :

— C'est de la triche ! Je n'étais pas prête !

Nous rions tous deux aux éclats quand nous pénétrons dans l'eau peu profonde, tout habillés. Les fonds marins, avec leurs plis et creux, sont à découvert à cause du reflux. Les coquillages craquent sous mes pieds. Je m'emmêle les pinceaux dans un enchevêtrement d'algues rouges et violettes et manque de m'étaler, tête la première. Je me relève et retrouve mon équilibre. J'ai presque rattrapé Alex, lorsqu'il ramasse une poignée de sable humide et tente de me bombarder avec. En poussant un hurlement, je me baisse pour l'éviter, mais une partie du projectile m'atteint à la joue et me dégouline dans le cou.

— Tu es un vrai tricheur ! réussis-je à articuler, essoufflée par la course et le fou rire.

— Je ne peux pas tricher vu qu'il n'y a pas de règles, rétorque-t-il par-dessus son épaule.

— Pas de règles… très bien !

Nous avons de l'eau jusqu'aux mollets à présent, et je plonge les deux mains dans l'océan pour l'éclabousser, lui mouillant le dos et les épaules. Il pivote en balayant la surface de l'eau de ses bras, décrivant un arc scintillant. Je me déhanche pour éviter d'être aspergée et glisse, trempant mon short et le bas de mon tee-shirt, le souffle coupé par le froid. Il poursuit plus difficilement sa course, la tête tournée vers moi, un sourire éclatant aux lèvres. Son rire en cascade est emporté par le vent, il est si retentissant qu'il doit dépasser l'île de Great Diamond, puis la ligne d'horizon, pour aller se déverser de l'autre côté de la Terre. Tant bien que mal, je me relève et me lance à sa poursuite. Les bouées s'agitent à cinq ou six mètres devant nous, l'eau atteint mes genoux, mes cuisses, puis ma taille, jusqu'à ce que nous nous retrouvions, tous deux, à progresser moitié en courant, moitié en nageant, pagayant frénétiquement avec les bras. Je ne peux ni respirer, ni réfléchir, ni rien faire à part rire, briser la surface de l'eau et me concentrer sur les flotteurs rouge vif qui dansent dans ma ligne de mire, me concentrer pour gagner. Gagner. Je dois gagner. À quelques centimètres du but, alors qu'il est toujours en tête et que mes vêtements m'entraînent vers le fond comme si mes poches étaient remplies de pierres, sans l'avoir prémédité, je me jette sur lui et le pousse sous l'eau. Je sens mon pied heurter sa cuisse, lorsque je prends appui sur lui pour m'élancer et atteindre la bouée la plus proche, qui se dérobe dès que je l'ai touchée. Nous devons être à quatre cents mètres de la plage, mais la mer continue à descendre, si bien que je peux me tenir debout, de l'eau à hauteur de la poitrine. Je lève triomphalement les bras au moment où Alex me rejoint en recrachant de l'eau et en secouant la tête, projetant des milliers de gouttelettes.

— J'ai gagné, pantelé-je.

— Tu as triché, proteste-t-il en parcourant les quelques pas qui le séparent de la corde reliant les flotteurs, sur laquelle il prend appui, les deux bras tendus en arrière.

Il cambre le dos, tournant le visage vers le ciel. Son tee-shirt est trempé, et les gouttes d'eau qui tombent de ses cils roulent sur ses joues.

— Pas de règles, donc pas de triche.

Il se tourne vers moi en souriant.

— Je t'ai laissée gagner, alors.

— Ouais, c'est ça.

Je l'éclabousse et il lève les mains dans un geste de capitulation.

— Tu es seulement mauvais perdant, ajouté-je.

— Je manque d'entraînement.

Il a retrouvé son assurance, cette aisance légèrement arrogante et agaçante. Sauf qu'aujourd'hui elle n'a rien d'agaçant. Aujourd'hui, j'ai l'impression qu'elle déteint sur moi, j'ai l'impression que si je fréquentais suffisamment Alex, je finirais par ne plus jamais me sentir gênée, effrayée ou inquiète.

— Si tu veux, dis-je en levant les yeux au ciel et en m'arrimant à l'une des bouées.

Je me réjouis du contact des vaguelettes clapotant autour de ma poitrine, je me réjouis de la sensation étrange d'être dans l'eau tout habillée, de mon tee-shirt qui me colle. Bientôt, la marée s'inversera et l'eau remontera. Rejoindre la plage à la nage sera laborieux et épuisant.

Mais je m'en fiche. Je me fiche de tout – je ne me soucie pas le moins du monde de savoir comment je vais bien pouvoir expliquer à Carol pourquoi je rentre trempée comme une soupe, avec des algues dans les cheveux et le parfum du sel sur la peau, pas plus que je ne m'inquiète de savoir combien de temps il me reste avant le couvre-feu ou pourquoi Alex est si gentil avec moi. Je suis tout simplement heureuse, et je profite de ce sentiment pur, enivrant. Au-delà des bouées, l'eau est d'un violet sombre, les vagues moutonnent. Il est interdit de dépasser la limite des flotteurs : au-delà se trouvent les îles et les postes de guet, et encore au-delà le large, l'océan qui déferle jusqu'aux terres sauvages, où règnent la maladie et la peur. Pourtant, à cet instant, j'aimerais plonger sous la corde et m'élancer dans cette direction.

À notre gauche, nous apercevons la silhouette blanche du complexe des laboratoires et plus loin, à distance, le vieux port, avec ses docks en bois semblables à d'immenses mille-pattes. À notre droite, Tukey's Bridge et l'enfilade de postes de sécurité qui le bordent tout du long puis courent jusqu'à la frontière. Alex surprend mon regard.

— C'est joli, non ?

Le pont est couvert de mouchetures gris-vert, dues aux embruns et aux algues, et on dirait presque qu'il bouge avec le vent.

Je plisse le nez.

— Tu ne trouves pas qu'il donne l'impression d'être en train de pourrir ? Ma sœur a toujours prétendu qu'un jour il s'écroulerait dans l'océan, basculant d'un seul coup.

— Je ne parlais pas du pont, rétorque-t-il en éclatant de rire. Je voulais dire au-delà.

Il pointe du menton vers le nord, puis marque une pause très brève avant d'ajouter :

— Je parlais de la Nature.

Au-delà de Tukey's Bridge se situe la frontière nord, qui longe l'extrémité de Back Cove. Sous nos yeux, les postes de sécurité s'illuminent, les uns après les autres, scintillant sur le ciel d'un bleu de plus en plus profond – signe que l'heure est avancée et que je ne devrais pas m'attarder. Et pourtant, je suis incapable de trouver l'énergie de partir, alors même que l'eau qui m'entoure se met à bouillonner, signalant que le courant s'est inversé. De l'autre côté du pont, les verts luxuriants de la Nature frémissent dans le vent, évoquant un tableau en recomposition permanente : l'épaisse bordure qui sépare Portland de Yarmouth tombe à pic dans l'océan. D'où nous nous tenons, nous n'en distinguons qu'une petite partie vide, dépourvue de lumières, de bateaux, de bâtiments : espace impénétrable, étranger et sombre. Je sais, toutefois, que la Nature s'étend bien au-delà, sur des kilomètres et des kilomètres, à travers le continent, monstre déployant ses tentacules autour des zones civilisées.

Peut-être parce que j'ai gagné la course ou qu'Alex n'a pas émis de critiques au sujet de ma famille quand je lui ai parlé de ma mère, mais le bonheur m'enivre tellement que j'ai l'impression de pouvoir lui raconter n'importe quoi, de pouvoir tout lui demander.

— Je peux te confier un secret ?

Je n'attends pas sa réponse, je n'en ai pas besoin, et cette prise de conscience m'étourdit tout en me rendant imprudente.

— J'y pensais souvent avant. À la Nature. Je me demandais à quoi elle ressemblait... Aux Invalides aussi, je m'interrogeais sur leur vie. Parfois, je m'imaginais... je m'imaginais que ma mère n'était pas morte, tu vois ? Je m'imaginais qu'elle s'était enfuie dans la Nature. Ça n'aurait pas mieux valu, bien sûr. Simplement, je suppose, je n'avais pas envie de penser qu'elle était partie pour de bon. Je préférais croire qu'elle était quelque part, en train de chanter...

Je m'interromps en secouant la tête, émerveillée par l'aisance avec laquelle je me livre à Alex. Émerveillée et reconnaissante.

— Et toi ? dis-je.

— Moi, quoi ?

Alex m'observe avec une expression que je ne parviens pas à déchiffrer. J'ai l'impression que mes propos l'ont heurté, même si ça n'a pas de sens.

— Tu pensais à la Nature quand tu étais petit ? Pour t'amuser, comme un jeu ?

Il plisse les yeux et se détourne en grimaçant.

— Ouais, bien sûr. Beaucoup. Pas de ça, ajoute-t-il en frappant une bouée. Pas de murs. Pas de surveillance. Juste la liberté, l'espace, des endroits où s'ébattre. J'y pense toujours.

Je le dévisage. Personne n'utilise plus ces mots : *liberté*, *espace*. Des termes datés.

— Encore ? Même après ça ?

Sans y réfléchir, j'effleure du bout des doigts la marque triangulaire sur son cou. Il s'écarte vivement, comme si je l'avais brûlé, et je retire ma main, contrite.

— Lena...

Sa voix est des plus étrange, mon prénom semble être amer, lui laisser un mauvais goût dans la bouche. Je sais que je n'aurais pas dû le toucher ainsi. J'ai franchi une limite, et il s'apprête à me le rappeler, à me rappeler que je suis vulnérable. J'en mourrai d'humiliation s'il me fait la leçon, et, pour masquer mon embarras, je me mets à babiller :

— La plupart des Invulnérables ne pensent pas à ce genre de choses. Carol, ma tante, répète constamment que c'est une perte de temps. Elle répète constamment qu'il n'y a rien d'autre là-bas que des animaux, de la terre et des insectes, que toutes ces histoires d'Invalides sont des sornettes, des contes pour enfants. Elle prétend que croire aux Invalides revient à croire aux loups-garous ou aux vampires. Tu te souviens qu'on se figurait qu'il y avait des vampires dans la Nature ?

Un sourire apparaît sur les lèvres d'Alex, mais un sourire crispé.

— Lena, il faut que je t'avoue quelque chose.

Sa voix est un peu plus assurée maintenant, mais son ton m'effraie, je crains de lui donner la parole. Je ne peux plus m'arrêter :

— Ça fait mal ? Le Protocole, je veux dire ? D'après ma sœur, ce n'est pas grand-chose, grâce aux antalgiques, mais ma cousine Marcia racontait que c'était pire que tout, pire que d'avoir un bébé, alors que son deuxième accouchement a duré dans les quinze heures...

Je me tais, rougissante, et me maudis intérieurement pour le tour ridicule que prend la conversation à cause de moi. J'aimerais pouvoir remonter le temps et me retrouver à la fête de la veille, l'esprit vide, ne plus être atteinte de logorrhée. Je hurle presque lorsque Alex ouvre la bouche pour tenter de parler :

— Mais je n'ai pas peur, tu sais !

Je suis prête à n'importe quoi pour sauver la face.

— Mon Protocole est pour bientôt. Soixante jours. Ça craint, hein, de compter. Mais je suis si impatiente...

— Lena...

Alex parle plus fort à présent, avec davantage de détermination, et il réussit enfin à m'interrompre. Il pivote pour que nous nous retrouvions face à face. Je remarque alors que l'eau me lèche la nuque. La marée monte vite.

— Écoute-moi, Lena. Je ne suis pas celui... je ne suis pas celui que tu crois.

Je dois lutter pour rester debout. Les courants me ballottent soudain. C'est toujours pareil : l'océan semble refluer lentement mais revient violemment.

— Qu'est-ce que tu essaies de me dire ?

Ses yeux, aux reflets ambrés changeants, pareils à ceux d'un animal, fouillent mon visage et, sans que je sache l'expliquer, je suis de nouveau apeurée.

— Je n'ai jamais été guéri.

Je ferme les yeux et j'imagine que j'ai mal entendu, j'imagine que j'ai confondu le clapotis des vagues et sa voix. Pourtant, lorsque je rouvre les paupières, il me dévisage toujours, avec une expression mêlée de culpabilité et de quelque chose d'autre, de la tristesse peut-être, et je comprends que je ne me suis pas trompée. Il ajoute :

— Je n'ai jamais subi le Protocole.

— Tu veux dire qu'il n'a pas marché ?

Je suis parcourue de picotements, progressivement gagnée par l'engourdissement, et je réalise subitement combien j'ai froid.

— Tu as subi le Protocole et il n'a pas marché ? répété-je. Comme ma mère ?

— Non, Lena, je...

Il détourne le regard puis ajoute dans un souffle :

— Comment t'expliquer ?

J'ai l'impression que mon corps entier, de l'extrémité des doigts à la racine des cheveux, est pris dans la glace. Des images se juxtaposent dans mon esprit, tel un film en accéléré : Alex dans l'observatoire, avec sa chevelure pareille à une couronne de feuilles d'automne, Alex tournant la tête pour me montrer la cicatrice triangulaire juste en dessous de son oreille gauche, Alex me rassurant : « Je ne suis pas un danger. Je ne peux pas te faire de mal. » Les mots se remettent à jaillir de ma bouche, mais je ne les sens plus, je ne sens presque plus rien :

— Ça n'a pas marché, et tu as menti. Tu as menti pour pouvoir continuer à aller en cours, pour pouvoir décrocher un boulot, pour pouvoir être apparié et tout le toutim. Mais en réalité tu n'es pas... tu es toujours... tu pourrais toujours...

Je ne parviens pas à prononcer le mot. *Vulnérable*. *Malade*. C'est moi qui vais être malade.

— Non !

La voix d'Alex est si puissante qu'elle me surprend. Je veux reculer, dérape sur le sol glissant et irrégulier et manque de perdre pied, mais, quand Alex esquisse un geste pour me retenir, je bondis hors de son atteinte. Son expression se durcit, comme s'il avait pris une décision.

— Je te dis que je n'ai jamais été guéri. Je n'ai jamais été apparié, ni rien. Je n'ai même pas passé l'Évaluation.

— Impossible...

Le mot se fraie péniblement un chemin entre mes lèvres, réduit à un murmure. Le ciel tourbillonne au-dessus de moi, les bleus, roses et rouges se fondent de sorte qu'on dirait que le ciel saigne par endroits.

— Impossible. Tu portes la cicatrice.

— Une cicatrice, me reprend-il d'un ton quelque peu radouci. Ce n'est qu'une cicatrice, pas *la* cicatrice.

Il se tourne alors pour me donner une vision plongeante sur son cou.

— Trois minuscules marques, un triangle pointé vers le bas. Facile à imiter. À l'aide d'un scalpel, d'un canif, n'importe quoi.

Je ferme derechef les yeux. Les vagues enflent autour de moi et leur mouvement incessant de flux et de reflux me convainc que je vais vraiment vomir, là, dans l'eau. Je ravale mon haut-le-cœur, tout en essayant de chasser la pensée qui menace de submerger mon esprit, tout en essayant de refouler la sensation de sombrer dans l'océan. En rouvrant les yeux, je lâche, brisée :

— Comment ?...

— Tu dois comprendre, Lena. Je te fais confiance. Tu en as conscience ?

Il me fixe avec une intensité telle que j'ai l'impression qu'il me touche avec ses yeux et je baisse les miens.

— Je ne voulais pas... Je n'avais pas l'intention de te mentir, poursuit-il.

— Comment ? répété-je, plus fort cette fois.

Mensonge. Mon cerveau, bloqué sur cette idée, tourne en boucle : impossible d'éviter l'Évaluation sans mentir ; impossible de se dispenser du Protocole sans mentir ; le mensonge est incontournable.

Alex reste interdit, et je me persuade qu'il va se dégonfler, refuser d'en dire davantage. J'en viens presque à souhaiter que ce soit le cas. Je donnerais n'importe quoi pour remonter le temps, pour revenir juste avant cet instant où il a prononcé mon prénom avec ces accents étranges, pour retrouver la sensation exaltante et triomphale d'avoir atteint les flotteurs la première, de l'avoir battu, d'être heureuse et libre. On fera la course jusqu'à la plage. On se donnera rendez-vous pour demain et on essaiera de soutirer des crabes aux pêcheurs sur les docks.

Mais alors il se remet à parler :

— Je ne suis pas d'ici. Enfin, je ne suis pas né à Portland. Pas vraiment.

Il a ce ton des gens qui s'apprêtent à vous annoncer une nouvelle qui va vous briser. Doux, tendre, même, comme si, en prenant des accents chantants, ils pouvaient adoucir la révélation. « Je suis désolé, Lena, mais ta mère était perturbée. » Comme si vous n'alliez pas percevoir la violence sous-jacente.

— D'où viens-tu ?

La question est inutile. Je connais déjà la réponse. Le barrage s'est effondré dans mon esprit, libérant la prise de conscience qui engloutit tout sur son passage. Pourtant, une petite part de moi continue à croire que, tant qu'il n'a pas prononcé les mots, ce n'est pas la vérité.

Sans me quitter des yeux, il incline la tête en arrière, vers la frontière, au-delà du pont, vers cette toile mouvante de branches, de feuilles, de végétaux grimpants entremêlés.

« De là-bas », répond-il, à moins que je n'aie rêvé ces paroles. Il a à peine remué les lèvres. Sa réponse ne fait pas le moindre doute, toutefois : il vient de la Nature.

— Un Invalide.

Le mot m'écorche la gorge, mais je reprends :

— Tu es un Invalide.

Je lui laisse une dernière chance de nier. Ce qu'il ne fait pas. Tout en réprimant un léger frisson, il dit :

— J'ai toujours détesté ce terme.

Une nouvelle prise de conscience me frappe : ce n'était pas un hasard si Carol se moquait de moi parce que je croyais aux Invalides ; ce n'était pas un hasard si, sans relever la tête de son tricot – tic, tic, tic, faisaient les aiguilles en reflétant la lumière –, elle me lançait : « Je suppose que tu crois aux vampires et aux loups-garous, aussi ? »

Les vampires, les loups-garous et les Invalides : des créatures qui vous attaquent et vous mettent en pièces. Des créatures dangereuses.

La terreur qui s'empare de moi est telle que je sens, subitement, une pression violente dans mon bas-ventre et entre mes jambes : l'espace d'une seconde, j'ai la certitude, insensée, que je vais me faire pipi dessus. Le phare de l'île de Little Diamond s'allume, découpant sur la surface de l'eau une large bande pareille à un énorme doigt accusateur. Je suis paniquée à l'idée de me retrouver dans ce faisceau lumineux, paniquée à l'idée d'être repérée et d'entendre, aussitôt, le bourdonnement des hélicoptères du Gouvernement accompagné des hurlements des Régulateurs dans le mégaphone : « Activité illégale ! Activité illégale ! » La plage est désolée et semble inatteignable. J'ignore comment nous avons pu nous éloigner autant. Mes bras sont lourds et impuissants, je revois ma mère et sa veste se gorgeant progressivement d'eau.

J'inspire profondément plusieurs fois pour tenter d'empêcher ma tête de tourner, pour me ressaisir. Il n'y a aucune chance que quiconque découvre qu'Alex est un

Invalide. Je ne l'avais pas deviné. Il paraît normal, affiche une cicatrice significative. Et personne n'a pu surprendre notre échange.

Une vague vient se briser dans mon dos. Je fais quelques pas maladroits en avant. Alex me rattrape par le bras pour m'empêcher de tomber, mais je me dégage au moment où une deuxième lame déferle sur nous. Je bois la tasse et suis momentanément aveuglée par le sel qui me brûle les yeux.

— Je t'interdis, bredouillé-je. Je t'interdis de me toucher.

— Lena, je te jure, je n'avais pas l'intention de te blesser. Je ne voulais pas te mentir.

— Pourquoi tu fais ça ? Qu'est-ce que tu attends de moi ?

Mes idées sont brouillées, ma respiration entrecoupée.

— Qu'est-ce que j'attends ?

Alex secoue la tête. Sa confusion paraît sincère, tout comme sa peine. À croire que je suis celle à blâmer ! J'éprouve un bref élan de sympathie pour lui. Peut-être lit-il sur mon visage que, l'espace d'une fraction de seconde, je baisse la garde, parce que son expression se fait moins dure et, les yeux brillants d'un feu nouveau, il se retrouve soudain devant moi, sans que je l'aie vu bouger. Il me passe un bras autour des épaules – la chaleur et la puissance de ses doigts m'arrachent presque des larmes –, et il me dit :

— Je t'aime bien, Lena, d'accord ? C'est tout. Je t'aime bien.

Sa voix est si grave et hypnotique qu'elle m'évoque une mélopée. Elle m'évoque des prédateurs s'élançant sans bruit depuis une branche, elle m'évoque des chats énormes, aux yeux jaunes étincelants semblables aux siens.

Puis, soudain, je me libère de son étreinte, ralentie par l'eau, le cœur tambourinant douloureusement dans ma poitrine, un râle dans la gorge. Je repousse le sol des pieds et m'aide des bras pour avancer, courant et nageant dans le même temps, tandis que la marée enfle et m'entrave, si bien que j'ai l'impression de ne réussir à avancer que de quelques centimètres à chaque mouvement, si bien que j'ai l'impression de progresser dans de la mélasse. Alex m'appelle, mais j'ai trop peur pour tourner la tête et voir s'il s'est lancé à ma poursuite. C'est comme un de ces cauchemars où vous êtes pourchassé par une créature et trop terrorisé pour regarder de quoi il s'agit. Vous n'entendez que son souffle, qui se rapproche toujours un peu plus. Vous sentez son ombre planer au-dessus de vous, mais vous êtes paralysé : vous savez que, d'une seconde à l'autre, ses doigts glacés se refermeront sur votre cou.

« Je ne réussirai jamais. Je n'atteindrai jamais le rivage. » Quelque chose m'effleure le mollet et je me figure soudain que l'océan grouille d'horribles monstres marins – requins, méduses, anguilles venimeuses – et, même si je sais que je ne dois pas céder à la panique, je suis tentée de basculer en arrière et d'abandonner. La plage est encore si éloignée, mes bras et mes jambes sont si lourds...

La voix d'Alex, emportée par le vent, paraît de plus en plus lointaine et, lorsque je rassemble enfin mon courage pour jeter un œil par-dessus mon épaule, je l'aperçois près des flotteurs, ballotté par le courant. Je me rends compte que j'ai parcouru plus de chemin que je ne le pensais et qu'il ne me suit pas. La peur desserre son étau et le nœud dans ma poitrine se défait. La vague suivante est si puissante qu'elle me pousse en avant, m'aidant à franchir un obstacle et me faisant tomber, à genoux, dans le sable. Lorsque je me relève, tant bien que mal, j'ai de l'eau jusqu'à la poitrine, et je couvre à grandes enjambées la distance qui me sépare du sable sec, frissonnante, reconnaissante et épuisée.

Mes cuisses tremblent. Je m'effondre sur la plage en haletant et en toussant. Aux flammes colorées qui lèchent le ciel au-dessus de Back Cove – rouges, orangées, rosées –, je devine que le soleil va bientôt se coucher : il ne doit pas être loin de 20 heures. Une part de moi voudrait s'allonger, les bras en croix, et dormir jusqu'au matin. J'ai l'impression de peser une fois et demie mon poids à cause de l'eau salée. Ma peau me brûle et j'ai du sable partout, dans mon soutien-gorge, dans ma culotte, entre mes orteils et sous mes ongles. Mon mollet a bien heurté quelque chose dans l'océan : il est enroulé d'un filet de sang.

Je relève les yeux et, pendant une seconde de panique, je n'aperçois pas Alex près des flotteurs. Mon cœur s'arrête. Puis je le repère, point sombre qui fend rapidement l'eau. Il nage avec grâce, ses bras tournoient, pareils aux ailes d'un moulin. Il va vite. Je me hisse sur mes pieds, attrape mes chaussures et rejoins mon vélo en boitillant. Mes jambes sont si faibles qu'il me faut une minute pour trouver mon équilibre. Au début, je zigzague sur la route comme un enfant qui vient d'apprendre à pédaler.

Je ne regarde pas en arrière, pas une seule fois, avant d'avoir atteint le portail. Quand j'arrive chez moi, les rues sont désertes et calmes, la nuit est sur le point de tomber et le couvre-feu de s'abattre, immense cloche rassurante : grâce à lui, chacun reste bien à sa place, en sécurité.

Onze

Prenez les choses sous cet angle : lorsqu'il fait froid dehors,
et que vous claquez des dents, vous vous emmitouflez dans un manteau,
une écharpe et des gants pour éviter d'attraper la grippe. Eh bien,
les frontières sont les bonnets, écharpes et manteaux de tout le pays !
Elles le mettent à l'abri du pire fléau, pour que nous restions
en bonne santé !
Après l'érection des frontières, le Président et le Gouvernement
n'avaient plus à s'acquitter que d'une mission pour garantir
notre sécurité et notre bonheur à tous. Le Grand Système sanitaire*
(parfois appelé « blitz ») a duré moins d'un mois et a permis d'éradiquer
le mal dans les terres sauvages. Avec cette bonne vieille huile de coude,
nous nous sommes attaqués aux taches récalcitrantes, de la même façon
que votre maman nettoie le comptoir de la cuisine avec une éponge.
Aussi simple que ça...

* Système sanitaire
1. Ensemble de mesures visant à accroître la propreté et à garantir
la bonne santé.
2. Mise en place d'un principe d'évacuation pour les eaux usées
et d'un principe de stockage des ordures.

Premier chapitre de *Premier manuel d'histoire pour enfants*,
Dr Richard

Vous voulez connaître un secret sur ma famille ? Ma sœur a contracté le *deliria* quelques mois avant la date de son Protocole. Elle est tombée amoureuse d'un garçon appelé Thomas, qui était aussi un Vulnérable. Thomas et elle passaient leurs journées allongés dans un champ de fleurs, les yeux plissés à cause du soleil, et ils se susurraient des promesses impossibles à tenir. Elle pleurait sans arrêt à cette époque, et elle m'a un jour confié que Thomas chassait ses larmes en la couvrant de baisers. Aujourd'hui encore, lorsque je repense à ces temps-là – je n'avais que huit ans –, je sens le goût du sel.

Le mal s'était progressivement insinué en elle, de plus en plus profondément, puis l'avait grignotée de l'intérieur. Ma sœur ne pouvait plus manger. Elle régurgitait aussitôt le peu que nous réussissions à lui faire avaler, et je craignais pour sa vie.

Thomas lui a brisé le cœur, ce qui n'a étonné personne. *Le Livre des Trois S* dit bien : « L'*amor deliria nervosa* produit des changements dans le lobe frontal à l'origine de fantasmagories, lesquelles, une fois identifiées, conduisent à un anéantissement psychique » (voir « Effets », p. 36). Ma sœur restait donc toute la journée au lit et observait les ombres qui se déplaçaient lentement sur les murs. Ses côtes se soulevaient sous sa peau pâle, évoquant des morceaux de bois ballottés sur l'eau.

Malgré tout, elle refusait encore le Protocole et le soulagement qu'il lui apporterait. Le jour de l'opération, il a fallu quatre scientifiques et plusieurs piqûres de sédatif pour qu'elle cède, pour qu'elle cesse de griffer la table de ses longs ongles acérés qu'elle n'avait pas coupés depuis des semaines, pour qu'elle arrête de hurler, d'injurier et d'appeler Thomas. J'étais présente lorsqu'ils sont venus la chercher pour l'emmener aux labos ; j'étais terrée dans un coin, recroquevillée, terrifiée de la voir cracher, siffler et se débattre, et j'ai pensé à mes parents.

Cet après-midi-là, alors qu'une dizaine d'années me séparaient encore du salut, je m'étais mise à compter les mois jusqu'à mon Protocole.

Ma sœur a fini par être guérie. Elle est revenue docile et apaisée, les ongles immaculés et arrondis, les cheveux coiffés en une longue tresse épaisse. Quelques mois après, elle était promise à un technicien en informatique, à peu près de son âge, et, quelques semaines après avoir terminé la fac, elle l'épousait. Sous le dais, ils se tenaient la main sans force, le regard fixé droit devant eux, comme contemplant un avenir dépourvu de soucis, de désagréments ou de désaccords, une enfilade de jours identiques pareille à une suite de bulles parfaitement rondes.

Thomas a été immunisé, lui aussi. Il s'est marié avec Ella, l'ancienne meilleure amie de ma sœur, et tout le monde est heureux désormais. Rachel m'a appris il y a un ou deux mois qu'ils se voyaient souvent tous les quatre à l'occasion d'un pique-nique ou d'une fête de voisinage – ils vivent près les uns des autres, dans les quartiers est. Ils se retrouvent, font la conversation, sans que la moindre ombre du passé vienne troubler le calme et la plénitude du présent.

Voilà la beauté de la guérison. Personne n'évoque ces journées d'été disparues, où Thomas buvait les larmes de Rachel et bâtissait des royaumes pour pouvoir les lui offrir, où elle s'arrachait la peau des bras à l'idée de vivre sans lui. Je suis persuadée que le souvenir de ces moments – encore faut-il qu'elle s'en souvienne – est une source d'embarras. Je ne vois plus très souvent Rachel, une fois tous les deux mois à peu près, quand elle pense à passer, et on pourrait dire, je suppose, qu'avec le Protocole, j'ai perdu une partie de ma grande sœur. Mais ce n'est pas ce qui importe. Ce qui importe, c'est qu'elle est protégée. En sûreté.

Je vais vous confier un autre secret, pour votre bien, cette fois. Vous croyez peut-être que le passé a quelque chose à vous apprendre. Vous croyez peut-être que vous devriez l'écouter, tendre l'oreille pour distinguer ses murmures, vous pencher vers lui, vous mettre à quatre pattes pour accueillir le souffle de sa voix en provenance de la terre, de lieux disparus. Vous croyez peut-être qu'il contient un message pour vous, qu'il y a une leçon à en tirer.

Mais je connais la vérité : je la connais à cause des nuits de Froideur. Je sais que le passé vous tirera vers l'arrière et vers le bas, je sais qu'à cause de lui vous traquerez le chuchotis du vent et le charabia des arbres, que vous essaierez de déchiffrer un code, de réunir les pièces de ce qui a été brisé. C'est sans espoir. Le passé n'est rien d'autre qu'un poids mort. Il vous lestera comme une pierre.

Laissez-moi vous donner un conseil : si vous entendez le passé vous parler, si vous le sentez planer dans votre dos ou faire courir ses doigts sur votre colonne vertébrale, la meilleure réaction à adopter, la seule, est de prendre vos jambes à votre cou.

Dans les jours qui suivent la confession d'Alex, je guette en permanence les symptômes du mal. Quand je tiens la caisse au magasin de mon oncle, je m'accoude au comptoir, une main posée sur le cou pour pouvoir vérifier mon pouls du bout des doigts. Le matin, j'inspire lentement et profondément, guettant un râle ou une gêne dans mes poumons. Je me lave les mains sans arrêt. Je sais que le *deliria* n'a rien à voir avec un rhume – on ne peut pas l'attraper parce que quelqu'un vous a éternué dessus –, mais ça n'en reste pas moins une maladie contagieuse, et lorsque, le lendemain de notre escapade sur la plage, je me suis réveillée avec des courbatures, une boule de coton à la place de la tête et un mal de gorge dont je n'arrivais pas à me débarrasser, j'ai tout de suite pensé que j'avais été contaminée.

Après quelques jours, je me suis sentie mieux. Il n'y a qu'une chose étrange : mes sens semblent émoussés. Tout me paraît décoloré, comme une mauvaise photocopie couleur. Je dois saler abondamment ma nourriture pour lui trouver du goût et, chaque fois que ma tante m'adresse la parole, j'ai l'impression que le volume de sa voix a considérablement baissé. Mais j'ai feuilleté *Le Livre des Trois S* à la recherche des symptômes identifiés du *deliria*, et aucun ne correspond à mon état. J'ai donc fini par en conclure que je n'étais pas malade.

Je prends tout de même des précautions, décidée à éviter le moindre faux pas, décidée à me prouver que je suis différente de ma mère, que ce qui s'est passé avec Alex n'était qu'une coïncidence, une erreur, un accident terrible. Je ne peux pas me voiler la face, malgré tout, j'ai frôlé le danger. Je ne veux même pas imaginer ce qui arriverait si quelqu'un découvrait qui est Alex, si quelqu'un savait que nous sommes restés, tous les deux, dans l'eau, grelottant de froid, que nous avons parlé, ri, que nous nous sommes touchés. Ça me donne envie de vomir. Je suis obligée de me répéter que mon Protocole adviendra dans moins de deux mois maintenant. Il me suffit de garder la tête baissée, de serrer les dents, et tout ira bien.

Tous les soirs, je rentre à la maison deux bonnes heures avant le couvre-feu. Je me porte volontaire pour travailler davantage au magasin sans exiger mon salaire habituel de huit dollars par heure. Hana ne m'appelle pas. Je ne l'appelle pas davantage. J'aide ma tante à préparer le dîner, et je fais la vaisselle spontanément. Gracie suit des cours d'été – elle n'est qu'en CP, pourtant, on la menace déjà de redoublement –, et tous les soirs je l'installe sur mes genoux pour l'aider à faire ses devoirs, lui chuchotant à l'oreille, la suppliant de parler, de se concentrer et d'écouter, puis tentant de la convaincre, à coups de caresses, d'écrire au moins la moitié des réponses dans son cahier. Au bout d'une semaine, ma tante cesse de me regarder avec suspicion chaque fois que je rentre à la maison, ainsi que de me demander où j'étais, et ma poitrine s'allège d'un nouveau poids : j'ai regagné sa confiance. Ça n'a pas été une mince affaire d'expliquer pourquoi, diable, Sophia Hennerson et moi avions eu une subite envie d'un bain dans l'océan – tout habillées de surcroît – au sortir d'un grand dîner de famille, et encore moins pourquoi j'étais rentrée pâle et frissonnante. J'ai bien vu, d'ailleurs, que ma tante ne gobait pas mon histoire. Mais elle a fini par se détendre et par ne plus me considérer avec méfiance, comme si j'étais un animal apprivoisé qui risquait de retourner à l'état sauvage.

Les journées s'écoulent, le temps égrène ses secondes en cascade, à la façon d'une rangée de dominos. Jour après jour, la chaleur empire. Elle s'insinue en rampant dans les rues de Portland, se putréfie dans les bennes, donnant à la ville tout entière un parfum d'aisselles. Les murs suintent, les tramways toussent et frémissent, et, chaque jour, plusieurs personnes se massent devant les bâtiments publics pour sentir, brièvement, le souffle de l'air conditionné chaque fois que les portes automatiques s'écartent sur un Régulateur, un politicien ou un garde.

Je vais devoir renoncer à aller courir. La dernière fois que je m'entraîne, mes pieds me portent jusqu'à Monument Square, devant la statue du Gouverneur. Le soleil n'est plus qu'une boule de vapeur blanche, les bâtisses se découpent sur le ciel comme autant de canines métalliques. Au moment où j'atteins la statue, je suis pantelante, et j'ai la tête qui tourne. J'attrape le bras du Gouverneur pour me hisser sur le socle de la statue, le métal est brûlant et le monde tangue dangereusement sous les éclairs incessants de lumière. J'ai la vague conscience qu'il faudrait rentrer, me mettre à l'abri de la fournaise, mais mon esprit est embrumé et je continue donc sur ma lancée, plongeant mes doigts dans le trou au cœur du poing du Gouverneur. J'ignore ce que je cherche. Alex m'a pourtant dit que le message qu'il m'avait laissé des mois plus tôt devait être réduit en bouillie à l'heure actuelle. Mes doigts ressortent poisseux, un chewing-gum ramolli coincé entre le pouce et l'index, je m'entête malgré tout. Soudain, je sens s'immiscer entre mes doigts un papier plus rigide, plus résistant : un message plié en quatre.

Je l'ouvre dans un état de semi-délire, sans m'attendre vraiment à ce qu'il s'agisse du mot d'Alex. Mes mains se mettent à trembler quand je lis :

Lena,
Je suis sincèrement désolé. Pardonne-moi, je t'en prie.
Alex

Je ne me souviens pas du trajet du retour, et ma tante me découvre, plus tard, à demi inconsciente, dans le couloir, chuchotant à part moi. Elle est obligée de m'immerger dans une baignoire remplie de glace pour faire tomber ma fièvre. Quand je finis par reprendre mes esprits, je ne parviens pas à remettre la main sur le mot. Je comprends que j'ai dû le perdre en chemin et éprouve un mélange de soulagement et de déception. Ce soir-là, nous apprenons que le ministère du Temps et de la Température a enregistré des pointes à trente-huit degrés : le record de chaleur a été battu.

Ma tante m'interdit de courir jusqu'à la fin de l'été, et je ne lui oppose aucune résistance. Je ne me fais pas confiance, je ne peux pas être sûre que mes pieds ne me ramèneront pas au Gouverneur, à la plage de l'Est, aux laboratoires.

Je reçois une nouvelle convocation pour l'Évaluation et passe mes soirées devant le miroir pour répéter mes réponses. Ma tante insiste pour m'accompagner, de nouveau, aux labos, mais, ce matin-là, je ne croise pas Hana. Je ne reconnais personne. Même les quatre Évaluateurs sont différents : visages ovales flottants, dégradés de marron et de rose, contours en deux dimensions, comme des dessins ombrés. Je n'ai pas peur, cette fois. Je n'éprouve rien.

J'apporte les réponses attendues à toutes les questions. Lorsqu'on m'interroge sur ma couleur préférée, l'espace de quelques minuscules secondes, un ciel couleur d'argent jaillit dans mon esprit, et je crois entendre un mot – *gris* –, chuchoté doucement au creux de mon oreille. Je réponds : « Bleu », et tout le monde sourit.

Je réponds :

— J'aimerais étudier la psychologie et la régulation sociale.

Et :

— J'aime écouter la musique, mais pas trop fort.

Et :

— La définition du bonheur est la sécurité.

Sourires. Des sourires tout autour de moi, une pièce pleine de dents.

Au moment de prendre congé, il me semble apercevoir une ombre fuyante. Je jette aussitôt un coup d'œil à l'observatoire : il est vide, bien sûr.

Deux jours plus tard, nous recevons les résultats de mes examens. Je les ai tous réussis, et ma note finale est 8. Ma tante me serre dans ses bras pour la première fois depuis des années. Mon oncle me donne une accolade maladroite et me sert le plus gros morceau de poulet au dîner. Même Jenny semble impressionnée. Grace me fonce dessus, tête baissée, à une, deux, puis trois reprises, et je finis par lui dire d'arrêter de m'embêter. Je sais qu'elle est contrariée par mon départ imminent.

Mais c'est la vie, et plus vite elle s'y fera, mieux ce sera.

On me communique aussi les « Candidatures validées », une liste de quatre noms accompagnés d'informations – âge, notes, centres d'intérêt, plan de carrière, projections salariales –, imprimée sur une feuille de papier blanche à l'en-tête orné du blason de la ville de Portland. Au moins, Andrew Marcus n'y figure pas. Je ne reconnais qu'un seul nom : Chris McDonnell. Il a des cheveux roux vif et des dents de lapin. Un jour où je jouais dehors avec Gracie, l'an dernier, il s'est mis à scander : « Voilà la débile et l'orpheline », et, sans vraiment y réfléchir, j'ai ramassé une pierre pour la lui lancer. Elle l'a atteint à la tempe. Ses yeux se sont brièvement croisés puis décroisés. Il a porté une main à sa tête et a retiré des doigts poisseux de sang. Les jours suivants, je n'ai pas osé sortir, de crainte d'être arrêtée et jetée dans les Cryptes. M. McDonnell possède une société de service informatique et est Régulateur volontaire. J'étais persuadée qu'il viendrait me punir pour ce que j'avais fait à son fils.

Chris McDonnell. Phinneas Jonston. Edward Wung. Brian Scharff. Je fixe les noms si longtemps que les lettres se mettent à former, en dansant, des mots absurdes, du charabia d'enfant. *Crise de nerfs, chewing-gum, va-va-voum, brin d'écharde.*

À la mi-juillet, à sept semaines de mon Protocole, le moment est venu de choisir. Je classe arbitrairement les candidats, en inscrivant un chiffre à côté de chaque nom :

(1) Phinneas Jonston ; (2) Chris McDonnell ; (3) Brian Scharff ; (4) Edward Wung. Les garçons remettront leurs préférences de leur côté et les Évaluateurs s'efforceront d'accorder au mieux les choix.

Deux jours plus tard, je reçois une notification officielle : je passerai le restant de mes jours au côté de Brian Scharff, qui apprécie « les informations télévisées » ainsi que « le base-ball virtuel », qui projette de travailler pour la « guilde des professionnels du bâtiment » et qui peut « espérer gagner un jour 45 000 dollars par an », ce qui permettrait d'« élever deux ou trois enfants ». Je lui serai promise avant de commencer les cours de l'université régionale de Portland à l'automne. Une fois que je serai diplômée, nous nous marierons.

La nuit, mon sommeil n'est troublé par aucun rêve. Le matin, je me réveille dans le brouillard.

Douze

*Au cours des décennies précédant la mise au point du remède,
le fléau était si agressif et étendu qu'il était extrêmement rare que
les individus atteignissent l'âge adulte sans avoir contracté une forme
grave d'amor deliria nervosa (à ce sujet, voir « Statistiques, période
préfrontalière »)... Beaucoup d'historiens ont soutenu la thèse que
les sociétés préprotocolaires reflétaient, dans leur structure, la maladie,
qu'elles se caractérisaient par la fracture, le chaos et l'instabilité...
Près d'un mariage sur deux se terminait dans la désolation...
La consommation de drogues s'était, en conséquence, envolée,
tout comme le nombre de décès à cause de l'alcool.
Prêts à n'importe quoi pour être libérés et protégés de ce mal,
les hommes se lancèrent dans des expérimentations à grande échelle,
recourant à des remèdes populaires, qui se révélèrent mortels,
mixtures médicamenteuses réalisées à partir de molécules utilisées
pour le traitement du rhume extrêmement toxicomanogènes
et souvent fatales (à ce sujet, voir « Traitements populaires
à travers les époques »)...
La découverte du Protocole permettant d'éradiquer le* deliria
*est habituellement attribuée à Cormac T. Holmes, un neuroscientifique
membre du premier Consortium des Nouveaux Scientifiques
et l'un des premiers disciples de la Nouvelle Religion, qui enseigne
la Sainte Trinité : Dieu, la Science et l'Ordre. Holmes a été canonisé
plusieurs années après sa mort, et son corps a été conservé
et exposé dans le Monument de tous les saints à Washington
(se reporter aux photographies p. 210-212).*

« Avant les frontières », *Une brève histoire des États-Unis
d'Amérique,* E.D. Thompson

Par une chaude soirée de la fin juillet, alors que je rentre à la maison après ma journée de travail, j'entends quelqu'un m'interpeller. Je me retourne et découvre Hana, qui gravit la colline au petit trot à ma rencontre. Lorsqu'elle s'est suffisamment rapprochée, elle lance, légèrement essoufflée :

— Alors quoi ? Tu m'ignores maintenant ?

Sa peine est perceptible. Déroutée, je réponds :

— Je ne t'avais pas vue.

Ce qui est la vérité. Je suis fatiguée : aujourd'hui, nous avons fait l'inventaire, et j'ai sorti des rayonnages, avant de les y remettre, des paquets de couches, des boîtes de conserve et des rouleaux de papier-toilette afin de tout compter et recompter. Mes bras sont courbaturés et il me suffit de fermer les paupières pour voir des codes-barres. Je suis si épuisée que je n'ai même pas honte de porter dans la rue mon tee-shirt du magasin, taché de peinture, et dix fois trop grand pour moi.

Hana détourne le regard en se mordant la lèvre. Je ne lui ai pas parlé depuis la fête, et je cherche désespérément quelque chose à dire, quelque chose de naturel. Il me paraît soudain incroyable qu'elle ait été ma meilleure amie, que nous ayons pu passer des journées entières ensemble sans jamais être à court de sujets de discussion, que j'aie pu rentrer chez moi la gorge endolorie à force d'avoir ri. C'est comme s'il y avait un mur de verre entre nous à présent, un mur invisible mais infranchissable.

Je finis par annoncer : « J'ai reçu les candidatures », au moment précis où Hana lâche : « Pourquoi n'as-tu pas rappelé ? » Nous nous interrompons toutes les deux, sidérées, et reprenons en même temps :

— Tu as appelé ? dis-je.

— Tu as déjà fait ton choix ? demande-t-elle.

— Toi d'abord, reprends-je.

Hana semble mal à l'aise. Elle observe le ciel, puis un enfant qui se tient de l'autre côté de la rue, dans un maillot de bain trop grand, et enfin deux hommes qui chargent des seaux dans une camionnette : bref, elle évite mon regard.

— Je t'ai laissé environ trois messages.

— Je ne les ai jamais eus, réponds-je aussitôt.

Les battements de mon cœur s'accélèrent. Pendant les semaines qui ont suivi la soirée, je lui en ai voulu de ne pas avoir essayé de me contacter. J'étais blessée. Mais j'avais fini par me raisonner, je me répétais que Hana avait changé et qu'elle n'avait sans doute plus grand-chose à me dire.

Elle me dévisage comme pour déceler un mensonge.

— Carol ne t'a pas prévenue ?

— Non, je te jure.

Je suis si soulagée que j'éclate de rire. Je mesure soudain combien Hana m'a manqué. Elle est la seule à m'avoir vraiment choisie, pas par obligation familiale, pas par devoir, pas par responsabilité ou pour une autre des raisons dont *Le Livre des Trois S* souligne l'importance. Toutes les autres personnes de ma vie – Carol, mes petites-cousines, les autres élèves de Sainte-Anne et même Rachel – n'ont passé du temps avec moi que parce qu'elles y étaient obligées.

— Je n'avais pas la moindre idée que tu avais appelé.

Hana ne rit pas, elle. Elle se renfrogne.

— Aucune importance.

— Écoute, Hana…

— Je te l'ai dit, Lena, ça ne pose pas de problème, m'interrompt-elle en croisant les bras et en haussant les épaules.

J'ignore si elle me croit ou non, mais, de toute évidence, les choses ont changé : nous n'allons pas nous sauter dans les bras.

— Alors, tu as choisi un candidat ?

Son ton est plus neutre à présent, légèrement guindé. J'adopte le même.

— Brian Scharff. Et toi ?

Elle acquiesce. Imperceptiblement, un muscle frémit au coin de sa bouche.

— Fred Hargrove.

— Hargrove ? Comme le maire ?

— C'est son fils, réplique-t-elle en détournant, derechef, le regard.

— Waouh ! Félicitations !

Je ne parviens pas à dissimuler mon admiration : Hana a dû briller à l'Évaluation. Je ne peux pas dire pour autant que ce soit une vraie surprise.

— Ouais, je suis une petite veinarde.

Son ton est complètement monocorde. Impossible de savoir si elle est, ou non, ironique. Mais elle a de la chance, qu'elle s'en rende compte ou pas.

Et voilà le problème : même si nous nous tenons sur le même bout de trottoir baigné de soleil, nous évoluons dans des mondes à des milliers de kilomètres l'un de l'autre.

« Les opposés ne s'attirent pas longtemps » : Carol me répétait souvent ce dicton. Je n'avais jamais réalisé combien il était juste avant ce moment.

C'est sans doute pour cette raison que Carol ne m'a pas dit que Hana avait appelé. Oublier trois coups de fil, ce n'est pas rien, et ma tante n'est pas du genre distraite. Peut-être essayait-elle de précipiter l'inévitable, de nous éviter à toutes les deux d'avoir à mettre un terme à notre amitié. Elle sait qu'à l'issue du Protocole, une fois que le passé et notre histoire commune n'auront plus d'emprise sur nous, une fois que nos souvenirs n'auront plus autant d'importance, nous n'aurons plus grand-chose en commun. Elle essayait sans doute de me protéger, à sa façon.

Inutile de mettre ma tante au pied du mur, elle ne tentera même pas de nier. Elle se contentera de me regarder de ses yeux vides et de me servir une ou deux citations du *Livre des Trois S* : « Les sentiments ne sont pas éternels », « Le temps n'attend pas l'homme, mais le progrès, lui, attend l'homme pour exister ».

— Tu rentres chez toi ? me demande Hana, qui me dévisage toujours comme si elle me voyait pour la première fois.

— Ouais. Et je devrais d'ailleurs me dépêcher, dis-je en indiquant mon tee-shirt, si je ne veux inquiéter personne !

Un sourire glisse sur ses lèvres.

— Je t'accompagne, m'annonce-t-elle, à mon grand étonnement.

Nous cheminons en silence pendant un moment. La maison n'est pas loin et je redoute que nous n'échangions pas un seul mot du trajet. Je n'ai jamais connu Hana si peu loquace, ce qui me rend nerveuse.

— D'où viens-tu ? demandé-je pour initier la conversation.

Elle sursaute, comme tirée de sa rêverie.

— De la plage. J'ai un programme de bronzage très strict.

Elle place son bras à côté du mien, il est au moins sept tons plus foncés. Le mien est resté pâle – même s'il a peut-être davantage de taches de rousseur qu'en hiver.

— Pas toi, en revanche, hein ? ajoute-t-elle, en souriant pour de bon, cette fois.

— Euh... non. Je ne suis pas beaucoup allée au bord de l'eau.

Je rougis aussitôt. Heureusement, Hana ne remarque rien, ou alors elle fait semblant.

— Je sais, je t'ai guettée.

— Vraiment ?

Je lui jette un regard en biais. Elle lève les yeux au ciel. Je suis contente de la voir réagir comme avant.

— Enfin, pas activement. Mais je suis descendue sur la plage de l'Est plusieurs fois, oui. Et je ne t'ai pas vue.

— J'ai beaucoup travaillé.

Je n'ajoute pas : « pour éviter cet endroit, justement ».

— Tu continues à courir ?

— Non, il fait trop chaud.

— Ouais, moi non plus. J'ai décidé d'arrêter jusqu'à l'automne.

Nous parcourons quelques mètres sans piper mot, puis Hana ajoute, les yeux plissés, la tête inclinée :

— Alors, quoi de neuf ?

Sa question me prend au dépourvu.

— Comment ça, quoi de neuf ?

— Voyons, Lena. C'est le dernier été, tu te souviens ? Le dernier été de liberté, le dernier été sans responsabilités, bla-bla-bla. Alors, qu'est-ce que tu as fait ?

— Je... Rien. Je n'ai rien fait.

C'était l'objectif, justement – rester à l'écart des ennuis –, pourtant, en l'énonçant, une forme de tristesse m'envahit. L'été semble décliner rapidement, il se réduira bientôt à peau de chagrin et je n'aurai pas eu le temps d'en profiter. Nous sommes déjà presque en août. Encore cinq semaines de beau temps, puis le vent se lèvera la nuit et les feuilles s'ourleront d'or.

— Et toi ? dis-je. Tu passes un bon été ?

— Comme d'hab. Je te le disais, je suis beaucoup allée à la plage. J'ai fait un peu de baby-sitting pour les Farrel.

— Ah bon ?

Je fronce le nez. Hana a toujours eu une dent contre les enfants. Elle répète souvent qu'ils sont trop collants, qu'ils la font penser à un bonbon qu'on aurait laissé trop longtemps au chaud dans sa poche.

— Ouais, malheureusement, répond-elle avec une grimace. Mes parents ont décidé qu'il fallait que je m'entraîne à « tenir un intérieur » ou un machin dans le genre. Tu sais qu'ils me forcent à gérer un budget ? Ils ont l'air de croire qu'en m'apprenant à limiter mes dépenses à soixante dollars par semaine, je finirai par savoir comment régler des factures ou devenir responsable.

— Mais pourquoi ? Ce n'est pas comme si tu allais avoir un budget limité, de toute façon.

Je ne veux pas passer pour amère, mais voilà, nos différences de perspectives se placent, une fois de plus, entre nous.

Nous ne desserrons pas les dents après ça. Hana regarde au loin, légèrement éblouie par le soleil. Peut-être que je suis seulement déprimée par la vitesse à laquelle l'été s'écoule, mais les souvenirs défilent à toute allure dans mon esprit, comme autant de cartes à jouer qu'on me distribue : Hana qui ouvre la porte des toilettes à la volée, le premier jour du CP, et qui lâche, les bras croisés : « C'est à cause de ta maman ? » ; la fois où nous avons veillé au-delà de minuit alors que j'avais eu, exceptionnellement, le droit de dormir chez elle, et où nous avons ri comme des petites folles en imaginant des candidats improbables pour notre futur, entre autres le président des États-Unis ou les acteurs de nos films préférés ; nos séances de jogging, les jambes battant le pavé en rythme, comme si nous partagions un seul cœur ; nos baignades en body-surf et les glaces à trois boules sur le chemin du retour, ainsi que nos débats pour déterminer quel parfum, de la vanille ou du chocolat, était le meilleur.

Une amitié indestructible de plus de dix ans réduite à néant par un coup de scalpel ou un rayon laser. Ce passé commun et tout ce qu'il représente s'éloignent à la façon d'un ballon dont la ficelle vous glisse entre les doigts. D'ici deux ans, d'ici deux mois même, Hana et moi n'échangerons qu'un simple hochement de tête quand nous nous croiserons dans la rue : des personnes différentes, évoluant dans des mondes sans rapport, deux étoiles séparées par des milliers de kilomètres dans la nuit de l'espace.

Hana éprouve peut-être la même nostalgie, parce qu'elle me demande subitement :

— Tu te souviens de nos projets pour cet été ? De toutes les choses que nous avions prévu de faire enfin ?

Je réponds du tac au tac :

— Nous introduire dans la piscine de Spencer Prep...

— ... pour nous y baigner en sous-vêtements, achève Hana.

En souriant, je poursuis :

— Sauter par-dessus la barrière de Cherryhill Farm...

— ... pour manger du sirop d'érable directement dans les tonneaux.

— Courir depuis les hauteurs de la ville jusqu'à l'ancien aéroport.

— Pédaler jusqu'à Suicide Point.

— Dénicher l'arbre d'où Sarah Miller sautait dans Fore River.

— Entrer en douce dans un cinéma et voir quatre films d'affilée.

— Réussir à finir le Sundae des Ogres chez *Mae*.

Je souris de toutes mes dents, à présent, et Hana aussi. Je reprends :

— « Une glace gargantuesque réservée aux appétits gloutons, contenant treize boules, de la crème fouettée, de la sauce au caramel… »

— « … et toutes les garnitures que vous serez capables d'avaler, vilains petits gourmands ! » conclut Hana.

Nous sommes toutes deux hilares. Nous avons dû lire la pancarte dans la vitrine un millier de fois. Nous rêvons de tenter de finir le Sundae des Ogres une seconde fois depuis notre premier essai en CE2. Hana avait alors insisté pour y fêter son anniversaire et je l'avais accompagnée. Nous avions ensuite passé la nuit à nous tordre de douleur sur le carrelage de la salle de bains – et nous étions seulement venues à bout de sept des treize boules !

Nous sommes arrivées dans ma rue. Des gamines improvisent un match de foot au milieu de la chaussée : elles shootent dans une boîte de conserve en criant, leurs corps sont bronzés et luisants de sueur. J'aperçois Jenny parmi elles. Une fillette essaie de l'écarter de son passage, Jenny la pousse par terre. La première, plus jeune, se met à pleurnicher. Personne ne sort d'aucune des maisons, même lorsque la voix de la fillette monte dans les aigus comme une sirène. Seuls un rideau ou un torchon apparaissent, furtivement, derrière une fenêtre.

Je donnerais n'importe quoi pour continuer à surfer sur cette vague de bons souvenirs, pour arranger les choses entre Hana et moi, même pour quelques semaines.

— Écoute, Hana…

J'ai l'impression que les mots doivent franchir un énorme obstacle dans ma gorge, je suis presque aussi nerveuse que le jour de l'Évaluation.

— … ils donnent *Inspecteur Gaffeur* dans le parc, ce soir.

Deux films, ceux avec Michael Wynn. On pourrait y aller, ça te dit ?

Inspecteur Gaffeur est une série que nous adorions quand nous étions petites, Hana et moi, avec un inspecteur célèbre, parfaitement incompétent, et un chien qui lui sert d'acolyte, lequel finit toujours par résoudre les crimes. Beaucoup d'acteurs ont tenu le rôle principal, mais notre préférence allait à Michael Wynn. Quand nous étions petites, nous priions pour être appariées avec lui.

— Ce soir ?

Le sourire de Hana vacille et mon ventre se serre. « Idiote, tu n'es qu'une idiote. Peu importe, de toute façon. »

— Ce n'est pas grave si tu ne peux pas. Ne t'en fais pas, c'était juste une idée, m'empressé-je de lancer en détournant les yeux pour qu'elle n'y lise pas ma déception.

— Non... enfin, j'aimerais beaucoup, mais...

Hana prend une inspiration. Je déteste ça, je déteste ce malaise entre nous.

— Je suis invitée à une sorte de fête, poursuit-elle avant de se corriger aussitôt : à un truc auquel je suis censée me rendre avec Angelica Marston.

Un vide se creuse dans ma poitrine. C'est incroyable l'effet que produisent ces paroles : elles me déchiquettent de l'intérieur. « Pierre et bâton peuvent me casser le menton, mais parole malintentionnée ne peut pas me blesser... » Quelles balivernes que ce dicton !

— Depuis quand vois-tu Angelica Marston ?

De nouveau, sans le vouloir, mon amertume transparaît, j'ai l'impression d'être une petite sœur pleurnicheuse, se plaignant d'avoir été exclue d'un jeu. Je baisse la tête en me mordillant la lèvre, furieuse contre moi-même.

— Elle n'est pas aussi affreuse que tu le penses, rétorque doucement Hana.

Je le perçois dans sa voix : elle a pitié de moi. C'est encore pire que tout. Je préférerais que nous nous hurlions dessus, comme cet après-midi-là, chez elle, oui, même des hurlements vaudraient mieux que ce ton mielleux, que cette volonté de ne pas me froisser.

— Elle n'est pas vraiment prétentieuse, simplement timide, je crois.

Angelica Marston était en première, cette année. Hana se moquait de sa façon d'être tirée à quatre épingles : son uniforme toujours parfaitement repassé et immaculé, le col de son chemisier impeccable, et la jupe pile au niveau des genoux. Hana disait qu'Angelica Marston était coincée parce que son père, un scientifique, détenait un poste important aux labos. Et, effectivement, à la voir marcher, on aurait cru qu'elle était constipée en permanence.

— Tu la détestais !

Mes propos ne paraissent plus demander d'autorisation à mon cerveau avant de sortir.

— Je ne la détestais pas, reprend Hana sur le ton qu'elle adopterait pour expliquer l'algèbre à un gosse de deux ans. Je ne la connaissais pas. J'ai toujours pensé que c'était une pimbêche. À cause de ses vêtements et du reste. Mais ce sont ses parents les responsables. Ils sont super stricts, et très protecteurs. Elle n'est pas du tout prétentieuse, ajoute-t-elle en secouant la tête. Elle est… différente.

Le mot semble résonner dans l'air un moment : *différente*. Je me figure aussitôt Hana et Angelica, bras dessus bras dessous, étouffant leurs éclats de rire, se faufilant dans les rues après le couvre-feu. Angelica, aussi intrépide, belle et drôle que Hana. Je chasse l'image de ma tête. Dans la rue, une gamine décoche un coup de pied violent dans la boîte. Elle glisse entre deux poubelles en métal cabossé, traînées au milieu de la chaussée en guise de but. La moitié des gosses bondissent, les poings brandis ; les autres, parmi lesquelles Jenny, gesticulent en hurlant que la buteuse est hors jeu. Pour la première fois, je me rends compte que Hana doit trouver ma rue laide, avec ses maisons entassées, aux carreaux cassés pour la moitié d'entre elles, aux porches s'affaissant en leur milieu comme un vieux matelas fatigué. Ça ressemble si peu aux rues propres et paisibles de l'ouest de la ville, aux voitures lustrées, aux portails et aux haies vertes.

— Tu pourrais m'accompagner à cette soirée, reprend Hana.

Une bouffée de haine me submerge. De haine pour mon existence, pour son exiguïté, de haine pour Angelica Marston, pour son sourire mystérieux et ses parents riches, de haine pour Hana, pour sa bêtise, son insouciance et son entêtement, mais aussi pour m'avoir abandonnée sans que j'aie pu m'y préparer. Et sous toutes ces strates de colère se cache autre chose, un accès de tristesse chauffé à blanc, rayonnant du plus profond de moi-même. Je suis incapable de nommer ce sentiment avec précision, mais quelque part je comprends que c'est lui qui me met le plus en colère.

— Merci pour l'invitation, dis-je sans même chercher à étouffer l'ironie dans ma voix. Ça a l'air super. Il y aura des garçons, aussi ?

Soit Hana ne remarque pas mon ton – ce dont je doute –, soit elle décide de l'ignorer.

— On y va pour ça, rétorque-t-elle, pince-sans-rire. Ça, et la musique.

Je ne parviens pas à dissimuler mon intérêt :

— La musique ? Comme l'autre fois ?

Le visage de Hana s'éclaire.

— Oui ! Enfin... non. Un autre groupe. Mais celui-ci est censé être incroyable, meilleur que l'autre.

Elle marque une pause, avant de répéter doucement :

— Tu pourrais venir avec nous.

Sa proposition me fait soudain hésiter. Les jours suivant la fête de Roaring Brook Farm, j'avais eu l'impression que la musique m'accompagnait partout : je l'entendais souffler avec le vent, chanter avec l'océan et gémir à travers les murs de la maison. Il m'arrivait même de me réveiller au milieu de la nuit, parfois trempée de sueur, le cœur tambourinant, les oreilles pleines de l'écho des notes. Mais, chaque fois que je cherchais à me rappeler les mélodies, à fredonner quelques mesures ou à me remémorer des accords, je m'en révélais incapable.

Hana me dévisage intensément, dans l'attente de ma réponse. Je voudrais lui faire plaisir, pour la voir pousser un cri de victoire en levant le poing et en me gratifiant de son sourire merveilleux. Mais alors je me souviens qu'elle a Angelica Marston maintenant, et ma gorge se serre. À l'idée de la déception que je vais lui causer, j'éprouve une pointe de satisfaction.

— Je crois que je vais passer mon tour. Merci quand même.

Hana hausse les épaules, s'efforçant de prendre un air détaché.

— Si jamais tu changes d'avis, dit-elle en esquissant un sourire qui s'évanouit aussitôt, tu pourras me trouver à Tanglewild Lane. Dans le quartier de Deering Highlands.

Deering Highlands... Bien sûr ! Il s'agit d'une zone désertée sur le continent. Il y a une dizaine d'années, le Gouvernement y a découvert des Sympathisants – ainsi que, si on se fie aux rumeurs, des Invalides –, vivant ensemble dans les grandes demeures de cet ancien quartier résidentiel. Le scandale avait eu un retentissement énorme, et la descente de police avait été l'aboutissement d'une opération secrète préparée un an durant. Quand l'affaire avait été portée sur la place publique, quarante-deux personnes avaient été exécutées et une centaine jetées dans les Cryptes. Depuis, Deering Highlands s'est transformé en quartier fantôme : mis au ban, oublié, condamné.

— Ouais, eh bien, toi aussi, tu sais où me trouver, dis-je en désignant la rue d'un mouvement du bras.

— Oui.

Hana pique du nez vers ses chaussures, passant d'un pied sur l'autre. Il n'y a rien d'autre à ajouter, pourtant, je ne supporte pas l'idée de tourner les talons et de m'éloigner ainsi. J'ai le terrible pressentiment que je ne la reverrai pas avant que nous soyons immunisées. La panique m'étreint d'un coup, et je regrette de ne pouvoir remonter le cours de notre discussion, pour retirer mes remarques ironiques et mesquines, pour lui dire qu'elle me manque et que je veux que nous redevenions amies.

Au moment où je m'apprête à lui livrer le fond de ma pensée, elle m'adresse un petit signe de la main en lançant :

— Bon... ben salut ! À bientôt !

Ma résolution s'effondre aussitôt.

— Salut... À bientôt...

Hana s'éloigne. J'éprouve soudain le besoin pressant de retenir sa démarche, d'imprimer dans un recoin de ma mémoire son image, mais elle vacille dans la lumière écrasante du soleil et sa silhouette se confond avec une autre ombre dans mon esprit, une ombre se frayant un chemin dans l'obscurité jusqu'à une falaise ; je ne sais plus qui j'observe. Le monde se brouille et ma gorge s'enflamme ; je m'élance vers la maison.

— Lena !

Elle m'interpelle juste avant que j'atteigne le portail. Je fais volte-face, le cœur affolé à l'idée que, peut-être, elle, elle va oser me dire : « Tu me manques. Oublions tout et redevenons celles que nous étions. »

Même à quinze mètres, je perçois son hésitation. Elle finit par balayer l'air d'un revers de la main en lançant :

— Laisse tomber.

Cette fois, quand elle reprend la route, elle ne vacille plus. Elle marche d'un pas décidé, tourne au coin et disparaît.

À quoi m'attendais-je ?

Je sais bien ce qu'il en est : on ne remonte pas le temps.

Treize

Pendant la période de perfectionnement du traitement, celui-ci n'était proposé qu'à titre de test. D'importants risques l'accompagnaient. À l'époque, un patient sur cent se retrouvait en mort cérébrale après le Protocole.
Toutefois, les hôpitaux battaient des records d'affluence, si nombreux étant ceux à réclamer l'immunisation : ils campaient devant les laboratoires des jours durant dans l'espoir d'être opérés.
Ces années sont aussi connues sous le nom d'Années miraculeuses en raison du nombre de vies humaines sauvées de la maladie et rendues à la raison.
Et si certains sont morts sur la table d'opération, c'était pour une bonne cause ; personne, d'ailleurs, ne les pleure.

« Les Années miraculeuses : les débuts du traitement », *Une brève histoire des États-Unis d'Amérique*, E.D. Thompson

Lorsque je pénètre dans la maison, il y fait encore plus lourd que d'habitude : une chape de chaleur moite, suffocante s'abat sur moi. Carol doit être aux fourneaux. J'identifie une odeur de viande rissolée et d'épices – mêlée aux parfums habituels de transpiration et d'humidité, elle est proprement écœurante. Depuis plusieurs semaines, nous dînons sur la véranda : salades de pâtes, assortiments de viandes froides et de fromages, sandwichs du magasin de mon oncle.

Carol passe la tête par la porte de la cuisine pour me saluer. Son visage est rougi et ruisselle. La sueur a dessiné des croissants bleu nuit sur son chemisier bleu pâle.

— Va vite te changer, Rachel et David seront là d'une minute à l'autre.

J'avais complètement oublié que ma sœur et son mari venaient dîner. Quand j'étais plus petite, après le départ de Rachel de chez tante Carol, je comptais les jours qui séparaient chacune de ses visites. Je ne crois pas que je prenais vraiment la mesure du Protocole à l'époque et de ce qu'il signifiait pour elle, pour moi, pour nous. Je savais qu'elle avait été immunisée contre Thomas, et la maladie, mais c'était tout. Je m'imaginais qu'à part ça rien ne changerait. Je m'imaginais que, dès qu'elle me reverrait, tout serait comme avant, que nous enfilerions une paire de chaussettes pour danser sur le parquet ou qu'elle m'assiérait sur ses genoux pour me tresser les cheveux en me racontant une histoire de pays lointains et de sorcières capables de se transformer en animaux. Mais elle s'était contentée de m'effleurer la tête en franchissant le seuil et d'applaudir poliment quand Carol m'avait fait réciter mes tables de multiplication.

« Elle est devenue adulte, m'avait répondu Carol lorsque je lui avais demandé pourquoi Rachel n'aimait plus jouer. Plus tard, tu comprendras. »

Depuis ce jour-là, j'ai cessé de prêter attention aux inscriptions apparaissant cinq ou six fois par an sur le calendrier de la cuisine : *Visite de R.*

Au dîner, la discussion porte principalement sur Brian Scharff avec qui j'ai été appariée – le mari de Rachel, David, travaille avec un ami du cousin de Brian et est donc convaincu d'être un expert de la famille Scharff – et sur ma rentrée à la fac en septembre. Pour la première fois de ma vie, je suivrai des cours avec des membres du sexe opposé, mais Rachel me rassure :

— Tu ne t'en rendras même pas compte, tu seras trop concentrée sur ton travail.

— Et puis il y a des garde-fous, ajoute tante Carol. Tous les étudiants ont été contrôlés.

Autrement dit : immunisés.

Je pense à Alex et manque de rétorquer : « Non, pas tous. »

Le dîner s'éternise bien après le couvre-feu. Lorsque nous débarrassons la table, Carol et moi, il est près de 23 heures, pourtant ni Rachel ni son mari ne donnent le signal du départ. D'ici trente-six jours, je n'aurai plus à m'inquiéter du couvre-feu, moi non plus. Je suis tout excitée à cette perspective.

Après le repas, mon oncle et David restent sur la véranda. Mon beau-frère a apporté deux cigares – bon marché, mais c'est le geste qui compte –, et la fumée, sucrée, épicée et légèrement capiteuse s'infiltre par les fenêtres et emplit la maison d'une brume bleutée. Rachel et tante Carol vont dans la salle à manger pour boire des tasses de café dilué, couleur d'eau de vaisselle. Depuis l'étage me parviennent des piétinements. Jenny taquinera Grace jusqu'à se lasser, puis elle grimpera dans son lit, amère et insatisfaite, et elle se laissera bercer par l'ennui et la monotonie de la journée écoulée.

Je lave les assiettes, bien plus nombreuses que de coutume (Carol nous a servi de la soupe à la carotte, que nous avons tous ingurgitée en piquant une grosse suée, un rôti généreusement aillé accompagné d'asperges molles, sans doute récupérées au fond d'une vieille conserve, et des biscuits rassis). J'ai le ventre plein, et le contact de l'eau de vaisselle chaude sur les avant-bras – ainsi que le rythme familier des conversations, le martèlement des pieds au-dessus de ma tête et l'épaisse fumée bleue – me donne envie de dormir. De la cuisine, j'entends que Carol vient enfin de penser à prendre des nouvelles des enfants de Rachel. Ma sœur passe en revue leurs derniers exploits comme si elle récitait une liste apprise par cœur, et avec effort : Sara lit déjà et Andrew a prononcé son premier mot à seulement treize mois.

« Raid ! Raid ! Ceci est un raid ! Obéissez aux ordres et ne tentez pas de résister... »

Je sursaute. Rachel et Carol ont suspendu, momentanément, leur discussion pour prêter une oreille à la cohue dans la rue. Je n'entends plus non plus David et oncle William. Même Jenny et Grace ont cessé leur manège.

Des bruits d'interférences résonnent, ainsi que les centaines de bottes frappant le macadam à l'unisson, sans oublier cette horrible voix amplifiée par le mégaphone.

« Ceci est un raid. Attention, ceci est un raid. Préparez vos papiers d'identité... »

Une descente de nuit. Je pense aussitôt à Hana et à la fête. La pièce se met à tourner, et je dois me retenir au comptoir.

— C'est tôt pour un nouveau raid, non ? demande Carol avec légèreté. Le dernier remonte à quelques mois, il me semble.

— Au 18 février, rétorque Rachel. Je me souviens. David et moi, nous avons été contraints de sortir avec les enfants. Il y avait un problème avec le SVS ce soir-là. Nous avons attendu sous la neige une demi-heure que notre identité puisse être vérifiée. Andrew a attrapé une pneumonie qui a duré deux semaines.

Elle raconte cet événement comme s'il s'agissait d'un contretemps banal à la laverie automatique, comme si elle avait simplement égaré une chaussette.

— Ça fait aussi longtemps ? lance Carol en haussant les épaules et en avalant une gorgée de café.

Les voix, les pieds, les interférences : tout se rapproche. Les membres du commando se déplacent comme un seul homme, de maison en maison – dans certaines rues, ils frappent à toutes les portes, ailleurs, ils passent sans s'arrêter ou ne visitent qu'une maison sur deux. Tout est laissé au hasard. En tout cas théoriquement. Certaines familles sont plus inquiétées que d'autres, en réalité.

Cependant, même lorsqu'on n'apparaît pas sur la liste des suspects, on peut finir dehors, sous la neige, à l'instar de Rachel et de sa famille, à attendre que les Régulateurs et la police procèdent aux contrôles d'identité. Ou, pire, à attendre que les membres du commando fouillent la maison, éventrant les murs, à la recherche de signes d'activité illégale. Les lois sur la propriété privée sont suspendues les nuits de raid, ou plutôt la plupart des lois sont suspendues ces nuits-là.

Nous avons tous entendu des histoires affreuses : femmes enceintes forcées de se mettre en sous-vêtements et exposées aux regards de tous, personnes jetées en prison pendant deux ou trois ans parce qu'elles avaient regardé un policier de travers ou parce qu'elles avaient essayé d'empêcher un Régulateur de pénétrer dans une pièce.

« Ceci est un raid. Si les forces de l'ordre vous demandent de sortir de chez vous, assurez-vous d'être munis de vos papiers d'identité et de ceux de tout enfant de plus de six mois... Ceux qui résisteront seront emmenés au poste et interrogés... Ceux qui feront perdre du temps aux forces de l'ordre seront accusés d'obstruction... »

Ils sont au bout de la rue... à quelques maisons de la nôtre... plus qu'à deux... Non. Juste à côté. J'entends le chien des Richardson aboyer comme un fou furieux, puis Mme Richardson s'excuser. De nouveaux aboiements, suivis d'un grognement humain (un Régulateur ?), de coups sourds, d'un gémissement et d'un échange :

— Tu n'es pas obligé de tuer ce pauvre diable.

— Pourquoi pas ? Je te parie qu'il a des puces, en plus.

Le silence tombe soudain. On ne perçoit plus que le crépitement des talkies-walkies, des bruissements de papier et la voix de quelqu'un qui récite des codes d'identification dans un téléphone. Enfin :

— Parfait, alors. Vous êtes bien dans la base de données.

Et les bottes se remettent en marche.

En dépit de leur nonchalance, Rachel et Carol se raidissent lorsque celles-ci passent, en claquant, devant notre porte. Carol serre tant sa tasse de café que ses articulations blanchissent. Mon cœur bondit tel un criquet dans ma poitrine.

Mais les bottes ne s'arrêtent pas. Rachel pousse un *ouf* retentissant au moment où les Régulateurs cognent chez nos voisins.

— Ouvrez ! ... Ceci est un raid.

La tasse de Carol se fracasse sur la soucoupe, me faisant sursauter.

— C'est idiot, non ? lance-t-elle avec un rire forcé. On a beau ne rien avoir à se reprocher, on ne peut pas s'empêcher d'être nerveux.

Je sens une douleur sourde envahir ma main, et je prends conscience que je n'ai toujours pas lâché le comptoir, comme si ma vie tenait à lui. Je suis incapable de me calmer, alors même que l'écho des pas s'éloigne, que la voix amplifiée se déforme jusqu'à devenir parfaitement inintelligible. Je n'arrive pas à chasser de mon esprit l'image de ces hommes – ils sont parfois cinquante –, déferlant sur Portland, à la façon des gros bouillons d'une cascade emportant tout sur son passage. Ils emmèneront tous ceux qu'ils pourront accuser de mauvaise conduite ou de désobéissance, et même ceux chez lesquels ils n'auront rien trouvé.

Quelque part, Hana est en train de danser, un sourire aux lèvres, ses cheveux blonds virevoltant... Autour d'elle se pressent des garçons et les haut-parleurs diffusent de la musique interdite. Je refoule la vague de nausées qui menace de me terrasser. Il ne faut pas que je pense à ce qui lui arrivera, à ce qui leur arrivera, à tous, s'ils sont pris.

Il ne me reste qu'à espérer qu'elle n'a pas encore rejoint la fête. Elle a peut-être mis beaucoup de temps à se préparer – rien de plus plausible, Hana étant toujours en retard –, et se trouvait encore chez elle quand les commandos sont passés dans son quartier. Même elle, elle n'oserait pas sortir pendant une descente. Ce serait du suicide.

Mais Angelica Marston et tous les autres... Chacune des personnes présentes... qui voulaient seulement écouter de la musique...

Je repense à ce qu'Alex m'a dit la nuit où je suis tombée sur lui à Roaring Brook Farm : « Je suis venu écouter la musique. Comme tout le monde. »

Je chasse ce souvenir en me raisonnant : ce n'est pas mon problème. Je devrais même souhaiter que la fête soit découverte et qu'ils soient tous arrêtés. Leur attitude est dangereuse, pas seulement pour eux, mais pour nous tous. Voilà comment la maladie se propage.

Pourtant, la petite voix au fond de moi, celle qui s'entête parfois et qui a répondu « gris » lors de la première Évaluation, ne veut pas se taire. « Et alors ? me demande-t-elle. Ils voulaient écouter un peu de musique, de la vraie musique, pas les chansonnettes que la fanfare interprète pendant le cycle de concerts de Portland. Ils ne font rien de mal, au fond. »

Je me rappelle alors une autre parole d'Alex : « Personne ne fait de mal à personne. »

Et si Hana n'a pas été en retard ce soir et qu'elle se trouve là-bas, inconsciente du danger qui se rapproche petit à petit ? Je ferme les yeux pour repousser aussitôt cette idée, ainsi que la vision de Hana assaillie par une dizaine de lames brillantes. Si elle n'est pas jetée en prison, elle sera directement envoyée aux labos, où elle subira le Protocole avant l'aube, au mépris du danger pour elle et des risques secondaires.

Étonnamment, alors que mon esprit s'est emballé et que la pièce continue à tourner autour de moi, j'ai réussi à terminer la vaisselle. J'ai également pris une décision.

Je dois y aller. Je dois la prévenir.

Je dois les prévenir, tous.

Le temps que Rachel et David prennent congé et que tout le monde se couche, il est minuit. Chaque seconde me met à la torture. Il ne me reste qu'à espérer que le porte-à-porte sur la péninsule prendra plus de temps que prévu et que les patrouilles n'atteindront pas Deering Highlands avant un moment. Voire qu'elles décideront de ne pas contrôler ce quartier-là. Étant donné que la plupart des maisons là-bas sont inoccupées, ce n'est pas impossible. Mais peu probable.

Je me glisse hors du lit et je ne prends pas la peine de troquer mon pantalon de pyjama et mon tee-shirt, noirs tous deux, contre d'autres vêtements. J'enfile des chaussures plates, également noires, et, même s'il fait mille degrés, je sors un bonnet de ski noir de mon placard. Deux précautions valent mieux qu'une, surtout ce soir.

Au moment où je m'apprête à entrouvrir la porte de la chambre, j'entends une sorte de miaulement dans mon dos. Je fais volte-face. Assise dans son lit, Grace m'observe.

Nous nous dévisageons pendant quelques instants. Si elle fait le moindre bruit, ne serait-ce qu'en quittant son lit, elle risque de réveiller Jenny, et alors je serai fichue, cuite, K-O. Ne sachant que dire pour la rassurer, j'invente à toute vitesse un mensonge, mais alors, miracle entre tous, elle se rallonge et ferme les paupières. Et bien que la chambre soit plongée dans l'obscurité, je jurerais que l'ombre d'un sourire flotte sur son visage.

J'éprouve aussitôt un immense soulagement. Le mutisme de Gracie a un avantage : je sais qu'elle ne me dénoncera pas.

Je me faufile dans la rue sans rencontrer d'autres problèmes, m'étant même souvenue d'éviter l'avant-avant-dernière marche (elle avait poussé un grincement si terrible l'autre fois que j'avais été certaine d'avoir réveillé Carol).

Après la cohue récente, le calme de la rue a quelque chose d'inquiétant. Aucune lumière ne filtre par les fenêtres, tous les rideaux sont tirés, comme si les maisons tentaient de tourner le dos au monde extérieur ou de se serrer les coudes pour éloigner les regards indiscrets. Une feuille de papier rouge égarée, balayée par le vent telle une boule de paille dans un western, traverse la chaussée. Je reconnais là un avis de raid, rempli de mots impossibles à prononcer, expliquant qu'il est légal de suspendre les droits de tout un chacun pour la soirée. Sans ce bout de papier, il pourrait s'agir d'une nuit comme une autre : ordinaire, paisible, morte. Sans ce papier, et l'écho distant des bottes, accompagné d'une plainte aiguë, pareille à un sanglot, que m'apporte la brise. Les bruits sont si étouffés qu'on pourrait presque les confondre avec les sons de l'océan et du vent. Presque.

Les patrouilles ont avancé.

Je file vers Deering Highlands. Je suis bien trop paniquée pour prendre mon vélo : les petits catadioptres sur les roues risqueraient d'attirer l'attention. Je ne dois pas penser à ce que je suis en train de faire, aux conséquences si je suis prise. J'ignore d'où me vient cette résolution inébranlable. Je n'aurais jamais cru avoir le courage de quitter la maison par une nuit pareille, jamais de la vie.

Peut-être que Hana avait tort à mon sujet. Peut-être que je n'ai pas peur en permanence.

Au moment où je dépasse un sac-poubelle noir abandonné sur le trottoir, une faible lamentation m'arrête dans mes pas. Je pivote, tous les sens en alerte. Rien. Le geignement sinistre se répète, hérissant les poils sur mes bras. Puis le sac-poubelle à mes pieds se met à bouger.

Non... il ne s'agit pas d'un sac. Il s'agit de Riley, le chien des Richardson. Je m'approche d'une démarche mal assurée. Il me suffit d'un regard pour comprendre qu'il est mourant. Il est entièrement recouvert d'une substance gluante et luisante : du sang. Voilà pourquoi j'ai confondu son pelage avec de la matière plastique. Un de ses yeux est pressé contre le bitume, l'autre est ouvert. Sa boîte crânienne a été enfoncée. Le sang, noir et visqueux, coule par son museau.

Je repense aux voix que j'ai entendues (« Je te parie qu'il a des puces, en plus ») et aux coups sourds qui les ont accompagnées.

Riley me fixe avec une expression de souffrance et de reproche telle que je jurerais, pendant quelques secondes, qu'il est humain et essaie de me dire : « C'est toi qui m'as fait ça. » Secouée par un haut-le-cœur, je suis à deux doigts de m'agenouiller pour le bercer dans mes bras ou de déchirer mes vêtements pour éponger le sang. Simultanément, pourtant, je suis comme paralysée. Je ne peux pas bouger.

Alors que je reste plantée là, pétrifiée, un long frisson le parcourt, de l'extrémité de la queue au museau. Puis il s'immobilise.

Aussitôt, mes bras et mes jambes reprennent vie. Je m'élance en vacillant, la bouche envahie par la bile. Je décris un cercle complet, emplie de la sensation d'avoir perdu le contrôle de mon corps, comme la fois où je m'étais enivrée avec Hana. La fureur et le dégoût me lacèrent, me donnent envie de hurler.

Je trouve un carton aplati derrière une poubelle et je le traîne jusqu'au cadavre de Riley pour l'en recouvrir. J'essaie de ne pas me représenter les insectes qui se seront attaqués à sa dépouille au matin. Je suis déconcertée de sentir des larmes me brûler les yeux. Je les essuie du revers de la main, mais, tout en me remettant en route pour Deering, une seule pensée m'obsède et je me la répète à la façon d'un mantra, ou d'une prière : « Je suis désolée, je suis désolée, je suis désolée. »

Il faut reconnaître une qualité aux raids : ils sont bruyants. Régulièrement, je me dissimule dans l'ombre et je guette le martèlement des pas, le crachotement des talkies-walkies et les voix amplifiées. Quand cela se révèle nécessaire, je change de direction, préférant les petites rues aux longues avenues, celles que les patrouilles ont décidé de ne pas contrôler ou qui, au contraire, ont déjà été vérifiées. Les traces de leur passage sont partout :

poubelles renversées, ordures éparpillées sur la chaussée (monceaux de vieux tickets de caisse, de lettres déchirées, de légumes en décomposition et de choses informes et puantes que je ne tiens pas à identifier), notices rouges recouvrant tout comme une couche de poussière. Mes chaussures finissent par poisser à force de piétiner ces détritus et, à certains moments, je suis obligée d'étendre les bras, à la façon d'un funambule, pour garder l'équilibre. Je dépasse quelques maisons marquées d'un énorme X, aux murs et fenêtres éclaboussés de peinture noire, formant des balafres sur les façades, et mon estomac se serre. Leurs habitants ont été reconnus pour être des fauteurs de troubles ou des Résistants. Le vent chaud qui souffle à travers les rues charrie hurlements, pleurs et aboiements. J'évite de songer à Riley.

J'évolue dans l'obscurité, sautant entre les immondices. La sueur s'accumule sur ma nuque et sous mes bras, et ce n'est pas seulement le fait de la moiteur. Tout me paraît étrange, grotesque et déformé, certains trottoirs brillent même à cause des éclats de vitre et une odeur de brûlé flotte dans l'air.

Au moment de m'engager dans Forest Avenue, j'aperçois un groupe de Régulateurs qui arrive à l'autre extrémité. Je me plaque aussitôt contre le mur d'une quincaillerie et rebrousse chemin, centimètre par centimètre. Les chances que j'aie été repérée sont minces – j'étais à plusieurs mètres et les ténèbres sont impénétrables –, mais je ne réussis pourtant pas à retrouver mon rythme cardiaque normal. J'ai l'impression d'être le personnage d'un jeu vidéo ou d'essayer de résoudre une équation mathématique très compliquée. *Une fille doit échapper à quarante patrouilles de quinze à vingt hommes, réparties dans un rayon de dix kilomètres. Si elle doit parcourir quatre kilomètres pour*

rejoindre le centre de la ville, quelle est la probabilité qu'elle se
réveille, le lendemain matin, dans une cellule ? Vous pouvez
arrondir la valeur de π à 3,14.

Avant les incidents, Deering Highlands était un quartier agréable de Portland. Les maisons étaient spacieuses et modernes – en tout cas pour le Maine, ce qui veut dire qu'elles avaient moins de cent ans –, cachées derrière un portail et une haie, dans des rues aux noms bucoliques, évoquant par exemple des fleurs, comme Lilac Way. Quelques familles sont restées installées là-bas, trop pauvres pour se permettre de déménager ou n'ayant pas obtenu l'autorisation d'occuper une nouvelle résidence, mais, pour l'essentiel, le quartier est vide. Personne ne veut demeurer là-bas, personne ne veut être associé à la résistance.

L'endroit a ainsi été déserté à une vitesse incroyable. Des jouets rouillés jonchent les pelouses et des voitures sont toujours garées dans certaines allées devant les maisons, même si la plupart ont été démantelées, dépouillées de leurs pièces en métal et en plastique à l'instar de cadavres attaqués par d'énormes charognards. La zone entière a l'expression triste d'un animal abandonné : les maisons s'affaissent progressivement dans les herbes folles.

En temps normal, la proximité de Deering Highlands suffit à me flanquer la frousse. Beaucoup de gens disent que ça porte malheur de s'y rendre, comme de longer un cimetière sans retenir son souffle. Ce soir, pourtant, en atteignant ces faubourgs, je pourrais danser une gigue. Tout est sombre, silencieux et paisible, il n'y a pas un seul tract rouge, pas un seul murmure ni un seul frôlement de semelle sur le pavé. Les patrouilles ne sont pas encore venues. Peut-être ne viendront-elles pas du tout.

Je presse le pas à présent que je n'ai plus à me soucier de progresser dans l'ombre et en silence. Le quartier est plutôt étendu, labyrinthe de rues qui se ressemblent étrangement, maisons tapies dans la nuit pareilles à des navires échoués. La nature a repris ses droits sur toutes les pelouses, les arbres étirent leurs branches noueuses vers le ciel et projettent des silhouettes tortueuses sur les trottoirs éclairés par la lune. Je m'égare dans Lilac Way – après avoir tourné en rond pendant un petit moment, je finis par retomber sur la même intersection –, mais, en m'engageant dans Tanglewild Lane, j'aperçois une lumière qui brille faiblement, au loin, derrière un bosquet d'arbres enchevêtrés, et je sais que je touche au but.

Une vieille boîte aux lettres est plantée de traviole près du portail. On distingue toujours un X noir sur l'un de ses côtés. 42, Tanglewild Lane.

Je comprends pourquoi ils ont choisi cette maison pour organiser leur fête : bâtie à distance de la route, elle est entourée sur tous les flancs par des arbres si touffus qu'ils me rappellent les bois sombres et parcourus de chuchotis de l'autre côté de la frontière. Je ne suis pas rassurée en remontant l'allée. Je garde les yeux rivés sur la lueur diffuse, qui s'accentue légèrement quand je m'approche, avant de se préciser : il s'agit de deux fenêtres éclairées. Celles-ci ont été recouvertes de tissu, peut-être pour cacher la présence de personnes à l'intérieur. Dans ce cas, l'objectif n'est pas atteint : j'aperçois des ombres chinoises mouvantes. La musique est si douce que je ne l'entends qu'à l'approche du porche : accords étouffés qui semblent résonner sous le plancher. Il doit y avoir un sous-sol.

Je me suis dépêchée pour arriver, pourtant, j'hésite à heurter la porte principale, les mains moites. Je n'ai pas réfléchi à la façon d'avertir les fêtards. Si je me mets à hurler

qu'il y a un raid, je risque de déclencher une panique générale et nos chances de rentrer incognito seront réduites à
néant. Le bruit alertera quelqu'un ; les patrouilles inter-
viendront et nous serons cuits.

Rectification : *ils* seront cuits. Je ne suis pas comme
ceux qui se tiennent derrière cette porte. Je ne suis pas
comme eux.

Soudain, je revois Riley, qui frissonne avant de se figer.
Je ne suis pas non plus comme ceux-là, ceux qui ont
commis cet acte immonde, ceux qui ont assisté à la scène
sans broncher. Même les Richardson ne se sont pas donné
la peine d'intervenir pour sauver leur propre chien. Ils ne
l'ont pas recouvert alors qu'il agonisait.

« Je ne ferais jamais une chose pareille. Jamais jamais
jamais. Pas même si j'avais subi un million de Protocoles.
Il était vivant. Son pouls battait, son sang coulait et ils
l'ont abandonné tel un vulgaire sac-poubelle. »

Eux. Moi. Nous. Eux... Les mots rebondissent sous mon
crâne. J'essuie mes paumes sur mon pantalon et j'ouvre la
porte.

Hana m'avait annoncé une fête plus intime, mais il me
semble, au contraire, qu'il y a encore davantage de monde,
peut-être parce que les pièces sont minuscules et pleines
à craquer. Elles sont envahies d'un épais rideau de fumée
dû aux cigarettes, qui fait tout chatoyer et donne l'impression que les gens évoluent sous la surface de l'eau. Il règne
une chaleur à crever, au moins dix degrés de plus qu'à
l'extérieur – tous ont roulé leurs manches courtes jusqu'aux épaules et remonté leur jean au genou ; le moindre
centimètre carré de peau luit de sueur. Pendant quelques
instants, je suis médusée. Je regrette de ne pas avoir pris
mon appareil photo : si je ne prête pas attention aux mains
qui se touchent, aux corps qui se pressent et au millier

d'autres choses répréhensibles, je perçois la beauté de la scène.

Puis je réalise que je perds du temps.

Une fille se tient juste devant moi, de dos, et me bloque le passage. Je pose une main sur son bras – sa peau est si chaude qu'elle me brûle. Elle fait volte-face, le visage rouge, et se dévisse le cou pour m'entendre.

— La police a lancé un raid, lui dis-je d'une voix étonnamment posée.

La musique est douce quoique présente (elle provient bien du sous-sol), pas aussi déchaînée que la fois précédente, mais tout aussi étrange et sublime. Elle m'évoque des images de tiédeur onctueuse, de miel et de soleil. Le brouhaha des conversations et le craquement des pas sur le plancher empêchent mon interlocutrice d'entendre.

— Quoi ? demande-t-elle en repoussant les cheveux qui tombent sur son oreille.

J'ouvre la bouche pour répéter le mot *raid*, mais c'est la voix de quelqu'un d'autre qui résonne, une voix puissante, artificielle, une voix qui semble provenir de tous les côtés à la fois, une voix qui fend le cocon musical comme la lame glaciale d'un rasoir tranchant la peau. Simultanément, un tourbillon de lumières rouges et blanches envahit la pièce, glissant sur les visages ébahis et apeurés.

« Attention. Ceci est un raid. Ne tentez pas de prendre la fuite. Ne tentez pas de résister. Ceci est un raid. »

Quelques secondes plus tard, la porte vole en éclats et le faisceau d'une lampe torche aussi éblouissant qu'un rayon de soleil fige tout dans son éclat blanc, transformant les objets en poussière et les personnes en statues.

Puis les chiens sont lâchés.

Quatorze

Les êtres humains sont, par nature, imprévisibles, velléitaires
et malheureux. Ce n'est qu'une fois leurs instincts animaux canalisés
qu'ils peuvent se montrer responsables, fiables et heureux.

Le Livre des Trois S

J'ai vu, un jour, aux informations un reportage sur un ours brun du cirque de Portland qui avait été accidentellement blessé par son dresseur au cours de leur répétition quotidienne. J'étais toute petite, mais je n'ai jamais pu oublier l'expression de la bête, toujours coiffée de son ridicule chapeau en papier rouge, mettant en pièces son cerceau, déchirant tout ce qui tombait sous ses griffes : serpentins, chaises pliantes, ballons. Et son dresseur bien sûr. L'ours en avait fait de la charpie, avait transformé son visage en viande hachée.

Le pire – ce qui est resté gravé dans ma mémoire –, c'était son mugissement de panique : un braillement terrible, continu, enragé et aux accents pour ainsi dire humains.

Voilà le souvenir qui surgit dans mon esprit alors que les membres des patrouilles se déploient dans la maison, pénétrant toujours plus nombreux par la porte fracassée, enfonçant les fenêtres. Voilà à quoi je pense alors que la musique s'interrompt subitement, alors que l'air s'emplit de jappements, de hurlements et de bruits de verre brisé, alors que je suis ballottée de tous côtés et qu'un coude me heurte sous le menton puis dans les côtes. Je me rappelle l'ours.

Dans l'affolement, je me retrouve entraînée vers l'arrière de la maison. Les mâchoires des chiens claquent et les lourdes matraques des Régulateurs fouettent l'air. Tout le monde s'époumone à l'unisson, donnant l'illusion d'un cri unique. Une fille trébuche et, alors qu'elle cherche à se retenir à moi, une matraque s'abat sur l'arrière de son crâne dans un craquement sourd, écœurant. Je sens ses doigts qui agrippent mon tee-shirt et je me dégage pour continuer à courir, à bousculer, à me frayer un chemin. Je n'ai pas le temps de m'apitoyer, ni d'avoir peur. Je n'ai que le temps d'avancer, encore et encore, et de penser à fuir, fuir, fuir.

Curieusement, pendant une minute, au cœur de la rumeur et de la cohue, je distingue les choses et les gens avec acuité, comme si tout se déroulait au ralenti : je vois un chien de la sécurité bondir sur un garçon à ma gauche, je vois les genoux de celui-ci ployer lorsqu'il bascule en avant en poussant à peine un souffle, et le croissant de sang sur son cou, à l'endroit où les crocs se sont plantés. Une fille tombe sous les coups de matraque et, en voyant ses cheveux blond clair voleter, je crois mourir : je suis persuadée que c'est Hana et que tout est terminé. Puis elle tourne la tête dans ma direction, en gémissant, alors que les Régulateurs l'aspergent de gaz lacrymogène, et, en constatant qu'il ne s'agit pas de Hana, je suis aussitôt balayée par une vague de soulagement.

De nouvelles scènes. Un film, il s'agit forcément d'un film. Ça ne peut pas arriver dans la vie, ça n'arriverait jamais. Un garçon et une fille se battent pour pénétrer dans l'une des pièces adjacentes, pensant peut-être pouvoir s'échapper par là. L'embrasure est trop étroite pour qu'ils passent de front. Il porte un tee-shirt bleu avec l'inscription CONSERVATOIRE NAVAL DE PORTLAND, et elle a de longs cheveux roux, aussi vifs que des flammes. Il y a encore cinq minutes, ils devaient discuter et rire ensemble, si près l'un de l'autre que, si l'un d'entre eux avait trébuché accidentellement, ils auraient pu s'embrasser. Maintenant, ils luttent, mais elle est trop petite. Elle le mord comme un chien, comme une bête féroce ; il rugit, la saisit par les épaules et la projette contre le mur pour libérer le passage. Elle vacille, perd l'équilibre, glisse et tente de se redresser ; un Régulateur, une énorme armoire à glace avec le visage le plus rouge que j'aie jamais vu, se penche, noue ses doigts autour de sa queue-de-cheval et la tire pour la remettre debout. Conservatoire-Naval ne s'en sort pas mieux. Deux Régulateurs le suivent et j'identifie le claquement de leurs matraques suivi d'un hurlement.

« Des animaux, voilà ce que nous sommes. »

Les uns poussent, tirent, se servant des autres à la façon de boucliers alors que les chiens sont sur nos talons, que les Régulateurs continuent à gagner du terrain, nous menaçant de leurs gourdins, qui passent si près de mon crâne que je sens le souffle de l'air qu'ils déplacent sur ma nuque. Je pense douleur cuisante, je pense rouge. Plus les Régulateurs progressent, plus la foule se parsème. Successivement, ceux qui m'entourent se mettent à hurler, *bam !*, et à tomber, avant d'être plaqués au sol par trois, quatre, cinq chiens. Des cris, encore et encore. Tout le monde crie.

Par miracle, j'ai réussi à esquiver les attaques, et je continue à courir dans les couloirs étroits au plancher grinçant, dépassant des pièces, des gens et des Régulateurs qui se brouillent sous mes yeux. De nouvelles lumières, de nouvelles vitres brisées, des moteurs qui rugissent : la maison est encerclée. La porte arrière se dresse devant moi et, au-delà, les arbres sombres, les bois glaciaux. Si je parviens à sortir... si je parviens à échapper aux lampes torches suffisamment longtemps...

J'entends un chien aboyer dans mon dos et les pas lourds d'un Régulateur qui se rapprochent, se rapprochent. Une voix tranchante m'intime de m'arrêter, et je réalise alors que je suis seule dans le couloir. Plus que quinze pas... dix. Une fois dehors...

À cinq pas du but, une douleur violente me vrille la jambe. Le chien a refermé la mâchoire sur mon mollet. En me retournant, je découvre le Régulateur à la face rubiconde prêt à abattre sa matraque, le regard luisant, un sourire aux lèvres – « Bon sang, il sourit ! Il y prend du plaisir ! » Je ferme les paupières et je m'imagine une souffrance aussi vaste que l'océan, une mer rouge de sang. Je pense à ma mère.

Soudain, je suis attirée sur le côté et j'entends un craquement suivi d'un juron retentissant. Le feu dans ma jambe s'apaise tandis que celle-ci s'allège du poids du chien, puis un bras me soulève par la taille et une voix, une voix si familière que j'ai l'impression de l'attendre depuis toujours, de l'avoir entendue toutes les nuits, me susurre à l'oreille :

— Par ici.

Alex me porte quasiment. Nous nous trouvons dans un couloir adjacent, plus court et entièrement vide. Chaque fois que je prends appui sur ma jambe droite, la douleur m'élance, remontant jusque dans ma tête. Le Régulateur est toujours à nos trousses, et il est en pétard – grâce à l'intervention d'Alex, la matraque a dû s'abattre, *in extremis*, sur le crâne du chien au lieu du mien. Alex irait plus vite sans moi, mais il ne me lâche pas, pas une seule seconde.

— Ici, lance-t-il.

Nous avons atteint une partie de la maison isolée de la fête. La pièce dans laquelle nous pénétrons est plongée dans l'obscurité, toutefois, Alex ne ralentit pas pour autant. Je me laisse guider par la pression de ses doigts sur ma taille – gauche, droite, gauche, droite. Une odeur de moisi et d'autre chose, de peinture fraîche peut-être et de fumée, comme si quelqu'un avait fait de la cuisine. Ce qui est impossible : ces maisons sont vides depuis des années.

Derrière nous, le Régulateur se débat dans le noir. Il se cogne contre un meuble et lâche un juron. Une seconde plus tard, un objet tombe, des bruits de verre brisé résonnent, suivis de nouveaux jurons. Au son de sa voix, je sais que nous sommes en train de le distancer.

— Grimpe, chuchote Alex, si doucement que j'ai l'impression d'avoir rêvé.

Il me soulève et je réalise alors que je suis en train de franchir une fenêtre : mon dos racle le bois grossier de l'encadrement et j'atterris dans l'herbe moelleuse et humide de rosée, sur ma jambe indemne.

Une seconde plus tard, Alex me rejoint sans un bruit. L'air est toujours brûlant, mais une brise légère s'est levée, et je pourrais pleurer de gratitude en sentant sa caresse sur ma peau.

Nous ne sommes pas sauvés pourtant, loin de là. Les ténèbres sont mouvantes, animées de rais de lumière : les faisceaux des lampes torches percent les bois sur notre droite et notre gauche, et j'aperçois des silhouettes fuyantes et fantomatiques figées dans leur rayon. Les hurlements résonnent à quelques mètres de nous seulement, certains si lointains et désespérés qu'on pourrait les confondre avec le hululement de chouettes paisiblement perchées dans un arbre. Alex m'attrape la main et nous nous remettons à courir. Chaque fois que je pose la jambe droite, un incendie l'enflamme, une lame la traverse. Je me mords l'intérieur des joues pour retenir mes larmes et sens le goût du sang.

Le chaos. L'enfer : route éclairée par les phares, ombres qui chutent, os qui craquent, voix qui volent en éclats avant de se dissoudre dans le silence.

— Entre là.

Je lui obéis sans la moindre hésitation. Une minuscule remise en bois se dresse, par miracle, dans la nuit noire. Elle tombe en décrépitude, la mousse et la végétation la recouvrent si parfaitement que même à une distance de quelques mètres on dirait un enchevêtrement d'arbres et de fourrés. Je suis forcée de me plier en deux pour y pénétrer et je suis aussitôt assaillie par une odeur si puissante d'urine animale et de chien mouillé que j'ai un haut-le-cœur. Alex me suit et referme la porte sur lui. Je l'entends farfouiller, puis je le vois fourrer une couverture dans l'interstice entre la porte et le sol – elle doit être à l'origine de la puanteur nauséabonde.

— La vache…

C'est le premier mot que je lâche dans un murmure, en me couvrant le nez et la bouche d'une main.

— Au moins, les chiens ne pourront pas remonter notre piste, chuchote-t-il.

Je n'ai jamais rencontré personne d'aussi placide. Je songe que, peut-être, les histoires que j'ai entendues petite étaient vraies, que, peut-être, les Invalides sont des monstres, des anomalies de la nature.

La honte me tenaille aussitôt : il vient de me sauver la vie. Il m'a arrachée aux griffes des Régulateurs. Il m'a préservée des gens censés nous protéger et nous maintenir en vie. Censés nous protéger du danger que représentent les individus comme lui.

Plus rien n'a de sens. J'ai la tête qui tourne ; je trébuche, heurte le mur derrière moi et Alex me retient.

— Assieds-toi, me dit-il du ton impérieux qu'il emploie depuis qu'il m'a sauvée.

Je trouve du réconfort à lui obéir sans discuter, à me laisser faire. Le sol est humide et dur. La lune a dû percer à travers les nuages : de petites taches de lumière argentée filtrent par les interstices dans les murs et le toit. Je distingue des étagères derrière Alex, quelques boîtes – des pots de peinture, peut-être ? – entassées dans un coin. À présent que nous sommes tous les deux assis, nous ne pouvons presque plus bouger, la resserre ne faisant pas plus d'un ou deux mètres carrés.

— Je vais examiner ta jambe, d'accord ?

Il chuchote toujours, j'acquiesce. Même assise, je continue à avoir le tournis.

Il s'agenouille et pose ma jambe sur ses cuisses. Ce n'est que lorsqu'il se met à rouler la jambe de mon pantalon que je m'aperçois que le tissu est trempé. Je dois saigner. Je m'adosse au mur en me mordant les lèvres dans l'attente de la douleur, mais le contact rafraîchissant et puissant de ses mains sur ma peau accomplit des miracles, étouffant la souffrance avec la rapidité d'une éclipse noircissant la lune.

Après avoir remonté mon pantalon jusqu'au genou, il me fait délicatement basculer sur le côté pour voir l'arrière de mon mollet. J'appuie un coude sur le sol et la pièce se met à tanguer. Les saignements sont sans doute abondants.

Il expire bruyamment, les dents serrées.

— C'est grave ? demandé-je sans oser regarder.

— Ne bouge pas.

Je comprends aussitôt que, la plaie a beau être vilaine, il ne me le dira pas. À cet instant, j'éprouve tant de gratitude pour lui et de haine pour les hommes dehors – des chasseurs, des brutes aux crocs aiguisés qui manient le bâton – que j'en ai le souffle coupé.

Sans déplacer ma jambe, Alex se penche pour atteindre un recoin de la remise. Il se débat avec une boîte jusqu'à ce que des loquets métalliques cèdent en grinçant. Une seconde plus tard, il brandit une bouteille au-dessus de mon mollet.

— Ça va brûler un peu, m'informe-t-il.

Un liquide éclabousse ma peau et l'odeur astringente de l'alcool vient me chatouiller les narines. Des flammes lèchent la plaie et je manque de hurler. Alex me tend une main, je l'accepte sans réfléchir et la presse. La mâchoire serrée, je lui demande :

— C'est quoi ?

— De l'alcool à quatre-vingt-dix degrés, pour prévenir une infection.

— Comment savais-tu que j'étais ici ?

Ma question reste sans réponse. Il retire sa main de la mienne, et je réalise alors que je m'y accrochais de toutes mes forces. Je n'ai plus l'énergie d'être embarrassée ou inquiète, cependant ; la pièce vibre, la pénombre devient de plus en plus floue.

— Mince... grommelle-t-il. Tu saignes vachement.

— Je n'ai pas vraiment mal.

Je mens. Il se montre si calme, si maître de lui que je veux faire preuve de courage, moi aussi.

Tout me paraît étrangement distant : les bruits de pas précipités et de hurlements à l'extérieur se distordent, comme si nous étions sous l'eau, et Alex s'éloigne à des kilomètres de moi. Je dois être en train de rêver ou de perdre connaissance.

J'opte pour le rêve en voyant Alex retirer son tee-shirt. Je suis à deux doigts de hurler : « Qu'est-ce que tu fabriques ? » Il se met à déchirer le tissu, tout en s'inter-rompant pour jeter des coups d'œil nerveux à la porte et tendre l'oreille après chaque bandelette.

Je n'ai jamais vu un garçon torse nu de ma vie entière, à l'exception d'enfants ou d'hommes sur la plage, aperçus de loin (et j'ai toujours détourné le regard de peur de m'attirer des ennuis).

Je suis incapable de détacher les yeux d'Alex. Le clair de lune éclaire ses omoplates qui luisent discrètement, m'évoquant des ailes repliées et les reproductions d'anges que j'ai découvertes dans mes manuels scolaires. Il est mince mais musculeux : à chacun de ses mouvements, je distingue les contours de ses bras et de sa poitrine, si étonnamment, si incroyablement, si magnifiquement dif-férents de ceux d'une fille. Son corps me donne des envies de course, de grand air, de chaleur et de transpiration. Ma poitrine se met à me brûler et à me picoter, comme si un millier de minuscules oiseaux avaient été lâchés dans ma cage thoracique. Je ne sais pas si c'est parce que j'ai perdu du sang, mais la pièce tournoie si vite que j'ai l'impres-sion que nous allons être éjectés dans la nuit. Avant, Alex me paraissait loin, à présent, il envahit la moindre parcelle de la pièce : il est si proche que je ne peux ni res-pirer, ni remuer, ni parler, ni même penser. Chaque fois que ses doigts m'effleurent, le temps chancelle sur sa base, il semble sur le point de se dissoudre. Je voudrais que le monde entier se dissolve, à part nous. Nous.

— Hé !

Il m'effleure à peine l'épaule, mais, l'espace de cette seconde, mon corps se réduit à ce point sous sa paume, source du feu nouveau qui me parcourt. Je ne me suis jamais sentie aussi sereine. Je suis peut-être en train de mourir. Étrangement, cette perspective ne me chagrine pas réellement. À vrai dire, je la trouve même amusante.

— Ça va ?

— Oui, dis-je en me mettant à glousser. Tu es nu.

— Quoi ?

Malgré l'obscurité, j'aperçois ses sourcils froncés.

— Je n'ai jamais vu un garçon dans... dans cette tenue. Sans tee-shirt. Pas d'aussi près.

Il enroule avec soin les bandelettes autour de ma jambe, les serre bien fort.

— Le chien ne t'a pas loupée, mais ça devrait stopper l'hémorragie.

Le caractère clinique, et effrayant, de sa phrase me sort de ma torpeur et me force à me concentrer. Alex termine le bandage de fortune. À présent, la douleur aiguë a cédé la place à une sensation de gêne palpitante.

Alex soulève délicatement ma jambe pour la déposer à terre. Il me demande si tout va bien, et j'acquiesce. Puis il vient s'asseoir à côté de moi, s'adossant également au mur, si bien que nos coudes se frôlent. La chaleur qui irradie de sa peau nue m'envahit. Je ferme les paupières pour éviter de penser à sa proximité ou à ce que je ressentirais si je faisais courir mes mains sur ses épaules et sa poitrine.

Dehors, le raid s'éloigne, les cris sont moins nombreux, les voix plus diffuses. Les Régulateurs doivent se replier.

Je récite une prière muette pour que Hana ait réussi à leur échapper ; le contraire serait trop terrible pour que je puisse seulement l'envisager.

Malgré tout, Alex et moi n'esquissons pas le moindre mouvement. Je suis si fatiguée que je pourrais dormir éternellement. La maison me semble trop loin pour qu'il soit possible d'y retourner un jour.

Alex brise subitement le silence, ses intonations trahissent un sentiment d'urgence :

— Lena, pour ce qui est arrivé à la plage... je suis sincèrement désolé. J'aurais dû t'en parler plus tôt, mais je ne voulais pas t'effrayer.

— Tu ne me dois aucune explication.

— Mais je veux m'expliquer. Je veux que tu saches que je n'avais pas l'intention...

— Écoute, l'interromps-je, je ne dirai rien à personne, d'accord ? Je ne vais pas t'attirer d'ennuis ni rien de ce genre.

Il reste coi. Je sens son regard sur moi, mais je garde les yeux fixés sur les ténèbres devant nous.

— Je me fiche de tout ça, reprend-il, plus bas. Je ne veux simplement pas que tu me détestes, ajoute-t-il après un silence.

La pièce semble rapetisser, se refermer sur nous. Son regard me consume autant que le contact de sa main, mais j'ai trop peur pour le soutenir. J'ai trop peur de me perdre dans ses yeux, d'oublier ce que je suis censée dire. Dehors, la paix règne à nouveau. Les Régulateurs ont dû quitter les bois. Soudain, les criquets entonnent leur chant à l'unisson et leur mélopée gutturale s'amplifie.

— Qu'est-ce que ça peut te faire ?

Ma question était à peine un murmure. Sa réponse n'est pas plus forte :

— Je te l'ai dit, Lena. Je t'aime bien.

Son souffle me chatouille l'arrière de l'oreille, et ma nuque se couvre de chair de poule.

— Tu ne me connais pas, réponds-je aussitôt.

— Non, mais j'aimerais beaucoup.

La pièce tourne de plus en plus vite. Je pousse mon dos contre le mur pour tenter de résister au vertige. C'est impossible : il a réponse à tout. Il est trop vif, il doit avoir un truc. J'appuie les paumes sur le sol humide, pour puiser du réconfort dans les planches grossières en bois massif.

— Pourquoi moi ?

Ces mots m'ont échappé, je poursuis :

— Je n'ai rien...

Je voudrais dire : « Je n'ai rien de spécial », mais les syllabes se dessèchent dans ma bouche. Voilà ce que doivent éprouver les alpinistes qui escaladent le sommet d'une montagne, lorsque l'air est si rare qu'on a beau inspirer, encore et toujours, on conserve la sensation de ne jamais pouvoir reprendre son souffle.

Alex reste silencieux, et je comprends qu'il n'a pas de réponse, ainsi que je le soupçonnais : il ne peut pas l'expliquer. Il m'a choisie au hasard, pour la blague, ou parce qu'il savait que je serais trop terrorisée pour le dénoncer.

Il reprend la parole, pourtant. Il me raconte son histoire avec un débit si rapide et fluide qu'il est évident qu'il y a beaucoup réfléchi, qu'il se l'est récitée à lui-même un si grand nombre de fois que les reliefs en sont émoussés.

— Je suis né dans la Nature. Ma mère est morte juste après ma naissance, mon père nous avait déjà quittés. Il n'a jamais su qu'il allait avoir un fils. J'ai passé là-bas la première partie de ma vie, à droite et à gauche. Les autres...

Il marque une légère hésitation et j'entends la grimace dans sa voix quand il poursuit :

— ... Invalides... les autres Invalides s'occupaient de moi. Comme dans une sorte de communauté.

Dehors, les criquets interrompent momentanément leur concert. On pourrait croire que rien de grave ne s'est produit, que cette nuit n'a rien d'exceptionnel, qu'il s'agit d'une nuit d'été pareille aux autres, caniculaire et paisible, attendant qu'un nouveau matin la désagrège. À cette idée, une douleur m'élance, une douleur qui n'a rien à voir avec ma jambe. Je suis frappée par la petitesse de tout, de notre vie – nos magasins, nos raids, nos boulots. Pendant ce temps-là, la marche du monde suit son cours inexorable, le jour faisant suite à la nuit, puis la nuit au jour, selon un cycle infini ; les saisons passent et reviennent, à la façon d'un monstre qui se débarrasserait de son ancienne peau pour en laisser une nouvelle pousser.

Alex reprend son récit :

— Je suis arrivé à Portland quand j'avais dix ans, pour rejoindre la résistance. Je ne t'expliquerai pas comment, c'était compliqué. J'ai obtenu un numéro d'identification, un nouveau nom de famille, une nouvelle adresse. Nous sommes plus nombreux que tu ne le penses, Invalides, Sympathisants, plus nombreux que quiconque ne pourrait le supposer. Nous avons infiltré la police et tous les ministères. Nous avons même infiltré les labos.

Les poils de mes bras se hérissent.

— Ce que je veux dire, c'est qu'il n'est pas impossible d'entrer et de sortir. Difficile, mais pas impossible. Je me suis installé avec deux inconnus, des Sympathisants, qui devaient passer pour ma tante et mon oncle. Ça m'était égal, ajoute-t-il en haussant les épaules, je ne connaissais pas mes vrais parents, et j'ai été élevé par une dizaine d'oncles et tantes différents. Ça ne changeait rien pour moi.

Sa voix n'est plus qu'un souffle, et je pourrais presque croire qu'il a oublié ma présence. Je ne sais pas bien où va son récit, mais je retiens ma respiration, de crainte qu'il ne s'interrompe et ne se réfugie dans le silence.

— Je détestais Portland. À un point que tu ne peux imaginer. Tous ces bâtiments, ces gens hébétés, toutes ces odeurs, cette exiguïté et ces règles, à chaque coin de rue des interdictions et des murs, rien que des interdictions et des murs. Je n'y étais pas habitué. J'avais l'impression d'être enfermé dans une cage. Nous sommes dans une cage, la frontière en marque les limites.

Une onde de choc me traverse. Au cours des dix-sept années et onze mois que j'ai passés sur Terre, je n'ai jamais envisagé les choses de cette façon. J'ai été conditionnée pour penser que les frontières nous protégeaient, et je n'ai jamais songé qu'elles nous enfermaient, aussi. À présent que je les vois à travers les yeux d'Alex, je comprends ce qu'il a pu éprouver.

— Au départ, j'étais furax. Je mettais le feu à ce qui me tombait sous la main. Du papier, des cahiers, des manuels scolaires. Ça me soulageait, d'une certaine façon.

Il pousse un petit rire avant de reprendre :

— J'ai même brûlé mon exemplaire du *Livre des Trois S*.

Une nouvelle onde de choc me secoue : la dégradation ou la destruction de cet ouvrage est un sacrilège.

— Je me promenais le long de la frontière plusieurs heures par jour. Parfois même je pleurais.

Je sens qu'il s'agite dans le noir et je comprends qu'il est gêné. C'est le premier signe qu'il donne depuis longtemps d'avoir conscience de ma présence à son côté, de me destiner sa confession. Je suis submergée par l'envie irrépressible de lui prendre la main et de la serrer pour le rassurer. Mes paumes restent pourtant clouées au sol.

— Au bout d'un temps, mes pèlerinages se sont transformés en simples balades. J'aimais observer les oiseaux. Ils quittaient notre côté de la frontière pour s'envoler vers la Nature avec une facilité désarmante. Aller et retour, aller et retour, ils s'élevaient dans les airs et décrivaient des cercles. Je pouvais rester des heures à les regarder. Libres, ils étaient parfaitement libres. Je croyais que rien ni personne ne l'était à Portland, mais j'avais tort : il y avait les oiseaux.

Il s'interrompt, et je me demande s'il a terminé son histoire, s'il a oublié ma question – « Pourquoi moi ? » –, mais je n'ose pas la lui répéter. Je me le représente près de la frontière, immobile comme une statue, observant les oiseaux qui tournoient au-dessus de sa tête. Ce tableau m'apaise.

Après ce qui me semble une éternité, il se remet à parler, si faiblement que je suis obligée de me rapprocher pour l'entendre.

— La première fois que je t'ai vue, près du Gouverneur, je n'étais pas allé regarder les oiseaux à la frontière depuis des années. Pourtant, tu me les as aussitôt rappelés. Tu sautais, tu piaillais, des mèches de cheveux s'échappaient de ta queue-de-cheval et tu étais si rapide... dit-il en secouant la tête. Un éclair, et tu avais disparu. Exactement comme un oiseau.

Je ne sais pas comment, mais nous nous retrouvons face à face dans l'obscurité – je n'ai pas l'impression d'avoir bougé –, le visage à quelques centimètres à peine l'un de l'autre.

— Tout Portland est endormi. Tout le monde est endormi depuis des années. Mais toi, tu semblais... éveillée.

Alex ferme les yeux, puis les rouvre en disant :

— Je suis las de dormir.

Mon cœur se serre et mon estomac se met à frémir, comme s'il renfermait plusieurs étourneaux prêts à s'envoler. Le reste de mon corps semble partir à la dérive, emporté par un courant chaud ou un vent brûlant.

« C'est mal », lance une voix en moi, étrangère. Elle appartient à quelqu'un d'autre, à une figure composée de ma tante, de Rachel, de mes enseignants et de l'Évaluatrice à la mine pincée qui a posé la plupart des questions la seconde fois.

— Non ! lancé-je dans un petit cri étouffé alors qu'un autre mot enfle en moi, bouillonnant à la façon d'une source d'eau sur le point de jaillir de terre : *Oui, oui, oui.*

— Pourquoi ?

Son murmure est à peine audible. Ses mains trouvent mon visage, ses doigts effleurent mon front, mes oreilles, le creux de mes joues. Tout s'embrase à son contact. Mon corps entier se consume, nous devenons deux points lumineux, deux flammes blanches.

— De quoi as-tu peur ? ajoute-t-il.

— Il faut que tu comprennes : je veux seulement être heureuse.

Les mots sortent avec peine. Mon esprit s'embrouille, envahi par une épaisse brume, rien n'existe plus à part les doigts d'Alex qui dansent et courent sur ma peau, dans mes cheveux. J'aimerais qu'il cesse. J'aimerais qu'il continue.

— Je veux seulement être normale, être comme les autres.

— Es-tu certaine qu'être comme les autres te rendra heureuse ?

Son souffle glisse sur mon oreille et ma nuque, sa bouche frôle ma peau. Je suis peut-être morte. La matraque se serait abattue sur mon crâne et tout cela ne serait qu'un rêve. Le reste du monde se serait dissous. Il n'y aurait que lui. Moi. Nous.

— Je ne connais pas d'autre moyen.

Je ne sens pas ma bouche s'ouvrir, je ne sens pas les mots franchir mes lèvres, pourtant ils flottent dans le noir.

— Laisse-moi te montrer, dit-il.

Et nous nous embrassons. En tout cas, il me semble – je n'ai été témoin que de quelques baisers, brièvement échangés lèvres serrées, à l'occasion d'un mariage ou d'une cérémonie quelconque. Mais cela ne ressemble à rien de ce que j'ai vu, imaginé ou même rêvé : c'est comme écouter de la musique ou danser, en mieux. Sa bouche est légèrement entrouverte, je l'imite. Ses lèvres sont douces, leur pression ténue fait écho à la voix dans ma tête qui répète avec insistance : « Oui. »

La chaleur croît en moi, semblable à autant de vagues de lumière qui enflent avant de se briser, me donnant le sentiment de flotter. Les doigts d'Alex s'emmêlent dans mes cheveux, se referment sur l'arrière de ma tête puis glissent sur mes épaules, et, sans l'avoir décidé, je me retrouve à promener mes mains sur la peau brûlante de sa poitrine, sur ses omoplates qui m'évoquent des ailes repliées, sur le bas de son visage recouvert d'une barbe de trois jours : j'éprouve une sensation à la fois inconnue et délicieusement nouvelle. Mon cœur cogne si fort que c'en est douloureux, mais d'une douleur plaisante, comme celle que l'on éprouve le jour où l'automne s'installe pour de bon, où l'air devient mordant, où l'extrémité des feuilles s'enflamme et où le vent charrie une vague odeur de fumée, ce jour qui marque une fin et un début dans le même temps. Sous ma paume, je sens les battements de son cœur répondre aux miens, nos corps semblent se parler.

Soudain, l'évidence m'apparaît avec une puissance telle que c'en est ridicule, que j'ai presque envie de rire. Voilà ce que je veux. Ce que j'ai toujours voulu. Tout le reste, la moindre seconde de la moindre journée précédant cet instant précis, ce baiser, ne signifie rien.

Lorsqu'il se recule, j'ai l'impression qu'un couvercle est tombé sur mon cerveau, réduisant au silence mes pensées et les questions incessantes que je me pose, m'emplissant d'une paix et d'un bonheur aussi profonds et rafraîchissants que la neige. Il ne reste qu'un seul mot : *oui*. Oui à tout.

Je t'aime vraiment bien, Lena. Tu me crois, maintenant ?
Oui.
Je peux te raccompagner chez toi ?
Oui.
On peut se voir demain ?
Oui, oui, oui.

Les rues sont vides à présent. La ville entière est muette et immobile. La ville entière aurait pu être anéantie, réduite en cendres pendant que nous étions dans la remise que je ne remarquerais rien, que je m'en ficherais. Le chemin du retour ressemble à un rêve aux contours flous. Alex me tient la main tout du long et nous nous arrêtons deux fois pour nous embrasser, dans les recoins les plus sombres que nous trouvons. Chaque fois, je regrette que les ombres n'aient pas de consistance, de poids, qu'elles ne puissent pas se replier sur nous et nous ensevelir, pour que nous restions ainsi à tout jamais, poitrine contre poitrine, lèvres contre lèvres. Chaque fois, je sens mon cœur se serrer quand il brise notre étreinte pour me reprendre la main et qu'il nous faut nous remettre en route, comme si, subitement, je ne respirais vraiment que lorsque nos bouches sont jointes.

J'arrive à destination bien trop vite et lui murmure un au revoir lorsque ses lèvres caressent les miennes une dernière fois, à la façon d'une brise.

Puis je me faufile dans la maison, gravis les marches et me glisse dans la chambre. Ce n'est qu'après avoir grelotté un long moment dans mon lit, souffrant déjà de son absence, que je réalise que ma tante, mes professeurs et les scientifiques avaient raison au sujet du *deliria*. Allongée là, la poitrine labourée par la douleur, le ventre rongé par une nausée mêlée d'angoisse, mon désir pour Alex est si puissant que j'ai l'impression qu'une lame de rasoir lacère mes entrailles, et je n'ai plus qu'une seule pensée : « Je vais en mourir, je vais en mourir, je vais en mourir. Et ça m'est égal. »

Quinze

Pour finir, Dieu créa Adam et Ève, afin qu'ils partagent une vie
de bonheur en tant que mari et femme, partenaires éternels.
Des années durant, ils coulèrent des jours paisibles dans un magnifique
jardin rempli de plantes immenses disposées en rangées régulières
et de bêtes domestiquées qui leur servaient d'animaux de compagnie.
Les esprits d'Adam et d'Ève étaient aussi clairs et tranquilles
que le ciel bleu pâle sans nuages suspendu au-dessus de leurs têtes.
Ils ne connaissaient ni la maladie, ni la douleur, ni le désir.
Ils ne rêvaient pas. Ils ne posaient pas de questions. Chaque matin
les trouvait aussi frais et dispos que des nouveau-nés. Chaque jour
s'écoulait semblablement au précédent, mais leur paraissait toujours
inédit et bon.

« Genèse », *Une histoire complète du monde et de l'univers connu*,
Steven Horace, docteur en histoire de l'université de Harvard

L e lendemain, je pense à Alex dès que j'ouvre les yeux. Puis j'essaie de me lever, et la douleur me déchire la jambe. En remontant le bas de mon pantalon de pyjama, je découvre qu'une petite tache de sang s'est formée sur les bandelettes qui enveloppent mon mollet. Je sais bien que je devrais nettoyer la plaie et refaire le pansement, mais j'appréhende trop de contempler l'étendue des dégâts. Des souvenirs de la veille – les hurlements, la bousculade, les chiens et les matraques fendant l'air pour apporter la mort – me reviennent en force, et je suis convaincue que je vais être malade. Puis le vertige s'apaise et je songe à Hana.

Le téléphone est dans la cuisine. Ma tante, qui lave de la vaisselle, a un petit mouvement de surprise en m'apercevant dans l'escalier. Je vérifie mon reflet dans le miroir de l'entrée : j'ai une mine atroce, les cheveux ébouriffés et de gros cernes sous les yeux. Je m'avise aussitôt qu'il est impossible que quiconque puisse me trouver jolie. Pourtant, il y a bien quelqu'un. Au souvenir d'Alex, une chaleur dorée m'envahit.

— Tu ferais mieux de te dépêcher, me lance Carol, tu vas être en retard au travail. J'étais sur le point de monter te réveiller.

— Je dois juste appeler Hana, dis-je.

Je déroule le cordon au maximum pour me réfugier dans la buanderie, qui m'offre un semblant d'intimité. J'essaie d'abord d'appeler chez Hana. Une, deux, trois, quatre, cinq sonneries. Puis le répondeur se déclenche : « Vous êtes bien chez les Tate. Merci de ne pas nous laisser un message de plus de deux minutes… »

Je raccroche aussitôt. Mes doigts se sont mis à trembler et j'ai du mal à composer le numéro du portable de Hana. Je suis aussitôt redirigée vers la messagerie vocale. Son message n'a pas changé (« Salut, désolée de ne pas pouvoir répondre ! Ou peut-être pas si désolée que ça… Tout dépend de qui appelle ! »), un rire couve dans sa voix. En l'entendant, en percevant la normalité de ces mots qui tranchent avec les événements de la veille, j'ai un choc, comme si je repensais à un endroit oublié depuis longtemps. Je me souviens du jour où elle a enregistré cette annonce. Nous étions dans sa chambre, après les cours, et elle en avait essayé un million avant d'arrêter son choix sur celle-ci. J'en avais assez et je la frappais avec un oreiller chaque fois qu'elle voulait « juste faire une dernière tentative ».

— Hana, tu dois absolument me rappeler, dis-je le plus doucement possible dans le combiné (je sais pertinemment que ma tante écoute). Je travaille aujourd'hui. Tu peux me joindre au magasin.

Je me sens insatisfaite et coupable en raccrochant. Pendant que j'étais dans la remise avec Alex, hier soir, Hana a très bien pu être blessée ou avoir des ennuis. J'aurais dû chercher à la retrouver.

— Lena ? m'interpelle sèchement Carol au moment où je m'engage dans l'escalier.

— Oui ?

Elle s'approche de moi. Quelque chose dans son expression m'inquiète.

— Tu boites ?

J'ai pourtant fait tout mon possible pour marcher normalement. Je détourne la tête pour ne pas avoir à lui raconter un bobard en la regardant dans les yeux.

— Je ne crois pas.

— Ne me mens pas. Tu t'imagines que je ne sais pas ce qui se passe, mais tu te trompes.

Son ton est devenu glacial. Pendant un instant, je redoute qu'elle ne me demande de remonter la jambe de mon pyjama ou qu'elle m'annonce qu'elle est au courant pour la fête, mais elle lance :

— Tu as encore couru, n'est-ce pas ? Je te l'avais pourtant défendu.

— Rien qu'une fois, bredouillé-je, soulagée. Je me suis sans doute foulé la cheville.

Carol secoue la tête, l'air déçue.

— Franchement, Lena ! J'ignore quand tu as commencé à me désobéir. Je pensais que si quelqu'un... Oh ! et puis, très bien. Plus que cinq semaines, n'est-ce pas ? Et ensuite tout sera réglé.

— En effet, approuvé-je avec un sourire forcé.

Toute la matinée, mon cœur balance entre s'inquiéter pour Hana ou rêvasser à Alex. Je me trompe deux fois en rendant la monnaie à des clients et suis contrainte d'appeler Jed, le bras droit de mon oncle, pour réparer mon erreur. Je renverse également un présentoir de plats cuisinés et intervertis les étiquettes de plusieurs cartons de marchandises. Heureusement, mon oncle n'est pas au magasin aujourd'hui, il effectue des livraisons, il n'y a donc que Jed et moi. Jed qui m'adresse à peine un regard et jamais un mot, à part un grognement de temps à autre : je suis donc certaine qu'il ne remarquera pas que je me suis transformée en employée maladroite et incompétente.

Je suis consciente de l'origine du problème, naturellement. La perte de repères, la distraction, les difficultés de concentration, autant de symptômes classiques de la première phase du *deliria*. Mais je m'en fiche. Si la pneumonie est aussi plaisante, je veux bien rester dehors sous la neige en hiver, pieds nus et sans manteau, ou embrasser tous les malades de l'hôpital.

J'ai informé Alex de mon emploi du temps et nous avons convenu de nous retrouver directement à Back Cove après mon travail, à 18 heures. Les minutes lambinent jusqu'à midi. Je n'exagère pas quand je dis que je ne les ai jamais vues passer aussi lentement. À croire que, chaque seconde, l'aiguille a besoin d'encouragements pour avancer. Je n'arrête pas de la supplier de presser le pas, mais elle semble me résister délibérément. J'aperçois une cliente qui se cure le nez au minuscule rayon des produits (plus ou moins) frais. Je regarde l'horloge, puis la cliente, puis l'horloge : la grande aiguille n'a toujours pas bougé. Je me mets soudain à craindre que le temps ne s'arrête définitivement alors que cette femme a l'auriculaire planté dans sa narine droite devant un cageot de laitues flétries.

À midi, j'ai une pause de quinze minutes, et je sors m'asseoir sur le trottoir pour avaler quelques bouchées de mon sandwich, même si je n'ai pas faim. La perspective de voir Alex a une incidence évidente sur mon appétit. Un autre signe du *deliria*. Et alors ?

À 13 heures, Jed entreprend de remplir les rayonnages et je suis de nouveau coincée derrière la caisse. La touffeur est accablante, et une mouche, enfermée dans le magasin, ne cesse de tourner autour de moi et de se heurter aux étagères au-dessus de ma tête, où sont entreposés quelques paquets de cigarettes, des bouteilles de Maalox et d'autres trucs. Le bourdonnement de l'insecte et du petit ventilateur dans mon dos, couplé à la chaleur, me donne envie de dormir. Si je le pouvais, je poserais ma tête sur le comptoir et je rêverais, encore et encore. Je rêverais que je suis dans la resserre avec Alex. Je rêverais de la pression de sa poitrine contre la mienne, de la puissance de ses mains et de la conviction dans sa voix lorsqu'il m'a dit : « Laisse-moi te montrer. »

La clochette de la porte d'entrée me tire de ma rêverie.

Et il est là, sur le seuil, les mains enfoncées dans les poches d'un vieux bermuda de surfeur, les cheveux dressés sur le crâne comme s'il s'agissait de vraies feuilles et brindilles. Alex.

Je manque de tomber de mon tabouret.

Il m'adresse un rapide sourire en coin avant de se mettre à arpenter les allées avec décontraction ; il choisit des articles au hasard – un sachet de peau de porc grillée et une boîte de soupe au chou-fleur, *beurk !* – et lance des commentaires grandiloquents pour signifier son intérêt, du genre : « Mmmmm, ça a l'air délicieux. » Je dois me retenir d'éclater de rire. Lorsqu'il croise Jed, il est obligé de se plaquer contre les rayonnages (les allées sont étroites et Jed, pas vraiment un poids plume). Voyant que celui-ci accorde à peine un regard à Alex, je sens l'excitation me gagner. Il ne sait pas. Il ne sait pas que j'ai gardé le souvenir du goût des lèvres d'Alex sur les miennes, de la caresse de ses mains sur mes épaules.

Pour la première fois de ma vie, j'ai fait quelque chose pour moi, par choix, et non parce qu'on m'avait dit que c'était bien ou mal. Tandis qu'Alex évolue dans le magasin, j'ai l'impression qu'un lien invisible nous relie, un lien qui me rend plus forte.

Il finit par s'approcher de la caisse muni d'un paquet de chewing-gums, d'un sachet de chips et d'un soda.

— Ce sera tout ? dis-je en contrôlant ma voix.

Je sens le rouge me monter aux joues, toutefois. Ses yeux sont incroyables, aujourd'hui, deux pépites d'or pur.

— Ce sera tout, acquiesce-t-il.

J'encaisse ses articles, les mains tremblantes, résistant à l'envie d'ajouter quelques mots de crainte que Jed ne les surprenne. À cet instant, un nouveau client pénètre dans le magasin, un homme d'un certain âge qui pourrait être un Régulateur. Je rends la monnaie à Alex le plus lentement possible pour prolonger sa présence. Malheureusement, on ne peut décemment pas mettre des heures quand le total s'élève à cinq dollars tout ronds. Je finis donc par déposer un billet dans sa paume, et une décharge électrique me traverse lorsque nos peaux s'effleurent. Je voudrais l'attirer vers moi et l'embrasser, là, tout de suite.

— Bonne fin de journée.

Ma voix est haut perchée, étranglée. Je suis même sidérée que les mots parviennent à sortir.

— Oh, ce sera le cas ! rétorque-t-il avec un de ses merveilleux sourires en coin, tout en reculant. Je vais la passer sur la plage.

Puis il pivote sur les talons et sort. Je ne veux pas le lâcher des yeux, mais le soleil m'éblouit dès qu'il a franchi la porte et sa silhouette devient aussitôt floue, elle vacille et clignote avant de s'évanouir.

Je ne peux pas le supporter. Je ne peux pas supporter l'idée qu'il s'éloigne dans la rue, qu'il s'éloigne de moi. Et je dois patienter encore cinq heures avant de le retrouver. Je ne tiendrai jamais. Avant d'avoir le temps de réaliser ma folie, je me glisse sous le comptoir en me débarrassant de mon tablier.

— Jed, tu peux tenir la caisse une seconde ?

Il cligne les yeux de surprise.

— Où vas-tu ?

— Rattraper le client. Je me suis trompée en lui rendant la monnaie.

— Mais... commence-t-il.

Je ne prends pas le temps d'écouter son objection. Je ne l'imagine que trop bien, de toute façon. « Mais tu as compté l'argent pendant cinq minutes. » Et alors quoi ? Jed va penser que je suis débile ? Ça ne m'empêchera pas de vivre.

Alex est arrêté à l'angle, plus bas, il attend qu'un camion de la ville passe pour traverser.

— Hé !

Il se retourne aussitôt. Une femme avec une poussette, sur le trottoir opposé, s'immobilise et place une main en visière pour m'observer alors que je descends la rue. Je progresse aussi vite que possible, mais la douleur dans ma jambe me ralentit considérablement. Je sens le regard de la femme me transpercer comme des milliers d'aiguilles.

— Je me suis trompée en vous rendant la monnaie.

Je crie toujours, alors même que je me suis assez rapprochée pour lui parler normalement. Je le fais dans l'espoir que la bonne femme nous fichera la paix, mais elle continue à nous fixer.

— Tu n'aurais pas dû venir, chuchoté-je une fois que je l'ai rejoint. Je t'avais dit que je te retrouverais plus tard.

Je fais mine de lui glisser quelque chose dans la main. Il la fourre dans sa poche, continuant la comédie, et me rétorque :

— Je ne pouvais pas attendre.

Il se met alors à lever les bras en affichant une expression de contrariété, feignant de me reprocher ma négligence. Sa voix reste douce et moelleuse, toutefois. De nouveau, le reste du monde me semble irréel : le soleil, les bâtiments ou même la femme sur l'autre trottoir, qui nous dévisage toujours.

— Il y a une porte bleue à l'arrière du magasin, dis-je en m'inclinant comme pour m'excuser. Retrouve-moi là-bas dans cinq minutes. Frappe quatre fois.

Puis, plus fort, j'ajoute :

— Écoutez, je suis vraiment désolée. Je vous l'ai dit, je n'ai pas fait exprès.

Je me retourne et je regagne le magasin en boitillant. Je n'arrive pas à croire que je viens d'agir de la sorte. Je n'arrive pas à croire que je prends de tels risques. Mais il faut absolument que je le voie. Il faut absolument que je l'embrasse. Je n'ai jamais ressenti de besoin aussi impérieux de ma vie. Ma poitrine est comprimée comme à la fin d'un sprint, lorsque j'ai l'impression que je vais mourir, que je ne pourrai jamais reprendre mon souffle.

— Merci, dis-je à Jed en regagnant mon poste derrière le comptoir.

Il marmonne quelque chose d'inintelligible avant de partir retrouver son calepin et son stylo, qu'il a abandonnés par terre dans l'allée numéro 3 – CONFISERIES, SODAS, BISCUITS APÉRITIFS.

Le type que j'ai catalogué « Régulateur » a le nez plongé dans les bacs contenant les surgelés. J'ignore s'il est à la recherche d'un plat préparé ou s'il profite seulement de l'air glacé. Tandis que je l'observe, des souvenirs de la nuit dernière m'envahissent, le sifflement des matraques s'abattant telles des faux, et j'ai un élan de haine à son encontre… à leur encontre à tous. Je m'imagine en train de pousser le client dans l'un des congélateurs et de l'y enfermer.

L'évocation des raids de la veille attise mon inquiétude au sujet de Hana. Tous les journaux en parlent. Des centaines de personnes auraient été arrêtées à Portland la nuit passée, pour être interrogées ou jetées sans autre forme de procès dans les Cryptes. Pourtant, je n'ai trouvé aucune mention de la fête à Deering Highlands.

Je décide que, si Hana ne m'a pas rappelée d'ici ce soir, j'irai chez elle. Je décide également qu'il est vain de se faire un sang d'encre entre-temps, mais malgré tout la culpabilité continue à me ronger le ventre.

L'homme s'attarde dans le rayon surgelés sans m'accorder la moindre attention. Parfait. Je remets mon tablier, puis, après m'être assurée que Jed ne regardait pas, je récupère tous les flacons d'Ibuprofène entreposés à la caisse, soit une dizaine, et les fourre dans la poche de mon tablier.

Je pousse alors un profond soupir avant de lancer :

— Jed, j'ai encore besoin de ton aide.

Il lève ses yeux bleus humides vers moi. Cligne deux fois des paupières.

— Je suis occupé.

— Je suis désolée, mais nous n'avons plus un seul flacon d'antalgique ici. Tu n'avais pas remarqué ?

Il me dévisage longuement. Je croise les mains dans mon dos et les serre de toutes mes forces de peur que leur tremblement ne me trahisse. Il finit par secouer la tête.

— Je vais voir si je réussis à en dégoter dans la réserve. Tu t'occupes de la caisse, d'accord ?

Je contourne lentement le comptoir pour que les flacons dans la poche du tablier ne s'entrechoquent pas et j'évite de me mettre de profil : avec un peu de chance, il ne remarquera pas mon embonpoint soudain. Personne ne parle jamais de ce symptôme du *deliria* : le virus transforme apparemment les malades en menteurs de première classe.

Je me fraie un chemin entre les piles vacillantes de cartons stockés à l'arrière du magasin et, une fois dans la réserve, je referme la porte derrière moi. Elle n'a malheureusement pas de verrou, je la bloque donc avec un carton de jus de pomme, au cas où Jed s'étonnerait que ma quête d'Ibuprofène s'éternise.

Quelques instants plus tard, on heurte légèrement à la porte donnant sur l'arrière du magasin. *Toc, toc, toc, toc, toc.*

Le battant me semble plus lourd que d'habitude. Je suis obligée de m'arc-bouter pour réussir à l'entrouvrir. Le soleil qui pénètre dans la pièce m'éblouit.

— J'avais dit quatre coups...

La fin de ma phrase se fige dans ma gorge et je retiens un cri.

— Salut ! lance Hana, se balançant d'un pied sur l'autre comme si elle était gênée.

Pendant une seconde, je suis à court de mots. Je suis submergée par le soulagement – Hana est là, entière –, puis, presque aussitôt, secouée par l'angoisse. Je fouille rapidement les alentours du regard : aucun signe d'Alex. Il a peut-être aperçu Hana, il a peut-être pris peur.

— Euh… poursuit-elle en se renfrognant, tu comptes me faire entrer ou pas ?

— Oh ! désolée. Oui, entre.

Elle se précipite dans la réserve et je balaie une dernière fois l'allée des yeux avant de repousser la porte derrière moi. Ma joie de voir Hana est un peu entamée par l'inquiétude. Si Alex se pointe alors qu'elle est là…

« Mais non, me raisonné-je. Il a dû la voir. Il doit savoir que ce n'est pas prudent de venir. » Même si Hana n'est pas du genre à cafter, bien sûr, n'empêche. Je l'ai tellement bassinée avec mes leçons de morale sur son inconscience que je ne pourrais pas le lui reprocher, si elle avait une réaction virulente.

— On étouffe, ici, dit-elle en tirant sur son ample blouse blanche.

Elle porte aussi un jean large avec une fine ceinture dorée qui rehausse la couleur de ses cheveux. Elle est pâle, toutefois, fatiguée et amaigrie. Alors qu'elle fait le tour de la réserve, je remarque des petites traces de griffures sur ses bras.

— Tu te rappelles quand je venais pour traîner avec toi, ici ? J'apportais des magazines… et cette vieille radio déglinguée, tu te souviens ? Toi, tu chipais…

— … des boissons fraîches et des chips. Ouais, je me souviens.

Nous avions occupé nos étés ainsi à partir du collège, quand je m'étais mise à travailler au magasin. Je m'inventais sans arrêt des excuses pour aller à la réserve à partir du moment où Hana rappliquait, en début d'après-midi. Elle frappait cinq coups à la porte, tout doucement. Cinq coups. J'aurais dû me rappeler.

— J'ai eu ton message, ce matin, dit-elle en se tournant vers moi.

Ses yeux paraissent encore plus grands que de coutume. À moins que ce ne soit le reste de son visage qui semble plus petit, comme rétréci.

— Je suis passée devant l'entrée principale et, ne te voyant pas derrière la caisse, j'ai pensé que tu devais être là. Je n'étais pas d'humeur à croiser ton oncle.

Je commence à me détendre. Alex serait déjà là s'il avait toujours l'intention de venir.

— Il ne travaille pas ici aujourd'hui. Il n'y a que Jed et moi.

Je ne suis pas certaine que Hana m'entende. Elle se ronge l'ongle du pouce – je croyais qu'elle s'était débarrassée de ce tic nerveux depuis des années –, les yeux rivés sur le sol, comme si elle n'avait jamais vu de lino aussi fascinant.

— Hana, ça va ?

Son corps entier est parcouru d'un énorme frémissement, puis ses épaules s'affaissent en avant et elle éclate en sanglots. Je n'ai vu Hana pleurer que deux fois dans ma vie : la première quand une gamine l'a frappée au ventre pendant une partie de balle aux prisonniers en CP, et la seconde l'an dernier, lorsque nous avons vu, devant les labos, la police traîner de force une fille malade et, involontairement, lui éclater le crâne sur le bitume, si violemment que nous avons entendu les os se briser alors même que nous nous tenions à plus de cinquante mètres. Pendant quelques secondes, je suis clouée sur place, sans savoir quelle réaction adopter. Elle ne porte pas ses mains au visage ni n'esquisse le moindre geste pour essuyer ses larmes. Elle reste plantée là, les bras le long du corps, poings serrés, tremblant si fort que je crains qu'elle ne bascule.

Je lui effleure l'épaule d'une main.

— Chut, Hana, tout va bien.

Elle me repousse.

— Non, tout ne va pas bien.

Elle prend une grande inspiration avant de lâcher, d'une traite :

— Tu avais raison, Lena. Tu avais raison pour tout. Hier soir, c'était... c'était horrible. Il y a eu un raid... La fête a été dispersée. Oh, bon sang ! Tout le monde hurlait, et les chiens... Il y avait du sang, Lena, du sang. Ils distribuaient les coups, abattaient leurs matraques sur la tête des gens comme s'il n'y avait rien de plus naturel. Tous tombaient, à droite, à gauche, c'était... Oh ! Lena, c'était horrible, absolument horrible.

Hana croise les bras et se plie en deux ; j'ai l'impression qu'elle va vomir. Elle se remet à parler, mais les mots sont engloutis par les sanglots violents qui la secouent. Je m'avance pour la serrer dans mes bras. Elle se crispe brièvement – nous n'avons pas l'habitude des contacts physiques, naturellement –, puis elle s'abandonne à mon étreinte en enfouissant son visage dans mon épaule et en laissant libre cours à ses larmes. La situation est un peu étrange : étant beaucoup plus grande que moi, elle doit se courber. Si la scène n'était pas aussi tragique, elle serait comique.

— Chut, répété-je, chut... Ça va aller.

Au moment où je les prononce, mes paroles de réconfort m'apparaissent dans toute leur stupidité. Je repense aux nuits où j'ai bercé Grace pour l'endormir, en répétant les mêmes mots, tandis qu'elle étouffait sa plainte dans mon oreiller. « Ça va aller. » Des mots dépourvus de sens, simple suite de syllabes lâchées dans le vide et les ténèbres, semblables à autant de vaines tentatives pour se raccrocher à une paroi lorsque la chute est inexorable.

Hana ajoute quelque chose d'inintelligible. Sa bouche est pressée contre mon épaule et les sons qui en sortent ressemblent à du charabia.

Les coups résonnent à ce moment-là. Au nombre de quatre, légers mais fermes. Nous nous écartons aussitôt l'une de l'autre. Elle s'essuie le visage, laissant une traînée de larmes sur son avant-bras, du poignet au coude.

— C'est quoi ? demande-t-elle d'une voix frémissante.

— Comment ça ?

Mon premier réflexe est de prétendre que je n'ai rien entendu... en priant pour qu'Alex s'en aille.

Toc, toc, toc. Silence. *Toc.*

— Ça !

L'irritation est perceptible dans les intonations de Hana. Je devrais sans doute me réjouir que ses larmes se soient taries.

— Ce bruit, reprend-elle en me dévisageant d'un air soupçonneux. Je croyais que personne n'entrait par là.

— Tu as raison. Enfin... parfois... tu vois, parfois, le livreur...

Tout en me prenant les pieds dans mon explication, je continue de prier pour qu'Alex parte. Je cherche désespérément un mensonge à inventer, mais je manque d'inspiration. Moi qui me croyais pourvue d'un nouveau talent dans ce domaine...

Alex glisse alors la tête par l'entrebâillement de la porte et lance :

— Lena ?

Il aperçoit d'abord Hana et se fige aussitôt. Aucun de nous ne rompt le silence pendant une minute. La mâchoire de Hana s'est littéralement décrochée. Elle fait la girouette d'Alex à moi, puis de moi à Alex, tournant la tête si vite que j'ai l'impression que celle-ci va finir par s'envoler. Alex ne sait pas davantage quelle réaction adopter. Il est pétrifié, comme si, en restant parfaitement immobile, il pouvait réussir à se rendre invisible.

Les mots que je parviens à bafouiller ne pourraient pas tomber plus mal à propos, mais ce sont les seuls qui me viennent :

— Tu es en retard.

Hana et Alex réagissent en même temps :

— Tu m'avais donné rendez-vous ? dit-elle.

— J'ai été contrôlé par une patrouille, j'ai dû leur montrer mes papiers, répond-il.

Hana retrouve son sang-froid du tac au tac. C'est une des raisons pour lesquelles je l'admire : alors que la seconde précédente, elle était secouée de sanglots, la suivante, elle se rend maîtresse d'elle-même.

— Entre, et ferme derrière toi, lance-t-elle.

Alex s'exécute. Puis il se plante devant nous d'un air gêné. Ses cheveux sont vraiment ébouriffés et il me paraît soudain si jeune et si attendrissant de nervosité que l'envie de l'embrasser là, tout de suite, devant Hana, me démange.

Mais celle-ci étouffe aussitôt mon envie dans l'œuf. Elle pivote vers moi, croise les bras et me lance un regard sévère que ne renierait pas Mme McIntosh, le proviseur de Sainte-Anne.

— Lena Ella Haloway Tiddle, me dit-elle. J'exige des explications.

— Ton deuxième prénom est Ella ? s'étonne Alex.

Hana et moi, nous le fusillons du regard, et il recule d'un pas, penaud.

— Mmmm...

Les mots me résistent toujours autant. Je me force à poursuivre :

— Hana, tu te souviens d'Alex ?

Sans décroiser les bras, elle plisse les yeux et rétorque :

— Oh ! je me souviens parfaitement de lui. Ce que je ne comprends pas, en revanche, c'est ce qu'il fait ici.

— Il... eh bien, il était censé passer...

Je suis toujours en quête d'une excuse convaincante, mais mon cerveau a encore choisi ce moment pour me lâcher. Je considère Alex d'un air désespéré. Il hausse légèrement les épaules et, l'espace d'un instant, nous ne nous quittons pas des yeux. Je ne me suis pas encore habituée à l'idée de le voir, d'être en sa présence, et, une fois de plus, je me noie dans ses prunelles. Seulement, je ne me sens plus étourdie en le faisant. Au contraire, même, j'ai le sentiment de m'ancrer dans le sol, comme s'il me murmurait en silence qu'il est là, avec moi, et que tout ira bien.

— Dis-lui, lance-t-il.

Hana s'adosse aux étagères remplies de papier-toilette et de boîtes de conserve, relâchant légèrement les muscles de ses bras, assez pour que je sache qu'elle n'est pas en colère. Elle m'adresse un regard signifiant : « Tu ferais mieux de parler. »

J'obtempère. Ignorant de combien de temps nous disposons avant que Jed se lasse de tenir la caisse, je m'efforce d'être concise. Je lui raconte comment je suis tombée sur Alex à Roaring Brook Farm, je lui raconte que nous avons nagé jusqu'aux bouées sur la plage de l'Est et qu'il m'a confié une partie de son histoire ce jour-là. Je bute légèrement sur le mot *Invalide* et je vois Hana écarquiller les yeux (pourtant, à l'exception de l'expression de panique qui traverse brièvement son visage, elle ne bronche pas). Je conclus mon récit par la soirée de la veille, expliquant que j'étais venue à la fête pour l'avertir qu'il y avait un raid, que j'ai été attaquée par un chien et qu'Alex m'a sauvé la vie en intervenant. Quand j'en viens à évoquer la remise dans laquelle nous nous sommes cachés, le trouble me gagne à nouveau – j'ai beau ne pas lui parler de notre baiser, je ne peux pas m'empêcher d'y penser –, mais la mâchoire de Hana s'est de nouveau décrochée et elle semble bien trop ébahie pour prêter attention à ma fébrilité.

— Alors, tu étais là ? se contente-t-elle de lâcher quand j'ai terminé. Tu étais là hier soir ?

Sa voix est bizarre, chevrotante, et je crains qu'elle ne se remette à pleurer. En même temps, un soulagement profond m'envahit. Elle ne va pas paniquer à cause de la situation d'Alex ni se mettre en colère parce que je ne lui ai rien dit. J'acquiesce.

Elle secoue la tête en me dévisageant comme si elle me voyait pour la première fois.

— Je n'en reviens pas. Je n'en reviens pas que tu aies fait le mur pendant un raid... pour moi.

— Ouais, enfin...

Je suis terriblement mal à l'aise. J'ai l'impression d'avoir parlé des heures durant sous le regard attentif de Hana et d'Alex. Mes joues sont brûlantes.

À cet instant, un coup sec est frappé à la porte donnant sur le magasin, puis Jed demande :

— Lena ? Tu es là ?

Je remue frénétiquement la main en direction d'Alex. Hana le pousse derrière la porte au moment où Jed décide de l'ouvrir. Il ne parvient qu'à l'entrebâiller de quelques centimètres avant de heurter le carton de jus de pomme.

Dans l'interstice, j'aperçois un de ses yeux, qui me considère avec sévérité.

— Qu'est-ce que tu fabriques ?

Hana passe la tête par l'ouverture et agite la main.

— Salut, Jed ! lance-t-elle joyeusement.

J'admire, une fois de plus, sa capacité à adapter ses intonations aux circonstances.

— Je suis passée donner quelque chose à Lena, poursuit-elle. Et on s'est mises à papoter.

— Nous avons des clients, rétorque Jed d'un air maussade.

— J'arrive dans une seconde, lancé-je en m'efforçant d'imiter le ton enjoué de Hana.

Savoir que Jed et Alex sont séparés par à peine quelques centimètres de contreplaqué me colle des sueurs froides.

Jed bat en retraite avec un grognement, refermant la porte sur lui. Hana, Alex et moi nous dévisageons en silence. Nous libérons notre souffle à l'unisson, poussant un *ouf* collectif.

— Je t'ai apporté de quoi soigner ta jambe, me chuchote Alex.

Après avoir déposé son sac à dos par terre, il en tire de la Bétadine, de la crème antiseptique, des bandes de gaze, du sparadrap et du coton. En s'agenouillant devant moi, il demande :

— Je peux ?

Je relève mon jean et il déroule les bandelettes de tee-shirt. Je n'en reviens pas que Hana soit présente, qu'elle voie un garçon, un Invalide, me toucher. Je sais qu'elle était à des années-lumière de s'imaginer une chose pareille, et je détourne le regard, gênée et fière à la fois.

Hana retient un cri en découvrant ma blessure. Malgré moi, j'ai fermé les yeux.

— La vache, Lena ! Tu es drôlement amochée ! lâche-t-elle.

— Elle va vite guérir, rétorque Alex.

La confiance inébranlable qui transparaît dans sa voix me plonge dans une douce torpeur. Je soulève une paupière pour apercevoir les dégâts. Mon estomac se soulève. On dirait que le chien m'a arraché un bout de mollet. Il me manque plusieurs centimètres carrés de chair.

— Tu devrais peut-être aller à l'hôpital, propose Hana sans conviction.

— Et leur dire quoi ? riposte Alex en humectant des morceaux de coton avec la Bétadine. Qu'elle a été blessée pendant que les forces de l'ordre contrôlaient une fête illégale ?

Hana ne répond pas. Elle sait pertinemment que je ne peux pas aller chez le médecin. Je serais traînée de force aux labos ou enfermée dans les Cryptes avant d'avoir fini d'épeler mon nom.

— Ce n'est pas aussi douloureux que ça en a l'air, mens-je.

Hana me dévisage derechef, et je me rends compte qu'elle est, sans doute pour la première fois de sa vie, sincèrement impressionnée par moi. Épatée, même.

Alex étale une couche épaisse de crème antiseptique sur la plaie avant de se débattre avec la gaze et le sparadrap. Inutile de lui demander où il s'est procuré tout ça. C'est un des avantages de travailler pour les laboratoires, je suppose.

Hana s'accroupit à côté de lui.

— Tu t'y prends mal, dit-elle avec ce ton autoritaire qui la caractérise.

Je suis si heureuse de retrouver la Hana que je connais que j'en oublierais presque la douleur.

— Ma cousine est infirmière, laisse-moi faire, conclut-elle.

Elle le dégage d'un léger coup de coude. Alex se redresse en brandissant les mains dans un geste de reddition.

— À vos ordres, chef ! lance-t-il avant de m'adresser un clin d'œil.

Un fou rire s'empare alors de moi, et je suis contrainte de plaquer mes mains sur ma bouche pour ne pas nous trahir. Hana et Alex me considèrent avec étonnement pendant un instant, puis ils échangent un regard et un sourire béat apparaît sur leurs lèvres.

Je sais que nous pensons à la même chose.

C'est dingue. C'est idiot et dangereux. Mais, d'une certaine façon, dans cette réserve encombrée de cartons de hamburgers, de betteraves en conserve et de talc pour bébé, nous sommes devenus une équipe.

Nous contre eux, nous trois contre des milliers. Et pour une raison qui m'échappe, sans doute irrationnelle, à cet instant précis, j'ai foi en nos chances de réussite.

Seize

*Le malheur est asservissement ; le bonheur est donc liberté.
Sans traitement, le bonheur est hors de portée.
En conséquence, le Protocole est le seul moyen d'accéder à la liberté.*

*C'est douloureux ? Réponses aux questions les plus fréquentes
au sujet du Protocole*, Association des scientifiques américains,
9ᵉ édition.

J e me débrouille pour voir Alex presque tous les jours, même ceux où je travaille au magasin. Parfois, Hana est de la partie. Nous passons beaucoup de temps à Back Cove, généralement dans la soirée lorsque la plage est déserte. Alex est répertorié en tant qu'Invulnérable, nous sommes donc légalement autorisés à nous voir, mais la fréquence à laquelle nous nous retrouvons – sans parler de nos éclats de rire, de nos batailles d'eau dans les vagues ou de nos courses le long des marais – éveillerait les soupçons de n'importe qui. En ville, nous gardons d'ailleurs nos distances : Hana et moi sur un trottoir, Alex sur celui d'en face. Et nous sommes toujours attirés par les ruelles désertes, les parcs pelés et les maisons abandonnées, autrement dit tous les endroits où nous croiserons le moins de monde possible.

Nous retournons à Deering Highlands, et je comprends enfin comment Alex a réussi à me conduire aussi aisément à travers le dédale obscur des couloirs pendant le raid pour me mener jusqu'à la resserre. Pendant des années, quelques nuits par mois, il a squatté ces habitations inoccupées : il aimait se mettre au vert de temps à autre, pour échapper au bruit et à l'agitation de Portland. Il ne me le dit pas en ces termes, mais j'acquiers la conviction que ça lui rappelait la Nature.

Un endroit, en particulier, a nos faveurs : le 37, Brooks Street, une vieille bâtisse coloniale qui accueillait une famille de Sympathisants. À l'instar de nombre d'autres propriétés du quartier, ses issues ont été condamnées et son terrain fermé par une clôture, mais Alex nous montre comment nous introduire par une fenêtre du rez-de-chaussée, barrée par une planche mal fixée. Fait étrange : alors que la maison a été pillée, la plupart des meubles encombrants et des livres sont encore là et, si des traces de fumée n'avaient pas mangé les murs et les plafonds, on pourrait s'attendre à voir les résidents surgir à tout instant.

Lorsque nous visitons les lieux pour la première fois, Hana nous devance et pénètre dans chacune des pièces obscures en lançant : « Bonjour ! Il y a quelqu'un ? » Le noir et le froid subits m'arrachent un frisson, tant ils forment un contraste surprenant avec le soleil éblouissant qui brille dehors. Alex m'attire contre lui. J'ai fini par m'habituer à ses gestes de tendresse et je ne tressaille plus, ni ne jette un coup d'œil par-dessus mon épaule, chaque fois qu'il m'embrasse.

— Tu m'accordes une danse ? me taquine-t-il.

— Arrête ! dis-je en le repoussant.

C'est si bizarre de parler tout haut dans un endroit où règne un silence aussi profond. Les échos de la voix de Hana nous parviennent en rebondissant sur les murs, et je m'interroge sur la taille de la maison, sur le nombre de pièces tapissées d'une épaisse couche de poussière et drapées de ténèbres.

— Je suis sérieux, reprend-il en écartant les bras. On ne peut pas rêver plus belle salle de bal !

Nous nous tenons au milieu de ce qui devait être autrefois un magnifique séjour : une pièce immense, qui pourrait contenir un étage de la maison de Carol et William. Le plafond très haut disparaît dans l'obscurité ; un gigantesque lustre pend au-dessus de nos têtes, et les rares rayons de lumière qui filtrent par les fenêtres obstruées jouent avec ses pendeloques, lançant de faibles éclats. En tendant bien l'oreille, on peut entendre les souris qui gambadent tranquillement à l'intérieur des murs. Pour une raison qui m'échappe, ce n'est ni répugnant ni effrayant. C'est même plutôt agréable, ça me rappelle les forêts et les cycles de la vie...

— Il n'y a pas de musique, dis-je.

Il hausse les épaules, puis m'offre une main en me faisant un clin d'œil.

— La musique est complètement dépassée aujourd'hui.

Je le laisse m'attirer contre lui. Il est bien plus grand que moi et ma tête atteint à peine son épaule : j'entends son cœur battre dans sa poitrine, et ce tempo nous suffit amplement.

Le jardin du 37, Brooks Street est le clou de la visite. Une immense pelouse envahie par les mauvaises herbes qui serpente entre de vieux arbres si touffus, tordus et noueux que leurs branches se rejoignent pour former un dais au-dessus de nos têtes. La lumière du soleil se fraie un chemin à travers l'enchevêtrement et mouchette l'herbe de taches blanc pâle. Un havre de paix et de fraîcheur qui m'évoque la bibliothèque du lycée. Lors d'une de nos premières visites, Alex apporte une couverture, qu'il laisse dans la maison. Chaque fois que nous venons, il la sort, la secoue et l'étale sur l'herbe pour que nous puissions nous y allonger tous les trois, des heures durant parfois, pour parler et rire sans raison particulière. Il arrive que Hana et Alex achètent de quoi faire un pique-nique et, un jour, je réussis à chiper trois canettes de soda et une boîte entière de barres chocolatées dans le magasin de mon oncle. Excités par la consommation excessive de sucre, nous nous mettons à jouer comme lorsque nous étions petits : cache-cache, chat, saute-mouton...

Certains troncs d'arbres sont aussi larges que quatre poubelles réunies, et je prends une photo de Hana, hilare, qui tente d'en entourer un. D'après Alex, la présence de ces arbres doit remonter à des siècles ; Hana et moi en restons coites. Ça signifie qu'ils étaient là avant, avant la fermeture des frontières, avant l'érection des murs, avant que la maladie soit cantonnée à la Nature. Ma gorge se serre en l'apprenant – j'aurais aimé connaître cette époque.

Pour l'essentiel, cependant, Alex et moi passons du temps en tête à tête, et Hana nous couvre. Après des semaines et des semaines sans la voir, je me retrouve soudain à aller chez elle tous les jours, et parfois deux fois dans la même journée (la première, quand elle me sert d'alibi alors que je suis avec Alex, et la seconde quand je suis réellement avec elle). Heureusement, ma tante ne pose aucune question. Je crois qu'elle s'imagine que nous essayons de rattraper le temps perdu après une dispute, ce qui n'est pas très éloigné de la vérité. Je ne me souviens pas d'avoir jamais été plus heureuse. Je ne me souviens pas d'avoir jamais rêvé de l'être autant et, quand je dis à Hana que j'ai une dette infinie envers elle, elle me répond, avec un sourire en coin :

— Tu m'as déjà remboursée.

Je ne suis pas sûre de comprendre ce qu'elle entend par là, mais je suis contente de la savoir, de nouveau, dans mon camp.

Lorsque nous nous retrouvons seuls, Alex et moi, nous ne faisons pas grand-chose à part discuter, pourtant le temps semble toujours filer dans ces moments-là, se consumant aussi vite qu'un morceau de papier enflammé. Alors que la minute d'avant, il était à peine 15 heures, la suivante, le ciel commence déjà à s'obscurcir et le couvre-feu est sur le point de débuter. Je n'exagère même pas.

Alex me parle de sa vie, de sa « tante » et de son « oncle », des actions qu'ils mènent, bien qu'il reste vague sur les objectifs des Sympathisants et des Invalides ainsi que sur les moyens mis en œuvre pour y parvenir. Ça ne me pose pas de problème. Je ne suis pas certaine de vouloir savoir. Quand il évoque la nécessité de résister, sa voix devient plus ferme, ses intonations sont empreintes de colère. À ces occasions, l'espace de quelques secondes, je me surprends à avoir, de nouveau, peur de lui et à entendre le mot *Invalide* tinter à mes oreilles.

Pourtant, la plupart du temps, Alex me raconte des choses anodines, la recette du chili con carne de sa « tante » par exemple ou le fait que son « oncle » se retrouve souvent éméché lorsque Alex leur rend visite et qu'il rabâche les mêmes histoires. Ils sont tous deux guéris et, quand je lui demande s'ils ne sont pas plus heureux à présent, il répond :

— La douleur leur manque.

Face à mon incrédulité, il ajoute :

— C'est à ce moment-là qu'on perd vraiment ses proches, tu sais. Quand la douleur cesse.

Il évoque essentiellement la Nature et ses habitants. Je pose la tête sur sa poitrine, je ferme les yeux et je rêve de cet ailleurs, d'une femme que tout le monde surnomme « la Toquée » et qui fabrique d'énormes carillons à partir de morceaux de métal et de vieilles canettes de soda, de Papy Jones, qui doit avoir au moins quatre-vingt-dix ans et qui continue à randonner quotidiennement dans les bois en quête de baies sauvages et de gibier, de nuits à la belle étoile, de veillées autour d'un feu de camp consacrées à chanter, discuter et manger sous le ciel nocturne sali par la fumée.

Je sais qu'il y retourne parfois, et je sais qu'il considère encore qu'il n'est véritablement lui-même que là-bas. Il me l'avoue d'ailleurs à demi-mot lorsque je m'excuse, un jour, de ne pouvoir l'accompagner dans son studio de Forsyth Street, où il vit depuis qu'il est entré à la fac – si un de ses voisins me voyait entrer dans l'immeuble avec lui, nous serions fichus.

— Ce n'est pas vraiment chez moi, s'empresse-t-il de me reprendre.

Il me confie que les Invalides ont trouvé le moyen de franchir librement la frontière entre Portland et la Nature, mais, dès que je m'enquiers des détails, il se referme comme une huître.

— Un jour, peut-être, tu verras de tes propres yeux, se contente-t-il de rétorquer, ce qui me remplit d'un mélange de frayeur et d'excitation.

Je l'interroge sur le mari de ma cousine Marcia, qui s'est enfui avant d'être traduit en justice, et Alex se renfrogne en secouant la tête.

— Presque personne ne conserve son véritable nom dans la Nature. Mais, de toute façon, la description que tu en fais ne me dit rien.

Il ajoute cependant qu'il y a des milliers et des milliers de campements à travers le pays. Mon cousin aurait pu se réfugier n'importe où, au nord, au sud ou à l'ouest. Au moins, nous avons la certitude qu'il n'est pas allé vers l'est : l'océan l'en empêche. Alex m'apprend qu'il y a au moins autant de kilomètres carrés de Nature aux États-Unis que de villes reconnues. Pendant un moment, j'ai du mal à le croire, et, quand j'en parle à Hana, elle se montre également sceptique.

Alex sait aussi écouter les autres. Il est capable de conserver le silence des heures durant, pendant que je lui parle des années passées chez Carol ou que je lui raconte que tout le monde pense Grace frappée de mutisme et que je suis la seule à connaître la vérité. Il rit à gorge déployée lorsque je décris Jenny, son air pincé, son visage de vieille dame renfrognée et sa manie de me toiser comme si j'étais une gamine de neuf ans.

Je n'éprouve aucune gêne à lui parler de ma mère également, et de la vie que je menais avec elle et ma sœur. Je lui raconte nos impros en chaussettes et les berceuses que nous chantait notre mère, même si je ne me souviens que de quelques mesures, à peine. Si je me livre aussi facilement, c'est peut-être parce qu'il me prête une oreille attentive et me fixe de son regard bienveillant, sans jamais me juger. Un jour, je lui rapporte même les dernières paroles de ma mère, et il se contente de me frotter le dos quand les larmes se mettent subitement à me monter aux yeux. Chassée par la chaleur de ses mains, l'envie de pleurer disparaît.

Et, bien sûr, nous nous embrassons. Si souvent que ne pas le faire en devient presque étrange : j'ai l'impression de ne plus savoir respirer autrement que par ses lèvres, à travers sa bouche.

Progressivement, alors que nous sommes de plus en plus à l'aise ensemble, j'explore d'autres parties de son corps.

Les courbes délicates de ses côtes saillantes, sa poitrine et ses épaules pareilles à des pierres ciselées, les ondulations des poils pâles sur ses jambes, le parfum marin de sa peau, toute cette beauté étrange. Ce qui est encore plus dingue, c'est que je lui permets de me détailler. D'abord, je l'autorise seulement à écarter l'encolure de mon tee-shirt pour déposer des baisers sur ma nuque et mes épaules. Puis j'accepte qu'il retire mon tee-shirt et je m'allonge au soleil pour qu'il m'observe. La première fois, je tremble. Je dois lutter contre mon envie de croiser les bras sur la poitrine pour couvrir mes seins, pour me cacher. Je réalise soudain combien je parais pâle en pleine lumière, combien ma gorge est constellée de grains de beauté : je ne peux pas m'empêcher de penser qu'à l'issue de son examen il en déduira que je suis contrefaite ou déformée.

Pourtant, il lâche dans un souffle : « Tu es belle », et en croisant son regard je comprends que sa sincérité est totale.

Ce soir-là, pour la première fois de ma vie, en me tenant devant le miroir de la salle de bains, je n'aperçois pas une fille quelconque. Pour la première fois, avec mes cheveux tirés en arrière, ma chemise de nuit qui glisse sur une de mes épaules et mes yeux luisants, je crois Alex. Je suis belle.

Il n'y a pas que moi. Tout me semble beau. *Le Livre des Trois S* dit que le *deliria* altère la perception du malade, entrave ses capacités de raisonnement et de jugement. Voilà ce qu'il ne dit pas en revanche : que l'amour embellit l'univers entier. Même la décharge qui scintille dans la canicule, cette énorme montagne de morceaux de métal, de plastique fondu et de trucs puants, m'apparaît comme quelque chose d'étrange et de miraculeux, un monde extraterrestre importé sur Terre. Dans la lumière du petit matin, les mouettes perchées sur le toit de l'hôtel de ville semblent avoir été recouvertes d'une épaisse couche de peinture blanche : en les voyant se détacher sur le ciel bleu délavé, je suis envahie par le sentiment de n'avoir jamais rien vu d'aussi magnifique de ma vie. Les averses orageuses sont époustouflantes : éclats de verre tombant des nuages, remplissant l'air de diamants. Le vent me chuchote le nom d'Alex et l'océan le répète, les ondulations des feuillages m'évoquent des pas de danse. Alex est dans tout ce que je vois, tout ce que je touche, si bien que tout ce que je vois, tout ce que je touche est parfait.

Le Livre des Trois S oublie également de préciser que, lorsque vous êtes malade, le temps se met à vous échapper.

Le temps gambade. Il bondit. Il file comme l'eau entre les doigts. Chaque fois que mes yeux tombent sur le calendrier dans la cuisine, je constate, avec effarement, qu'une autre journée s'est déjà écoulée. Une sensation désagréable s'insinue dans mon ventre, une sensation qui me leste un peu plus chaque jour.

Trente-trois jours avant le Protocole.

Trente-deux.

Trente.

Et entre ces pages du calendrier, des instantanés, des moments de quelques secondes à peine : Alex qui m'étale de la glace au chocolat sur le nez parce que je me suis plainte d'avoir trop chaud, le bourdonnement assourdissant des abeilles qui tournent autour de nous dans le jardin, la colonne de fourmis fondant silencieusement sur les reliefs de notre pique-nique, les doigts d'Alex dans mes cheveux, son coude sous ma tête, Alex qui me murmure qu'il aimerait que je puisse rester avec lui alors qu'une nouvelle journée se vide de son sang à l'horizon dans un dégradé de rouges, roses et dorés, et que des formes apparaissent dans les nuages – tortue portant un chapeau, taupe brandissant une courgette, poisson rouge poursuivant un lapin qui prend ses jambes à son cou…

Des instants, des moments de quelques secondes à peine : aussi fragiles, sublimes et désespérés qu'un papillon battant des ailes pour contrer une bourrasque.

Dix-sept

*La communauté scientifique a longuement débattu pour savoir
si le désir devait être considéré comme un des symptômes de l'amor
deliria nervosa ou comme une condition nécessaire au développement
de la maladie. Elle a toutefois convenu, à l'unanimité, que l'amour
et le désir entretenaient une relation de mutuelle dépendance,
impliquant donc que l'un ne pouvait exister sans l'autre. Le désir rend
toute satisfaction impossible, le désir entretient la fébrilité d'un esprit
malade. Quel être désirant peut être considéré comme sain ? Le mot
lui-même évoque le manque, l'appauvrissement, et c'est d'ailleurs
exactement ce qu'il désigne : un appauvrissement du cerveau,
un défaut, une erreur. Fort heureusement, cette erreur peut
aujourd'hui être rectifiée.*

*Racines et répercussions de l'amor deliria nervosa sur les fonctions
cognitives, Dr Phillip Berryman, 4e édition*

Août prend ses aises, soufflant son haleine brûlante
et puante à la ronde. Les rues de Portland sont de
véritables étuves la journée, le soleil y brille sans
répit, et tout le monde se réfugie dans les parcs ou sur la
plage à l'affût d'un coin d'ombre ou d'une brise légère. Il
est de plus en plus compliqué de retrouver Alex. La plage
de l'Est, qui n'attire habituellement personne, est bondée
la plupart du temps, jusque tard. À deux reprises, alors que
je m'y rends après le travail pour rejoindre Alex, le danger
est tel que nous ne pouvons ni parler ni échanger de
signes, à l'exception du hochement de tête que s'adressent
parfois deux étrangers qui se croisent dans la rue. Nous

sommes contraints d'étendre nos serviettes sur le sable à cinq mètres l'un de l'autre. Alex met ses écouteurs et je fais semblant de lire. Chaque fois que nos regards se croisent, mon corps s'embrase comme s'il était tout contre moi et me passait une main sur le dos, et son visage a beau ne rien laisser transparaître, je lis dans ses yeux qu'il sourit. Je n'ai jamais rien éprouvé de plus douloureux et de plus délicieux qu'être aussi près de lui sans pouvoir le toucher : comme lorsque, par une journée étouffante, on mange une glace si vite qu'on se colle une migraine. J'entrevois enfin ce qu'Alex voulait dire quand il m'expliquait que sa « tante » et son « oncle » regrettaient aussi l'absence de douleur depuis le Protocole. Parfois, celle-ci donne de l'intérêt, de la force, de la valeur aux sentiments.

Puisque nous sommes trop exposés sur les plages, nous nous en tenons au 37, Brooks Street. Le jardin pâtit de la canicule. Il n'a pas plu depuis une semaine au moins, et le soleil qui filtre à travers les feuillages brunit les herbes, dardant ses rayons comme autant de poignards, quand en juillet ils étaient pareils à la caresse de doigts légers. Même les abeilles paraissent enivrées par la touffeur : elles décrivent des cercles lents, se percutent et rebondissent sur les fleurs flétries avant de heurter le sol puis de remonter en zigzaguant dans les airs.

Cet après-midi-là, nous nous sommes installés sur la couverture. Je suis sur le dos ; au-dessus de moi, le ciel en perpétuel mouvement forme des tableaux bleu, vert et blanc. Alex est allongé sur le ventre et semble nerveux. Il craque des allumettes l'une après l'autre, les regarde se consumer puis les souffle lorsque la flamme se rapproche de ses doigts. Je repense à ce qu'il m'a confié dans la resserre : la colère qu'il nourrissait à son arrivée à Portland, sa manie de faire brûler toutes sortes d'objets.

J'ignore tant de choses à son sujet, l'essentiel de son passé, qu'il a enfoui au fond de lui-même. Il a été contraint de le dissimuler, bien plus que la majorité d'entre nous. Il recèle un trésor quelque part en lui. Celui-ci brille à la façon d'un morceau de carbone se transformant progressivement en diamant, sous la pression de plusieurs mètres de roche.

Il y a tant de questions que je ne lui ai pas posées, tant de sujets que nous n'avons pas abordés... D'un autre côté, j'ai l'impression de le connaître par cœur, depuis toujours.

— Il doit faire bon dans la Nature en ce moment, lancé-je pour dire quelque chose.

Alex se tourne pour me regarder et je m'empresse de préciser :

— Je veux dire : les températures doivent être plus fraîches. Avec tous les arbres, et l'ombre.

— En effet.

Il se redresse sur un coude. Je ferme les yeux, des taches de couleur et de lumière se mettent à danser derrière mes paupières. Pendant une seconde, Alex reste interdit, mais je sens son regard sur moi.

— On pourrait y aller, finit-il par ajouter.

Croyant à une blague, j'éclate de rire. Il ne m'imite pas, cependant, et quand je rouvre les yeux je constate qu'il n'a pas bronché.

— Tu plaisantes ?

Je pose la question, pourtant l'inquiétude ouvre déjà un gouffre dans mon sein : je sais qu'il est très sérieux au contraire. D'une certaine façon, je sais aussi que son comportement étrange de la journée trouve enfin son explication : la Nature lui manque.

— On pourrait y aller, si tu voulais.

Il plonge ses yeux dans les miens une seconde supplémentaire avant de rouler sur le dos en complétant :

— On pourrait y aller dès demain. Après ta journée de travail.

— Mais comment...

Il m'interrompt :

— Je m'occuperais de tout.

Pendant quelques instants, ses yeux m'apparaissent plus sombres et profonds que jamais, deux tunnels.

— Tu en as envie ? poursuit-il.

Ayant mauvaise conscience d'aborder ce sujet avec autant de légèreté, avachie sur une couverture, je m'assieds. Franchir la frontière est un crime capital, et j'avais beau savoir qu'Alex s'y risquait encore parfois, je n'avais pas, jusqu'à présent, mesuré l'énormité de cet acte.

— Tu n'y penses pas vraiment, réponds-je dans un murmure, c'est impossible. La clôture... et les gardes... et les fusils !

— Je te l'ai dit, je m'occuperais de tout.

Il s'assied à son tour et prend mon visage entre ses deux mains en souriant.

— Tout est possible, Lena.

C'est l'une de ses expressions préférées. La peur reflue. Je me sens tellement en sécurité avec lui. Je n'arrive pas à imaginer que quoi que ce soit de mauvais puisse se produire quand nous sommes ensemble.

— Rien que quelques heures, insiste-t-il. Juste pour te faire une idée.

— Je ne sais pas, riposté-je en détournant les yeux.

Ma gorge est desséchée, les mots l'écorchent en sortant. Alex se penche pour déposer un baiser rapide sur mon épaule, puis se rallonge.

— Aucune importance, lance-t-il en plaçant un bras sur ses yeux pour les abriter du soleil. Je pensais juste que tu serais curieuse.

— Je suis curieuse, mais…

— Lena, tu as le droit de ne pas vouloir y aller. Je t'assure. C'était une idée, rien de plus.

J'acquiesce. Mes jambes sont moites de transpiration, je les ramène pourtant contre ma poitrine. Je me sens à la fois terriblement soulagée et déçue. Un souvenir me revient subitement : celui du jour où Rachel m'avait mise au défi de faire un plongeon arrière depuis la jetée de Willard et sur le rebord de laquelle je m'étais tenue, en tremblant de la tête aux pieds, trop effrayée pour sauter. Elle avait fini par mettre un terme à mon supplice : « Ce n'est rien, Leni-Lena, tu n'es pas prête, tout simplement. » Je n'avais qu'une envie : m'éloigner de la jetée. Pourtant, en regagnant enfin la plage, j'avais senti la nausée et la honte m'envahir.

Soudain, je comprends et m'exclame :

— Je veux y aller !

— Tu en es certaine ? demande Alex en dégageant son bras de son visage.

Je hoche la tête, n'osant pas répéter les mots tout haut. Je crains, si j'ouvre la bouche, de me rétracter. Alex se redresse lentement. Je croyais qu'il montrerait davantage d'enthousiasme, mais il ne sourit pas. Il se mordille l'intérieur de la joue, le regard perdu au loin.

— Ça implique d'enfreindre le couvre-feu.

Je le corrige :

— Ça implique d'enfreindre un tas de lois.

L'inquiétude sincère qui empreint alors ses traits réveille une douleur ancienne en moi.

— Écoute, Lena... commence-t-il avant d'aligner les allumettes avec lesquelles il a joué. Ce n'est peut-être pas une si bonne idée que ça. Si nous sommes pris, je veux dire : si tu es prise...

Il inspire profondément, puis poursuit :

— Si quoi que ce soit t'arrivait, je ne pourrais jamais me le pardonner.

— Je te fais confiance.

Et c'est le cas, à cent cinquante pour cent. Il refuse toujours de soutenir mon regard.

— Oui, mais... franchir la frontière est passible de... Franchir la frontière est passible de la peine...

Il s'interrompt, incapable de prononcer l'adjectif *capitale*.

— Hé ! dis-je en lui donnant une bourrade taquine.

Je suis fascinée de voir qu'une seconde je remets aveuglément mon sort entre ses mains et que la suivante je serais capable de faire n'importe quoi pour pouvoir le protéger moi aussi.

— Je connais les lois, Alex. Je vis ici depuis plus longtemps que toi.

Un sourire apparaît sur ses lèvres et il me donne une bourrade à son tour.

— À peine plus longtemps.

— Je suis née ici, et j'ai grandi ici. Toi, tu n'es qu'un transfuge.

Je ponctue ma remarque d'une nouvelle poussée, légèrement plus forte, et il m'attrape le poignet en éclatant de rire. Alors que je me débats, en gloussant, il se met à me chatouiller le ventre.

— Péquenot ! m'écrié-je alors qu'il me plaque sur la couverture, hilare.

— Snobinarde ! rétorque-t-il en roulant sur moi avant de m'embrasser.

Le monde entier se disloque en explosions colorées. Je flotte.

Nous convenons de nous retrouver à Back Cove le lendemain soir, un mercredi : n'étant pas attendue au magasin avant le samedi suivant, je devrais obtenir sans difficulté l'autorisation de passer la nuit chez Hana. Alex me décrit les phases clés du plan. Passer la frontière n'est pas impossible, mais rares sont ceux qui s'y essaient. J'en déduis que la perspective de risquer la mort en décourage plus d'un.

Alex m'explique que seules certaines portions de la clôture sont véritablement électrifiées. Maintenir le courant sur des kilomètres et des kilomètres reviendrait beaucoup trop cher. La majeure partie du grillage est donc aussi inoffensive que celui qui entoure le terrain de jeu du parc de Deering Oaks. Et tant que tout le monde continuera de croire que la totalité de la clôture est alimentée par suffisamment de kilowatts pour faire frire un individu comme un œuf sur le plat, celle-ci remplira parfaitement sa fonction.

— Des tours de passe-passe, tout ça ! m'explique Alex en accompagnant ses paroles d'un vague geste de la main.

Je suppose qu'il veut parler de Portland, des lois, peut-être des États-Unis dans leur ensemble. Lorsque Alex devient sérieux, un petit pli se creuse entre ses sourcils, et cette minuscule virgule est la chose la plus adorable que j'aie jamais vue. Mais je dois rester concentrée.

— Je ne saisis toujours pas d'où tu tiens tout ce savoir, dis-je. C'est vrai, comment avez-vous découvert que la clôture n'était pas électrifiée partout ? Vous vous êtes servis de cobayes pour savoir à quels endroits vous risquiez de griller ?

L'esquisse d'un sourire point sur les lèvres d'Alex.

— Secret professionnel. Mais je peux te dire que certaines connaissances ont été acquises grâce à l'observation d'animaux sauvages. Tu as déjà mangé du castor frit ? ajoute-t-il en haussant les sourcils.

— Beurk !

— Ou de la mouffette rôtie ?

— Tu cherches juste à me dégoûter.

Il est vrai qu'Alex me serine également sans arrêt : « Nous sommes plus nombreux que tu ne le penses. » Les Sympathisants sont partout, Vulnérables comme Invulnérables, ils ont infiltré les patrouilles de Régulateurs, la police, le Gouvernement, la communauté scientifique. Voilà comment nous réussirons à franchir les postes de garde. L'une des Sympathisantes les plus actives de Portland est mariée au garde qui assure les nuits à la pointe nord de Tukey's Bridge, à l'endroit précis où nous traverserons. Alex et elle ont convenu d'un signal. Les jours où il veut passer dans la Nature, il dépose un dépliant dans sa boîte aux lettres, le genre de prospectus que distribuent les restaurants et les pressings. Celui-ci propose un examen ophtalmologique gratuit avec le Dr Lanatur (l'astuce ne me semble pas très discrète, mais Alex m'a expliqué que les Résistants et Sympathisants vivent dans une telle tension qu'ils ont besoin de se défouler avec une bonne blague de temps à autre), et, chaque fois qu'elle le trouve au courrier, elle verse un somnifère dans le café qu'elle prépare à son mari pour son tour de garde.

— Le pauvre gars, conclut Alex en souriant. Il a beau ingurgiter des litres de café, il ne réussit jamais à garder l'œil ouvert.

Je mesure ce que la résistance représente pour lui et la fierté qu'il éprouve en la sentant vivre, palpiter, déployer ses tentacules dans Portland. Je voudrais sourire moi aussi, mais mes lèvres semblent paralysées. J'ai toujours du mal à me faire à l'idée que tous les enseignements que j'ai reçus se réduisent à des mensonges, et à tenir les Sympathisants et les Résistants pour des alliés et non des ennemis.

Si je franchis la frontière en douce, je deviendrai, sans l'ombre d'un doute, l'une des leurs. En même temps, je ne peux pas sérieusement envisager de changer d'avis maintenant. J'ai envie d'y aller et, si je ne veux pas me voiler la face, il me faut reconnaître que je suis devenue une Sympathisante il y a bien longtemps, plus précisément le jour où j'ai accepté de retrouver Alex à Back Cove. Je n'ai que des souvenirs flous de la fille que j'étais avant, celle qui faisait toujours ce qu'on lui dictait, qui ne mentait jamais et qui comptait les jours la séparant de son Protocole, non avec effroi mais avec exaltation. La fille qui avait peur de tous et de tout. Qui avait peur d'elle-même.

Le lendemain de cette conversation avec Alex, quand je rentre à la maison après le travail, j'emprunte le téléphone portable de Carol pour envoyer un message à Hana : « *Soirée pyj chez toi avec A ?* » Nous utilisons ce code chaque fois que j'ai besoin d'un alibi. J'ai raconté à ma tante que nous voyions souvent Allison Doveney, qui était dans notre classe cette année. Les Doveney sont encore plus riches que les parents de Hana, et Allison est une vraie pimbêche. (À l'école primaire, après la mort de ma mère, elle avait demandé à changer de place en classe pour s'éloigner de moi, expliquant à l'institutrice que je sentais la mort. Et au lycée, elle me méprisait tellement qu'elle évitait même de poser les yeux sur moi.) Hana avait d'ailleurs des réticences à l'utiliser comme couverture, parce que la simple idée de prétendre traîner avec elle lui collait des boutons, mais j'ai réussi à la convaincre. Carol n'oserait jamais contacter les Doveney. Elle serait trop intimidée, et sans doute gênée – ma famille est entachée par la défection du mari de Marcia et, naturellement, par le suicide de ma mère, alors que M. Doveney est le fondateur et président de l'APASD, l'Association pour une Amérique sans *delirium*.

La réponse de Hana arrive presque immédiatement : « *Bonne ID. À ce soir !* »

Je me demande quelle serait la réaction d'Allison si elle découvrait que je me sers d'elle pour voir mon amoureux en cachette. Elle paniquerait sans doute, et cette idée fait naître un sourire.

Un peu avant 20 heures, je descends, mon sac à dos bien en évidence sur l'épaule. J'ai même pris soin de laisser dépasser un bout de mon pyjama – j'ai préparé mes affaires comme si j'allais réellement chez Hana. Le visage de Carol s'éclaire brièvement lorsqu'elle me souhaite une bonne soirée, et la culpabilité me serre aussitôt le ventre. Je mens si souvent et si facilement désormais.

Mais ça ne suffit pas à m'arrêter. Je prends la direction de l'ouest, pour le cas où Jenny, ou Carol, m'observerait depuis la maison. Après avoir atteint Spring Street, je reviens sur mes pas et m'oriente vers le 37, Brooks Street. Le chemin est long et, lorsque j'atteins Deering Highlands, les derniers feux du jour s'éteignent dans le ciel. Selon leur habitude, les rues du quartier sont désertes. Je pousse le portail rouillé, écarte la planche qui barre la fenêtre du rez-de-chaussée et me glisse dans la maison.

L'obscurité me prend au dépourvu, et je reste plantée quelques instants, clignant des yeux, jusqu'à ce que ceux-ci s'ajustent à la faible luminosité. L'air est lourd et sent le renfermé. Alors que les silhouettes se détachent progressivement des ténèbres, je me dirige vers le salon et le canapé taché d'humidité. Ses ressorts sont cassés et une partie de son rembourrage a disparu, sans doute grignoté par les souris, mais on se rend encore compte de son cachet d'autrefois, de sa majesté même.

Je sors le réveil du sac à dos et le règle sur 23 h 30. La nuit va être longue. Puis je m'allonge sur les coussins bosselés en plaçant mon sac sous ma tête. Ce n'est pas l'oreiller le plus confortable de la Terre, mais il fera l'affaire.

Je ferme les paupières et me laisse bercer par les grattements des souris et les craquements mystérieux des murs.

Je me réveille en sursaut, dans le noir : j'ai fait un cauchemar où apparaissait ma mère. Je me redresse aussitôt et, l'espace d'une seconde de panique, je ne sais plus où je me trouve. Les ressorts déglingués qui grincent sous mon poids me le rappellent rapidement : 37, Brooks Street. Je cherche mon réveil à tâtons et découvre qu'il est déjà 23 h 20. Je devrais me lever, mais, ne réussissant pas à me tirer de la torpeur et des brumes du rêve, je reste assise quelques minutes supplémentaires, et j'inspire profondément. Je transpire, mes cheveux sont collés sur ma nuque.

C'était mon rêve habituel, mais la situation était inversée : je flottais dans l'océan et j'observais ma mère, perchée sur une corniche instable, à des centaines de mètres en surplomb, si distante que je ne parvenais pas à distinguer les traits de son visage et que je voyais seulement les contours flous de sa silhouette se découper sur le soleil. J'essayais de crier pour la prévenir, de lever les bras pour lui signifier de reculer, de s'éloigner du rebord, mais plus je me débattais, plus l'eau m'entravait – sa consistance était pareille à celle de la colle, elle immobilisait mes bras le long de mon corps et coulait dans ma gorge pour y figer les mots. Tout ce temps, le sable pleuvait sur moi, je savais que d'une seconde à l'autre ma mère tomberait et s'ouvrirait le crâne sur les rochers déchiquetés qui pointaient à travers les flots tels des ongles acérés.

Puis elle dégringolait, ballottée dans les airs, point noir grossissant sur le soleil chauffé à blanc. J'aurais voulu hurler, mais je ne pouvais pas, la silhouette se rapprochait et je me rendais compte que ce n'était pas ma mère qui fonçait sur les rochers, mais Alex.

Je m'étais réveillée à ce moment-là.

Je finis par me lever. La tête me tourne, et j'essaie de refouler la terreur qui m'envahit. Je me dirige lentement, dans le noir, vers la fenêtre. Je suis soulagée de me retrouver dans la rue, même si le danger y est plus grand. Au moins, il y a un peu d'air. L'atmosphère dans la maison était étouffante.

Alex est déjà à Back Cove lorsque j'arrive, tapi dans l'ombre d'un bosquet près de l'ancien parking. Il est si bien dissimulé que je manque de le percuter. Il m'attrape par le bras et me force à m'accroupir à côté de lui. Au clair de lune, ses yeux luisent comme ceux d'un chat.

D'un mouvement du bras, il désigne la plage puis la ligne de lumières clignotantes précédant la frontière : les postes de sécurité. À cette distance, ils font penser à une guirlande de lanternes blanches installée pour un pique-nique nocturne – donnant presque un aspect festif. Six mètres derrière les guérites s'élève la clôture, et au-delà la Nature. Elle ne m'a jamais paru aussi mystérieuse qu'en cet instant, elle danse dans le vent. Je suis heureuse qu'Alex et moi ayons convenu de ne pas parler avant d'avoir traversé. La boule dans ma gorge me gêne déjà pour respirer, je vois mal comment je pourrais émettre le moindre son.

Nous franchirons la frontière à l'extrémité de Tukey's Bridge, au nord-est de la baie. À la nage, il nous suffirait, depuis notre point de rendez-vous, de traverser en diagonale pour y parvenir. Alex me serre la main trois fois. C'est le signal de départ.

Nous longeons la plage en veillant à éviter les marécages trompeurs, qui ressemblent à de simples zones herbeuses, surtout dans l'obscurité, mais où l'on peut se retrouver enfoncé jusqu'aux genoux avant d'avoir eu le temps de dire *ouf*. Alex file de couvert en couvert, sans un bruit. Par moments, il semble devenir invisible, tant il se fond avec les ténèbres.

À l'approche du côté nord de la baie, les contours des guérites se précisent, mélange de béton et de vitres blindées.

J'ai les paumes moites et la boule dans ma gorge quadruple de volume, si bien que j'ai l'impression que quelqu'un m'étrangle. Je réalise subitement combien notre plan est fragile. Une centaine, un millier, oui ! de choses pourraient aller de travers. Le garde du poste 21 pourrait bien ne pas avoir bu de café ce soir, ou il pourrait ne pas en avoir avalé assez pour perdre connaissance, ou encore les somnifères pourraient ne pas avoir agi immédiatement. Et, en admettant qu'il soit endormi, qu'arriverait-il si Alex s'était trompé sur les parties de la clôture qui ne sont pas électrifiées ? Ou si la ville avait décidé d'envoyer du jus partout, ce soir ?

La peur me terrasse. Je voudrais attirer l'attention d'Alex, je voudrais hurler que nous devons faire demi-tour, annuler tout, mais il continue à progresser avec une aisance désarmante et le moindre bruit risquerait de révéler notre présence aux gardes. Surtout que, à côté des gardes, les Régulateurs sont des gamins qui jouent aux cow-boys et aux Indiens. Les Régulateurs et les patrouilles des raids ont des matraques, des chiens et des bombes lacrymogènes, les gardes ont des fusils.

Nous atteignons enfin l'extrémité nord de la baie. Alex se réfugie derrière le plus grand arbre et attend que je le rejoigne. Je m'accroupis à côté de lui. C'est ma dernière chance de lui dire que je veux rentrer. Mais je suis inca-pable de parler et, lorsque je tente de secouer la tête, rien ne se produit. J'ai l'impression d'être de nouveau dans mon cauchemar, engluée dans la nuit noire tel un insecte se débattant dans un pot de miel.

Percevant sans doute mon état de panique, Alex se penche vers moi. Sa bouche effleure ma nuque et ma joue – ce qui, en dépit de la situation, me fait frissonner de plaisir –, avant de caresser le lobe de mon oreille.

— Tout se passera bien, murmure-t-il.

Je me sens aussitôt plus légère. Rien de mal ne peut m'arriver tant que je suis avec lui.

Nous repartons immédiatement. Nous progressons par à-coups, fonçant d'un arbre à un autre, marquant un arrêt chaque fois, le temps qu'Alex s'assure qu'il n'entend ni cri ni bruit de pas. Les intervalles entre deux couverts s'allongent à mesure que les arbres sont plus clairsemés et nous approchons inexorablement de l'endroit où les hautes herbes et les feuillages disparaîtront complètement et où il nous faudra avancer sans protection. Où nous deviendrons des cibles faciles. Une quinzaine de mètres seulement séparent le dernier fourré de la clôture, mais j'ai l'impression que je vais devoir traverser un incendie.

Au-delà des vestiges d'une route abandonnée depuis la fermeture de la frontière de Portland se trouve le grillage : entrelacs argenté au clair de lune, pareil à une immense toile d'araignée. Alex m'a recommandé de prendre mon temps et de me concentrer au moment de franchir les fils barbelés, tout en haut, mais je ne peux pas m'empêcher de m'imaginer accrochée sur les pointes acérées.

Nous débouchons soudain à découvert, et nous nous déplaçons le plus vite possible sur les gravillons qui recouvrent le bitume de l'ancienne route. Alex ouvre la marche, plié en deux, et j'ai beau me baisser autant que je le peux, je n'ai pas l'impression d'être moins exposée. L'affolement me déchire les tympans, m'assaille de tous côtés, je n'ai jamais rien éprouvé de tel. Je ne sais si le vent vient de se lever ou si c'est un effet de la frousse, mais mon corps entier est glacé.

La nuit semble s'animer tout autour de nous, grouillant d'ombres mouvantes et de formes menaçantes, prêtes à se transformer en gardiens d'une seconde à l'autre, et je m'imagine soudain le silence perforé par des hurlements, des sirènes et des sifflements de balles. Je m'imagine une douleur fulgurante et des lumières éblouissantes. Le monde m'apparaît comme une suite d'images juxtaposées : le cercle lumineux blanc entourant la guérite 21 qui s'élargit à l'infini, tel un gouffre sur le point de nous avaler ; à l'intérieur, un garde, avachi dans son fauteuil, endormi, la bouche ouverte ; Alex, qui se tourne vers moi en souriant – comment peut-il sourire ? ; des pierres qui dansent sous mes pieds. Tout me paraît lointain, aussi irréel et immatériel que l'ombre projetée par une flamme. J'ai même la sensation de ne plus être réelle moi-même, je ne me sens ni respirer ni bouger.

Sans que je m'en sois rendu compte, nous avons atteint la clôture. Alex s'élance et le temps se fige. Je voudrais lui hurler : « Stop ! » Je me représente déjà les crépitements lorsque son corps entrera en contact avec les cinquante mille volts... Pourtant, il agrippe le grillage métallique, qui ondule sans un bruit sous son poids mais reste mort et froid, ainsi qu'Alex l'avait prédit.

Je devrais grimper derrière lui, mais j'en suis incapable. Pas tout de suite. Un sentiment d'émerveillement s'insinue en moi, dissipant lentement mes craintes. Je suis terrifiée par cette clôture depuis que je suis née. Je ne m'en suis jamais approchée à moins de trois mètres. On nous l'a interdit, on nous a chevillé la peur au corps : nous grillerions, nos cœurs n'y résisteraient pas, nous trouverions la mort instantanément. J'avance une main pour la poser sur le treillis, pour glisser les doigts entre les mailles métalliques. La clôture reste inerte, elle est effectivement aussi inoffensive que celle des terrains de jeu et des cours d'école.

Alex, lui, progresse vite, il est déjà arrivé à mi-hauteur. En jetant un coup d'œil par-dessus son épaule, il découvre que je suis restée plantée là comme une idiote. Il secoue la tête d'un air de dire : « Qu'est-ce que tu fabriques ? »

Je repose la main sur le grillage, puis la retire aussitôt : une onde de choc me parcourt, mais elle n'a rien à voir avec le courant électrique censé y circuler.

Je suis frappée par la profondeur et la complexité des mensonges qui courent à travers toute la ville à l'instar des égouts, s'insinuant partout, répandant leur puanteur : Portland s'élève sur un réseau de légendes.

Ils nous ont dit que les raids avaient pour but de nous protéger. Ils nous ont dit que les Régulateurs étaient là pour maintenir la paix.

Ils nous ont dit que l'amour était une maladie. Qui finirait par nous tuer.

Pour la première fois, je me rends compte qu'il s'agit peut-être d'un autre de leurs mensonges.

Alex se balance légèrement d'avant en arrière pour faire bouger le grillage. Je lève les yeux vers lui : il m'adresse un nouveau signe. Nous ne sommes pas en sécurité. Il est temps de continuer. Je me hisse à la force des bras et commence l'ascension à mon tour. C'est pire, d'une certaine façon, que d'être à découvert sur la route. Nous avions encore une marge de manœuvre, alors : si nous avions aperçu un garde qui patrouillait, nous aurions pu courir nous réfugier sous les arbres en espérant le semer dans l'obscurité. Nos chances auraient été maigres, mais elles auraient existé. À présent, nous tournons le dos aux guérites et j'ai l'impression d'être une immense cible mouvante avec un énorme écriteau indiquant : TUEZ-MOI.

Alex atteint le sommet le premier et je le regarde franchir, avec lenteur et application, les boucles de fil barbelé. Il se laisse ensuite glisser sans un bruit de l'autre côté et recule de quelques pas pour m'attendre. J'imite le moindre de ses mouvements. Je tremble maintenant, de panique et d'épuisement, mais je réussis à passer moi aussi. Mes pieds heurtent le sol. Alex me prend aussitôt la main pour m'attirer sans tarder dans les bois, loin de la frontière.

Au cœur de la Nature.

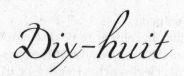

Dix-huit

Mary, ne sors pas sans ton parapluie,
Le soleil a beau briller, briller, briller,
Avec les averses incessantes de cendre et de suie,
Tes cheveux risquent bien au gris de virer.

Mary, rame sans faiblir, rame,
Éloigne-toi sur les flots puissants,
Et garde bien allumée la flamme,
Rien ne distingue les vagues rouges du sang.

« Mademoiselle Mary » (comptine populaire remontant
à l'époque du blitz), *Jouer avec ses mains : une histoire des comptines*

Les lumières des guérites disparaissent simultanément, comme si elles avaient été englouties par les ténèbres. Les frondaisons des arbres se referment autour de nous, les feuilles et les fourrés me pressent de tous côtés, m'effleurant le visage, les mollets et les épaules, semblables à des milliers de mains, et une étrange cacophonie s'élève, mélange de battements d'ailes, de hululements et de remue-ménage dans les sous-bois. Un parfum de fleurs et de vie embaume l'air, si capiteux qu'il paraît matériel, pareil à un rideau qu'on pourrait tirer. Il fait noir comme dans un four. Je ne vois même plus Alex, qui me traîne derrière lui.

Je suis encore plus terrorisée qu'au moment de traverser la frontière, je crois, et je tire sur la main d'Alex pour lui faire comprendre ce que je ressens et le forcer à s'arrêter.

— Encore un peu...

Sa voix jaillit de l'obscurité devant moi. Il exerce une pression sur ma main. Nous n'avançons pas vite, les brindilles craquent et les branches frémissent, et je comprends qu'Alex nous fraie un chemin à tâtons. J'ai le sentiment de progresser millimètre par millimètre, pourtant je suis surprise de la rapidité avec laquelle nous avons perdu de vue la frontière et tout ce qui se dresse derrière, comme si ce monde-là n'avait jamais existé. Dans mon dos, il n'y a que du noir. J'ai l'impression que nous nous trouvons sous terre.

— Alex...

Je ne reconnais pas mes intonations, elles sont étranglées.

— Stop ! dit-il. Attends...

Il lâche ma main et un petit cri m'échappe. Je sens alors ses doigts courir sur mes bras et sa bouche heurte mon nez alors qu'il cherche à m'embrasser.

— Tout va bien.

Sa voix a presque retrouvé son volume normal à présent, j'en déduis que nous ne courons aucun danger.

— Reste là, je reviens, reprend-il, il faut juste que je remette la main sur cette fichue lampe torche, d'accord ?

— Oui, d'accord.

Je déploie des efforts surhumains pour réguler ma respiration, me sentant idiote. Je me demande si Alex regrette de m'avoir emmenée. On ne peut pas dire que j'aie mérité le titre de Miss Courage.

Comme s'il lisait dans mes pensées, Alex m'embrasse à nouveau, cette fois près de la commissure des lèvres. Ses yeux ne se sont sans doute pas davantage accoutumés à l'obscurité que les miens.

— Tu t'en tires comme un chef, lance-t-il.

Je l'entends fourrager alentour en marmonnant dans sa barbe – les détails de son monologue m'échappent. Une minute plus tard, il pousse un cri de victoire, et une seconde après un large rayon de lumière jaillit vers le ciel, éclairant la masse touffue des arbres et des végétaux qui nous encerclent.

— Trouvé ! dit Alex en souriant et en me montrant la lampe torche.

Il oriente son faisceau vers une vieille boîte à outils rouillée à demi enterrée dans le sol.

— On la laisse là pour ceux qui traversent, m'informe-t-il. Prête ?

J'acquiesce. Je suis rassurée, désormais nous voyons où nous posons les pieds. Les frondaisons au-dessus de nos têtes forment un dais qui me rappelle le plafond voûté de la cathédrale Saint-Paul, où j'assistais, le dimanche, aux leçons de catéchisme sur les atomes, les probabilités et l'ordre divin. Les feuilles bruissent et s'agitent, passant sans cesse du vert au noir, tandis que des milliers d'êtres invisibles sautent de branche en branche. De temps à autre, la lumière de la lampe torche se reflète, brièvement, dans une paire d'yeux, qui nous observe avec gravité. C'est incroyable, je n'ai jamais rien vu de tel : toute cette vie qui déborde de partout, qui semble croître et jaillir à chaque seconde, et qui, sans que je puisse l'expliquer, me donne le sentiment que je suis minuscule et imbécile, que je viens de pénétrer, sans y avoir été invitée, chez quelqu'un de plus âgé et de plus respectable que moi.

Alex évolue d'un pas plus assuré à présent, écartant parfois une branche pour que je puisse passer dessous ou cassant celles qui nous gênent. Aucun sentier n'apparaît pourtant et, au bout d'un quart d'heure, je commence à craindre que nous ne soyons en train de tourner en rond ou de nous enfoncer dans les bois sans véritable but. Alors que je m'apprête à lui demander s'il sait où nous nous rendons, je remarque que, de temps à autre, il paraît hésiter et balaie de son faisceau lumineux les grandes silhouettes fantomatiques des troncs. Je m'avise alors que certains d'entre eux comportent une marque à la peinture bleue.

— Ces traces…

— Elles indiquent le chemin à suivre, dit Alex en me jetant un coup d'œil par-dessus son épaule. Mieux vaut éviter de se perdre ici, crois-moi.

Brusquement, il n'y a plus aucun arbre. Alors qu'un instant plus tôt nous étions au cœur de la forêt, cernés de tous côtés, nous nous retrouvons sur une route, ruban de macadam éclairé par la lumière argentée de la lune qui donne l'impression que la Nature nous tire la langue.

La chaussée est parcourue de trous, de fissures et de bosses, et nous sommes parfois contraints de contourner d'énormes tas de décombres. La route remonte, en serpentant, une petite colline, avant de s'évanouir au sommet, à l'endroit où débute une nouvelle zone boisée.

— Donne-moi la main.

Alex s'est remis à chuchoter, ce qui, sans que je sache pourquoi, me rend heureuse. J'ai l'impression d'avoir pénétré dans un cimetière. Le bitume est entouré d'immenses étendues vertes, d'où s'élèvent les murmures de hautes herbes nous arrivant à la taille. Ces étendues sont ponctuées de quelques arbres jeunes, qui paraissent singulièrement frêles et exposés dans ces vastes espaces. J'aperçois également des poutres, oui, de gigantesques poutres empilées les unes sur les autres, et un enchevêtrement d'objets métalliques, luisant dans le noir.

— Qu'est-ce ?

Juste après avoir posé la question en chuchotant, un cri se forme dans ma gorge : je vois, je comprends.

Au beau milieu de l'un des champs d'herbes musiciennes se trouve une grosse camionnette bleue, en parfait état, donnant l'impression qu'une famille est venue faire un pique-nique jusqu'ici.

— Autrefois, il y avait une rue bordée de maisons, à cet endroit, m'explique Alex, ému. Elle a été détruite pendant le blitz. Comme des milliers d'autres à travers le pays. Bombardées, entièrement détruites.

Je frissonne. Pas étonnant que j'aie eu le sentiment de pénétrer dans un sanctuaire. C'en est un, d'une certaine façon. Le blitz a duré une année et s'est produit bien avant ma naissance, à l'époque où ma mère était encore bébé. Il avait pour objectif d'éliminer tous les Invalides et Résistants qui refusaient de quitter leurs maisons pour emménager dans une communauté reconnue. Ma mère m'avait un jour confié que ses souvenirs les plus anciens étaient ternis par le bruit des bombes et l'odeur de la fumée. Elle avait ajouté que pendant des années cette odeur avait continué à flotter sur la ville et que le vent apportait, chaque fois qu'il se levait, des cendres.

Nous reprenons notre marche. Je sens les larmes monter. Être là, découvrir cet univers, c'est me retrouver à mille lieues de mes cours d'histoire : clichés représentant des pilotes souriants, le pouce dressé, citoyens en liesse aux frontières célébrant la sécurité retrouvée, maisons détruites avec la facilité d'un claquement de doigts, comme si on les avait simplement supprimées sur un écran d'ordinateur. Dans les manuels d'histoire, ces maisons n'étaient jamais habitées, en tout cas pas par des êtres humains – peut-être par des ombres, des fantômes immatériels. En cheminant au côté d'Alex, main dans la main, je réalise pourtant que les choses ne se sont pas déroulées de la sorte. Ça n'a été ni simple ni propre, il y a eu du sang et des odeurs de chair brûlée. Il y avait des êtres humains : des êtres qui mangeaient, qui parlaient au téléphone, qui faisaient frire des œufs ou chantaient sous la douche. En songeant à tout ce qui a disparu, la tristesse me submerge, mais aussi la colère à l'encontre des responsables de ce drame. J'ignore qui je suis, et où est ma place.

Non, ce n'est pas l'exacte vérité. Alex. Je sais que ma place est auprès d'Alex.

En poursuivant notre chemin, nous croisons, un peu plus haut sur la colline, une jolie petite maison blanche blottie au milieu d'un champ. Elle a miraculeusement réchappé au blitz sans dommage et, à l'exception d'un volet cassé, qui forme un angle étrange et bat au vent, elle pourrait parfaitement se trouver dans Portland. Sa présence surprend dans ces espaces désolés, au cœur des décombres de quartiers entièrement détruits. Elle paraît si fragile, si isolée, comme un agneau égaré dans le mauvais pâturage.

— Est-ce que quelqu'un habite là ?

— Des squatteurs, parfois, quand il pleut ou qu'il fait froid. Mais seulement des vagabonds... des Invalides qui ne posent jamais leur baluchon.

Il a encore marqué une légère pause avant de prononcer le mot *Invalides* avec une grimace.

— On essaie d'éviter ce coin. Les gens racontent que les bombardiers pourraient revenir pour terminer le travail. Mais ils gardent surtout leurs distances par superstition : ils pensent que la maison porte malheur, ajoute-t-il avec un sourire forcé. Ce qui n'a empêché personne de la vider de la cave au grenier. Lits, linge, vêtements... tout. Mes casseroles viennent de là.

Plus tôt, Alex m'a appris qu'il possédait un point de chute dans la Nature, mais quand je l'ai pressé pour obtenir des détails, il s'est refermé en me disant que je devais être patiente. J'ai toujours du mal à me figurer que des personnes vivent là, dans ces espaces immenses, et qu'elles ont besoin de casseroles, de couvertures et d'objets de la vie courante.

— Par ici.

Alex m'attire sur le côté, vers les bois. Je suis contente de retrouver le couvert des arbres. Ces étendues infinies avaient quelque chose de pesant, avec cette maison perdue, cette camionnette rutilante et ces décombres faisant comme une balafre à la surface du monde.

Cette fois, nous suivons un sentier qui a souvent été foulé. Les arbres comportent encore, à intervalles réguliers, des traces de peinture bleue, mais Alex ne semble plus avoir besoin d'elles. Nous marchons à bon pas, l'un derrière l'autre. Les arbres morts ont été dégagés et les fourrés ont été, pour la plupart, débroussaillés, si bien que nous progressons plus aisément. La terre a été damée par le passage de dizaines de pieds. Mon cœur se met à cogner contre ma cage thoracique : nous approchons.

Alex se retourne pour me faire face, si brusquement que je manque de lui rentrer dedans. Il éteint la lampe torche, et dans l'obscurité soudaine des formes bizarres surgissent avant de se dissoudre.

— Ferme les yeux, dit-il.

J'entends le sourire dans sa voix.

— À quoi bon ? Je ne vois rien de toute façon.

— Allez, Lena !

Je devine qu'il lève les yeux au ciel, cette fois.

— Très bien.

Je ferme les paupières, il me prend les deux mains, puis il me guide sur environ cinq mètres en me murmurant des indications comme : « Attention, lève le pied, il y a une pierre », ou : « Un peu sur la gauche. » Tout ce temps, je sens la nervosité et la fébrilité m'envahir. Nous nous arrêtons enfin, et Alex me lâche les mains.

— Nous sommes arrivés, dit-il d'un ton où perce l'excitation. Tu peux regarder.

Je soulève les paupières et je me retrouve, pendant quelques instants, frappée de mutisme. J'ouvre la bouche, mais la referme quand tout ce qui s'en échappe est un cri perçant.

— Alors ? Qu'est-ce que tu en penses ? me demande Alex, qui trépigne d'impatience.

Je finis par bredouiller :

— C'est... c'est bien réel.

— Évidemment, rétorque-t-il d'un ton ironique.

— Je me suis mal exprimée... Je trouve ça incroyable.

Je m'avance de quelques pas. Maintenant que je suis là, je ne saurais dire, avec précision, sous quel aspect je m'étais imaginé la Nature. Certainement pas celui-ci, en tout cas. Une vaste clairière s'étend devant moi, même si les arbres reprennent progressivement leurs droits, projetant ici et là leurs troncs minces vers le ciel, immense voûte scintillante qui accueille en son centre la lune, brillante et ronde. Des roses sauvages envahissent un panneau cabossé, si décoloré qu'il en est quasiment illisible. Je déchiffre à grand-peine les mots : CAMPING DE CREST VILLAGE. La trouée est envahie par des dizaines de caravanes ainsi que des habitations plus insolites : bâches tendues entre deux arbres, couvertures en guise de parois et rideaux de douche pour faire office de portes ; tentes plantées à l'arrière de vieilles camionnettes ; anciens fourgons aux vitres recouvertes de tissu pour préserver l'intimité. Le sol de la clairière est parcouru de cratères, qui ont accueilli des feux de camp dans la journée – maintenant qu'il est largement plus de minuit, les braises meurent peu à peu en laissant échapper des rubans de fumée et des parfums de bois carbonisé.

— Tu vois ? lance Alex en souriant et en écartant les bras. Le blitz n'a pas tout détruit.

— Tu ne m'avais pas prévenue... dis-je, tout en enjambant une série de bûches placées en cercle, au centre de la clairière, comme pour délimiter un salon d'extérieur. Je ne m'attendais pas à ça.

Il hausse les épaules, puis me rejoint en gambadant tel un chien joyeux.

— C'est le genre de choses qu'il faut voir de ses propres yeux, répond-il en poussant, du bout du pied, de la terre sur un feu mourant. On dirait bien que nous sommes arrivés trop tard pour la fête de ce soir.

Nous parcourons la clairière et, au passage, Alex me parle des habitants de chaque « maison », en chuchotant pour ne pas les réveiller. Je connais certaines des histoires qu'il me raconte, d'autres sont inédites. Je ne l'écoute pas avec beaucoup d'attention, mais je suis heureuse d'entendre sa voix posée, familière, rassurante. Le campement n'est pas immense – environ deux cents mètres de long –, pourtant, j'ai le sentiment que le monde s'est soudain ouvert en deux, révélant des épaisseurs, des profondeurs que je ne soupçonnais pas.

Aucun mur. Nulle part. En comparaison, Portland paraît minuscule, étriqué.

Alex s'immobilise devant une caravane d'un gris défraîchi. Elle n'a plus de vitres aux fenêtres. Celles-ci ont été remplacées par des carrés de tissu multicolore tendus en travers.

— Et... euh... nous voici chez moi, annonce Alex d'un air gêné.

C'est la première fois de la soirée qu'il se montre nerveux, et il me communique sa nervosité. Je ravale le fou rire subit, et totalement déplacé, qui monte en moi.

— Waouh ! Elle... elle est...

Alex vole à mon secours :

— Elle n'a rien de remarquable de l'extérieur. Tu veux... reprend-il en se mordillant la lèvre. Tu veux entrer ?

J'acquiesce de peur d'émettre un nouveau cri perçant si j'essaie de parler. Je me suis déjà retrouvée seule avec lui un nombre incalculable de fois, pourtant, c'est différent aujourd'hui. Ici, il n'y a pas d'yeux pour nous surprendre, pas de voix pour nous réprimander, pas de mains pour nous arracher l'un à l'autre. Ici, il n'y a que des kilomètres de liberté. Ce qui est à la fois excitant et terrifiant. Tout pourrait arriver, et lorsqu'il se penche pour m'embrasser, j'ai la sensation que le poids des ténèbres veloutées qui nous entourent, le chuchotis des arbres et le trottinement des animaux invisibles pénètrent ma poitrine et que je me dissous dans la nuit. Quand Alex s'écarte, il me faut plusieurs secondes pour reprendre mon souffle.

— Viens, dit-il.

Il exerce une pression de l'épaule sur la porte de la caravane jusqu'à ce qu'elle cède. Il fait si noir à l'intérieur que j'aperçois à grand-peine quelques contours, avalés par l'obscurité dès qu'Alex referme la porte.

— Il n'y a pas d'électricité ici, m'explique-t-il.

Il marmonne un juron chaque fois qu'il se cogne contre un meuble.

— Tu as des bougies ? demandé-je.

La caravane a une drôle d'odeur, un parfum de feuilles d'automne fraîchement tombées de l'arbre. Un parfum agréable. D'autres fragrances s'y mêlent également : celle, acide, d'un produit d'entretien au citron et celle, plus diffuse et piquante, de l'essence.

— Encore mieux, répond-il.

Un bruissement s'élève soudain et un filet d'eau me coule sur la tête. Je glapis d'étonnement.

— Désolé, Lena. Je ne suis pas venu depuis un moment. Attention.

Le bruissement recommence. Alors, lentement, le plafond se met en branle puis se replie sur lui-même pour laisser le ciel apparaître dans son immensité. Je réalise alors que le « plafond » est constitué d'une bâche en plastique, comme celles, en plus grand, dont on se sert pour recouvrir les barbecues. Alex est monté sur une chaise pour la rouler, et à chaque centimètre supplémentaire le ciel se dévoile davantage et les objets qui nous entourent deviennent plus éclatants. La lune à présent se situe presque à l'aplomb de nos têtes, éclairant abondamment l'intérieur de la caravane et ourlant tout d'argent.

Mon souffle se coince dans ma gorge.

— C'est sublime.

Alex me regarde par-dessus son épaule en souriant. Il continue l'opération, s'interrompant régulièrement pour redescendre de sa chaise, la décaler de quelques centimètres, et remonter dessus.

— Un orage a arraché la moitié du toit, un jour. Heureusement, je n'étais pas là.

Il luit au clair de lune, lui aussi, ses bras et ses épaules sont baignés de la même lueur argentée. Comme la nuit du raid, je repense aux images pieuses figurant des anges.

— Du coup, j'ai décidé de m'en débarrasser complètement, poursuit-il en fixant la bâche à une extrémité.

Il saute de la chaise avec légèreté et ajoute, en me souriant :

— J'ai une maison décapotable.

— Elle est incroyable.

Mon compliment est authentique : le ciel paraît si proche, j'ai l'impression que je pourrais toucher la lune en étendant le bras.

— Je vais chercher des bougies, maintenant.

Alex se met à fourrager dans le coin cuisine. Je distingue beaucoup mieux l'intérieur de la caravane à présent, même si certains détails restent dans l'obscurité. Un petit poêle à bois se tient dans un coin. À l'opposé, un lit. Mon ventre se serre quand je l'aperçois, cette vision faisant resurgir un millier de souvenirs : Carol s'asseyant à côté de mon chevet pour m'expliquer, de sa voix morne, les attentes d'un mari ; Jenny, une main sur la taille, me lançant que je ne saurai jamais m'y prendre le moment venu ; les rumeurs au sujet de Willow Marks ; Hana s'interrogeant tout haut, dans les vestiaires, sur le sexe, et moi lui intimant de se taire en vérifiant que personne ne nous écoute.

Alex déniche enfin quelques bougies et entreprend de les allumer une par une ; une fois qu'il les a installées, les recoins les plus sombres me révèlent leurs secrets. Ce sont les livres qui me frappent le plus : ce que, dans la pénombre, je prenais pour du mobilier se transforme sous la lumière en piles instables d'ouvrages. Je n'en ai jamais vu autant ailleurs que dans une bibliothèque. Trois étagères sont pressées contre une cloison. Même le réfrigérateur, dont la porte a été démontée, en est rempli.

Je me munis d'une bougie pour examiner les titres. Je n'en connais aucun.

— Qu'est-ce que c'est ?

Certains ouvrages semblent si vieux et abîmés que je crains, en les touchant, de les réduire en poussière. Je prononce tout bas les noms sur les dos, ceux que je parviens à déchiffrer du moins : Emily Dickinson, Walt Whitman, William Wordsworth.

— De la poésie, répond Alex.

— Qu'est-ce que la poésie ?

J'entends ce mot pour la première fois, mais j'aime ses sonorités. Elles sont élégantes et fluides, un peu comme une belle femme tourbillonnant dans une robe longue.

Alex allume la dernière bougie. Une clarté chaleureuse et vacillante envahit à présent la caravane. Il me rejoint près de l'étagère et s'accroupit pour en sortir un ouvrage. Il me le tend.

Poèmes d'amour célèbres. Mon cœur se serre en apercevant le mot *amour* imprimé sur une couverture. Alex m'observe avec attention, j'ouvre donc le recueil pour dissimuler ma gêne et je consulte la liste des auteurs cités.

— Shakespeare ?

Je l'ai étudié en cours de santé.

— Celui qui a écrit *Roméo et Juliette* ? reprends-je. Le récit édifiant ?

— Ce n'est pas un récit édifiant, ricane Alex, mais une belle histoire d'amour.

Je me rappelle ce jour-là, aux labos, la première fois que j'ai vu Alex. J'ai l'impression que ça remonte à la nuit des temps. Je me souviens que l'adjectif *beau* m'avait échappé. Je me souviens que j'avais pensé au sacrifice.

— Ils ont interdit la poésie il y a des années, juste après avoir découvert le remède.

Il me prend le livre des mains et l'ouvre.

— Aimerais-tu entendre un poème ?

J'opine. Il s'éclaircit la gorge, carre les épaules puis s'assouplit le cou, comme s'il allait entrer sur un terrain de foot.

— Vas-y, dis-je en riant, tu cherches à gagner du temps !

Il s'éclaircit une nouvelle fois la gorge avant de déclamer :

— « Irai-je te comparer à un jour d'été ? »

Je l'écoute les yeux clos. La vague de chaleur qui m'avait envahie depuis mon arrivée enfle. La poésie ne ressemble à rien de ce que j'ai déjà entendu. Je ne comprends pas tout ce que lit Alex, seulement certaines images, des phrases qui semblent suspendues, voletant tels des rubans aux couleurs vives. Soudain, je réalise que ces mots me rappellent la musique et la stupeur qu'elle m'a causée, il y a près de deux mois. Ces mots ont le même effet, ils me rendent ivre de bonheur et de tristesse à la fois.

Alex a terminé sa lecture. Je rouvre les paupières, il est en train de m'examiner.

— Quoi ? demandé-je.

L'intensité de son regard me coupe le souffle, c'est comme s'il dévisageait mon cœur. Il ne me répond pas aussitôt. Il feuillette quelques pages du recueil sans me quitter une seule seconde des yeux.

— Tu veux en entendre un autre ?

Sans attendre ma réaction, il entonne :

— « Comment t'aimé-je ? Laisse-moi t'en compter les manières. »

Un nouveau terme interdit : *aimer*. Mon pouls s'arrête lorsque Alex le prononce, puis il se lance dans une course effrénée.

— « Je t'aime des profondeurs, de l'ampleur et des hauteurs / De mon âme... »

J'ai beau savoir qu'il récite les mots de quelqu'un d'autre, je ne peux pas m'empêcher d'avoir l'impression qu'ils proviennent de son cœur. La lumière danse dans ses yeux, chacun d'eux reflétant la flamme d'une bougie. Il s'approche pour déposer un baiser sur mon front.

— « Je t'aime au doux niveau du besoin quotidien... »

Il me semble que le sol tangue, que je suis en train de tomber.

— Alex...

Les mots s'emmêlent dans ma gorge. Il dépose un baiser sur chacune de mes pommettes – délicieuse caresse qui m'effleure à peine la peau.

— « Je t'aime librement... »

— Alex, reprends-je avec davantage de fermeté.

Mon cœur bat si fort que j'ai peur qu'il ne fasse exploser mes côtes. Alex s'écarte et m'adresse un petit sourire en biais.

— Elizabeth Barrett Browning, dit-il en passant un doigt sur l'arête de mon nez. Ça ne te plaît pas ?

Son ton, grave et sérieux, conjugué à sa façon de me regarder au fond des yeux, me donne le sentiment qu'il me demande autre chose, en réalité.

— Non. Enfin, si. Bien sûr que ça me plaît, mais...

À la vérité, je ne suis pas certaine de ce que je ressens. Mes idées sont aussi embrouillées que mes propos. Un seul mot tourbillonne en moi – une tempête, une tornade –, et je dois serrer les lèvres de toutes mes forces pour l'empêcher d'enfler sur ma langue et de se frayer un chemin à l'extérieur. *Aimer, aimer, aimer, aimer*. Un mot que je n'ai jamais prononcé, jamais, un mot que je ne me suis jamais autorisé même en pensée.

— Tu ne me dois aucune explication, réplique Alex en reculant encore d'un pas.

J'ai de nouveau la sensation confuse que nous parlons d'autre chose en réalité. Je l'ai déçu. Ce qui vient de se passer entre nous – car quelque chose vient de se passer, même si je ne saurais dire quoi, comment ou pourquoi – l'a rendu triste. Je le perçois dans son regard, bien qu'il ne se soit pas départi de son sourire, et j'éprouve le besoin subit de m'excuser ou de jeter mes bras autour de son cou et de lui demander de m'embrasser. Mais je me sens toujours incapable d'ouvrir la bouche, de peur que le mot ne jaillisse, de peur des conséquences.

— Viens ici, lance-t-il en posant le livre et en me tendant la main. Je veux te montrer quelque chose.

Il m'attire vers le lit, et la timidité s'empare une nouvelle fois de mon être. J'ignore ce qu'il attend de moi exactement et, consumée par l'embarras, je reste debout lorsqu'il s'assied.

— Tu n'as pas de raison de t'inquiéter, Lena.

Comme à chaque fois, l'entendre prononcer mon prénom m'apaise. Il bascule en arrière sur le matelas, et je l'imite, si bien que nous nous retrouvons allongés côte à côte. Le lit est étroit. Il y a à peine la place pour nous deux.

— Tu vois ? demande-t-il en pointant le menton vers le ciel.

Au-dessus de nos têtes, les étoiles brillent, scintillent, clignotent : il y en a des milliers et des milliers, tant qu'elles ressemblent à des flocons de neige tourbillonnant dans le ciel d'encre. Je retiens mon souffle. Je ne crois pas avoir jamais vu autant d'étoiles de ma vie. Le ciel paraît si proche – semblable à une toile tendue juste au-dessus de la caravane – que j'ai l'impression de me perdre en lui, qu'il me semble que si je sautais du lit, il m'attraperait et me retiendrait, puis me ferait rebondir comme un trampoline retourné.

— Qu'en dis-tu ? me demande Alex.

— J'aime beaucoup.

Le mot m'échappe, et aussitôt le poids se soulève de ma poitrine.

— J'aime beaucoup, répété-je pour goûter aux saveurs des syllabes.

Un mot facile à dire, une fois qu'on s'y est essayé. Court. Direct. Qui effleure à peine la langue. Je n'en reviens pas de ne l'avoir jamais prononcé avant. Je sens le bonheur d'Alex, à côté de moi. Le sourire dans sa voix s'épanouit :

— L'absence d'eau courante est plutôt pénible, mais reconnais que la vue est imprenable.

— Si seulement on pouvait rester ici… balbutié-je, avant de me reprendre aussitôt : Enfin, pas vraiment. Pas pour toujours, mais… Tu vois ce que je veux dire.

Alex glisse son bras sous ma nuque et je m'approche pour poser ma tête à la jonction de son épaule et de sa poitrine, là où elle s'emboîte parfaitement.

— Je suis heureux que tu aies pu voir ça.

Nous restons étendus là en silence un moment. Son torse se soulève au rythme de sa respiration, et je finis par sentir le sommeil me gagner, bercée par ce va-et-vient. Mes membres me semblent incroyablement lourds, et les étoiles forment des mots dans le ciel. Je veux garder les yeux ouverts pour les déchiffrer, mais mes paupières sont lourdes, elles aussi. Impossible de résister.

— Alex ?

— Ouais ?

— Répète-moi ce poème.

Je ne reconnais pas ma propre voix, elle me paraît si lointaine.

— Lequel ? murmure Alex.

— Celui que tu connais par cœur.

Dérive, je pars à la dérive.

— J'en connais plusieurs par cœur.

— N'importe lequel, alors.

Il prend une profonde inspiration avant de commencer :

— « Je porte en moi ton cœur (je le porte dans mon cœur). Il ne me quitte jamais... »

Il continue, les mots me pénètrent, à la façon dont le soleil effleure la surface de l'eau pour mieux atteindre les profondeurs et éclairer les ténèbres. Je garde les yeux fermés. Étonnamment, je continue à voir les étoiles : des galaxies entières qui s'épanouissent à partir du néant, astres roses et violets, immenses océans argentés, millier de lunes blanches.

J'ai l'impression de ne m'être assoupie que depuis cinq minutes lorsque Alex me réveille d'une secousse légère. Le ciel est toujours d'un noir profond, la lune haute et claire, mais, en découvrant combien les bougies ont diminué, je comprends que j'ai dû dormir pendant au moins une heure.

— Il est temps d'y aller, annonce-t-il en chassant une mèche de mon front.

— Quelle heure est-il ?

Ma voix est lourde de sommeil.

— Un peu moins de 3 heures, répond-il en se relevant avant de me tendre une main pour m'aider. Nous devons retraverser avant que la Belle au bois dormant se réveille.

— La Belle au bois dormant ?

Je secoue la tête de perplexité. Alex rit doucement.

— Après la poésie, dit-il en déposant un baiser sur mes lèvres, nous passons aux contes de fées.

Puis nous revoilà dans la forêt ; sur la route éventrée qui longe les maisons en ruine ; de nouveau dans la forêt. Je chemine sans réussir à me tirer de ma torpeur. Je n'éprouve plus ni affolement ni nervosité quand nous escaladons la clôture. Franchir les barbelés est infiniment plus facile la seconde fois, comme si les ombres étaient en tissu, comme si elles nous protégeaient des regards. Le garde de la guérite 21 est toujours dans la même position – tête rejetée en arrière, pieds en appui sur le bureau, bouche ouverte –, et bientôt nous rejoignons la baie. Puis nous nous faufilons discrètement dans les rues en direction de Deering Highlands, et alors, seulement, la plus étrange des idées surgit dans mon esprit, mi-crainte et mi-souhait : peut-être que tout cela est un rêve, peut-être que lorsque je me réveillerai je serai encore dans la Nature. Peut-être que je découvrirai que j'ai toujours vécu là-bas, que Portland, les labos, le couvre-feu et le Protocole n'étaient qu'un long cauchemar tordu.

37, Brooks Street : à peine entrés par la fenêtre, la chaleur et l'odeur de renfermé nous frappent de plein fouet, c'est comme de heurter un mur. Je n'y ai pourtant passé que quelques heures, et la Nature me manque déjà : le vent dans les arbres évoquant le chant de l'océan, les odeurs incroyables de végétaux en fleurs, la présence de bêtes invisibles, cette vie débordante, palpitant et se déployant dans toutes les directions, encore et encore....

Aucun mur...

Puis Alex me guide jusqu'au canapé, me borde avec une couverture et m'embrasse en me souhaitant bonne nuit. Il doit prendre son tour de garde aux labos de bonne heure, et il a tout juste le temps de rentrer pour se doucher avant. Le bruit de ses pas s'évanouit dans la nuit.

Et je m'endors.

Aimer : un mot unique, une chose fuyante, pas plus épaisse qu'un fil. Voilà ce dont il s'agit : le fil d'un rasoir. Qui s'insinue au cœur de votre vie et la coupe en deux. L'avant et l'après. Le reste du monde tombe d'un côté ou de l'autre.

Avant et *après*. Quant au *pendant*, il n'est pas plus épais qu'un fil, lui non plus.

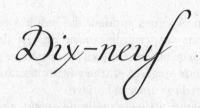

Dix-neuf

Vivre libre ou mourir

Vieux proverbe, d'origine inconnue, répertorié
dans la *Compilation exhaustive des idées et mots dangereux,*
www.ceimd.gouv.org

L'un des aspects les plus étranges de la vie est qu'elle continue à tracer sa route, sans se soucier de ce qui peut vous arriver, sans se soucier que votre monde à vous – votre petite sphère taillée dans la grande – subisse des transformations, des déformations, voire qu'il soit en train d'exploser. Un jour, vous avez des parents, et le lendemain, vous êtes orphelin. Un jour, vous avez des repères, une voie. Le lendemain, vous êtes perdu.

Et malgré tout, le soleil continue à se lever, les nuages à s'amonceler et à passer dans le ciel, les gens à faire leurs courses, les chasses d'eau à se vider et se remplir, et les stores à monter et descendre. Ainsi, vous comprenez que, pour l'essentiel, la vie, la mécanique implacable de l'existence, ne vous concerne pas. Elle ne vous concerne pas une seule seconde. Elle poursuivra sur sa lancée, bien après que vous aurez sauté dans le vide. Bien après que vous serez mort.

C'est ce qui me surprend le plus lorsque je traverse le centre-ville de Portland au matin : combien tout a l'air normal. Je ne sais pas à quoi je m'attendais. Je ne pensais pas que les bâtiments se seraient écroulés pendant la nuit, non, ni que les rues auraient été réduites en décombres, mais je suis surprise de croiser un flot de travailleurs munis d'attachés-cases, des propriétaires ouvrant la porte de leur magasin et une voiture tentant de se frayer un chemin dans une rue bondée.

Il me paraît absurde qu'ils ne soient pas au courant, qu'ils n'aient pas senti un changement, ou un frémissement, alors que ma vie a été complètement chamboulée. À l'approche de la maison, ma paranoïa s'accentue : quelqu'un pourrait sentir l'odeur de la Nature sur moi, quelqu'un pourrait lire sur mon visage que je me suis rendue de l'autre côté. Ma nuque me démange, j'ai l'impression que des branches la chatouillent, et je m'arrête régulièrement pour secouer mon sac à dos et vérifier qu'aucune feuille, aucune ronce n'y est accrochée – ce qui ne me mettrait pas nécessairement en danger, puisqu'il y a des arbres à Portland. Personne ne m'accorde le moindre regard de toute façon. Il est un peu moins de 9 heures, et la plupart des piétons se pressent pour ne pas arriver en retard au travail. Une suite infinie, et vague, de gens normaux, s'adonnant à des activités normales, les yeux fixés droit devant eux, qui ne prêtent pas attention à la fille quelconque avec son sac à dos déformé.

La fille quelconque avec un secret qui brûle en elle aussi vivement qu'un incendie.

J'ai l'impression que ma nuit dans la Nature a aiguisé mes sens. Les choses semblent identiques en surface, mais elles n'ont plus la même qualité, comme si elles avaient perdu de leur consistance, comme si on pouvait passer la main à travers les bâtiments, le ciel, et même les gens. Je me rappelle le jour où, toute petite, j'avais regardé Rachel construire un château de sable sur la plage. Elle y avait travaillé pendant des heures, utilisant différents seaux et moules pour façonner les tours et les tourelles. Une fois achevé, il était parfait, on l'aurait cru en pierre. Pourtant, la marée était montée, et il n'avait pas fallu plus de deux ou trois vagues pour le détruire. Je me souviens que j'avais éclaté en sanglots et que ma mère m'avait acheté une glace à partager avec Rachel.

Voilà à quoi Portland ressemble ce matin : un château de sable menacé par la marée.

Je garde en mémoire les paroles qu'Alex répète toujours : « Nous sommes plus nombreux que tu ne le penses. » Je jette un coup d'œil aux passants, en m'imaginant que, peut-être, je serai capable de déchiffrer une expression mystérieuse, un signe de résistance, mais les visages affichent, selon leur habitude, un mélange de défiance, de hâte, d'ennui et d'inattention.

De retour à la maison, je trouve Carol dans la cuisine, occupée, pour ne pas changer, à faire la vaisselle. J'espère pouvoir monter directement dans ma chambre, mais elle m'interpelle. Je m'immobilise, un pied sur la première marche de l'escalier. Elle s'avance dans l'entrée en s'essuyant les mains avec un torchon.

— Comment c'était chez Hana ?

Elle scrute mon visage de son regard inquisiteur, comme si elle était à la recherche de quelque chose. Je refoule un nouvel accès de paranoïa. Il est inimaginable qu'elle sache où j'étais.

— Super, dis-je en haussant les épaules et en affectant un ton détaché. On n'a pas beaucoup dormi.

— Mmmm, rétorque Carol en continuant à m'observer avec intensité. Qu'est-ce que vous avez fait ?

Elle ne m'a pas interrogée depuis des années sur notre façon d'occuper le temps, à Hana et moi. Je pense aussitôt : « Quelque chose cloche. »

— Rien de très original, tu sais. On a regardé la télé.

Je ne saurais dire si j'ai réellement parlé avec une voix de fausset ou si je me fais des idées.

Carol détourne le regard, la bouche déformée par un rictus, à croire qu'elle vient d'avaler une gorgée de lait tourné. Je comprends qu'elle cherche le moyen de m'annoncer quelque chose de déplaisant : la grimace du lait tourné est toujours synonyme de mauvaise nouvelle. « Elle est au courant pour Alex, elle est au courant, elle est au courant. » Les murs se referment sur moi, la chaleur est étouffante.

Puis, à ma stupéfaction, un sourire se dessine sur ses lèvres et elle pose une main sur mon bras.

— Tu sais, Lena... tout ça va bientôt changer.

J'ai réussi à éviter de penser au Protocole pendant vingt-quatre heures, mais, avec ces paroles, le nombre infâme, menaçant, surgit dans mon esprit, projetant une ombre sur tout le reste. Dix-sept jours.

— Je sais, bredouillé-je.

À présent, j'en ai la certitude : mes intonations sont bizarres. Carol acquiesce sans se départir de ce demi-sourire énigmatique.

— J'ai conscience que c'est difficile à concevoir, mais, tu verras, Hana ne te manquera pas.

— Je sais.

À croire qu'un crapaud agonisant est coincé dans ma gorge. Carol opine vigoureusement à chacune de mes réponses, comme si sa tête était montée sur un ressort. Je n'arrive pas à me défaire de l'impression qu'elle voudrait ajouter autre chose, des paroles rassurantes, mais, à l'évidence, elle n'en trouve pas, et nous restons plantées là, pendant près d'une minute.

Je finis par lâcher :

— Je monte. Je vais prendre une douche.

J'ai dû rassembler toute ma volonté pour réussir à prononcer ces deux phrases. Les mots *dix-sept jours* continuent à tourner en boucle dans mon esprit, telle une alarme. Carol semble soulagée que j'aie rompu le silence.

— Très bien, dit-elle. Très bien.

Je gravis les marches deux par deux, impatiente de m'enfermer dans la salle de bains. Il doit faire plus de vingt-cinq degrés dans la maison, pourtant je n'ai qu'une hâte : me retrouver sous un jet d'eau brûlante, me dissoudre, me vaporiser.

— Oh ! Et... Lena ?

Carol m'interpelle, semblant prise de remords. Je me retourne : elle examine, tête baissée, l'ourlet de son torchon, qui s'effiloche.

— Mets quelque chose de joli. Une robe... ou le pantalon blanc que tu as eu l'année dernière. Et ne laisse pas tes cheveux sécher à l'air libre, coiffe-toi.

— Pourquoi ?

Sa façon d'éviter mon regard ne me dit rien qui vaille, d'autant que sa bouche a de nouveau un pli matois.

— J'ai invité Brian Scharff à passer aujourd'hui, lâche-t-elle avec un naturel désarmant, comme s'il s'agissait de la chose la plus banale au monde.

— Brian Scharff ?

Son nom a un drôle de goût, métallique. Carol redresse la tête d'un mouvement brusque.

— Pas tout seul, s'empresse-t-elle de préciser. Cela va de soi. Sa mère l'accompagne. Et je serai présente, bien entendu. De plus, le Protocole de Brian a eu lieu le mois dernier.

C'est bien le cadet de mes soucis !

— Il vient ici ? Aujourd'hui ?

Je suis obligée de prendre appui sur le mur. Je ne sais pas comment Brian Scharff a pu me sortir de l'esprit aussi complètement, lui et son nom nettement imprimé sur une feuille. Assimilant ma réaction à de l'inquiétude, Carol me sourit.

— Ne t'en fais pas, Lena. Tout ira bien. Nous assurerons la conversation. J'ai simplement pensé que ce serait une bonne chose que vous vous rencontriez tous les deux, étant donné que...

Elle ne finit pas sa phrase. Elle n'a pas besoin de le faire.

Étant donné que nous sommes appariés. Étant donné que nous allons nous marier. Étant donné que je vais partager son lit, me réveiller tous les jours de ma vie à côté de lui et le laisser poser ses mains sur moi, étant donné que je vais aussi dîner avec lui tous les soirs d'asperges en boîte tandis qu'il me rebattra les oreilles avec ses histoires de plomberie ou de charpente, c'est selon.

— Non ! m'écrié-je.

Carol est éberluée par ma réaction ; elle n'est pas habituée à entendre ce mot, et encore moins dans ma bouche.

— Comment ça, non ?

Je m'humecte les lèvres. Je sais que lui opposer un refus est dangereux, je sais que c'est mal. Mais je ne peux pas rencontrer Brian Scharff. Je ne le rencontrerai pas. Je ne resterai pas assise bien sagement, en prétendant que je l'apprécie et en laissant Carol nous expliquer où nous vivrons d'ici quelques années, alors qu'Alex est quelque part, à attendre que je vienne le retrouver, à pianoter sur son bureau en écoutant de la musique, à respirer, à exister tout simplement.

— Je veux dire...

Je me prends les pieds dans le tapis.

— Je veux dire... On ne pourrait pas organiser ça un autre jour ? Je ne me sens pas très bien.

Sur ce point, au moins, je dis la vérité. Carol se renfrogne.

— Ils resteront une heure, Lena. Tu as passé la nuit chez Hana, tu peux bien faire cet effort.

— Mais... mais...

Je serre le poing et j'enfonce mes ongles dans ma paume jusqu'à ce que la douleur rayonne dans ma main, puis je me concentre sur celle-ci.

— Mais je veux que ça reste une surprise.

La voix de Carol devient cassante :

— Il n'y a aucune surprise là-dedans, Lena. Il s'agit de l'ordre des choses. Il s'agit de ta vie. Ce garçon est ton partenaire. Tu vas le rencontrer, et tu vas l'apprécier, un point, c'est tout. Maintenant, file prendre ta douche. Ils arrivent à 13 heures.

Midi. Alex termine le travail à midi aujourd'hui ; j'étais censée le retrouver. Nous devions pique-niquer au 37, Brooks Street, comme toujours lorsqu'il est de service le matin, pour profiter de l'après-midi entier ensemble.

— Mais...

— Il n'y a pas de mais qui tienne, rétorque Carol en croisant les bras et en me toisant. File.

J'ignore comment rejoindre le premier : la fureur brouille ma vision. Jenny est postée sur le palier, dans un vieux maillot de bain de Rachel, trop grand pour elle. Elle mâchonne du chewing-gum.

— Qu'est-ce qui cloche avec toi ? demande-t-elle quand je la dépasse.

Je ne réponds pas. Je fonce à la salle de bains et ouvre les robinets au maximum. Carol déteste quand nous gaspillons l'eau et, habituellement, je me douche le plus rapidement possible, mais aujourd'hui ça m'est égal. Je m'assieds sur la cuvette des toilettes et je me mords les doigts pour retenir des hurlements. Tout cela est ma faute. J'ai effacé de ma mémoire la date du Protocole et j'ai évité de penser jusqu'au nom de Brian Scharff. Carol a parfaitement raison : c'est ma vie, c'est dans l'ordre des choses. Je n'y peux rien. J'inspire profondément et m'enjoins d'arrêter de me conduire comme un bébé. Tout le monde doit grandir un jour et, pour moi, ce jour sera le 3 septembre.

Alors que je suis décidée à me relever, une image de la veille me revient : Alex, tout près de moi, me récitant ces mots étranges, merveilleux : « Je t'aime des profondeurs, de l'ampleur et des hauteurs / De mon âme... » Cette vision me coupe le souffle et me cloue sur place.

Alex riant, respirant, vivant... loin de moi, sans moi. Des vagues de nausées m'assaillent et je me plie en deux, la tête entre les jambes, pour les refouler.

« Le mal... le mal progresse, me dis-je. Tout ira mieux après le Protocole. Il est là pour ça. »

Mais c'est inutile. Lorsque je réussis à atteindre la douche, j'essaie de me perdre dans le tambourinement de l'eau sur la faïence, mais des souvenirs d'Alex envahissent mon esprit – ses baisers, la caresse de ses doigts dans mes cheveux, sur ma peau –, ils dansent et vacillent, telle la flamme d'une bougie sur le point de s'éteindre.

Le pire est de ne pas pouvoir prévenir Alex que je ne serai pas au rendez-vous. Il est trop dangereux de l'appeler. Je décide de me rendre aux labos et de le lui annoncer en personne, mais quand je redescends, lavée, habillée pour sortir, Carol m'arrête.

— Où comptes-tu aller comme ça ? lance-t-elle sèchement.

Je réalise qu'elle est toujours fâchée que je lui aie tenu tête. Fâchée, et probablement vexée. Elle considère sans doute que je devrais bondir de joie d'avoir été appariée. Et je ne peux pas lui jeter la pierre : il y a quelques mois, j'aurais effectivement fait des cabrioles.

Les yeux cloués au sol, je m'efforce de me montrer douce et docile.

— Je voulais juste marcher un peu avant l'arrivée de Brian. Je suis nerveuse, ajouté-je en me concentrant pour que le rouge me monte aux joues.

— Tu as passé suffisamment de temps dehors, riposte Carol. Tu réussiras seulement à revenir dégoulinante de sueur et sale. Si tu as envie de t'occuper, tu n'as qu'à m'aider à trier le linge de maison.

Lui désobéir est impensable, je la suis donc au premier. Je m'assieds par terre pour inspecter, l'une après l'autre, les serviettes de toilette miteuses qu'elle me tend, à la recherche de trous, de taches et de défauts ; je plie, je déplie, je compte les serviettes de table. La colère et la frustration me font trembler. Alex ne saura pas ce qui s'est passé. Il s'inquiétera. Pire, il pensera que je l'évite délibérément. Peut-être même croira-t-il que j'ai paniqué après notre expédition dans la Nature.

Je suis terrorisée par la violence de mes sentiments, par cette quasi-folie qui me rendrait capable de n'importe quoi. Je voudrais escalader les murs ou brûler la maison. À plusieurs reprises, je m'imagine en train d'étrangler Carol avec un de ses stupides essuie-mains. C'est exactement ce contre quoi les manuels, *Le Livre des Trois S*, les parents et les professeurs m'ont toujours mise en garde. J'ignore qui a raison, d'eux ou d'Alex. J'ignore si ces sentiments, cette *chose* qui enfle en moi, sont terribles et malsains, ou s'il ne m'est jamais rien arrivé de mieux.

Quelle que soit la réponse, je ne peux pas les arrêter. Je ne suis plus maîtresse de la situation. Et le plus répugnant dans tout ça, c'est que, malgré tout, je suis contente.

À 12 h 30, Carol m'entraîne au rez-de-chaussée dans le salon, qu'elle a rangé et nettoyé. Les ordres de livraison de mon oncle, habituellement éparpillés dans toute la pièce, ont été rassemblés en une pile nette, et tous les vieux livres scolaires et les jouets cassés qui jonchent d'ordinaire le sol se sont envolés. Elle me fait asseoir sur le canapé et se met à trifouiller dans mes cheveux. J'ai l'impression d'être un chien de concours, mais je ne suis pas assez bête pour protester. Si je me plie à ses quatre volontés, si tout se déroule bien, peut-être que j'aurai le temps de me rendre au 37, Brooks Street après le départ de Brian.

— Et voilà ! lance Carol en s'éloignant et en m'observant à travers ses yeux plissés. On ne pourra pas faire mieux.

Je me détourne en me mordillant la lèvre. Je ne veux pas qu'elle remarque que ses mots m'ont blessée. Étonnamment, j'ai oublié que je suis censée être moche. Je suis tellement habituée à entendre Alex me répéter que je suis belle. Je suis tellement habituée à me sentir belle avec lui. Un gouffre bée dans ma poitrine. Voilà à quoi ressemblera ma vie sans lui : tout redeviendra banal. Je redeviendrai banale.

À 13 heures passées de quelques minutes, le portail grince, puis des pas remontent l'allée. J'étais si obnubilée par Alex que je ne me suis plus souciée de la visite de Brian. Soudain, j'éprouve l'envie irrépressible de m'échapper par la porte de la cuisine ou par une fenêtre. En me représentant la réaction de Carol si je faisais un vol plané sur la véranda, je suis prise d'un fou rire incontrôlable.

— Lena, souffle-t-elle alors que Brian et sa mère frappent. Ressaisis-toi.

« Pourquoi ? voudrais-je riposter. Brian ne pourrait rien y changer, quand bien même il me détesterait. Il est coincé avec moi, et je suis coincée avec lui. Nous sommes coincés. »

C'est sans doute ce qu'on appelle devenir adultes.

Dans mon esprit, Brian Scharff était grand et gras, un mastodonte. En réalité, il ne mesure que quelques centimètres de plus que moi – autrement dit, il est incroyablement petit pour un garçon – et il est si frêle que je dois veiller à ne pas lui briser les os du poignet en lui serrant la main. Sa paume est moite, et sa poignée de main est molle. J'ai l'impression de tenir un morceau de tissu humide. Dès que nous sommes installés dans le salon, je m'essuie discrètement sur mon pantalon.

— Merci d'être venus, lance Carol.

Un long silence gêné suit, entrecoupé seulement par les sifflements que produit Brian en respirant. On dirait qu'un animal à l'agonie est prisonnier de sa cloison nasale. Sans m'en rendre compte, j'ai dû le dévisager, car Mme Scharff explique :

— Brian souffre d'asthme.

— Oh ! réponds-je.

— Les allergies n'arrangent rien.

— Je vois... À quoi est-il allergique ? finis-je par demander quand je comprends qu'elle attend qu'on l'interroge.

— À la poussière, dit-elle avec emphase, comme si elle attendait de lâcher le mot depuis qu'elle a franchi la porte.

D'un regard méprisant, elle parcourt la pièce, qui n'est absolument pas poussiéreuse, et Carol rougit.

— Et au pollen. Ainsi qu'aux chats et aux chiens, évi-demment, aux cacahuètes, aux fruits de mer, au blé, aux produits laitiers et à l'ail.

— J'ignorais qu'on pouvait être allergique à l'ail.

Les mots m'échappent, je ne réussis pas à les retenir à temps.

— Son visage enfle comme un accordéon, réplique Mme Scharff en posant un œil dédaigneux sur moi, l'air de dire que je suis, d'une façon ou d'une autre, responsable de cet état de fait.

— Ah !...

Un nouveau malaise s'installe. Brian n'ouvre pas la bouche, mais sa respiration est plus bruyante que jamais. Cette fois, Carol vole à mon secours.

— Lena, peut-être Brian et Mme Scharff aimeraient-ils un peu d'eau ?

Je n'ai jamais été aussi heureuse de ma vie d'avoir une excuse pour quitter la pièce. En bondissant sur mes pieds, je manque de renverser une lampe.

— Bien sûr, je vais en chercher.

— Assure-toi qu'elle est bien filtrée, m'intime Mme Scharff alors que je m'élance vers la cuisine. Et ne mets pas trop de glaçons.

Je prends le temps de remplir les verres, avec l'eau du robinet, n'en déplaise à la mégère, et de profiter du souffle glacé du congélateur sur mon visage. Depuis le salon me parvient le murmure assourdi des conversations, mais je n'arrive pas à savoir qui parle ni à comprendre ce qui se dit. Mme Scharff a peut-être décidé de répéter la liste des allergies de Brian.

Je sais bien, pourtant, que je devrai finir par y retourner, mais mes pieds refusent de me porter dans cette direction. Lorsque je réussis à reprendre l'ascendant sur ceux-ci, j'ai l'impression qu'ils se sont transformés en plomb ; malgré tout, ils me ramènent bien trop vite dans le salon. Devant mes yeux, je vois défiler une série infinie de jours insipides, de jours couleur jaune pâle, de jours à l'arrière-goût médicamenteux. De matins et de soirs emplis du ronronnement d'un humidificateur, de la respiration poussive de Brian, du ploc ploc ploc d'un robinet qui fuit.

Je n'ai aucune échappatoire : le couloir a une fin. Je pénètre dans le salon au moment précis où Brian lâche :

— Elle n'est pas aussi jolie que sur les photos.

Sa mère et lui me tournent le dos, mais Carol, face à la porte, se décroche la mâchoire en m'apercevant, et les deux Scharff pivotent aussitôt vers moi. Ils me font au moins la grâce d'avoir l'air gênés. Il baisse les yeux, elle s'empourpre.

Je ne me suis jamais sentie aussi humiliée ni mise à nu de toute ma vie. Même quand je me suis avancée en blouse d'hôpital translucide sous la lumière blafarde des spots devant les Évaluateurs. Mes mains tremblent tellement que l'eau déborde des verres.

— Tenez, dis-je en trouvant la force de venir déposer ceux-ci sur la table basse. Je n'ai mis que quelques glaçons.

— Lena… commence ma tante.

Je l'interromps aussitôt :

— Je suis désolée, je ne me sens pas très bien. Je vais sortir prendre l'air.

Je réussis, miraculeusement, à accompagner ma sortie d'un sourire. Il ne dure qu'une fraction de seconde, cependant. Ma mâchoire frémit, je sais que d'un instant à l'autre je risque d'éclater en sanglots. Je n'attends pas que Carol me donne la permission de m'éclipser. Je me précipite vers l'entrée. Au moment où j'ouvre la porte sur un soleil éblouissant, j'entends Carol présenter des excuses pour moi.

— Son Protocole n'aura lieu que dans deux semaines. Il faut lui pardonner d'être aussi sensible. Je suis sûre que tout s'arrangera...

Les larmes jaillissent, brûlantes, dès que j'ai posé le pied dehors. Le monde se décompose, les couleurs et les formes se répandent. Le jour est immobile. Le soleil vient tout juste de dépasser son zénith, disque plat et décoloré. Un ballon rouge est accroché à un arbre. Il doit avoir échoué là il y a un moment. En partie dégonflé, il s'agite sans conviction au bout de sa ficelle.

J'ignore comment je ferai pour supporter d'être en présence de Brian quand je rentrerai. J'ignore si je supporterai jamais sa présence. J'imagine, à toute vitesse, les milliers d'insultes que j'aimerais lui envoyer en pleine face. « Au moins, moi, je ne ressemble pas à un ver solitaire » ou : « Tu ne t'es jamais rendu compte que tu étais allergique à la vie ? »

Pourtant, je sais que je ne prononcerai jamais ces mots, que j'en suis incapable. Surtout que le problème n'est pas qu'il soit poussif ou allergique à tout. Le problème n'est même pas qu'il ne me trouve pas jolie.

Le problème est qu'il ne soit pas Alex.

La porte s'ouvre dans mon dos.

— Lena ?

C'est Brian. Je m'essuie aussitôt les joues. Il ne manquerait plus qu'il sache que sa remarque débile a provoqué mes larmes.

— Je vais mieux, lancé-je sans me retourner (je suis sûre d'avoir la mine défaite). Je vous rejoins dans une seconde.

J'ignore s'il est idiot ou bouché, mais, au lieu de rentrer, il referme la porte derrière lui et descend les marches du perron. J'entends sa respiration lourde se rapprocher à quelques centimètres de moi.

— Ta mère a dit que je pouvais sortir te voir.

— Ce n'est pas ma mère, le reprends-je aussitôt.

Je ne sais pas pourquoi je mets un point d'honneur à rétablir la vérité. Avant, la méprise me faisait plaisir, elle signifiait que les gens ne connaissaient pas tous la vérité. Mais beaucoup des choses que j'appréciais autrefois me semblent ridicules aujourd'hui.

— Ah ! oui… Désolé, j'avais oublié.

Brian a dû consulter mon dossier – celui-ci mentionne l'histoire de ma mère. « C'est ça », pensé-je. Sa présence a au moins un avantage : la colère a pris le pas sur la tristesse. Mes larmes se sont taries. Je croise les bras dans l'espoir qu'il saisira le message, ou se fatiguera de s'adresser à mon dos, et rentrera. Mais le sifflement ne disparaît pas.

J'ai rencontré Brian il y a moins d'une demi-heure et je pourrais déjà le tuer. Lassée de rester assise là sans piper mot, je finis par me lever et me diriger vers la maison sans lui accorder un regard.

— Je me sens beaucoup mieux maintenant, allons-y.

— Attends, Lena.

Il m'attrape par le poignet. Enfin, *attraper* n'est pas le terme exact : il essuie sa paume moite sur mon poignet. Je m'immobilise, même si je suis toujours incapable de soutenir son regard et garde les yeux rivés sur la porte d'entrée. Je remarque pour la première fois que la mousti-quaire est percée de trois larges trous, dans le coin supé-rieur droit : pas étonnant que la maison ait été envahie par les insectes cet été. Grace a trouvé une coccinelle dans notre chambre, l'autre jour. Elle me l'a apportée dans sa petite menotte. Je l'ai accompagnée au rez-de-chaussée pour qu'elle puisse lui rendre sa liberté.

Une tristesse subite s'empare de moi, qui n'est liée ni à Alex ni à Brian. Je suis simplement frappée par la réalité du temps qui file, qui fuit en avant. Un jour, j'ouvrirai les yeux et ma vie sera derrière moi, j'aurai l'impression qu'elle n'aura pas duré plus longtemps qu'un rêve.

— Tu n'étais pas censée entendre ce que j'ai dit tout à l'heure.

Je me demande si sa mère l'a forcé à prononcer ces mots. Ils semblent lui coûter un effort surhumain.

— C'était grossier, ajoute-t-il.

Comme si l'humiliation n'avait pas été suffisamment cuisante... Il s'excuse à présent de m'avoir traitée de laideron. J'ai l'impression que mes joues vont fondre tellement elles me brûlent.

— Ne t'en fais pas, lancé-je en essayant de libérer mon poignet.

Il tient bon, étonnamment (nous ne devrions pas nous toucher).

— Enfin, je veux dire...

Il remue les lèvres en silence pendant une ou deux secondes. C'est à son tour d'éviter mon regard. Il scrute la rue derrière moi, la balayant de haut en bas, tel un chat à l'affût d'un oiseau.

— Je voulais dire que tu avais l'air plus heureuse sur les photos.

Je suis si désarmée que, l'espace d'un instant, je reste interdite.

— Je n'ai pas l'air heureuse ? bredouillé-je, ce qui ne fait qu'accroître mon embarras.

Je trouve si étrange d'avoir cette conversation avec un inconnu, d'autant qu'il ne le restera pas longtemps. Il ne semble pas décontenancé par ma question, toutefois. Il se contente de secouer la tête et de lâcher :

— Je sais que tu ne l'es pas.

Il libère mon poignet, mais je ne suis plus aussi impatiente de rentrer maintenant. Il examine toujours la rue, et je l'observe un peu plus attentivement. Il pourrait être beau. Pas autant qu'Alex, naturellement : il est très pâle et légèrement efféminé avec ses lèvres pleines et son petit nez pointu, mais ses yeux sont d'un bleu clair, aussi limpide qu'un ciel d'été, et sa mâchoire est puissante. La culpabilité m'étreint soudain. Il doit penser que je suis malheureuse de l'avoir comme partenaire. Ce n'est pas sa faute si j'ai changé, si j'ai soit ouvert les yeux, soit contracté le *deliria* – à moins que ce ne soit les deux.

— Je suis désolée. Ça n'a rien à voir avec toi. J'ai juste… j'appréhende le Protocole.

Je me rappelle toutes ces nuits où j'ai rêvé de m'allonger sur la table d'opération, où j'ai rêvé de l'anesthésie qui dissiperait la réalité dans la brume, où j'ai rêvé de me réveiller régénérée. À présent, je sais que je me réveillerai dans un monde sans Alex, je me réveillerai dans la brume, tout sera gris, flou et méconnaissable.

Brian, qui a fini par poser les yeux sur moi, m'observe avec une expression que je peine à déchiffrer dans un premier temps. Soudain, je comprends : il s'agit de pitié. Il a pitié de moi. Il reprend d'une voix précipitée :

— Écoute, je ne devrais sans doute pas te le dire, mais avant mon Protocole j'étais comme toi.

Il reporte son attention sur la rue. Le sifflement a cessé. Il parle distinctement, mais doucement, afin d'éviter que Carol ou sa mère n'entendent quoi que ce soit par la fenêtre ouverte.

— Je ne… Je n'étais pas prêt.

Il s'humecte les lèvres avant de poursuivre dans un murmure :

— Il y avait une fille que je voyais parfois au parc. Elle gardait ses cousines, qu'elle accompagnait au terrain de jeux. J'étais capitaine de l'équipe d'escrime au lycée... et nos entraînements avaient lieu là-bas.

« Capitaine de l'équipe d'escrime ? Pourquoi ne suis-je pas surprise ? » Je garde cette réflexion pour moi, je vois bien qu'il s'efforce d'être gentil.

— Bref, on discutait ensemble parfois. Il ne s'est rien passé, s'empresse-t-il d'ajouter. Quelques conversations, de temps à autre. Elle avait un joli sourire. Je me sentais...

Un mélange d'émerveillement et de peur me balaie. Il cherche à me dire que nous sommes semblables. Il est au courant pour Alex, enfin pas pour Alex en particulier, mais il sait qu'il y a quelqu'un. Mon esprit est en ébullition.

— Attends un peu. Es-tu en train de m'expliquer que, avant le Protocole, tu étais... malade ?

— Non, seulement que je comprends.

Nos regards se croisent à peine une fraction de seconde, mais il ne m'en faut pas davantage. J'en ai la certitude maintenant, il sait que j'ai été infectée. Je suis à la fois soulagée et terrorisée : s'il a pu le déceler, d'autres en seront également capables.

— Voilà où je veux en venir : il n'y a qu'un seul remède, le Protocole.

Il insiste sur le dernier mot, et j'acquiers la conviction que ses intentions sont bienveillantes.

— Je suis beaucoup plus heureux maintenant. Toi aussi, tu seras plus heureuse après, je te le garantis.

À ces mots, quelque chose en moi se brise, et je sens de nouveau les larmes monter. Sa voix est si rassurante, je désirerais tant le croire. La sécurité, le bonheur, la stabilité : j'en ai rêvé toute ma vie. L'espace de quelques secondes, je songe que, peut-être, les dernières semaines n'étaient qu'un long délire. Peut-être qu'au terme du Protocole je me réveillerai avec l'impression de me remettre d'une grosse fièvre, en n'ayant qu'un vague souvenir de ces moments et en éprouvant un soulagement infini.

— Amis ? demande Brian en me tendant la main.

Cette fois, je ne flanche pas. Je lui abandonne même ma main durant plusieurs secondes. Ses yeux sont toujours tournés vers la rue, et une expression de perplexité passe soudain sur son visage.

— Qu'est-ce qu'il veut ? marmonne-t-il, avant de lancer : Tout va bien, nous avons été appariés.

Je fais volte-face juste à temps pour apercevoir des cheveux couleur feuilles d'automne disparaître à l'angle de la rue. Alex. Je lâche la main de Brian, mais il est trop tard. Alex est parti.

— Ça devait être un Régulateur, explique Brian. Il nous fixait, sans bouger.

La sensation de calme et de réconfort qui m'habitait une minute plus tôt se dissipe en un éclair. Alex m'a vue, nous a vus, main dans la main, et il a entendu Brian dire que nous étions destinés l'un à l'autre. Alors que j'étais censée le retrouver, lui, il y a une heure. Il ignore que j'ai été dans l'incapacité de m'échapper, de lui envoyer un message. Si seulement je pouvais pénétrer ses pensées... Si seulement je ne me les figurais pas aussi bien, plutôt.

— Ça va ?

Brian a les yeux si vitreux qu'ils en sont presque gris. Une couleur lugubre, qui n'a rien à voir avec celle du ciel, une couleur de moisi ou de pourriture. Comment ai-je pu songer, ne serait-ce qu'une seconde, qu'il pouvait être beau ?

— Tu n'as pas l'air dans ton assiette, insiste-t-il.

— Si, si.

En me dirigeant vers la maison, je trébuche. Brian se précipite à mon secours, mais je me libère aussitôt.

— Je vais bien, affirmé-je, alors que, autour de moi, tout se fissure, se brise.

— Il fait chaud dehors, dit-il. Rentrons.

Sa vue m'est insupportable. Il place une main sur mon coude, pour m'aider à gravir les marches du perron, franchir la porte et rejoindre le salon, où Carol et Mme Scharff nous attendent, souriant de toutes leurs dents.

Vingt

Ex remedium salvae.
« Par le remède, le salut. »

Gravé sur toutes les pièces de monnaie et imprimé
sur tous les billets de banque américains

Par miracle, Carol est apparemment satisfaite de l'impression que j'ai faite sur Brian et Mme Scharff, alors que j'ai à peine décroché un mot jusqu'à leur départ (à moins que ce ne soit, précisément, la raison de sa satisfaction). L'après-midi est bien avancé lorsqu'ils nous quittent, et Carol a encore besoin de mon aide dans la maison. Elle insiste ensuite pour que je reste dîner – chaque minute loin d'Alex me met au supplice, soixante secondes de pure torture –, mais s'engage à me laisser sortir me promener après le repas, jusqu'au couvre-feu. J'avale mes haricots et mes bâtonnets de poisson pané si vite que je manque de tout régurgiter, et je m'agite sur ma chaise en attendant qu'elle me libère. Elle me dispense de corvée de vaisselle, mais je lui en veux trop de m'avoir séquestrée pour lui en être reconnaissante.

Je me rends d'abord au 37, Brooks Street. Mes chances de trouver Alex là-bas sont maigres, mais je ne peux pas m'empêcher d'espérer. Les pièces sont vides, toutefois, le jardin également. La déconvenue me plonge dans une sorte de délire, qui me pousse à le chercher derrière les arbres et les buissons, m'imaginant sans doute qu'il pourrait en surgir, comme lors d'une des mémorables parties de cache-cache que nous avons faites, il y a quelques semaines, Hana, lui et moi. Ce seul souvenir provoque une douleur cinglante dans ma poitrine. Il y a moins d'un mois, août nous appartenait entièrement, long mois doré et rassurant, période enchantée de siestes délicieuses.

À présent, je suis bel et bien revenue à la réalité.

Je retourne dans la maison. En voyant nos affaires éparpillées dans le salon – couverture, magazines et livres, boîtes de crackers, canettes de soda, vieux jeux de société, notamment un Scrabble, abandonné au beau milieu d'une partie parce qu'Alex s'était mis à composer des mots tels que *kropz* et *yrouf* –, une vague de tristesse me submerge et je me remémore l'unique maison ayant survécu au blitz, au milieu de la rue éventrée. Des gens vivaient là, des gens qui s'adonnaient bêtement à leurs activités quotidiennes lorsque la catastrophe est survenue, ce qui avait permis à d'autres de dire : « Comment n'ont-ils pas pris la mesure de ce qui les attendait ? »

Quelle bêtise ! Quelle bêtise de gaspiller son temps, de croire qu'il en reste toujours.

Je parcours les rues du quartier, fébrile et désespérée, ne sachant où diriger mes pas. Alex m'a expliqué un jour qu'il vivait sur Forsyth Street, dans la longue rangée de bâtisses en pierre grise appartenant à l'université, je prends donc cette direction. Tous les immeubles se ressemblent, malheureusement. Il doit y en avoir des dizaines, ainsi que des centaines d'appartements. Je serais prête à les visiter tous, l'un après l'autre, mais ce serait suicidaire. Après m'être attiré les regards suspicieux de deux étudiants – j'ai probablement les traits décomposés, les joues rouges et les yeux d'une folle –, je me réfugie dans une rue adjacente. Pour m'aider à retrouver mon calme, je me mets à réciter la prière élémentaire : « H comme hydrogène, un poids de un / Qui, quand il explose, éclaire autant / Que du soleil les rayons brûlants... »

Je me concentre si peu sur le trajet du retour que je finis par me perdre dans le quartier labyrinthique de la fac. J'atterris dans une rue étroite que je ne connais pas et je suis contrainte de rebrousser chemin jusqu'à Monument Square. Le Gouverneur est à sa place habituelle, son poing vide tendu en avant ; il paraît triste dans la lumière déclinante, tel un mendiant condamné pour toujours à faire la manche.

Il me donne une idée. Du fond de mon sac, j'extrais un morceau de papier et un stylo, puis j'écris à la hâte :

Laisse-moi t'expliquer, s'il te plaît. Minuit à la maison. 17/08.

Après avoir vérifié que personne ne se tient derrière les rares fenêtres encore éclairées sur la place, je saute sur le socle de la statue pour fourrer le message dans le poing du Gouverneur. Il y a une chance sur un million pour qu'Alex y pense. Mais cette chance existe.

Cette nuit-là, au moment de sortir en douce de la chambre, j'entends un mouvement dans mon dos. En faisant volte-face, je découvre Gracie, assise sur son lit, qui m'observe en clignant des yeux, des yeux de chat. Je pose un doigt sur mes lèvres. Elle répète mon geste, et je me faufile par la porte.

Une fois dehors, je tourne les yeux vers la fenêtre de la chambre. L'espace d'une seconde, il me semble apercevoir Gracie, le visage aussi pâle que la lune. Mais les ombres qui défilent sur la façade m'ont peut-être joué un tour. Lorsque je relève la tête pour vérifier, il n'y a personne.

Je trouve la maison du 37, Brooks Street plongée dans l'obscurité et le silence. « Il n'est pas là. Il n'est pas venu. » Pourtant, une part de moi refuse à s'y résoudre. Il est forcément venu.

Je promène autour de moi le rayon de la lampe torche que j'ai pensé à emporter. C'est la seconde fois en quelques heures que je fouille la maison ; par superstition, je me retiens de prononcer son prénom. Je crains de ne pas le supporter : s'il ne répond pas, je serai contrainte d'accepter qu'il n'ait pas eu mon message ou, pire, qu'il l'a eu mais a décidé de ne pas venir.

En entrant dans le salon, je me pétrifie.

Toutes nos affaires – la couverture, les jeux, les livres – ont disparu. Le plancher irrégulier paraît nu, vulnérable sous le faisceau lumineux. Le mobilier est froid et muet sans notre touche personnelle, sans les sweat-shirts et les flacons de crème solaire entamés. Il y avait longtemps que je n'avais pas eu peur de la maison ou de la parcourir de nuit, mais je retrouve soudain cette sensation initiale de visiter un réseau de grottes ténébreuses, de pièces où s'amoncellent des objets en décomposition, où se tapissent des rongeurs qui m'observent depuis les recoins les plus obscurs, et un frisson me remonte le long de la colonne vertébrale. Alex a dû venir, oui, pour ranger.

Le message ne pourrait pas être plus limpide. Il en a fini avec moi.

Pendant quelques secondes, j'en oublie de respirer. Alors, la Froideur me frappe de plein fouet, si violemment que j'ai le sentiment de pénétrer dans l'océan et d'affronter des vagues déferlantes. Mes genoux se dérobent et je tombe, saisie de tremblements incontrôlables.

Il est parti. Un son étranglé m'échappe et fait voler le silence en éclats. Je me mets à sangloter dans le noir – la lampe torche s'est éteinte en roulant à terre. Peut-être que je verserai assez de larmes pour remplir la maison et me noyer, ou m'emporter loin, très loin.

Je sens alors la chaleur d'une main sur ma nuque, à travers mes cheveux emmêlés.

— Lena ?

Je me retourne : Alex est penché au-dessus de moi. Je ne parviens pas à discerner son expression dans l'obscurité, mais elle me semble dure, dure et figée, comme taillée dans la pierre. L'espace d'un instant, je crains d'avoir été victime d'une hallucination, mais ma crainte s'envole en sentant le contact rassurant de sa main.

— Lena, répète-t-il.

Il ne semble pas savoir quoi ajouter. Je me relève en m'essuyant le visage sur mon avant-bras.

— Tu as eu mon message, dis-je en essayant de ravaler mes sanglots, mais en ne réussissant qu'à hoqueter.

— Ton message ?

Si seulement je n'avais pas perdu la lampe torche, je pourrais voir ses traits plus distinctement. Dans le même temps, je suis terrifiée à l'idée de l'indifférence que je pourrais y lire.

— J'ai déposé un message au Gouverneur. Je t'avais donné rendez-vous ici.

— Je ne l'ai pas eu, dit-il d'une voix, me semble-t-il, froide. Je suis juste venu...

— Tais-toi.

Je ne peux pas le laisser poursuivre. Je ne peux pas le laisser m'expliquer qu'il est venu récupérer ses affaires, qu'il ne veut plus me voir. J'en mourrais. « L'amour, le plus fatal des maux mortels. »

— Écoute, reprends-je en hoquetant toujours. Pour aujourd'hui... je n'y suis pour rien. Carol m'a annoncé que je devais le rencontrer, et je n'ai pas pu te prévenir. On s'est retrouvés dehors, et je pensais à toi, à la Nature, à tout ce qui a changé, au temps que nous n'avons plus, parce que nous n'avons plus de temps et, l'espace d'une seconde, d'une seule petite seconde, j'ai regretté que les choses ne soient plus comme avant.

Mes propos manquent de cohérence, j'en ai conscience. L'explication que je me suis récitée plusieurs fois à part moi s'embrouille, les mots jouant à saute-mouton entre eux. Mes excuses sont dérisoires : en parlant, je comprends qu'une seule chose compte véritablement. Alex et moi n'avons plus le temps.

— Mais je te promets que je ne l'ai pas vraiment souhaité. Je n'aurais jamais... sans toi, je n'aurais jamais... j'ignorais le sens de tout avant de te rencontrer...

Alex m'attire vers lui et m'enveloppe dans son étreinte. Je me blottis contre sa poitrine, où mon visage s'insère si parfaitement que j'ai l'impression, une fois de plus, que nos deux corps ont été conçus l'un pour l'autre.

— Chut... susurre-t-il dans mes cheveux.

Il me serre si fort que j'ai un peu mal, mais ça m'est égal. J'aime sentir que, si je soulevais les pieds, il continuerait à me tenir.

— Je ne t'en veux pas, Lena.

Je m'écarte aussitôt. Heureusement, il laisse ses bras autour de moi. Je sais que, même dans le noir, je dois être défigurée. J'ai les yeux bouffis et les cheveux collés sur les joues par les larmes.

— Mais tu...

Je déglutis, puis inspire et expire profondément avant de reprendre :

— Tu as tout emporté. Toutes nos affaires.

Il détourne le regard et l'obscurité engloutit son visage entier. Il répond d'une voix forcée, comme incapable d'expulser les mots autrement :

— Nous avons toujours su que ça arriverait. Nous avons toujours su que nous n'avions pas beaucoup de temps.

— Mais... mais...

Inutile de protester que nous avons prétendu le contraire. Que nous avons agi comme si rien ne changerait jamais. Il m'enserre le visage entre ses mains et sèche mes larmes avec ses pouces.

— Ne pleure pas, d'accord ?

Il m'embrasse le bout du nez, puis me prend la main.

— Je veux te montrer quelque chose.

Sa voix se brise légèrement, m'évoquant des objets qui se déboîtent, qui chutent. Il m'entraîne vers l'escalier. Très haut au-dessus de nos têtes, le plafond s'est écroulé par endroits, si bien que les marches sont baignées d'une lumière argentée. La cage d'escalier a dû être magnifique à une époque, s'élevant majestueusement depuis le rez-de-chaussée avant de se diviser pour desservir deux paliers.

Je ne suis pas montée depuis ma première visite, avec Hana : ce jour-là, nous avions mis un point d'honneur à explorer le moindre recoin de la maison. L'idée de me rendre à l'étage ne m'avait même pas effleurée plus tôt dans la journée. L'obscurité est encore plus épaisse qu'en bas, si c'est possible, et la touffeur plus noire, plus poisseuse.

Alex s'engage dans le couloir, dépasse une série de portes en bois identiques.

— Par ici.

Au-dessus de nous résonnent des bruissements frénétiques : Alex a dérangé des chauves-souris. Je pousse un petit cri. Les souris ? Pas de problème. Les souris qui volent ? Gros problème. C'est une des raisons pour lesquelles je me suis cantonnée au rez-de-chaussée. Durant notre première exploration, nous avions visité, Hana et moi, ce qui devait être la chambre des maîtres des lieux – une pièce immense occupée en son milieu par un lit à baldaquin, aux colonnes en partie effondrées. Quand nos yeux s'étaient habitués à la pénombre, nous avions décelé, le long des poutres apparentes, des formes muettes, par dizaines, semblables à d'horribles bourgeons noirs se balançant sur une tige, près d'éclore. Plusieurs avaient ouvert les yeux, et j'avais eu l'impression que certains m'adressaient des clins d'œil. Le parquet était maculé de déjections, l'odeur douceâtre qui s'en dégageait était écœurante.

— Ici, dit-il.

Je n'en ai pas la certitude, mais il me semble bien qu'il s'est arrêté devant la porte de la chambre en question. Je réprime un frisson. Je n'ai absolument aucune envie d'explorer une nouvelle fois le Royaume des Chauves-Souris. Face à la détermination d'Alex, pourtant, je capitule et m'introduis dans la pièce.

J'ai à peine posé un pied à l'intérieur que je me fige en poussant un cri de surprise. L'endroit est méconnaissable.

— Eh bien ? demande Alex avec un soupçon d'angoisse. Qu'en penses-tu ?

Je suis incapable de lui répondre immédiatement. Il a repoussé le vieux lit dans un coin et nettoyé le parquet. Les fenêtres, ou plutôt celles qui restent, sont grandes ouvertes, si bien que l'air embaume un parfum nocturne de gardénia et de jasmin, apporté par une douce brise. Il a installé la couverture et les livres au centre de la pièce, ainsi qu'un sac de couchage, et il a délimité le périmètre par des dizaines de bougies, plantées dans des bougeoirs de fortune – tasses ébréchées ou vieilles canettes de Coca –, comme dans sa caravane.

Mais ce n'est rien à côté du plafond, ou plutôt de l'absence de plafond. Alex a dû creuser dans le bois pourrissant pour atteindre le toit, et un gros morceau de ciel s'étend désormais au-dessus de nos têtes. On aperçoit moins d'étoiles de ce côté de la frontière, mais le spectacle n'en est pas moins magnifique. Comble du bonheur, les chauves-souris, chassées de leur perchoir, ont déguerpi. Haut, très haut, des formes sombres passent en ombres chinoises devant la lune, mais, tant qu'elles restent dehors, elles ne me dérangent pas.

Soudain, je comprends qu'il a fait tout ça pour moi. En dépit de ce qui s'est produit aujourd'hui, il m'a préparé cette surprise. La gratitude me submerge, accompagnée d'une pointe de culpabilité : je ne mérite pas ces attentions, je ne mérite pas Alex. Je me tourne vers lui, incapable de décrocher un mot ; à la lueur des bougies, son visage s'embrase. Il resplendit. Je n'ai jamais rien vu de plus beau que lui.

— Alex…

Je ne vais pas au bout de ma phrase. J'ai presque peur de lui, soudain, de sa perfection absolue. Il se penche pour m'embrasser. Quand il est aussi près de moi, quand la douceur de son tee-shirt me caresse le visage et qu'un parfum de crème solaire et d'herbe émane de sa peau, il paraît moins effrayant.

— On ne peut pas retourner dans la Nature, c'est trop dangereux.

Sa voix est cassée, comme s'il s'était époumoné, et un muscle de sa mâchoire se contracte frénétiquement.

— Alors, j'ai apporté la Nature à nous, reprend-il. J'ai pensé que ça te plairait.

— Oh ! oui. Je... j'adore.

Je le serre, regrettant de ne pas pouvoir être plus proche de lui. Je hais la peau, je hais les os, je hais nos corps. Je voudrais me blottir dans son sein pour toujours.

— Lena...

Les expressions se succèdent si vite sur son visage que je peine à les saisir toutes, et sa mâchoire continue à se contracter.

— Je sais, comme tu le rappelais, que nous n'avons pas beaucoup de temps. Nous n'en avons presque plus...

— Non.

Je presse mon nez contre son torse, enveloppe mes bras autour de sa taille et l'étreins de toutes mes forces. Vivre sans lui est impensable. Incompréhensible. L'idée suffit à me briser, tout comme le fait que je le sente sur le point de pleurer. Sans oublier qu'il a arrangé les lieux pour moi, qu'il m'en croit digne. Tout ça me tue. Il est mon monde, et mon monde se résume à lui. Sans lui, il n'y en a plus.

— Je ne le ferai pas, je n'irai pas. C'est impossible. Je veux rester avec toi. Je dois rester avec toi.

Alex me relève le menton et se penche pour plonger ses yeux dans les miens. Il rayonne, illuminé par l'espoir.

— Tu es libre, lâche-t-il en bredouillant presque, comme s'il y pensait depuis longtemps mais se retenait de l'exprimer à voix haute. Lena, tu es libre. On pourrait s'enfuir ensemble. Dans la Nature. Franchir la frontière et ne jamais revenir. Seulement... on ne pourrait jamais revenir, Lena. Tu le sais, n'est-ce pas ? Ils nous tueraient, ou nous enfermeraient... Mais Lena, on peut le faire.

« Ils nous tueraient. » Évidemment : une vie de fugitifs, voilà ce que je viens de souhaiter. Je recule, prise d'un vertige subit.

— Attends, juste une seconde, dis-je.

Il me lâche, l'espoir déserte ses traits en un éclair, et, pendant un moment, nous restons plantés là, à nous regarder en chiens de faïence.

— Tu ne le pensais pas vraiment, finit-il par lancer. Tu n'étais pas sérieuse.

— Si, si, j'étais sérieuse, simplement...

— Simplement, tu as la frousse.

Il s'approche de la fenêtre et s'absorbe dans la contemplation de la nuit. Son dos a quelque chose d'effrayant, il est si massif et impénétrable, un véritable mur.

— Je n'ai pas la frousse, je...

Je me débats avec des idées noires. J'ignore qui je suis, ce que je veux. Je désire Alex, mais je désire aussi retrouver mon ancienne vie, la paix et le bonheur, pourtant, je sais que je ne peux pas vivre sans lui. J'éprouve tous ces sentiments contradictoires en même temps.

— Ça ne me pose pas de problème, souffle-t-il sans conviction. Tu ne me dois aucune explication.

— C'est ma mère !

Alex fait volte-face, déconcerté. Je suis aussi étonnée que lui. J'ai l'impression d'avoir découvert les mots au moment où ils ont franchi mes lèvres.

— Je ne veux pas devenir comme elle, ajouté-je. Tu ne comprends donc pas ? J'ai vu l'effet du *deliria* sur elle, j'ai vu comment elle était... Ça l'a tuée, Alex. Elle m'a abandonnée, elle a abandonné ma sœur. Elle a tout plaqué pour cette chose, cette chose en elle. Je ne suivrai pas ses traces.

Je n'en avais jamais parlé ainsi, et je suis sidérée que ce soit aussi difficile. Je suis obligée de me détourner pour cacher mes larmes, qui se sont remises à couler.

— Parce qu'elle n'était pas immunisée ? me demande doucement Alex.

Je ne suis pas capable de répondre immédiatement et, en dépit de la honte, je laisse rouler les larmes sur mes joues sans un bruit, et prie pour qu'il ne se rende compte de rien. Lorsque je me sens capable de contrôler ma voix, je rétorque :

— Pas seulement.

Puis je déballe tout, des détails que je n'ai jamais évoqués devant personne avant :

— Elle était si différente des autres... Je le savais... Je savais qu'elle était différente, que nous étions différentes... mais ça n'avait rien d'effrayant au début. C'était notre petit secret, un secret savoureux. Le mien, le sien, celui de Rachel aussi. Nous partagions toutes les trois un cocon. C'était incroyable. Nous fermions les rideaux pour que personne ne puisse nous voir de l'extérieur. Nous jouions à un jeu : elle se cachait dans le couloir et nous devions essayer de le traverser en courant sans qu'elle nous attrape. Elle prétendait être un ogre. Ça se terminait toujours par une bataille de chatouilles. Elle riait en permanence. Nous riions toutes les trois en permanence. De temps à autre, quand nous devenions trop bruyantes, elle nous plaquait une main sur la bouche et tendait l'oreille pendant quelques secondes. Elle devait guetter le moindre bruit, s'assurer que nous n'avions pas attiré l'attention des voisins. Personne n'est jamais venu. Parfois, elle nous préparait des pancakes à la myrtille pour le dîner, avec des fruits qu'elle avait cueillis elle-même. Et elle chantait sans arrêt. Elle avait un timbre magnifique, onctueux, semblable au miel...

Ma voix se brise, mais je ne peux pas m'arrêter maintenant. Les mots se déversent, ils dévalent :

— Elle dansait, aussi. Je te l'ai dit, je crois. Quand j'étais petite, je montais sur ses pieds, elle m'enlaçait et on se déplaçait lentement à travers la pièce. Elle battait la mesure tout haut pour m'apprendre le rythme. J'étais mauvaise, terriblement maladroite, mais elle me répétait sans arrêt que j'étais belle.

Les lames du plancher se brouillent à cause des larmes qui envahissent mes yeux.

— La vie n'était pas rose tout le temps, non. Parfois, je me levais au milieu de la nuit pour aller aux toilettes et je l'entendais pleurer. Elle essayait toujours d'étouffer ses sanglots dans son oreiller, mais elle ne réussissait pas à me berner. C'était affreux. Je n'avais jamais vu un adulte pleurer, tu comprends ? Elle poussait aussi des gémissements... comme une bête. Et certains jours elle ne sortait pas du lit. Elle les appelait ses journées noires.

Alex se rapproche. Je tremble tellement que je tiens à peine sur mes pieds. J'ai l'impression que mon corps entier cherche à expulser quelque chose, enfoui au fond de ma poitrine.

— Je priais pour que Dieu la guérisse de ses journées noires. Pour qu'il veille sur elle. Je voulais que nous restions ensemble. Parfois, les prières semblaient porter leurs fruits. Elle allait bien, la plupart du temps. Mieux que bien.

Les mots suivants me coûtent tant que je les prononce dans un murmure :

— Ne comprends-tu donc pas ? Elle a abandonné tout ça... pour, pour cette chose. L'amour. Ou l'*amor deliria nervosa*, si tu préfères. Elle m'a abandonnée.

— Je suis désolé, Lena, me susurre Alex, qui se tient juste derrière moi.

Il se met à tracer de grands cercles dans mon dos, et je prends appui sur sa main. Mais je n'en ai pas terminé.

J'essuie mes larmes rageusement et avale une grande goulée d'air.

— Tout le monde est persuadé qu'elle s'est tuée parce qu'elle ne supportait pas l'idée de subir un nouveau Protocole. Ils cherchaient encore à la guérir, tu sais. Elle serait passée sur le billard pour la quatrième fois. Après le deuxième échec, ils ont refusé de... Ils pensaient que l'anesthésie risquait de nuire à la réussite de l'opération. Ils lui ont charcuté la cervelle, Alex, et elle était consciente.

Je sens sa main se raidir, et je comprends qu'il partage ma fureur. Puis il se remet à dessiner des cercles.

— Mais je sais, moi, que ce n'est pas la véritable raison. Ma mère était courageuse. Elle n'appréhendait pas la douleur. C'était bien le problème, d'ailleurs. Elle n'avait pas peur. Elle ne voulait pas être guérie, elle ne voulait pas cesser d'aimer mon père. Je me rappelle qu'elle me l'a dit quelque temps avant de mourir : « Ils essaient de me l'enlever. » Elle avait un sourire si triste. « Ils essaient de me l'enlever, mais ils ne peuvent pas. » Elle portait son insigne militaire autour du cou, au bout d'une chaîne. Elle le cachait sous ses vêtements en général, mais, cette nuit-là, elle l'avait enlevé et le contemplait. C'était une sorte de long poignard en argent, avec deux pierres brillantes sur le manche, comme une paire d'yeux. Mon père l'épinglait sur sa manche. Ma mère ne quittait pas cet insigne depuis qu'il était mort, elle le gardait même pour se laver...

Je réalise subitement qu'Alex a retiré sa main et reculé de quelques pas. Je me retourne : il a les traits livides et défaits, on penserait qu'il vient d'apercevoir un fantôme.

— Quoi ?

Ai-je pu le blesser d'une façon ou d'une autre ? L'expression de son regard déclenche un tambourinement apeuré dans ma poitrine, un papillotement effréné.

— J'ai dit quelque chose de mal, Alex ?

Il secoue la tête, dans un mouvement presque imperceptible. Le reste de son corps reste aussi immobile et droit qu'un fil tendu.

— De quelle taille était-elle, cette décoration ?

Sa voix est étonnamment haut perchée.

— C'est anecdotique, Alex, ce n'est pas ça l'important...

— Quelle taille faisait-elle ?

Il parle plus fort, plus posément maintenant.

— Aucune idée. La taille de mon pouce, je suppose.

Je suis totalement déstabilisée par la réaction d'Alex. Je n'ai jamais lu une telle souffrance sur son visage, on dirait qu'il essaie d'avaler un hérisson tout rond.

— Cette décoration militaire venait de mon grand-père, poursuis-je, elle avait été fabriquée spécialement pour lui, pour le remercier d'un service rendu au Gouvernement. C'était une pièce unique. Mon père se plaisait à le répéter, en tout cas.

Alex reste interdit un moment. Il se tourne de profil ; au clair de lune, ses traits semblent si durs et réguliers qu'on pourrait les croire sculptés dans le marbre. Je suis soulagée de ne plus sentir ses yeux sur moi – ça me mettait vraiment mal à l'aise.

— Tu as des projets pour demain ? finit-il par demander lentement, comme si chaque mot lui pesait.

Sa question me paraît singulièrement saugrenue au milieu de la conversation, et je commence à perdre patience.

— Est-ce que tu m'as écoutée au moins ?

— Lena, je t'en prie... Réponds-moi simplement : est-ce que tu travailles demain ?

De nouveau, sa voix est étranglée.

— Non, pas avant dimanche.

Je me frictionne les bras. La brise nocturne est légèrement mordante et me donne la chair de poule. L'automne arrive.

— Pourquoi ? ajouté-je.

— Il faut absolument qu'on se voie. Je... je dois te montrer quelque chose.

Alex me fait face à nouveau, ses pupilles sont noires, sauvages, ses traits méconnaissables. J'ai un mouvement de recul.

— C'est un peu vague, Alex.

Je voudrais ponctuer ma réponse d'un rire, mais ne réussis à produire qu'un petit gargouillis. « Je suis effrayée, voilà ce que j'ai envie d'ajouter. Tu m'effraies. »

— Peux-tu au moins me donner un indice ? ajouté-je.

Il inspire profondément et, pendant une minute, j'ai le sentiment qu'il va se dérober.

Mais je me trompe.

— Lena, répond-il enfin, je crois que ta mère est vivante.

Vingt et un

La liberté dans l'acceptation
La paix dans la protection
Le bonheur dans la renonciation

Devise gravée au-dessus de l'entrée des Cryptes

Quand j'étais en CE2, j'ai visité les Cryptes avec l'école. Dans le cadre de sa politique d'éducation anticrime et antirésistance, le Gouvernement exige que chaque élève s'y rende au moins une fois au cours du primaire. Je ne me rappelle pas grand-chose à part un sentiment de terreur profonde, des couloirs en béton froids, noirs et luisants d'humidité, ainsi que de lourdes portes blindées à commandes électroniques. Pour être parfaitement honnête, je crois que j'ai effacé ce souvenir de ma mémoire. L'unique objectif de cette excursion était de nous traumatiser afin que nous restions dans le droit chemin, et ce but était, de mon point de vue, parfaitement atteint.

Je me rappelle très bien, en revanche, le soleil éblouissant d'une belle journée de printemps à la sortie des Cryptes, et le soulagement intense et écrasant qui m'avait envahie, ainsi que mon trouble en constatant que, pour quitter les lieux, nous avions dû redescendre plusieurs étages. Alors que nous avions gravi quantité d'escaliers lors de notre visite, j'avais eu la sensation que celle-ci s'était déroulée en sous-sol, plusieurs niveaux sous celui de la terre. Il faisait si sombre, l'atmosphère était si confinée et mal-odorante que j'avais l'impression d'avoir été enfermée dans un cercueil avec des corps en décomposition. Je me rappelle aussi que, dès que nous avions été à l'air libre, Liz Billmun s'était mise à pleurer, au beau milieu du trottoir, et qu'un papillon était venu tournoyer autour de ses épaules secouées de sanglots. Liz Billmun était pourtant du genre dure à cuire, voire tyrannique, et elle n'avait pas versé une seule larme quand elle s'était cassé la cheville en cours de gym. Nous étions tous sous le choc.

Ce jour-là, je m'étais juré de ne jamais, jamais retourner dans les Cryptes, sous aucun prétexte. Pourtant, le matin qui suit la révélation d'Alex, je me retrouve à faire les cent pas devant leur entrée, un bras serré sur le ventre. Je n'ai rien pu avaler au petit déjeuner à l'exception de l'épaisse boue noire à laquelle mon oncle donne le nom de café, et je le regrette à présent que mes intestins me brûlent comme rongés par l'acide.

Alex est en retard.

D'énormes nuages sombres s'amoncellent dans le ciel. L'orage annoncé pour la fin de journée est déjà en train de se préparer. Derrière la grille, au bout d'une petite allée pavée, les Cryptes sont tapies, inquiétantes et impo-santes. Elles se détachent sur le ciel menaçant, décor de cauchemar. Environ une dizaine de fenêtres minuscules, pareilles aux multiples yeux d'une araignée, sont épar-pillées sur la façade de pierre. Un petit terrain se situe à l'intérieur de l'enceinte. J'avais gardé le souvenir d'une prairie, alors qu'il s'agit en réalité d'une pelouse tondue à ras et pelée par endroits. Pour autant, le vert vif de l'herbe, lorsque celle-ci a survécu, détonne dans ce tableau. On s'attendrait à ce que rien ne pousse ni ne fleurisse, à ce que le soleil ne brille jamais dans ce lieu à l'écart, dans ce lieu hors du temps, du bonheur et de la vie.

Les Cryptes sont d'ailleurs, géographiquement, à la lisière, car sises sur la frontière est et adossées au fleuve Presumpscot, au-delà duquel s'étend la Nature. La clôture électrifiée passe littéralement par les Cryptes, puisque le grillage est interrompu par le bâtiment.

— Hello !

Alex s'avance dans ma direction, cheveux au vent. L'air est particulièrement frais aujourd'hui. J'aurais dû choisir un sweat-shirt plus épais. Alex a l'air d'avoir froid, également, il marche les bras croisés. Mais c'est parce qu'il ne porte que la chemise en coton fin des gardiens de la sécurité des laboratoires. Son badge se balance autour d'une chaîne. Je ne l'ai pas vu avec depuis le jour où nous nous sommes parlé pour la première fois. Il a également mis un beau jean foncé aux revers impeccables. Sa tenue soignée fait partie intégrante de notre plan : pour pouvoir nous introduire tous les deux dans la prison, il lui faut convaincre la direction que nous sommes ici pour une raison officielle. Je suis rassurée de constater, toutefois, qu'il n'a pas troqué ses vieilles baskets aux lacets coloriés. Ce petit détail familier me fournit un point de repère, une planche de salut, un éclair de normalité dans un monde qui est soudain devenu étranger.

— Désolé d'être en retard, dit-il.

Il s'arrête à plusieurs centimètres de moi. L'inquiétude dans son regard est perceptible, alors même que le reste de son visage demeure placide. Des gardes évoluent dans la cour et d'autres sont postés juste derrière les grilles. Ce n'est absolument pas un endroit pour nous toucher ou trahir la moindre intimité.

— Aucun problème.

Ma voix se brise. J'ai l'impression d'avoir de la fièvre. Depuis notre discussion, ma tête n'a cessé de tourner et ma température corporelle d'alterner entre le brûlant et le glacial. Je suis incapable de réfléchir. C'est un miracle que j'aie réussi à quitter la maison aujourd'hui. C'est un miracle que je sois habillée, et un miracle encore plus grand que je n'aie pas oublié d'enfiler des chaussures.

« Ma mère pourrait être vivante. Ma mère pourrait être vivante... » : voilà la seule idée qui tourne en boucle dans mon esprit, celle qui m'interdit toute autre pensée rationnelle.

— Tu te sens prête ?

Alex parle tout bas pour que les gardes ne puissent pas nous entendre, et je perçois une note d'appréhension dans ses intonations.

— Je crois, dis-je, ne parvenant à lui adresser qu'un pauvre sourire tant mes lèvres me semblent aussi froides et dures que la pierre. Il se peut que ce ne soit pas elle, de toute façon. Tu t'es peut-être trompé.

Il acquiesce, mais je sais bien qu'il est persuadé du contraire. Il est persuadé que ma mère est là, emmurée vive dans ce tombeau, qu'elle s'y trouve depuis tout ce temps. Je suffoque rien que de l'envisager. Je refuse de me perdre dans la contemplation des conséquences possibles si Alex avait raison. Je dois me concentrer, rassembler toute mon énergie pour tenir debout.

— Viens, lance-t-il.

Il ouvre la marche – j'ai l'impression qu'il m'emmène en visite officielle. Je garde les yeux baissés. Cela m'arrange presque que la présence des gardes interdise à Alex de m'accorder davantage d'attention. Je serais incapable de discuter avec lui dans l'immédiat. Un millier de sentiments tourbillonnent en moi, un millier de questions bouillonnent sous mon crâne, un millier d'espoirs et de désirs refoulés, enfouis il y a bien longtemps... Pourtant, je ne peux me raccrocher à rien : aucune théorie, aucune explication ne fait sens.

Alex a refusé de m'en dire davantage hier soir.

« Tu dois voir de tes propres yeux, répétait-il en boucle comme si c'étaient les seuls mots qu'il connaissait. Je ne veux pas que tu entretiennes de faux espoirs à cause de moi. » Puis il m'avait donné rendez-vous aux Cryptes. Je devais être sous le choc. Je n'avais pas cessé, la veille, de me féliciter de ne pas avoir perdu les pédales, de ne pas avoir hurlé, pleuré ou exigé une explication, mais, une fois chez moi, j'avais réalisé que je n'avais pas le moindre souvenir du chemin du retour et que je ne m'étais pas souciée un instant des Régulateurs et des patrouilles. Je suppose que j'ai parcouru les rues tel un automate, sourde au reste du monde.

À présent, je comprends la raison d'être de mon engourdissement. Sans cet état second, je n'aurais sans doute pas été en mesure de me lever et de m'habiller ce matin. Ni de rejoindre les Cryptes. Et je ne me tiendrais pas, à l'heure qu'il est, à une distance respectueuse d'Alex, pendant qu'il montre sa pièce d'identité au cerbère posté devant le portail avant de faire un geste dans ma direction et de se lancer dans une tirade qu'il a, de toute évidence, apprise par cœur.

— Il y a eu un... *incident* lors de son Évaluation, expose-t-il froidement.

Le geôlier et lui se mettent tous deux à me fixer ; le premier avec suspicion, le second avec le plus de détachement possible. Ses prunelles sont d'acier, toute chaleur les a désertées : il joue son rôle à la perfection, prétendant être quelqu'un d'autre, quelqu'un qui n'a pas le moindre lien avec moi, ce qui ne fait qu'accroître ma nervosité.

— Nous ne voulons pas être trop durs avec elle, mais ses parents et mes supérieurs ont pensé qu'une petite piqûre de rappel sur les dangers de la désobéissance lui serait bénéfique.

Le regard de la sentinelle glisse sur moi. Son visage est gras et rouge, la peau de part et d'autre de ses yeux saillante et boursouflée, comme s'il s'agissait d'une boule de pâte en train de lever. Je me surprends à imaginer que, bientôt, ses yeux seront entièrement engloutis par la chair.

— Quel genre d'incident ? s'enquiert le geôlier avant de changer son énorme mitraillette d'épaule.

Alex se penche vers lui, ils ne sont plus séparés que par quelques centimètres, à travers la grille. Il baisse la voix, mais sa réponse me parvient malgré tout :

— Sa couleur préférée est celle du coucher de soleil.

Le gardien m'observe une demi-seconde supplémentaire avant de nous faire signe d'entrer.

— Reculez-vous le temps que j'ouvre la grille.

Il disparaît dans une guérite semblable à celle qu'occupe Alex aux laboratoires et, au bout de quelques secondes, les grilles s'ouvrent en ronronnant. Alex et moi franchissons la cour en direction de l'entrée du bâtiment. À chaque pas, la silhouette menaçante des Cryptes grandit un peu plus. Le vent se lève, emportant des tourbillons de poussière, ballottant un sac en plastique égaré sur les pavés puis sur la pelouse. L'air est chargé d'électricité, comme toujours avant un orage – cette énergie débordante, vibrante, qui vous donne le sentiment que quelque chose de terrible pourrait se produire d'une seconde à l'autre, que le monde entier pourrait être livré au chaos. Je serais prête à n'importe quoi pour voir Alex se retourner, me sourire et me tendre la main. Mais il ne peut pas, bien sûr. Il chemine devant moi, muet, raide, les yeux rivés sur la porte.

J'ignore combien de personnes exactement sont confinées dans les Cryptes. Alex estime leur nombre à trois mille environ. La criminalité est pour ainsi dire inexistante à Portland (grâce au traitement), cependant, il y a, ponctuellement, des vols, des actes de vandalisme ou de résistance. En plus, bien sûr, des Résistants et des Sympathisants. Et, quand on ne les exécute pas sur-le-champ, on les laisse croupir en prison.

Les Cryptes servent également d'institut psychiatrique pour la ville, et, si les crimes sont rares à Portland, nous avons, en revanche, notre lot de fous, malgré le remède. Alex dirait que c'est à cause du remède, au contraire, et je dois reconnaître que les Protocoles qui ont été anticipés ou qui se sont mal déroulés conduisent souvent à des problèmes mentaux. Sans oublier que certains ne sont plus les mêmes après l'opération. Ils deviennent catatoniques, ils ont le regard fixe, bavent, et lorsque leur famille n'a pas les moyens de les garder, ils se retrouvent dans une cellule, où ils moisissent en attendant la mort.

Une énorme porte à double battant ouvre sur l'intérieur du bâtiment. De minuscules hublots, probablement en verre blindé, recouverts d'un voile de poussière et de résidus d'insectes écrasés, ne m'autorisent qu'une vue brouillée sur le long couloir sombre qui s'étend au-delà, ponctué d'ampoules clignotantes. Un panneau, tordu par la pluie et le vent, est accroché à l'un des battants. Il annonce : TOUS LES VISITEURS DOIVENT SE RENDRE DIRECTEMENT AU CONTRÔLE DE SÉCURITÉ.

Alex marque un temps d'arrêt à peine perceptible.

— Prête ? me demande-t-il sans se retourner.

— Oui, bredouillé-je.

L'odeur qui nous assaille me projette en arrière, pas seulement dans l'espace, mais aussi dans le temps : je suis de retour en CE2. C'est l'odeur de milliers de corps crasseux enfermés dans un endroit exigu, recouverte par celle, brûlante et acide, de nettoyants industriels. Le tout mâtiné d'humidité : couloirs qui ne sont jamais vraiment secs, conduites qui fuient, moisissures grignotant les murs de l'intérieur et se glissant dans les coins et recoins que les visiteurs ne sont jamais autorisés à voir. La femme qui s'occupe du contrôle de sécurité se tient derrière une paroi de verre blindé, sur notre gauche, et porte un masque médical. Et je la comprends. À ma grande surprise, lorsque nous approchons de son bureau, elle relève la tête et appelle Alex par son prénom.

— Alex, dit-elle en hochant la tête avec aménité avant que son regard tombe sur moi. Qui est-ce ?

Il lui ressert son histoire d'incident survenu au cours de l'Évaluation. À l'évidence, il la connaît, puisqu'il s'adresse à elle par son prénom alors qu'elle ne porte pas de badge. Elle entre nos noms dans l'antiquité qui lui sert d'ordinateur et nous indique de passer le portique de détection. Alex salue également ceux qui en sont chargés. Son sang-froid m'impressionne. Mes mains tremblent tellement que j'ai beaucoup de difficultés à défaire ma ceinture. Les membres de la sécurité des Cryptes semblent une fois et demie plus grands que la population normale, avec des mains comme des raquettes de tennis et des poitrines comme des paquebots. Et ils portent tous des armes à feu. De grosses armes à feu. Je fais de mon mieux pour ne pas laisser transparaître ma terreur, mais difficile de conserver son calme quand on se retrouve pour ainsi dire en sous-vêtements devant des géants munis de fusils d'assaut.

Une fois la sécurité passée, nous nous rhabillons, Alex et moi, en silence, et je suis agréablement surprise de réussir à nouer mes lacets.

— Vous n'avez accès qu'aux unités 1 à 5, lance l'un des cerbères tandis que je m'engage à la suite d'Alex dans un couloir.

Les murs sont peints d'un jaune pâle. Dans une maison, un bureau ou une crèche, bien éclairés, il pourrait être joyeux, mais à la lueur des rares néons qui ne cessent de s'éteindre et de se rallumer, avec les traces d'eau, d'empreintes de doigts, d'insectes écrabouillés – et d'autres résidus dont je ne tiens pas à connaître la nature –, ce jaune est on ne peut plus déprimant ; comme une personne aux dents gâtées souriant largement.

— Entendu ! répond Alex.

J'en déduis que l'accès de certaines zones doit être interdit aux visiteurs.

Alex s'engage dans un couloir étroit, puis un second. Ils sont déserts, et nous n'avons pas encore dépassé une seule cellule, même si, à mesure que nous progressons, des gémissements et des braillements se mettent à envahir l'atmosphère, ainsi que divers cris d'animaux, bêlements, meuglements et caquètements – on dirait qu'un groupe de personnes s'amuse à singer les bruits de la ferme. Nous devons approcher de l'unité psychiatrique. Nous ne croisons toujours personne, toutefois, ni infirmiers, ni gardes, ni patients. Cette tranquillité est presque effrayante : à l'exception de ces bruits étranges qui semblent suinter des murs, le silence est assourdissant.

Me sentant en sécurité pour parler, j'en profite pour interroger Alex :

— Comment se fait-il que tout le monde te connaisse ici ?

— Je passe souvent.

Comme si cette réponse était satisfaisante : les gens ne passent pas aux Cryptes. Ce n'est pas vraiment sur le chemin de la plage. Persuadée qu'il va arrêter là son explication, je me prépare à insister, mais il souffle bruyamment avant d'ajouter :

— Mon père est ici. Voilà pourquoi.

Je pensais que plus rien ne pouvait me surprendre, que plus rien ne pouvait se frayer un chemin à travers la brume qui envahit mon cerveau, pourtant, cette révélation y parvient.

— Je croyais que ton père était mort.

Alex avait évoqué, il y a longtemps, la disparition de son père, mais n'était pas entré dans les détails. Je savais seulement que celui-ci ignorait qu'il avait un fils.

Les épaules d'Alex se soulèvent et s'affaissent dans un petit soupir.

— C'est le cas, répond-il avant de s'engager brusquement dans un petit couloir qui mène à une lourde porte en acier.

Un panneau indique : À VIE. Sous les lettres imprimées, quelqu'un a ajouté, au stylo : HI HI HI !

— Qu'est-ce que tu...

L'attitude d'Alex me plonge dans des abîmes de perplexité, mais je n'ai pas le temps de terminer ma question. Il a déjà poussé la porte, et le parfum qui nous accueille, mêlé de vent, d'herbe et de fraîcheur, est si inattendu et engageant que je m'interromps pour inspirer profondément. Je n'avais pas réalisé que je respirais par la bouche depuis un moment.

Nous nous trouvons dans une petite cour, fermée sur ses quatre côtés par les murs gris et sales des Cryptes. L'herbe, singulièrement luxuriante, me monte presque aux genoux. Sur notre gauche, un arbre isolé élève son tronc tortueux vers le ciel, et un oiseau gazouille dans ses branches. Ce lieu est étonnamment agréable, paisible et coquet... Je suis déconcertée par ce petit jardin clos, j'ai l'impression de me tenir dans l'œil d'un cyclone, où règnent la paix et le silence, alors que la confusion fait rage alentour.

Alex s'est avancé de quelques pas. Il se tient la tête courbée, les yeux cloués au sol. Il doit être sensible, lui aussi, à la quiétude des lieux, au calme suspendu comme un voile dans l'air, enveloppant tout de douceur. Au-dessus, le ciel s'est assombri depuis que nous avons pénétré dans les Cryptes : le vert vif, électrique de l'herbe se détache sur les ombres grises, paraissant éclairé de l'intérieur. Il va se mettre à pleuvoir d'une seconde à l'autre. J'ai l'impression que le monde retient son souffle, qu'il hésite, vacille et le libérera bientôt dans un immense soupir.

— Là.

La voix d'Alex résonne si fort que je sursaute.

— Juste là, reprend-il en indiquant un fragment de roche sortant de terre. Mon père est là.

Des dizaines de pierres semblables sont éparpillées parmi les herbes. À première vue, j'avais cru qu'il s'agissait d'une œuvre de la nature et du hasard, mais je réalise à présent que ces blocs ont été placés par la main de l'homme. Certains comportent même des inscriptions à demi effacées, le plus souvent illisibles, même si je parviens à identifier le nom de RICHARD sur l'une d'elles, et DÉCÉDÉ sur une autre.

Des pierres tombales. Je comprends soudain que ce jardin sert de cimetière.

Alex ne quitte pas des yeux une dalle de béton, pas plus épaisse qu'une plaque commémorative, enfoncée dans la terre à ses pieds. L'épitaphe est parfaitement lisible, les mots ont été tracés avec soin au marqueur noir, leur contour est légèrement imprécis, comme si quelqu'un avait passé et repassé les lettres au fil des années.

— « Ci-gît Warren Sheathes », lis-je tout haut.

Je voudrais glisser ma main dans celle d'Alex, mais je ne suis pas sûre que nous soyons en sécurité. Quelques fenêtres du rez-de-chaussée donnent sur le jardin inté-rieur, et, bien qu'obscurcies par une épaisse couche de crasse, quelqu'un pourrait nous apercevoir par l'une d'elles ou nous rejoindre.

— C'est ton père ?

Alex acquiesce avant de secouer brusquement les épaules, comme pour se tirer du sommeil.

— Ouais.

— Il était enfermé ici ?

Sa bouche s'incurve d'un côté, mais, à l'exception de son sourire en coin, son visage reste de marbre.

— Pendant quatorze ans.

De la pointe de la chaussure, il trace un cercle dans la terre. Il n'avait pas donné de signe physique de gêne ou d'égarement depuis notre arrivée aux Cryptes et, à cet instant précis, il m'inspire de la crainte : depuis que je le connais, il a été un soutien pour moi, m'apportant réconfort et écoute, alors qu'il portait le poids de ses pro-pres secrets.

— Que s'est-il passé ? demandé-je doucement. Je veux dire, qu'a-t-il... ?

Je n'ose pas aller jusqu'au bout de ma question. Alex me considère rapidement avant de détourner les yeux.

— Tu veux savoir ce qu'il a fait ? Je l'ignore. La même chose que tous ceux qui atterrissent dans l'unité 6. Il a exercé sa liberté de pensée. Il s'est battu pour défendre les valeurs auxquelles il croyait. Il a refusé de baisser les bras.

Sa voix est redevenue dure.

— L'unité 6 ?

Alex évite soigneusement mon regard.

— Celle des condamnés à perpétuité, répond-il tout bas. On y trouve surtout des prisonniers politiques. Ils sont placés en isolement. Et ils ne sont jamais libérés.

Il ponctue sa phrase d'un large geste désignant les autres éclats de pierre pointant entre les hautes herbes : des dizaines de tombes de fortune.

— Jamais, répète-t-il.

Je repense à la pancarte sur la porte : À VIE, HI HI HI !

— Je suis désolée, Alex.

Je donnerais n'importe quoi pour pouvoir le toucher, mais je peux seulement me rapprocher afin que nos peaux ne soient plus qu'à quelques centimètres. Il pose alors les yeux sur moi et m'adresse un sourire triste.

— Ma mère et lui n'avaient que seize ans quand ils se sont rencontrés. Tu imagines ? Elle en avait à peine dix-huit quand elle m'a eu.

Il s'accroupit et suit les lettres du nom de son père avec son pouce. Je comprends soudain pourquoi il vient aussi fréquemment : il repasse l'inscription au marqueur noir pour conserver une trace.

— Ils avaient projeté de s'enfuir ensemble, mais il a été arrêté avant qu'ils aient mis au point un plan. Je n'ai jamais su qu'il avait été emprisonné ; je le croyais mort. Ma mère était persuadée que ce serait mieux pour moi, et personne dans la Nature n'a voulu la contredire. Je pense qu'il était plus simple pour ma mère de s'imaginer qu'il avait disparu plutôt que de se le représenter en train de moisir ici.

Il continue à faire courir son doigt sur les lettres.

— Quand j'ai eu quinze ans, mon oncle et ma tante m'ont appris la vérité, poursuit-il. Ils voulaient que je sache. Je me suis présenté aux Cryptes pour le rencontrer, mais...

Il me semble voir Alex réprimer un léger frisson avant de conclure :

— Bref, il était trop tard. Il était mort, depuis plusieurs mois, et avait été enterré ici afin que ses restes ne contaminent personne.

Je suis prise de nausées : les murs se referment sur nous, ils grandissent, se rapprochent, si bien que le ciel me paraît de plus en plus lointain, à la façon d'un point rapetissant jusqu'à disparaître. « Nous ne ressortirons jamais. » Je respire profondément pour tenter de conserver mon calme. Alex se redresse et me lance, pour la deuxième fois ce matin :

— Prête ?

J'opine, même si je ne suis pas certaine que ce soit le cas. Il s'autorise un sourire fugace et j'aperçois, l'espace d'une seconde, une étincelle qui réchauffe son regard. Puis il retrouve son air sévère.

Je jette un dernier coup d'œil à la pierre tombale, puis je le suis à l'intérieur. Je cherche une prière ou quelque chose d'approprié à dire, mais rien ne me vient. Les théories scientifiques sur ce qu'il advient des êtres humains au moment de la mort ne sont pas claires : ils sont censés se dissoudre dans la matière divine, être absorbés par celle-ci, mais on dit également que les Invulnérables montent au paradis mener une vie éternelle d'harmonie et d'ordre.

— Et ton nom ? dis-je en me retournant vers Alex (il m'a déjà dépassée et se dirige vers la porte). Alex Warren...

Il secoue presque imperceptiblement la tête avant de lâcher :

— C'est celui qu'on m'a donné.

— Ton vrai nom est Alex Sheathes ?

Il acquiesce. Il a un nom secret, comme moi. Nous nous dévisageons quelques secondes supplémentaires et, à cet instant, le lien qui nous unit est si fort que je le sens presque devenir physique, comme si une main nous entourait, nous maintenant ensemble, veillant sur nous. Voilà la sensation qu'évoquent les gens quand ils parlent de Dieu, cette sensation d'être soutenu, compris et protégé. Elle est ce qui, à mes yeux, ressemble le plus à une prière, et j'emboîte donc le pas à Alex en retenant ma respiration quand la terrible puanteur nous assaille de nouveau.

Je suis Alex dans un dédale de couloirs sinueux. L'impression de calme et de paix éprouvée dans le jardin intérieur est presque aussitôt remplacée par une peur si vive qu'il me semble qu'une lame s'enfonce profondément dans ma poitrine ; j'étouffe, j'ai du mal à continuer. Par moments, les gémissements s'intensifient jusqu'à en devenir insupportables, et je dois me couvrir les oreilles. Puis ils décroissent. Nous dépassons un homme vêtu d'une longue blouse blanche, maculée de ce qui ressemble à du sang ; il conduit un patient en laisse. Aucun d'eux ne nous accorde un seul regard.

Nous empruntons tant de tours et de détours que j'en viens à me demander si Alex est perdu, surtout que la crasse s'accumule et que les lumières au-dessus de nos têtes s'espacent : nous finissons par pénétrer dans le brouillard obscur d'un corridor de pierre noircie, long de dix mètres, et éclairé par une seule ampoule. Par intervalles, des enseignes au néon déchirent les ténèbres, semblant flotter dans les airs : UNITÉ 1, UNITÉ 2, UNITÉ 3, UNITÉ 4. Alex continue sa progression et, lorsque nous dépassons le couloir menant à l'unité 5, je l'interpelle, convaincue qu'il a été inattentif ou qu'il s'est égaré. Mais je m'étrangle avec son prénom : nous venons d'atteindre une lourde porte à double battant signalée par un petit panneau à peine éclairé et qui, pourtant, me brûle les yeux comme mille soleils.

Alex pivote sur ses talons et je découvre, non sans stupeur, que ses traits n'ont plus rien d'impassible. Sa mâchoire est contractée et ses yeux empreints de souffrance, je lis dans son regard qu'il se déteste d'être là, d'avoir à me l'annoncer, d'avoir à me le montrer.

— Je suis désolé, Lena.

Au-dessus de lui, l'enseigne luit faiblement : UNITÉ 6.

Vingt-deux

Les êtres humains, livrés à eux-mêmes, sont cruels et capricieux, violents
et égoïstes, malheureux et belliqueux. Ce n'est qu'une fois
que leurs émotions et instincts primitifs ont été régulés qu'ils peuvent
connaître le bonheur, le partage et le bien.

Le Livre des Trois S

L'idée d'aller plus loin, soudain, me terrorise. Le poing qui s'est refermé sur mon estomac se resserre encore, m'empêchant de respirer. Je ne peux pas continuer. Je ne veux pas savoir.

— On ne devrait sans doute pas, Alex. Il a dit... il a dit que nous n'avions pas l'autorisation.

Alex tend une main vers moi, avant de se rappeler où nous nous trouvons et de plaquer ses bras le long de son corps.

— Ne t'inquiète pas, Lena, j'ai des amis ici.

— Ce n'est sans doute même pas elle.

Ma voix est montée dans les aigus, je crains de me liquéfier. Je m'humecte les lèvres, m'efforce de me ressaisir.

— Nous sommes en train de commettre une erreur, Alex. Nous n'aurions jamais dû venir jusqu'ici. Je veux rentrer.

J'ai conscience de ressembler à un gros bébé qui pique sa crise, mais je ne peux pas m'en empêcher. Franchir cette énorme porte est au-dessus de mes forces.

— Je t'en prie, Lena, tu dois avoir confiance.

Il se risque à m'effleurer l'avant-bras d'un doigt, puis ajoute :

— Fais-moi confiance, d'accord ?

— Bien sûr, simplement...

L'atmosphère, la puanteur, l'obscurité et l'impression de pourriture généralisée me donnent envie de prendre mes jambes à mon cou.

— Si elle n'était pas là... ce serait terrible. Mais si elle était là... je crois... je crois que ce serait pire encore.

Alex m'observe attentivement avant de rétorquer, fermement :

— Tu as besoin de savoir, Lena.

Il a raison ; j'opine. Il m'adresse un pauvre sourire en poussant la porte de l'unité 6.

Nous pénétrons dans un hall semblable en tout point à la représentation que je m'étais faite des cellules des Cryptes : les murs et le sol sont en béton, et la couleur dont ils étaient probablement recouverts au début s'est décolorée en un gris terne, défraîchi. Une ampoule unique, haute, peine à fournir suffisamment de lumière pour éclairer la pièce pourtant exiguë. Dans un coin se trouve un tabouret, occupé par un gardien. Celui-ci est d'une corpulence normale, pour ne pas dire maigrelette, avec une figure grêlée par l'acné et des cheveux qui m'évoquent des spaghettis trop cuits. Nous avons à peine franchi la porte, Alex et moi, qu'il rajuste, par réflexe, son arme, la pressant contre lui et faisant légèrement pivoter le canon dans notre direction.

Alex se raidit. Soudain, tous mes sens sont en alerte.

— Vous êtes pas autorisés à être ici, déclare le gardien, c'est une zone d'accès restreint.

Pour la première fois, Alex ne semble plus maître de la situation, il se met à jouer nerveusement avec son badge.

— On... on venait voir Thomas.

Le geôlier bondit sur ses pieds. Étonnamment, il est à peine plus grand que moi – et nettement plus petit qu'Alex, en tout état de cause –, pourtant, de tous les membres de la sécurité que nous avons croisés aujourd'hui, il est le plus effrayant. Ses yeux ont quelque chose d'étrange, de glacial, qui me rappelle ceux des serpents. Je n'ai jamais été tenue en joue, et le long tunnel noir du canon de son fusil me colle le tournis.

— Oh ! mais il est là... Il nous quitte plus, maintenant.

Le gardien ponctue sa sortie d'un sourire cruel en faisant danser ses doigts sur la détente. Lorsqu'il parle, ses lèvres se rétractent, révélant une bouche pleine de dents jaunes, de traviole.

— Vous savez quoi au sujet de Thomas ?

L'atmosphère est aussi électrique qu'à l'extérieur, et j'attends que le tonnerre éclate. Alex contracte discrètement ses doigts sur ses cuisses. Je vois pour ainsi dire les rouages de son cerveau se mettre en marche, il cherche quelle réponse apporter à cette question. La mention de Thomas n'était sans doute pas une bonne idée : même moi, j'ai perçu le mépris et la suspicion dans la voix du garde lorsqu'il a prononcé ce prénom.

Après ce qui me semble une éternité – alors qu'en réalité seules quelques secondes ont dû s'écouler –, Alex retrouve son masque impavide et répond :

— J'ai entendu parler d'un problème, mais je ne sais rien de précis.

La déclaration a le mérite de rester vague. Alex continue à tripoter son badge, sur lequel le gardien pose les yeux avant de se détendre visiblement. Heureusement, il ne décide pas de procéder à un examen plus attentif. Alex ne possède qu'une autorisation de niveau 1, ce qui lui donne à peine le droit de visiter le placard du concierge, aux labos, et certainement pas celui de parader dans des zones sécurisées, ici ou n'importe où à Portland, comme s'il était chez lui.

— Il fallait le dire plus tôt, lâche le gardien d'un ton neutre. Thomas travaille plus d'puis des mois, mais le DCI connaît pas les détails. Mieux vaut éviter d'ébruiter ce genre d'incident.

Le DCI est le Département de contrôle de l'information (ou, si on pratique l'ironie comme Hana, le « Département de corruption des idiots » ou le « Département de censure des idées »), et mes bras se couvrent de chair de poule. Il a dû se produire un incident grave dans l'unité 6 pour que le DCI soit impliqué.

— Vous savez ce que c'est, rétorque Alex, qui a retrouvé sa confiance et son assurance. Impossible d'obtenir une réponse claire de quiconque ici.

Alex continue à avancer masqué, se protégeant derrière l'imprécision de ses remarques, pourtant le garde hoche la tête.

— M'en parlez pas… Qui est-ce ? ajoute-t-il en pointant le menton dans ma direction.

Je sens ses yeux rivés sur la peau lisse de mon cou, à l'endroit où le Protocole impose sa marque. À l'instar de beaucoup de gens, il a un mouvement de recul inconscient – de quelques centimètres seulement, mais bien assez pour réveiller mon vieux sentiment d'humiliation. Je baisse le regard.

— Personne, répond Alex (et j'ai beau savoir qu'il ne peut pas répondre autrement, une douleur sourde irradie dans ma poitrine). Je suis censé lui montrer les Cryptes, rien de plus. Une visite à but pédagogique, si vous voyez ce que je veux dire.

Je retiens mon souffle, persuadée que, d'une seconde à l'autre, il va nous mettre à la porte, souhaitant presque que ce soit le cas. Et pourtant... Juste derrière le tabouret s'élève une porte à un seul battant en acier lourd et épais, protégée par un clavier électronique. Elle me rappelle la chambre forte de la Banque centrale, en centre-ville. À travers elle ne filtrent que des sons distants, des sons humains, semble-t-il, même si c'est difficile à dire.

Ma mère pourrait se trouver derrière cette porte. Elle pourrait être là. Alex avait raison : je dois savoir.

Pour la première fois, je commence à saisir ce qu'il m'a laissé entendre la veille : tout ce temps, ma mère était peut-être en vie. Tandis que je respirais, elle respirait, elle aussi. Tandis que je dormais, elle dormait, ailleurs. Tandis que je pensais à elle, elle pensait peut-être à moi. L'émotion me submerge, c'est à la fois merveilleux et terriblement douloureux.

Alex et le garde se toisent un moment. Alex continue à faire tourner son badge autour d'un doigt, enroulant et déroulant la chaîne, ce qui semble rassurer le cerbère.

— J'peux pas vous laisser passer, reprend-il – mais cette fois il a l'air de s'excuser.

Il baisse son arme et se rassied.

— Vous ne faites que votre travail, rétorque calmement Alex. Vous remplacez Thomas, alors ?

— En effet.

L'homme pose les yeux sur moi et, une fois de plus, son regard s'attarde sur ma nuque vierge. Je dois me retenir d'y porter la main. Parvenant apparemment à la conclusion que nous ne représentons aucun danger, il se tourne vers Alex avant d'ajouter :

— Frank Dorset. J'ai été déplacé de l'unité 3 en février…
suite à l'incident.

À sa façon de prononcer ce dernier mot, un frisson me
remonte le long de la colonne vertébrale.

— Sacré coup dur, hein ? lance Alex en s'adossant au
mur, incarnation parfaite de la décontraction.

Je suis la seule à pouvoir déceler sa fébrilité. Il cherche
à gagner du temps. Il ne sait plus quel pion avancer pour
nous introduire dans l'unité.

— Au moins, c'est devenu plus calme, rétorque Frank
en haussant les épaules. Plus d'allées et venues. Enfin,
presque plus.

Il sourit à nouveau, découvrant son affreuse denture,
mais ses yeux conservent leur étrange éclat froid, comme
si un rideau avait été tiré dessus. Je me demande s'il s'agit
d'un effet secondaire de sa guérison ou s'il a toujours été
ainsi.

Il penche la tête en arrière pour observer Alex à travers
ses paupières plissées, ce qui accentue encore sa ressem-
blance avec un serpent.

— Alors, comment vous avez appris pour Thomas ?

Alex continue à jouer la désinvolture, il fait virevolter
son badge avec un air amusé.

— Des rumeurs, ici ou là. Elles vont vite, vous savez,
répond-il.

— Je sais, je sais, mais le DCI a pas beaucoup apprécié
l'affaire. Ils nous ont placés en quarantaine pendant plusieurs mois. On vous a raconté quoi exactement ?

Je comprends que cette question est importante, qu'elle
a valeur de test. « Fais attention, Alex », pensé-je, comme
s'il pouvait m'entendre. Il hésite à peine une seconde avant
de dire :

— Qu'il avait des accointances avec l'autre côté.

Soudain, les pièces du puzzle se mettent en place : Alex avait apparemment des amis ici et il a accédé à l'unité 6 par le passé ; l'un des gardiens devait donc être un Sympathisant, peut-être même un membre actif de la résistance. La rengaine d'Alex résonne dans ma tête : « Nous sommes plus nombreux que tu ne le penses. »

Frank se détend visiblement : c'était la bonne réponse. Il semble même parvenir à la conclusion qu'Alex est fiable après tout. Il caresse le canon de son fusil, qui repose à présent entre ses genoux, à la façon d'un animal familier.

— Exactement. J'suis tombé des nues, lâche-t-il. Bien sûr, je le connaissais à peine, on se croisait dans la salle commune ou aux chiottes, c'est tout. Il était du genre réservé. Ce qui explique pas mal de choses : il préférait probablement papoter avec les Invalides.

Je n'avais jamais entendu un membre de la fonction publique reconnaître l'existence des habitants de la Nature. J'imagine combien il doit être difficile pour Alex de parler, avec un détachement feint, d'un ami qui a été arrêté. Son châtiment a dû être expéditif et sévère, d'autant plus qu'il était salarié du Gouvernement. Il a vraisemblablement été pendu, abattu ou électrocuté, à moins qu'il n'ait été enfermé dans une cellule – dans le cas où le tribunal aurait, dans son immense clémence, renoncé à une mort par torture. À supposer, bien sûr, qu'il ait eu droit à un procès.

Étonnamment, la voix d'Alex ne marque aucune hésitation lorsqu'il demande :

— Qu'est-ce qui l'a trahi ?

Frank continue à prodiguer des caresses à son fusil, et le mouvement affectueux de ses mains – semblant vouloir animer l'objet – me file la nausée.

— Rien en particulier.

Il chasse les cheveux de son visage, révélant un front marbré de rouge et luisant de sueur. La chaleur est bien plus étouffante dans cette unité que dans les autres. L'air confiné entre ces murs doit se putréfier.

— On s'est aperçu qu'il devait être informé de l'évasion. Il était en charge de l'inspection des cellules. Et le tunnel a pas pu apparaître en une nuit.

— L'évasion ?

La question m'a échappé, alors que mon cœur se met à danser une gigue douloureuse dans ma poitrine. Personne ne s'est jamais enfui des Cryptes, jamais. Les mains de Frank s'immobilisent sur son fusil, ses doigts reprennent leur petite danse sur la détente.

— Mais oui, dit-il sans quitter Alex des yeux, prétendant que je n'existe pas. Vous avez dû en entendre parler.

— Vaguement, répond-il. Ça n'a jamais été confirmé par personne.

Frank éclate de rire. Il fait un bruit affreux, qui me rappelle ces deux mouettes que j'ai vues se battre pour un morceau de nourriture en plein vol – elles vociféraient en dévalant vers l'océan.

— Moi, j'peux vous le confirmer ! Ça s'est passé en février. L'alarme a été donnée par Thomas lui-même. S'il était de mèche avec elle, évidemment, elle a pu avoir six ou sept heures d'avance.

Au mot *elle*, j'ai l'impression que les murs s'effondrent autour de moi. Je recule d'un pas et me heurte à une paroi. « Et si c'était elle », me dis-je avant d'être, l'espace d'une seconde terrible d'égoïsme, déçue. Puis je me souviens que ma mère ne se trouve peut-être tout simplement pas ici et que la fuyarde pourrait être n'importe quelle Sympathisante ou agitatrice. Pourtant, le vertige ne se dissipe pas. Je suis parcourue d'un mélange d'inquiétude, de peur et d'espoir désespérant.

— Qu'est-ce qui lui arrive ? demande Frank en me regardant.

Sa voix me parvient comme à travers un tunnel.

— L'air, réussis-je à articuler. Il n'y a pas assez d'air ici.

Frank s'esclaffe à nouveau, il pousse ce cri de mouette si discordant.

— Vous trouvez qu'on respire mal ? lance-t-il. C'est le paradis en comparaison des cellules.

Il semble tirer un malin plaisir de la situation, et je me souviens d'un débat que nous avons eu, Alex et moi, quelques semaines plus tôt. Il avançait que la guérison ne servait à rien. J'avais argué que l'absence d'amour signifiait une absence de haine également : et sans haine, pas de violence. « La haine n'est pas le plus grand des dangers, avait-il répondu. C'est l'indifférence. »

Alex reprend la parole. Sa voix est douce mais ferme, elle me rappelle celle des vendeurs de rue qui tentent de vous refiler une barquette de framboises abîmées ou un jouet cassé – « Ne vous inquiétez pas, je vous ferai un bon prix, vous pouvez avoir confiance. »

— Écoutez, laissez-nous juste entrer une minute. Il ne nous faut pas plus. Une minute. Vous voyez bien qu'elle a déjà une trouille bleue. J'ai dû me taper tout le chemin jusqu'ici, alors que c'est mon jour de congé et que j'avais l'intention de le passer sur la jetée, à pêcher. L'ennui, si je la ramène chez elle sans avoir réussi à la remettre dans le droit chemin... Enfin, vous voyez, quoi, il y a des chances pour que je sois obligé de la traîner encore une fois jusqu'ici... En plus, je n'ai pas beaucoup de jours de congé, et l'été est bientôt fini...

— Pourquoi vous vous donnez tout ce mal ? demande Frank en faisant un mouvement de la tête dans ma direction. J'connais un moyen très simple de l'empêcher de vous causer des problèmes…

Le sourire d'Alex s'épanouit.

— Son père, Steven Jones, travaille aux labos. Il ne veut pas d'un Protocole anticipé. Il veut éviter les ennuis, la violence, le bazar, quoi. Ce n'est pas joli à voir, vous savez.

Alex prend de sacrés risques : Frank pourrait très bien demander à voir ma carte d'identité, et nous serions tous les deux fichus. J'ignore quelle punition attend ceux qui s'introduisent dans les Cryptes sous des prétextes fallacieux, mais elle ne doit pas être plaisante.

Frank s'intéresse à moi pour la première fois. Il me reluque de la tête aux pieds, comme s'il évaluait la maturité d'un pamplemousse sur l'étal d'un supermarché. Il reste muet un moment. Puis il finit par se lever et passer la bandoulière de son fusil sur son épaule.

— Allez, dit-il, cinq minutes.

Il pianote sur le clavier électronique qui commande la porte tout en plaçant son autre main sur un scanner – celui-ci doit relever ses empreintes digitales.

— Viens ! lance Alex en m'attrapant par le coude.

Son ton est brusque, semblant signifier que je suis venue à bout de sa patience, mais son contact est tendre, rassurant. J'aimerais qu'il puisse laisser sa main sur mon bras, mais il me lâche au bout d'une seconde. Je n'ai aucun mal à interpréter la prière dans ses yeux : « Sois forte, nous touchons au but. Sois forte encore un peu. »

Les verrous de la porte s'ouvrent dans un cliquètement. Frank pèse de son épaule contre le battant, et celui-ci s'entrouvre juste assez pour que nous puissions nous faufiler dans le couloir juste derrière. Alex s'engage le premier, puis moi, et enfin Frank. Le passage est si étroit que nous devons progresser en file indienne, et les ténèbres sont encore plus profondes qu'ailleurs.

Mais je suis surtout frappée par l'odeur : une puanteur insupportable, qui me rappelle les décharges près du port, où sont jetés les viscères des poissons, par une journée de forte chaleur. Même Alex jure en toussant avant de se couvrir le nez.

Je me figure sans difficulté le sourire de Frank dans mon dos.

— L'unité 6 possède son propre parfum.

J'entends le canon de son fusil rebondir contre sa cuisse à chaque pas. Craignant de m'évanouir, je voudrais prendre appui sur les murs, mais ils sont recouverts de moisissure. De part et d'autre apparaissent, à intervalles réguliers, les portes métalliques de cellules, percées d'une seule vitre crasseuse, de la taille d'une assiette. Les murs vibrent d'un gémissement continu. Ce qui est pire, d'une certaine façon, que les hurlements des autres unités : c'est le bruit des êtres ayant abandonné tout espoir d'être entendus, un bruit replié sur lui-même, qui a pour seule fonction d'emplir le temps, l'espace et l'obscurité.

Je vais être malade. Si Alex a raison, ma mère se trouve ici, derrière l'une de ces affreuses portes, si près que je serais en mesure de la toucher si je pouvais modifier la structure moléculaire de la pierre et abolir les murs. Plus près que j'en ai jamais rêvé.

Des pensées et des désirs contraires déferlent sur moi : « ma mère ne peut pas être là », « je préférerais qu'elle soit morte », « je veux la revoir en vie ». Sans oublier cette petite voix, qui se fait entendre derrière les autres : « Évasion, évasion, évasion... » Une possibilité trop merveilleuse pour être considérée. Si ma mère avait réussi à s'enfuir, je le saurais. Elle serait venue me chercher.

L'unité 6 se résume à ce long couloir. À ce que j'en vois, il comporte une quarantaine de portes. Quarante cellules distinctes.

— Et voilà, lance Frank, le clou de la visite !

Il cogne sur l'une des premières portes avant d'ajouter :

— L'ami Thomas est là, si vous voulez lui dire bonjour !

Il ponctue sa sortie d'un éclat de rire discordant. Je me rappelle ce qu'il nous a dit plus tôt : « Il nous quitte plus, maintenant. »

Devant nous, Alex ne moufte pas, mais il me semble le voir frissonner. De la pointe de son fusil, Frank me donne une bourrade dans le dos.

— Alors, qu'est-ce que t'en penses ?

— C'est affreux, grommelé-je.

J'ai l'impression que ma gorge a été ceinte de fil barbelé. Frank paraît satisfait de ma réponse.

— Tu f'rais mieux d'écouter ce qu'on te dit, reprend-il, si tu veux pas terminer comme ce type.

Nous sommes arrêtés devant un des cachots. Frank, d'un signe de tête, m'indique la minuscule imposte, et je m'avance d'un pas hésitant pour presser mon visage contre le hublot. La couche de crasse qui la recouvre est si épaisse qu'elle en est presque opaque, mais en plissant les yeux je réussis à distinguer quelques contours dans la pénombre : un petit sommier avec un matelas mince et sale, des W-C, une sorte d'écuelle. Je crois d'abord discerner une pile de vieilles loques dans un coin avant de m'aviser qu'il s'agit du « type » que Frank désignait : un tas de chair et d'os couronné d'une masse hirsute de cheveux. Il est parfaitement immobile, et sa peau est si sale qu'elle se confond avec le gris de la pierre des murs. Sans ses yeux, qui roulent continuellement dans leurs orbites comme à l'affût d'insectes, il n'aurait pas l'air vivant. Il n'aurait pas l'air humain.

Je me surprends à penser, de nouveau, que je préférerais savoir ma mère morte plutôt qu'ici. Je préférerais la savoir n'importe où plutôt qu'ici.

J'entends Alex, qui a continué à descendre le couloir, retenir son souffle. Je redresse aussitôt la tête : il est parfaitement immobile, et l'expression de son visage ne présage rien de bon.

— Quoi ? lancé-je.

Il ne répond pas immédiatement. Il a les yeux rivés sur quelque chose que je ne peux pas voir : une porte, je suppose, plus bas dans le couloir. Puis il pivote brusquement vers moi, le corps secoué d'un tremblement convulsif.

— Non...

Sa voix se brise, et ma peur déborde.

— Qu'y a-t-il ? insisté-je en me dirigeant vers lui.

Il me semble soudain à des kilomètres de moi, tout comme Frank lorsque celui-ci prend la parole dans mon dos.

— C'est là qu'elle était, explique-t-il. Au numéro 118. Le ministère a pas encore mis la main à la poche pour la réparation des murs, on laisse donc en l'état pour l'heure. On manque d'argent pour les travaux...

Alex ne me quitte pas du regard. Son sang-froid et sa confiance se sont envolés. Une lueur de colère, à moins qu'il ne s'agisse de souffrance, brûle dans ses prunelles, une grimace déforme sa bouche. Un tintamarre résonne sous mon crâne.

Alex lève une main qui semble vouloir m'empêcher d'avancer. Nos regards se croisent à peine une seconde, suffisamment pour que j'y lise un avertissement – à moins qu'il ne s'agisse d'une excuse. Je l'écarte pour pénétrer dans la cellule 118.

Elle est à peu près identique en tout point à celles que j'ai aperçues, à travers les minuscules hublots, dans le couloir : un sol de ciment brut, des W-C tachés de rouille et un seau rempli d'eau dans lequel flottent plusieurs cafards, mais aussi un lit en fer avec son matelas mince comme une feuille de papier, que quelqu'un a placé au centre de la pièce.

Seulement, il y a les murs.

Ils sont entièrement recouverts de graffitis. Non, pas de graffitis. Ils sont recouverts d'un mot de cinq lettres, écrit inlassablement sur la moindre parcelle disponible.

AMOUR

En lettres immenses, en anglaises délicates ou en épais caractères d'imprimerie ; incrustés, gravés ou creusés pour métamorphoser progressivement les murs en poèmes.

Au pied d'un mur, enroulée sur elle-même, se trouve une chaîne en argent, avec un pendentif, un poignard au manche orné de deux rubis et à la lame réduite par l'usure à quelques millimètres. La médaille de mon père. Le collier de ma mère.

Ma mère.

Tout ce temps, chaque seconde interminable de ma vie, alors que je la croyais morte, elle était ici : elle grattait, elle piochait, elle attaquait la pierre, prisonnière de ces murs comme un secret enfoui depuis longtemps.

J'ai subitement l'impression d'être retournée dans mon rêve et de me tenir sur une falaise qui se désintègre sous mes pieds, qui s'écoule pareille au sable d'un sablier. Voilà ce que je ressens à cet instant : je me retrouve dans le vide, la chute est imminente.

— C'est terrible, hein ? Vous voyez ce que la maladie lui a fait. Qui sait combien d'heures elle a passées à ronger ces murs comme un rat.

Frank et Alex sont derrière moi. Les mots de Frank semblent me parvenir à travers un tissu. Je m'avance dans la cellule, attirée par un rai de lumière, qui s'allonge tel un long doigt doré depuis un trou dans le mur. Les nuages ont certainement commencé à se disperser dehors : à travers l'orifice, de l'autre côté de la forteresse, j'aperçois le bleu électrique du fleuve Presumpscot, des feuilles qui tombent en tourbillons, une avalanche de vert, de soleil et le parfum de plantes sauvages. La Nature.

Des heures durant, des jours durant, elle a reproduit ces cinq lettres, ce mot étrange et terrifiant, ce mot qui lui a valu d'être enfermée ici pendant plus de onze ans.

Et qui, pour finir, l'a aidée à s'enfuir. Dans la partie inférieure d'un des murs, elle est repassée un si grand nombre de fois sur les cinq lettres et a foré la pierre si profondément, que le O s'est transformé en tunnel, par lequel elle s'est échappée.

Vingt-trois

De la nourriture pour le corps, pour les os du lait,
De la glace pour les blessures, le ventre lesté de galets.

Bénédiction populaire

Bien après que le portail s'est refermé avec fracas sur nous et que les Cryptes ont disparu au loin, le sentiment d'enfermement subsiste. Un poids écrasant continue de m'oppresser la poitrine et ma respiration est heurtée.

Un ancien bus de la prison au moteur poussif nous ramène à Deering Oaks. De là, Alex et moi rejoignons le centre de Portland à pied, chacun d'un côté de la rue. Tous les deux pas, il tourne la tête pour m'observer, ouvrant et refermant la bouche comme s'il prononçait une suite de mots inaudibles. Je sais qu'il se fait du mouron, qu'il s'attend probablement à ce que je craque d'une minute à l'autre, mais je n'ai pas la force de soutenir son regard ou de lui parler. Je garde les yeux rivés droit devant moi et me concentre sur le mouvement de mes pieds. À l'exception de la douleur qui me laboure la poitrine et le ventre, mon corps est anesthésié. Je ne sens ni le sol ni le vent qui siffle dans les arbres et me fouette le visage, ni la chaleur du soleil qui a, contre toute attente, triomphé des nuages menaçants, baignant la ville d'une étrange lumière verte, lui donnant des allures de monde aquatique.

Quand, suite à la prétendue mort de ma mère, j'ai piqué un sprint pour la première fois de ma vie, je me souviens m'être perdue après Congress Street, une rue dans laquelle j'avais pourtant toujours joué. Soudain, après un virage, je n'avais plus été capable de me repérer, j'avais été dans l'incapacité de savoir si j'habitais à gauche ou à droite. Plus rien n'était familier. Chaque chose ressemblait à une copie d'elle-même, fugace et déformée, j'avais l'impression d'être enfermée dans un palais des glaces.

C'est exactement ce que je ressens à présent. De nouveau. Sauvée et perdue en même temps. Je me demande si ma mère pense à moi, et la douleur enfonce son aiguillon plus profondément, me laissant hors d'haleine, si bien que je suis contrainte de m'arrêter et de me plier en deux.

Nous n'avons pas encore rejoint la péninsule, nous sommes à proximité du 37, Brooks Street, où les maisons sont séparées par de larges bandes d'herbes folles et de jardins à l'abandon jonchés d'ordures. Nous croisons toutefois des passants, notamment un homme qui, je le comprends aussitôt, est un Régulateur : alors qu'il n'est pas encore midi, il porte un mégaphone autour du cou et une matraque en bois le long de la cuisse. Alex a dû le remarquer également, parce qu'il garde ses distances et feint l'indifférence, tout en me soufflant :

— Tu peux bouger ?

Je dois vaincre la douleur. Elle irradie dans mon corps entier et remonte en palpitant dans mon crâne.

— Je crois, haleté-je.

— La ruelle, sur ta gauche. Tout de suite.

Je me redresse au maximum, suffisamment en tout cas pour me rendre, en boitillant, dans la rue étroite qui se glisse entre deux énormes immeubles. Au milieu de celle-ci s'alignent quelques bennes à ordures bourdonnantes de mouches. L'odeur nauséabonde ravive le souvenir des Cryptes, mais, trop contente d'avoir déniché un abri, je me laisse choir entre deux caissons métalliques. Dès que je me suis assise, ma migraine se dissipe. J'appuie ma tête contre le mur de brique alors que le monde tangue, tel un navire ayant largué les amarres.

Alex me rejoint quelques minutes plus tard ; il s'accroupit devant moi et chasse les cheveux qui me tombent dans les yeux. Pour la première fois de la journée, il peut me toucher.

— Je suis désolé, Lena. Je pensais qu'il fallait que tu saches.

Sa sincérité ne fait pas le moindre doute.

— Douze ans, me contenté-je de répondre. J'ai cru qu'elle était morte pendant douze ans.

Durant un moment, nous n'ajoutons pas un mot, ni l'un ni l'autre. Alex me masse les épaules, les bras et les genoux, tous les endroits où il peut poser les mains, comme s'il redoutait de rompre le lien entre nous. J'aimerais réussir à fermer les yeux et être pulvérisée dans le vide, sentir mes pensées se disperser à la façon des aigrettes d'un pissenlit emportées par le vent. Mais ses mains me ramènent sans cesse dans cette ruelle, dans Portland, dans un monde soudain dépourvu de sens.

Maintenant que je sais qu'elle est là, quelque part, il m'est impossible de reprendre ma vie, il m'est impossible de dormir, de lacer mes baskets pour aller courir, d'aider Carol à faire la vaisselle et même de m'allonger à côté d'Alex dans la maison. Cela m'est impossible, quand bien même elle graviterait aussi loin de moi que la constellation d'une autre galaxie.

« Pourquoi n'est-elle pas venue me chercher ? » La question jaillit en moi avec la vivacité et la violence d'un courant électrique, réveillant la douleur. Je serre les paupières et pose le menton sur la poitrine en priant pour que ça passe. Mais j'ignore à qui adresser ma prière. Les mots se dérobent, comme les souvenirs, à l'exception d'un seul : je me revois, petite, dans une église, observant le soleil flamboyant puis déclinant derrière les vitraux, observant les flots de lumière qui, en se retirant, laissent les panneaux de verre coloré nimbés d'un éclat terne, sans relief.

— Hé, regarde-moi.

Ouvrir les yeux exige un effort surhumain. Alex est flou, alors même qu'il est accroupi à moins de trente centimètres de moi.

— Tu dois avoir faim, reprend-il doucement. Je vais te ramener chez toi, d'accord ? Tu peux marcher ?

Il se recule pour que j'aie la place de me relever.

— Non !

La violence de mon objection n'était pas intentionnelle, elle surprend Alex.

— Tu ne te sens pas capable de marcher ?

Un petit pli se forme entre ses sourcils.

— Non...

Je dois faire des efforts aussi pour contrôler le volume de ma voix.

— Je veux dire que je ne peux pas rentrer à la maison. Jamais.

Alex soupire en se frottant le front.

— On pourrait aller au 37, Brooks Street quelques heures. Quand tu te sentiras mieux...

Je l'interromps :

— Tu ne comprends pas.

Un cri enfle en moi, insecte noir tâtonnant dans ma gorge. Je suis obsédée par une pensée : ils savaient. Ils savaient tous – Carol, William, peut-être même Rachel –, pourtant, tout ce temps, ils m'ont laissée croire qu'elle était morte. Qu'elle m'avait abandonnée. Que c'était tout ce que je méritais. Je bouillonne soudain d'une colère rouge, brumeuse : si je les vois, si je rentre, je serai incapable de me retenir. Je brûlerai la maison, ou je la mettrai en pièces, planche par planche.

— Je veux m'enfuir avec toi. Dans la Nature. Comme nous en avons parlé.

Loin de manifester de la joie, comme je m'y attendais pourtant, Alex paraît épuisé. Il détourne le regard.

— Écoute, Lena, la journée a été très longue. Tu es épuisée, tu as faim, tu n'as pas les idées claires...

— Mes idées sont parfaitement claires.

Je me hisse sur mes pieds pour ne pas avoir l'air impuissante. Je suis en pétard contre Alex, également, même si je sais que ce n'est pas sa faute. Mais la fureur croît en moi, et je ne la contrôle pas.

— Je ne peux pas rester ici, Alex. Je ne peux plus. Pas après... pas après ça.

Ma gorge se contracte quand je ravale le cri qui veut sortir.

— Ils savaient, Alex. Ils savaient et ils ne m'ont rien dit.

Il se remet debout à son tour, péniblement, comme s'il souffrait de courbatures.

— Tu n'as aucune certitude, Lena.

— Si.

Je sais qu'il s'agit de la vérité. Je le sais, au fond de mon cœur. Je revois ma mère penchée sur moi, la pâleur de son visage flottant au-dessus du mien, dans les brumes du sommeil. Sa voix qui susurre à mon oreille « Je t'aime. Souviens-toi. Ils ne peuvent pas nous enlever ça... », le petit sourire triste qui danse sur ses lèvres. Elle aussi, elle savait. Elle devait être au courant qu'ils viendraient la chercher pour l'emmener dans cet endroit terrible. Et une semaine plus tard à peine, je me retrouvais dans une robe noire qui grattait, assise devant un cercueil vide, avec une pile de pelures d'orange à sucer, tandis que tous ceux à qui j'accordais ma confiance édifiaient autour de moi un mur de mensonges, à la surface bien lisse, sans une faille (« elle était malade », « voilà ce que provoque la maladie », « un suicide »).

C'est moi qu'ils ont enterrée ce jour-là.

— Je ne peux pas rentrer chez moi et je n'irai pas. Je vais partir avec toi. On s'installera dans la Nature. D'autres nous ont précédés, non ? D'autres ont réussi. Ma mère...

Je voudrais ajouter que ma mère a sans doute le même projet, mais ma voix se brise sur ce mot. Alex scrute mon visage.

— Lena, si tu pars... si tu pars pour de bon... ta situation ne sera pas semblable à la mienne. Tu l'as compris, n'est-ce pas ? Tu ne seras pas libre de tes déplacements. Tu ne pourras jamais revenir ici. Ton code d'identification sera invalidé. Tout le monde saura que tu es une Résistante. Tout le monde te cherchera. Si quelqu'un te trouve... si jamais tu es prise...

Alex laisse la fin de sa phrase en suspens.

— Je m'en fiche ! C'est bien toi qui en as parlé le premier, non ? Et alors ? Maintenant que je suis prête, tu te défiles ?

J'ai perdu le contrôle de mes émotions.

— J'essaie simplement de...

Je l'interromps à nouveau, m'abandonnant à la colère, au désir de déchirer, de faire mal.

— Tu ne vaux pas mieux qu'eux. Un beau parleur, voilà ce que tu es. Mais quand il s'agit de passer à l'action, de m'aider...

— Je veux t'aider ! réplique-t-il sèchement. Ce n'est pas une décision à prendre à la légère, tu le comprends, Lena ? Il s'agit d'un choix déterminant, et tu es en colère, tu ne sais plus ce que tu dis.

À son tour, il s'échauffe. Ses intonations me blessent, mais je suis incapable de m'arrêter. Détruire, j'ai besoin de tout détruire : lui, moi, nous deux, la ville, le monde entier.

— Ne me traite pas comme une gamine !

— Alors, cesse de te conduire comme si tu en étais une !

Je sais qu'à la seconde où les mots franchissent ses lèvres, il les regrette. Il se détourne pour inspirer puis lâche, d'un ton plus égal :

— Écoute, Lena, je suis sincèrement désolé. Je sais que tu as… enfin, avec tout ce qui est arrivé aujourd'hui, je ne peux pas imaginer ce que tu ressens.

Il est trop tard. Les larmes brouillent ma vue. Je me place face au mur et je me mets à le gratter de l'ongle. Un minuscule bout de brique s'effrite. En le regardant dégringoler, je me rappelle ma mère, les murs insolites de sa cellule, et mes sanglots redoublent.

— Si tu tenais à moi, tu m'emmènerais. Si tu tenais à moi, tu n'attendrais pas une seconde.

— Je tiens à toi.

— C'est faux.

J'ai conscience de me conduire comme une gamine à présent, mais je ne peux pas m'en empêcher.

— Elle non plus, poursuis-je. Elle n'en avait rien à faire de moi.

— Tu sais que ce n'est pas vrai, Lena.

— Pourquoi n'est-elle pas venue me chercher, alors ? Où est-elle maintenant ? Pourquoi m'a-t-elle oubliée ?

Je lui tourne toujours le dos, une paume pressée contre le mur ; j'ai l'impression qu'il pourrait s'effondrer d'un instant à l'autre.

— Tu connais la réponse, dit-il plus fermement. Tu sais ce qui serait arrivé si elle avait été arrêtée une nouvelle fois, si elle avait été arrêtée avec toi. Elle aurait signé votre arrêt de mort à toutes les deux.

Il a raison, bien sûr, mais ça ne me console pas. Et je m'entête, c'est plus fort que moi :

— N'empêche. Elle s'en fiche, et toi aussi. Tout le monde s'en fiche.

Je me passe rageusement un avant-bras sur le visage pour m'essuyer le nez.

— Lena...

Alex me prend par les coudes et me force à lui faire face. Puisque je refuse de relever la tête, il m'attrape le menton et plonge ses yeux dans les miens.

— Magdalena... reprend-il, utilisant pour la première fois mon prénom entier. Ta mère t'aimait. Tu m'entends ? Elle t'aimait. Et elle t'aime toujours. Elle voulait te protéger.

Une bouffée de chaleur me suffoque. Je n'ai plus peur de ces mots. Quelque chose s'est déployé en moi, ne demandant qu'à s'étirer tel un chat au soleil, et j'éprouve le besoin d'entendre Alex me les répéter.

Sa voix est d'une douceur infinie. Ses yeux sont fervents et brillants, de la couleur du soleil qui dégouline sur les arbres à la fin d'une chaude journée d'automne.

— Et je t'aime aussi. Il faut que tu le saches, c'est important.

Ses doigts suivent le contour de ma mâchoire, effleurent mes lèvres. Et quelque chose se produit.

Alors que je me tiens entre deux bennes immondes dans une ruelle minable et que le monde entier s'effondre autour de moi, en entendant la déclaration d'Alex, la peur qui m'habite depuis que j'ai appris à marcher, depuis que j'ai été en âge de comprendre que je nourrissais en mon sein une chose grave, putride et malade, une chose qu'il fallait supprimer à tout prix, depuis qu'on m'a enseigné que j'étais à un battement de cœur de l'irréparable, cette peur s'envole. Et cette chose, au cœur de mon cœur, au sein de mon sein, se déploie tel un drapeau : grâce à elle, je me sens plus forte que jamais.

J'ouvre la bouche et je dis :

— Je t'aime aussi.

Curieusement, après cette scène dans l'allée, la signification de mon prénom, Magdalena, acquiert tout son sens, à l'instar de la vieille histoire biblique de Joseph et de Marie Madeleine. Celui-ci avait une bonne raison de la quitter. Il l'abandonnait pour la sauver, quand bien même il en était brisé.

Joseph a renoncé à Marie Madeleine par amour.

Je serais prête à parier que ma mère avait su, dès ma naissance, qu'un jour elle devrait faire de même. C'est une des facettes de l'amour, il force parfois à renoncer à certaines choses. Il force parfois même à renoncer à l'être aimé.

Alex et moi passons en revue tout ce que je quitterai en l'accompagnant dans la Nature. Il tient à s'assurer que j'ai conscience de ce qui nous attend. S'arrêter à la boulangerie juste avant la fermeture pour acheter les petits pains restants bradés un dollar pièce ; s'asseoir sur la jetée pour regarder les mouettes tournoyer dans le ciel en criaillant ; courir le long des fermes lorsque la rosée qui luit sur chacun des brins d'herbe donne l'impression qu'ils sont placés sous verre ; la mélopée incessante de l'océan qui bat comme le cœur de Portland, les rues étroites et pavées du vieux port, les boutiques regorgeant de beaux vêtements que je n'aurai jamais les moyens de me payer.

Hana et Grace seront mes deux seuls regrets. Le reste de Portland peut bien être anéanti, ça m'est égal : ses hautes tours clinquantes, ses devantures de magasins fermées par des rideaux métalliques, ses habitants soumis et inquisiteurs, courbant l'échine pour accueillir de nouveaux mensonges, telles des bêtes se sacrifiant volontairement sur l'autel des abattoirs.

— Si nous partons ensemble, il n'y aura que toi et moi, me répète en boucle Alex, comme s'il avait besoin de vérifier que tout est bien clair dans mon esprit, comme s'il avait besoin de s'assurer que je suis sûre de moi. Impossible de faire marche arrière. Jamais.

— C'est exactement ce que je veux. Nous deux. Pour toujours.

Et je suis sincère. Je ne suis même pas apeurée. Maintenant que je sais qu'il sera là, que nous serons là l'un pour l'autre, j'ai l'impression que plus rien ne pourra jamais m'atteindre.

Nous prenons la décision de quitter Portland dans une semaine, soit précisément neuf jours avant la date de mon Protocole. La perspective d'un départ aussi éloigné me rend nerveuse – je serais tentée de piquer un sprint jusqu'à la clôture pour essayer de franchir la frontière dès maintenant –, mais, à son habitude, Alex m'apaise et m'enseigne les vertus de la patience.

Au cours des dernières années, il ne s'est rendu que quelques fois dans la Nature. Aller et venir serait trop dangereux. Pourtant, la semaine prochaine, Alex prévoit de traverser deux fois avant la grande évasion – il réussit à me convaincre que ce risque quasi suicidaire est indispensable. Une fois qu'il aura pris la fuite avec moi et qu'il ne pourra donc plus répondre présent, ni au travail ni en cours, il sera également classé dans la catégorie des Invalides (peu importe que son identité n'ait jamais été réellement valide, puisque créée de toutes pièces par la résistance).

Dès lors que nous serons devenus des Invalides, on nous effacera du système. Éradiqués. Comme si nous n'avions jamais existé. En contrepartie, nous pouvons parier sur le fait que personne ne nous pourchassera dans la Nature. Il n'y aura ni raids ni Régulateurs. S'ils voulaient nous traquer, il leur faudrait admettre que nous avons quitté Portland, que s'en évader est possible et que les Invalides existent.

Nous serons réduits à des fantômes, des traces, des souvenirs... Et bientôt, comme les Invulnérables gardent les yeux résolument tournés vers l'avenir et la longue suite de jours à traverser, nous serons encore moins que cela.

Alex ne pourra plus jamais pénétrer dans Portland, il nous faut donc emporter le maximum de nourriture, de vêtements d'hiver et autres objets indispensables. Les communautés d'Invalides ont beau se montrer solidaires, les automnes et les hivers sont toujours rigoureux dans la Nature et, après des années de vie citadine, les talents de chasse et de cueillette d'Alex laissent à désirer.

Nous convenons de nous retrouver à la maison à minuit pour peaufiner notre plan. Je lui apporterai une première sélection d'affaires : mon album de photos, un carnet sur lequel Hana et moi échangions des messages en cours de maths pendant l'année de première, et toute la nourriture que je parviendrai à chiper.

Il est près de 15 heures lorsque nous nous séparons, Alex et moi. Le ciel enchevêtré avec les nuages épars est d'un bleu pâle évoquant la soie délavée et déchirée. Il fait chaud, mais le vent apporte un parfum automnal de fumée et de fraîcheur. Bientôt, les verts luxuriants du paysage se consumeront en rouges et oranges intenses, lesquels brûleront à leur tour pour laisser place à la nudité noire et friable de l'hiver. Et je serai loin, quelque part au milieu d'arbres frêles enfouis sous la neige. Mais Alex sera à mon côté, et nous serons en sécurité. Nous marcherons main dans la main, nous nous embrasserons à notre guise et nous nous aimerons tout notre soûl, sans personne pour nous séparer.

En dépit de tout ce qui est arrivé aujourd'hui, je me sens plus apaisée que jamais, comme si les serments que nous avons échangés m'avaient nimbée d'une brume protectrice.

Depuis plus d'un mois, je n'ai pas couru régulièrement. La chaleur était trop écrasante, et Carol me l'avait interdit jusqu'à récemment. Pourtant, dès que je suis rentrée, j'appelle Hana pour lui proposer de me retrouver à la piste de course, notre point de départ habituel, provoquant son hilarité.

— J'allais te téléphoner et te suggérer la même chose.

— Les grands esprits !... réponds-je alors que son rire disparaît, pendant une seconde, noyé dans les interférences provoquées par un Censeur qui, quelque part, a placé notre conversation sur écoute.

L'énorme œil qui nous surveille en permanence, qui ne se repose jamais. La colère gronde dans mon ventre, puis s'évanouit presque aussitôt. Bientôt, j'aurai définitivement disparu de la carte.

Je nourrissais l'espoir de filer sans croiser Carol, mais elle m'intercepte dans l'entrée. À son habitude, elle se trouve dans la cuisine, où elle répète le même cycle éternel : préparer à manger, nettoyer, préparer à manger...

— Où as-tu passé la journée ? demande-t-elle.

— Avec Hana, réponds-je du tac au tac.

— Et tu ressors encore ?

— Je vais juste courir.

Il y a encore quelques heures, j'étais persuadée que je la défigurerais ou la tuerais si je la revoyais. À présent pourtant, tandis que je l'observe, je me sens engourdie, j'ai l'impression qu'elle est un mannequin sur une affiche ou une inconnue croisée dans le bus.

— On dîne à 19 h 30, j'aimerais que tu sois là avant pour mettre la table.

— Je serai rentrée.

Je réalise que cet engourdissement, ce détachement, c'est ce qu'elle et tous les Invulnérables doivent éprouver constamment : comme si une épaisse vitre s'interposait entre le monde extérieur et eux. Une vitre qui ne laisse presque rien filtrer. À travers laquelle tout paraît sans importance. Ils prétendent que le bonheur est la raison d'être du Protocole, mais je comprends aujourd'hui que ce n'est pas le cas, que ça ne l'a jamais été. Sa raison d'être est la peur : la peur de la douleur, de la souffrance, la peur, la peur, la peur... qui nous fait mener une existence de bête aveuglée, se heurtant aux parois de couloirs sinueux et toujours plus étroits, une existence terrifiée, maussade et imbécile.

Pour la première fois de ma vie, j'ai sincèrement de la peine pour Carol. Je n'ai que dix-sept ans et j'ai déjà compris quelque chose qui lui échappe : j'ai compris qu'on n'est pas maître de sa vie si on se laisse ballotter par elle. J'ai compris que l'objectif, le seul, est de trouver ce qui compte, de s'y accrocher, de se battre pour, coûte que coûte.

— Entendu.

Carol ne bouge pas, visiblement mal à l'aise, comme toujours lorsqu'elle voudrait dire quelque chose d'important, mais que les mots lui manquent.

— Plus que deux semaines avant ta guérison, finit-elle par lâcher.

— Seize jours, exactement.

Dans ma tête, il y a un autre chiffre : sept jours. Sept jours avant d'être libre, d'être loin de tous ces gens à l'existence superficielle et incontrôlable, de tous ces gens qui vivent les uns à côté des autres et glissent, glissent, glissent, du berceau à la tombe. Pour eux, la différence entre les deux est si ténue…

— C'est normal d'être nerveuse.

Voilà ce qu'elle tentait de me dire, voilà les paroles de réconfort qui lui ont tant coûté. Pauvre tante Carol : une vie de tâches ménagères, de haricots en conserve et de jours qui défilent. Je réalise soudain combien elle est marquée par les ans. Son visage est sillonné de rides et ses cheveux grisonnent par endroits. Seuls ses yeux m'ont portée à croire qu'elle était sans âge : ces yeux au regard fixe et voilé, commun à tous les Invulnérables, qui semble toujours perdu au loin. Elle a dû être jolie dans sa jeunesse, avant d'être immunisée – au moins aussi grande que ma mère et sans doute aussi mince –, et une image se présente aussitôt à mon esprit, celle de deux adolescentes, telles deux parenthèses noires jouant dans l'étendue argentée de l'océan, s'arrosant en riant. Voilà à quoi on ne devrait jamais renoncer.

— Oh ! je ne suis pas nerveuse, réponds-je. Crois-moi, j'ai même hâte.

Plus que sept jours.

Vingt-quatre

Qu'est la beauté ? La beauté n'est qu'un tour de passe-passe,
une illusion, un effet provoqué par des particules et des électrons
agités sous vos yeux, se bousculant dans votre cervelle à la façon
d'une bande d'écoliers surexcités attendant de pouvoir s'égailler
dans la cour de récréation. Vous laisserez-vous berner ?
Vous laisserez-vous tromper ?

« De la beauté comme tromperie », *La Nouvelle Philosophie,*
Ellen Dorpshire

Lorsque j'arrive, Hana est déjà là, appuyée contre le grillage qui longe la piste de course, la tête rejetée en arrière et les paupières fermées pour ne pas être éblouie. Ses cheveux lâchés tombent en cascade presque blanche dans son dos. Je m'arrête à cinq mètres d'elle, dans l'espoir de réussir à capturer cette image précise et de la garder pour toujours.

Puis elle ouvre les yeux et m'aperçoit.

— Nous n'avons même pas encore commencé, lance-t-elle en s'écartant du grillage et en regardant ostensiblement sa montre, et tu es déjà la deuxième.

— Tu me mets au défi ? demandé-je en parcourant la distance qui nous sépare.

— Non, je le remarquais, c'est tout, rétorque-t-elle, hilare.

Son sourire vacille quand je me rapproche.

— Tu as quelque chose de changé, ajoute-t-elle.

— Je suis claquée.

Ça me fait bizarre de ne pas la toucher pour la saluer, de ne pas la serrer dans mes bras, même s'il en a toujours été ainsi, même si nous n'avons jamais eu d'autre choix. Ça me fait bizarre de ne lui avoir jamais dit combien elle comptait pour moi.

— La journée a été longue, expliqué-je.

— Tu as envie d'en parler ?

Elle plisse les paupières à cause du soleil. L'été lui a laissé un hâle, et les taches de rousseur sur son nez se rassemblent comme autant d'étoiles entrant en collision. Elle est sans doute la plus belle fille de Portland, peut-être même du monde entier, et une douleur aiguë s'insinue entre mes côtes à la pensée qu'elle vieillira et m'oubliera. Un jour, elle ne se remémorera plus les moments que nous avons passés ensemble et, quand elle le fera, ils lui paraîtront lointains et quelque peu ridicules, semblables au souvenir d'un rêve dont les détails se dérobent.

— Après avoir couru, peut-être, dis-je, ne trouvant rien d'autre à répondre.

Il faut avancer, c'est la seule solution. Il faut avancer, coûte que coûte. Voilà la loi universelle.

— Après que je t'aurai fait mordre la poussière, oui ! reprend-elle en s'étirant les adducteurs.

— Tu me sembles bien présomptueuse pour quelqu'un qui a passé l'été assis sur son derrière.

— Tu peux parler, réplique-t-elle en m'adressant un clin d'œil. Je ne suis pas certaine que tes activités avec Alex comptent vraiment pour du sport.

— Chut !

— Détends-toi ! Il n'y a personne, j'ai vérifié.

Tout semble si normal, si délicieusement, si merveilleusement normal que je suis parcourue de la tête aux pieds d'une joie enivrante. Les rues sont parées des rayures dorées du soleil alternant avec les ombres, l'air a un parfum de sel, de friture et, plus discrètement, d'algues échouées sur les plages. Je voudrais garder le souvenir de cet instant à tout jamais, au chaud dans mon cœur : mon ancienne vie, mon secret.

— Touché, lancé-je en donnant une bourrade à Hana. Attrape-moi maintenant !

Je démarre au quart de tour, elle bondit pour me rattraper, et, d'un commun accord tacite, nous contournons la piste pour nous diriger vers la jetée. Mes jambes se déroulent avec puissance et régularité, la morsure de la nuit du raid est parfaitement guérie à présent, me laissant tout juste une fine marque rouge à l'arrière du mollet, pareille à un sourire. L'air frais qui circule dans mes poumons est douloureux, mais d'une douleur plaisante, de celles qui vous rappellent combien il est incroyable de pouvoir respirer, souffrir, sentir tout simplement. Le sel me brûle les yeux et je cligne des paupières sans savoir s'il s'agit de sueur ou de larmes.

Nous avons déjà été plus rapides, mais je crois que nous avons rarement couru aussi bien. Nous progressons parfaitement à l'unisson, épaule contre épaule, décrivant une boucle qui va du vieux port à la promenade côtière.

Nous sommes plus lentes qu'au début de l'été, c'est certain. À l'approche du cinquième kilomètre, nous commençons toutes deux à montrer des signes de fatigue et nous décidons, sans avoir besoin de nous consulter, de couper par la pente herbue qui dévale vers la plage, où nous nous affalons dans le sable, mortes de rire.

— Deux minutes... lance Hana, essoufflée. Laisse-moi juste deux minutes.

— Tu es pathétique, dis-je alors même que je profite autant qu'elle de la pause.

— Tu ne perds rien pour attendre, réplique-t-elle en me lançant une poignée de sable.

Nous roulons sur le dos, les bras et les jambes étendus comme lorsqu'on veut tracer des anges dans la neige. Contre ma peau, le sable est étonnamment froid et humide. Il a dû pleuvoir un peu plus tôt, peut-être pendant que nous visitions les Cryptes, avec Alex. Au souvenir de cette minuscule cellule, des mots creusés dans le mur et du soleil perçant à travers le O comme à travers l'œil d'un télescope, ma poitrine se serre. À cet instant, à cette seconde, ma mère est vivante, quelque part. Là-bas.

Et bientôt, je serai là-bas, moi aussi.

Il n'y a que peu de monde sur la plage, pour l'essentiel des familles en goguette et un vieil homme qui longe lentement le bord de l'eau en plantant sa canne dans le sable. Le soleil disparaît derrière les nuages, et l'ensemble de la baie est d'un gris soutenu, à peine teinté de vert.

— Je n'arrive pas à croire que dans quelques semaines seulement nous n'aurons plus à nous soucier du couvre-feu, lâche Hana avant de tourner la tête vers moi. Moins de trois semaines pour toi. Seize jours, c'est bien ça ?

— Ouais.

Mentir à Hana me met mal à l'aise, et je m'assieds avant d'enlacer mes genoux.

— Je crois que je passerai dehors la nuit qui suivra ma guérison. Pour le plaisir de jouir de ce nouveau droit, dit-elle en se redressant sur les coudes. On pourrait s'arranger pour se retrouver, toi et moi...

Son ton a quelque chose d'implorant. Je sais que je devrais me contenter de répondre : « Oui, bien sûr », ou : « Bonne idée. » Je sais qu'elle se sentirait mieux, que *je* me sentirais mieux, si je prétendais que la vie ne changera pas.

Pourtant, les mots me résistent et je me mets à gratter des grains de sable sur ma cuisse avec l'ongle de mon pouce.

— Écoute, Hana, je dois te parler de quelque chose... Au sujet du Protocole...

— Oui ? demande-t-elle en se renfrognant (elle a perçu la note de sérieux dans ma voix et s'en inquiète).

— Promets-moi de ne pas être fâchée, d'accord ? Je ne pourrai pas...

Je m'interromps avant de dire : « Je ne pourrai pas partir si tu es en colère contre moi. » Je vais plus vite que la musique.

Hana s'assied à son tour et brandit une main en poussant un rire forcé.

— Laisse-moi deviner ! Tu quittes le navire avec Alex. Oui, voilà, vous prenez la fuite et vous m'abandonnez pour devenir des rebelles, des Invalides.

Elle affecte de plaisanter, mais je perçois parfaitement le message sous-jacent : elle a besoin que je la rassure.

Mais je conserve le silence. Pendant une minute, nous nous dévisageons, puis, subitement, la lumière et l'énergie désertent son visage.

— Tu n'es pas sérieuse, finit-elle par lâcher. Tu ne peux pas être sérieuse.

— Je n'ai pas le choix, Hana, réponds-je doucement.

— Quand ? s'enquiert-elle en se mordant la lèvre et en détournant la tête.

— Nous avons pris la décision aujourd'hui. Ce matin.

— Non, je veux dire… Quand ? Quand partez-vous ?

Je n'hésite pas plus d'une seconde. Depuis ce matin, j'ai l'impression de ne plus savoir grand-chose sur le monde ni sur ce qu'il contient, mais je sais que Hana ne me trahirait jamais, en tout cas pas tant qu'ils ne lui auront pas planté des aiguilles dans le cerveau pour la réduire en miettes. Parce que je comprends à présent que c'est l'objectif du Protocole : briser les gens, les dissocier d'eux-mêmes.

Mais quand cela se produira, quand ils s'occuperont d'elle, il sera trop tard.

— Vendredi. Pile dans une semaine.

Elle expire bruyamment, l'air siffle entre ses dents.

— Tu ne peux pas être sérieuse, répète-t-elle.

— Il n'y a rien pour moi, ici.

Elle soutient mon regard, les yeux écarquillés, et je comprends que je l'ai blessée.

— Je suis là, dit-elle.

Soudain, la solution m'apparaît avec la simplicité de l'évidence – elle est si évidente que c'en est ridicule. Je manque d'éclater de rire.

— Viens avec nous !

Hana scrute les alentours avec anxiété, mais tout le monde s'est éloigné : le vieillard a atteint le milieu de la plage à son train de sénateur, et il ne peut pas nous entendre.

— Ce ne sont pas des paroles en l'air, Hana. Tu pourrais parfaitement nous accompagner. Tu adorerais la Nature, c'est un endroit incroyable, il y a des campements un peu partout…

— Comment le sais-tu ? m'interrompt-elle sèchement.

Je rougis en m'apercevant que je ne lui ai jamais parlé de ma nuit avec Alex de l'autre côté. Je suis persuadée qu'elle y verra une nouvelle trahison. Je lui racontais tout, avant.

— Je me suis rendue là-bas, mais une seule fois. Et je ne suis restée que quelques heures. C'est vraiment extraordinaire, Hana, complètement différent de ce que nous imaginions. Et la traversée... Le fait de pouvoir traverser... Ça n'a rien à voir avec ce qu'on nous a toujours dit. Ils nous ont menti, Hana.

Je me tais, soudain submergée. Hana pique du nez et se met à jouer avec l'ourlet de son short.

— Nous pourrions réussir, reprends-je plus calmement. Tous les trois, ensemble.

Pendant un long moment, Hana reste interdite, le regard perdu vers l'océan, le front plissé. Puis, enfin, elle secoue la tête, imperceptiblement, en m'adressant un sourire triste.

— Tu me manqueras, Lena.

Mon cœur saute un battement. Je m'apprête à riposter, mais elle enchaîne aussitôt :

— Ou peut-être que tu ne me manqueras pas du tout.

Elle se hisse sur ses pieds et époussette le sable de son short avant de poursuivre :

— C'est bien l'une des promesses du Protocole, non ? Plus de souffrance. De ce genre-là, en tout cas.

— Tu n'es pas obligée de le subir, répliqué-je en me relevant à mon tour. Viens dans la Nature.

Elle éclate d'un rire creux.

— Et abandonner tout ça ? lance-t-elle en décrivant un large cercle du bras.

Elle plaisante, bien sûr, mais pas entièrement. Au final, en dépit de ses beaux discours, des fêtes secrètes et de la musique interdite, Hana n'est pas prête à abandonner sa vie, cet endroit : le seul foyer que nous ayons jamais connu. Mais je ne dois pas oublier qu'elle a une vie ici, elle : une famille, un avenir, un bon mariage. Alors que je n'ai rien.

Les lèvres de Hana frémissent, et elle laisse tomber sa tête en donnant un coup de pied dans le sable. Je voudrais la réconforter, mais je ne trouve rien à dire. Une douleur violente me lacère la poitrine. J'ai l'impression de voir défiler sous mes yeux tous nos souvenirs, de voir notre amitié partir à la dérive : les soirées pyjamas où nous mangions en cachette du pop-corn, les révisions pour l'Évaluation, lorsque Hana, une vieille paire de lunettes de son père sur le nez, abattait une règle sur son bureau chaque fois que je donnais une mauvaise réponse – nous nous étranglions de rire –, le jour où elle a envoyé son poing dans la figure de Jillian Dawson, les glaces sur la jetée, que nous dégustions en rêvant de notre futur dans des maisons identiques et attenantes. À tous ces souvenirs ne succède que le vide, comme autant de grains de sable balayés par le vent.

— Tu dois comprendre que ça n'a rien à voir avec toi.

Je suis contrainte de pousser les mots, de les forcer à franchir la boule qui s'est formée dans ma gorge.

— Grace et toi, vous êtes les seules personnes qui comptent pour moi, ici. Rien d'autre... Tout le reste est sans importance.

— Je sais bien, dit-elle en continuant toutefois à éviter mon regard.

— Ils... ils avaient ma mère, Hana.

Je ne pensais pas aborder ce sujet, je n'avais pas l'intention d'en parler, mais c'est plus fort que moi. Elle me fixe durement.

— Qu'est-ce que tu racontes ?

Je lui explique ce que j'ai découvert dans les Cryptes. Étonnamment, je réussis à aller jusqu'au bout de mon récit sans oublier un détail, l'unité 6 et l'évasion, la cellule, les mots. Hana semble statufiée, je ne l'ai jamais vue si calme et si sérieuse.

Au terme de mon exposé, Hana est devenue livide. Je me remémore la tête qu'elle faisait quand, petites, nous nous racontions des histoires de fantômes au milieu de la nuit pour nous fiche la frousse. D'une certaine façon, le récit que je viens de partager en est une.

— Je suis désolée, Lena, souffle-t-elle dans un murmure. J'ignore quoi ajouter. Je suis sincèrement désolée.

Je hoche la tête, les yeux tournés vers le large. Je me demande si ce qu'on nous a appris sur les autres parties du globe – celles qui n'ont pas été assainies – est vrai, si les populations qui les habitent sont aussi sauvages et désespérées qu'on le prétend. Je serais prête à parier qu'il s'agit également d'un mensonge, que ces endroits ressemblent à Portland, qu'ils possèdent leurs propres murs, leurs propres barrières et semi-vérités, mais que là-bas, l'amour voit toujours le jour, même s'il est imparfait.

— Tu comprends pourquoi je dois partir, reprends-je.

Ce n'est pas vraiment une question, pourtant Hana opine.

— Ouais, lance-t-elle en se secouant légèrement comme pour se tirer d'une rêverie – avant d'ajouter, le regard triste mais un petit sourire aux lèvres : Tu vas entrer dans la légende, Lena Haloway.

— Bien sûr, répliqué-je en levant les yeux au ciel. Je risque surtout d'être citée comme mauvais exemple !

Je me sens mieux, pourtant. Elle m'a appelée par le nom de ma mère, pour me montrer qu'elle a saisi.

— Je suis sérieuse, réplique-t-elle en chassant des cheveux de son visage, les yeux plantés au fond des miens. J'avais tort, tu sais. Tu te souviens de ce que j'ai dit au début de l'été ? Je croyais que tu avais peur. Je croyais que tu avais trop peur pour prendre des risques.

Un sourire triste étire de nouveau ses lèvres. Elle poursuit :

— Tu es plus courageuse que moi, en réalité.

— Hana...

— Ne te bile pas, m'interrompt-elle en balayant mon objection d'un revers de la main. Tu le mérites. Tu le mérites plus que moi.

J'ignore comment répondre à ses propos. Je voudrais l'étreindre, mais je me borne à enrouler mes bras autour de ma taille et de serrer. La brise qui monte de l'océan me pince.

— Tu me manqueras, Hana, dis-je au bout d'une minute.

Elle fait quelques pas vers l'eau et donne un coup de pied dans le sable. Les grains semblent se figer dans les airs une fraction de seconde avant de s'éparpiller.

— Eh bien, tu sauras toujours où me trouver, lâche-t-elle.

Pendant un moment, nous nous contentons d'écouter la marée qui aspire le rivage, les vagues qui charrient et roulent des bouts de roche, lesquels seront réduits en grains de sable d'ici des milliers d'années. Un jour peut-être, il n'y aura plus que de l'eau. Un jour peut-être, tout ne sera plus que poussière.

Soudain, Hana fait volte-face et s'écrie :

— Viens ! La première à la piste de course !

Elle s'élance sans avoir attendu ma réponse.

— Tu triches !

Je ne mets pas beaucoup de volonté à la rattraper, pourtant. Je la laisse conserver son avance et me concentre plutôt pour la mémoriser telle quelle : mon amie qui court et qui rit, mon amie bronzée, joyeuse et belle, ses cheveux blonds flamboyant dans les derniers rayons du soleil à la façon d'une torche, d'un phare éclairant l'avenir et nous promettant, à toutes deux, des jours meilleurs.

L'amour, le plus fatal des maux mortels : il vous tue, que vous soyez ou non contaminé.

Non, ce n'est pas exactement ça.

L'exécuteur et l'exécuté. Le bourreau. La lame. Le sursis de dernière minute. Le souffle court. Le ciel au-dessus de nos têtes. Le salut.

L'amour : il tue, mais il sauve aussi.

Vingt-cinq

Je dois partir et vivre, ou rester et mourir.

Tiré du récit édifiant *Roméo et Juliette,* William Shakespeare,
reproduit dans *Cent citations à connaître pour les examens de fin
du secondaire,* revue de Princeton

Le froid est mordant lorsque je pars pour le 37, Brooks Street peu après minuit, et je dois remonter la fermeture Éclair de mon coupe-vent jusqu'au menton. Les rues sont plus sombres et silencieuses que jamais. Pas le moindre murmure, pas un rideau qui bouge, pas une ombre qui glisse sur les murs pour me faire sursauter, pas un chat errant me fixant de ses yeux brillants, pas un rat grattant le sol, pas un piétinement distant et rythmé, signalant une ronde de Régulateurs. À croire que tout le monde s'est déjà cloîtré chez soi, à croire que la ville entière est immobilisée par des gelées terribles. C'en est même un peu effrayant. Je revois la maison ayant survécu au blitz qui se dresse, à présent, au beau milieu de la Nature, parfaitement préservée mais inhabitée, et envahie par les fleurs sauvages.

Quand j'aperçois, au détour d'un virage, le grillage qui délimite le terrain du 37, Brooks Street, un sentiment de soulagement m'envahit, suivi par une effusion de joie en imaginant Alex occupé à préparer, dans la pénombre, un sac à dos avec des couvertures et des boîtes de conserve. Je n'avais pas encore mesuré à quel point cet endroit était, au fil de l'été, devenu mon véritable chez-moi. Je remonte mon sac sur mon épaule et rejoins le portail à petites foulées.

Je me rends immédiatement compte que quelque chose cloche : j'ai beau leur donner plusieurs secousses, les portes refusent de s'ouvrir. Je me figure d'abord que le portail est coincé, avant de remarquer que quelqu'un l'a fermé au moyen d'un cadenas. Celui-ci paraît neuf : il scintille au clair de lune lorsque je tire dessus.

Le 37, Brooks Street est condamné.

Ma stupeur est telle que je ne suis gagnée ni par la panique ni par la suspicion. Je ne pense qu'à Alex, me demandant où il se trouve et s'il est à l'origine du cadenas. Peut-être y a-t-il eu recours pour protéger nos affaires ? Ou peut-être suis-je en avance ? À moins que je ne sois en retard ? Je m'apprête à sauter par-dessus le grillage lorsque Alex surgit des ténèbres, sur ma droite.

Nous n'avons été séparés que quelques heures, pourtant, nos retrouvailles me mettent dans une telle euphorie – bientôt, il m'appartiendra, au su et au vu de tous – que j'en oublie de baisser la voix.

— Alex !

— Chut, dit-il en me serrant dans ses bras alors que je lui bondis dessus.

Il recule de quelques pas, mais, lorsque je redresse la tête pour le regarder, il sourit, et je comprends qu'il partage ma joie. Il dépose un baiser sur le bout de mon nez.

— Nous ne sommes pas encore en sécurité.

— Plus pour très longtemps.

Je me hausse sur la pointe des pieds et l'embrasse tendrement. Comme toujours, la pression de ses lèvres sur les miennes semble effacer tout ce que le monde compte de négatif. Je dois faire un effort surhumain pour m'arracher à notre étreinte.

— Merci d'avoir pensé à me donner une clé, lancé-je en lui décochant une tape taquine sur le bras.

— Une clé ? répète-t-il en fronçant les sourcils de perplexité.

— Pour le cadenas.

J'essaie de le prendre dans mes bras, mais il s'écarte en secouant la tête, blanc comme un linge : à la même seconde, nous comprenons ce qui se trame. Alex ouvre alors la bouche, mais on dirait qu'il le fait au ralenti et, simultanément, je m'avise qu'il m'apparaît avec une netteté étonnante : il est en pleine lumière, pétrifié tel un cerf pris dans les phares d'un camion (les Régulateurs ont sorti les projecteurs ce soir). Une voix éclate alors dans la nuit :

— Stop ! Les mains sur la tête ! Tous les deux !

Au même instant, la voix d'Alex finit par me parvenir, pressante :

— Fonce, Lena, fonce !

Il se retire déjà dans l'obscurité. Mes pieds, eux, tardent à se mettre en branle et, lorsque je m'élance à l'aveuglette dans la première rue que je croise, je constate que la nuit s'est animée d'ombres mouvantes, qui se jettent sur moi en hurlant et en m'agrippant par les cheveux. Elles semblent se déverser par centaines, jaillissant du sol, des arbres, du ciel.

— Attrapez-la ! Attrapez-la !

Mon cœur menace d'exploser dans ma poitrine, et je ne peux plus respirer. Je n'ai jamais été aussi terrorisée : je vais mourir de frayeur. De plus en plus d'ombres se métamorphosent en hommes armés de matraques et de fusils luisants, de bombes lacrymogènes. J'esquive les mains puissantes qui tentent de me saisir, je fonce vers une rue adjacente, mais tous mes efforts sont vains. Un Régulateur m'empoigne brusquement par-derrière. Je me démène comme un diable, sans pourtant réussir à me libérer. Je suis ballottée de main en main telle une balle de flipper. La peur s'est matérialisée, elle est devenue une couverture qui m'étouffe, m'empêche de respirer.

Une voiture de police démarre à côté de moi, et les gyrophares jettent un éclairage violent et intermittent sur ce qui m'entoure : tout clignote, noir, blanc, noir, blanc, et les mouvements saccadés semblent se dérouler au ralenti. Un visage déformé par un rictus, un chien bondissant sur la gauche, tous crocs dehors, un hurlement : « Plaquez-la à terre ! À terre ! »

Et pendant ce temps, j'étouffe, j'étouffe, j'étouffe.

Un sifflement strident, pareil à un cri, une matraque figée momentanément dans les airs.

La matraque s'abat, le chien grogne, une douleur cuisante me parcourt.

Puis c'est le noir.

Lorsque je rouvre les yeux, le monde semble avoir explosé en un millier de morceaux. Il se réduit à de minuscules éclats de lumière, flous, qui tourbillonnent comme dans un kaléidoscope. Je cligne des paupières, plusieurs fois, et, progressivement, les éclats se réunissent pour former une cloche lumineuse et un plafond couleur crème orné d'une énorme tache d'humidité rappelant une chouette. Ma chambre. La maison. Je suis à la maison.

Mon corps est parcouru de picotements, j'ai l'impression d'avoir été percée d'aiguilles un peu partout, et je n'ai qu'une envie, m'abandonner contre mes oreillers moelleux et sombrer dans l'obscurité et l'oubli du sommeil, le temps que ma migraine se dissipe. Puis je me souviens : le cadenas, l'attaque, l'essaim d'ombres. Et Alex.

J'ignore ce qu'il est advenu d'Alex.

Je vacille, tente de m'asseoir, mais la douleur aiguë qui m'élance du sommet du crâne à la nuque me contraint de reprendre appui sur les oreillers, en haletant. Je ferme les yeux et j'entends la porte de ma chambre s'entrebâiller : les bribes d'une conversation enflent soudain depuis le rez-de-chaussée. Ma tante parle à quelqu'un dans la cuisine, un homme que je n'identifie pas. Un Régulateur, très certainement.

Des bruits de pas traversent la chambre. Je garde les paupières closes, feignant de dormir, alors que quelqu'un se penche au-dessus de moi. Un souffle tiède vient me chatouiller la nuque.

Puis d'autres pas dans l'escalier, et la voix de Jenny, grinçante, à la porte :

— Qu'est-ce que tu fabriques ici ? Tante Carol t'a interdit de t'approcher. Redescends avant que j'aille la prévenir.

Un poids se soulève du lit et des pas légers s'éloignent rapidement vers le couloir. J'entrouvre les paupières, à peine, mais suffisamment pour voir Grace se faufiler sous le bras de Jenny, qui est plantée dans l'embrasure de la porte. Grace voulait sans doute s'assurer que j'allais bien. Je referme les yeux tandis que Jenny fait quelques pas hésitants dans ma direction.

Elle pivote subitement sur les talons et détale en s'écriant :

— Elle dort encore !

Elle referme la porte derrière elle, mais une dernière phrase a le temps de me parvenir depuis la cuisine :

— Qui était-ce ? Qui l'a contaminée ?

Cette fois, je ne me laisse pas le choix : je m'assieds dans le lit malgré la douleur qui me vrille la tête et l'affreuse sensation de vertige qui accompagne chacun de mes mouvements. Je tente de me lever, mais mes jambes se dérobent et j'atterris par terre, d'où je rampe jusqu'à la porte. Même me mettre à quatre pattes me demande un effort surhumain, et je m'étale sur le sol en tremblant, alors que la pièce continue à tanguer, pareille à une balançoire maléfique.

J'ai de la chance, malgré tout : en collant l'oreille contre le plancher, je réussis à entendre la conversation d'en bas.

— Vous l'avez forcément vu, dit ma tante.

Ses intonations n'ont jamais été aussi hystériques.

— Ne vous inquiétez pas, répond le Régulateur, nous le trouverons.

Un point positif, enfin. Alex a réussi à s'enfuir. Si les Régulateurs avaient eu la moindre idée de l'identité de la personne qui m'accompagnait – même un simple soupçon –, Alex serait déjà en garde à vue. Intérieurement, je récite une prière de remerciement pour ce miracle.

— Nous ne nous doutions de rien, ajoute Carol, de cette voix frémissante et survoltée qui tranche avec son habituelle mesure.

Soudain, je saisis : elle n'est pas seulement nerveuse, elle est terrifiée.

— Vous devez me croire quand je vous dis que nous ignorions qu'elle était contaminée. Il n'y avait aucun signe. Son appétit n'avait pas changé, elle arrivait au travail à l'heure, elle était d'humeur égale...

— Elle s'efforçait sans doute de dissimuler les symptômes, l'interrompt le Régulateur. Les malades le font souvent.

Je perçois son dégoût quand il prononce le mot *malades*, comme s'il s'agissait d'un synonyme de *cafards* ou de *terroristes*.

— Quelles sont les mesures à prendre, maintenant ? demande Carol.

Les voix s'éloignent à présent, ils doivent se diriger vers le salon.

— Nous activons notre réseau… Avec un peu de chance, avant la fin de la semaine…

Le reste est inaudible, noyé dans un bourdonnement sourd. J'appuie mon front contre le sol pendant une minute et me concentre sur ma respiration pour oublier ma douleur. Puis je me relève doucement. Le vertige est toujours violent, et je suis contrainte de prendre appui sur le mur une fois debout. Je passe en revue mes options : il faut que je découvre ce qui s'est exactement produit, que j'apprenne depuis combien de temps les Régulateurs surveillent le 37, Brooks Street, et surtout que je m'assure qu'Alex est hors de danger. Je dois aussi contacter Hana ; elle m'aidera, elle saura comment agir. En actionnant la poignée de la porte, je constate qu'elle a été verrouillée de l'extérieur.

Évidemment. Je suis prisonnière, maintenant.

Soudain, la poignée se met à tourner dans ma paume. Je fais demi-tour, aussi vite que me le permet mon état, et je plonge dans mon lit – ce qui suffit à réveiller la douleur –, au moment où la porte s'ouvre à la volée sur Jenny.

Je n'ai pas eu le temps de refermer les yeux, et elle lance par-dessus son épaule :

— Elle est réveillée !

Elle tient un verre d'eau à la main, mais semble avoir des réticences à pénétrer dans la pièce. Elle m'observe depuis le pas de la porte.

Je n'ai pas particulièrement envie de lui parler, mais je meurs de soif. Ma gorge me brûle tellement que j'ai l'impression d'avoir avalé du papier de verre.

— C'est pour moi ? coassé-je en indiquant le verre.

Jenny acquiesce, les lèvres étirées en une fine ligne blanche. Pour une fois, elle reste muette. Elle se jette subitement en avant pour déposer le verre sur la petite table bancale près du lit, puis repart lestement.

— Tante Carol a dit que ça t'aiderait, dit-elle.

— M'aider à quoi ?

J'avale avec bonheur une longue gorgée, et les brûlures dans ma gorge et ma tête s'apaisent.

— À lutter contre l'infection, je suppose, réplique Jenny en haussant les épaules.

Voilà pourquoi elle garde ses distances en demeurant près de la porte. Je suis infectée, souillée, contagieuse. Elle appréhende d'attraper le mal.

— Tu ne tomberas pas malade en étant dans la même pièce que moi, Jenny.

— Je sais, rétorque-t-elle du tac au tac, sur la défensive.

Elle demeure toutefois pétrifiée et m'observe avec défiance.

— Quelle heure est-il ? demandé-je, exténuée.

— Deux heures et demie. Du matin.

Je suis surprise par sa réponse : il s'est écoulé relativement peu de temps depuis que j'ai retrouvé Alex.

— Je suis restée inconsciente longtemps ?

Nouveau haussement d'épaules.

— Tu étais inconsciente quand ils t'ont ramenée à la maison, repartit-elle avec naturel, comme s'il s'agissait d'un fait habituel ou comme si j'étais responsable de mon état (comme si, surtout, une bande de Régulateurs n'avaient pas écrasé leurs matraques sur l'arrière de ma tête).

C'est toute l'ironie de la situation : à ses yeux, je suis la cinglée, la folle à lier. Et pendant ce temps-là, le type en bas qui a failli me fracturer le crâne et répandre ma cervelle sur le trottoir passe pour le héros.

Incapable de soutenir le regard de Jenny, je fixe le mur.

— Où est Grace ?

— Au rez-de-chaussée, réplique-t-elle d'une voix qui a retrouvé ses accents pleurnichards. On a été obligés d'installer des sacs de couchage dans le salon.

Bien entendu : ils veulent tenir Grace à l'écart, la toute jeune, l'impressionnable Grace qu'il faut protéger de sa cousine malade et foldingue. Je me sens malade en effet, malade d'inquiétude et de dégoût. Je me rappelle que, la veille, j'ai eu envie de réduire la maison en cendres. Tante Carol a de la chance que je n'aie pas d'allumettes. Autrement, je pourrais bien réaliser ce rêve.

— Alors, c'était qui ? demande Jenny dans un murmure, tel un serpent sifflant près de mon oreille. Qui t'a contaminée ?

— Jenny...

Je tourne la tête, étonnée de reconnaître les intonations de Rachel. Elle se tient dans l'embrasure de la porte et nous contemple d'un air énigmatique.

— Tante Carol a besoin de toi, ajoute-t-elle.

Jenny s'exécute sans tarder, me jetant un dernier coup d'œil avant de sortir dans le couloir : ses traits sont empreints d'un mélange de crainte et de fascination. Je me demande si j'avais la même expression lorsque Rachel a attrapé le *deliria*, lorsqu'elle a été clouée au sol par quatre Régulateurs avant d'être traînée aux labos.

Ma sœur s'approche du lit sans se départir de son air mystérieux.

— Comment te sens-tu ?

— En pleine forme, réponds-je ironiquement.

Sans broncher, elle dépose deux comprimés blancs sur la table.

— Prends-les.

— Qu'est-ce que c'est ? Des tranquillisants ?

Ses paupières papillonnent.

— Des antalgiques.

L'irritation point dans sa voix, et je m'en réjouis : je n'aimais pas la façon qu'elle avait de m'observer, avec calme et détachement, tel un taxidermiste devant un nouveau spécimen.

— Alors… Carol t'a appelée ?

J'ignore si je peux lui faire confiance pour les médicaments, mais je me résous à courir le risque : ma tête est près d'éclater, et je ne suis même pas certaine qu'un tranquillisant pourrait causer davantage de dégâts vu mon état. Ce n'est pas comme si j'étais en mesure de m'enfuir, de toute façon. J'avale les deux comprimés avec une longue gorgée d'eau.

— Oui, je suis venue aussitôt, répond-elle en s'asseyant sur le lit. Je dormais, Lena.

— Désolée pour le dérangement, mais, tu sais, je n'ai pas demandé à être assommée et traînée ici.

Je n'ai jamais parlé à Rachel sur ce ton, et je vois bien qu'il la déconcerte. Elle se frotte le front d'un air las et, l'espace d'une seconde, j'entraperçois la Rachel d'autrefois, la grande sœur, celle qui me torturait à coups de chatouilles, me tressait les cheveux et se plaignait toujours que j'avais de plus grosses boules de glace qu'elle.

Puis le masque d'impassibilité reprend sa place. Je réalise avec étonnement que j'étais habituée jusqu'alors à cet état de fait, à ce que les Invulnérables, pour la plupart, semblent toujours traverser le monde comme enveloppés dans les brumes épaisses du sommeil. Peut-être parce que j'étais, moi aussi, endormie. Avant qu'Alex me réveille, je ne voyais pas les choses distinctement.

Rachel n'ajoute pas un mot pendant un moment. Je n'ai pas davantage envie d'ouvrir la bouche, et le silence tombe sur la pièce. Je ferme les yeux le temps que la douleur s'atténue et j'essaie de démêler le brouhaha qui monte du rez-de-chaussée, auquel s'ajoute le bruit des pas et de la télévision dans la cuisine, mais je ne parviens pas à isoler des phrases.

Rachel finit par demander :

— Que s'est-il passé ce soir, Lena ?

En rouvrant les yeux, je constate qu'elle me fixe toujours.

— Tu crois vraiment que je vais te le dire ?

— Je suis ta sœur, rétorque-t-elle en secouant presque imperceptiblement la tête.

— Comme si ça avait la moindre signification pour toi.

Elle a un léger mouvement de recul, de quelques millimètres à peine, puis se ressaisit aussitôt. Elle reprend, de marbre :

— Qui était-ce ? Qui t'a contaminée ?

— C'est apparemment la question que tout le monde se pose !

Je roule sur le côté pour lui tourner le dos. J'ai froid.

— Si tu es venue me cuisiner, tu perds ton temps, Rachel. Tu ferais mieux de rentrer chez toi.

— Je suis venue parce que je suis inquiète.

— Pour qui ? Pour la famille ? Pour notre réputation ?

Je garde les yeux obstinément rivés sur le mur et je remonte le mince couvre-lit jusqu'à mon menton avant de poursuivre :

— À moins que tu ne redoutes que tout le monde croie que tu étais au courant ? Tu crains d'être cataloguée Sympathisante ?

— Ne sois pas odieuse, soupire-t-elle. Je me fais du souci pour toi. Je suis sincère, Lena. Je veux ta sécurité. Je veux ton bonheur.

Je tourne la tête vers elle, alors qu'un sentiment de colère et, plus profondément, de haine, s'empare de moi. Je la hais. Je la déteste de m'avoir menti. Je la déteste d'avoir prétendu qu'elle tenait à moi, d'avoir osé employer le mot *sincère* devant moi.

— Tu n'es qu'une menteuse, craché-je. Tu savais pour maman.

Cette fois, le masque tombe. Elle recule franchement.

— De quoi est-ce que tu parles ?

— Tu savais qu'elle n'avait pas... qu'elle ne s'était pas réellement suicidée. Tu savais qu'ils l'avaient emmenée.

Rachel me considère à travers ses paupières plissées.

— Je ne comprends pas de quoi tu parles, Lena, absolument pas.

Je réalise alors que, sur ce point au moins, j'avais tort. Rachel n'est pas au courant. Un mélange de soulagement et de regret me gagne.

— Rachel, dis-je plus doucement. Elle était dans les Cryptes. Elle était là-bas tout ce temps.

Rachel me dévisage longuement, la mâchoire décrochée. Puis elle se lève brusquement et lisse le devant de son pantalon comme pour chasser des miettes invisibles.

— Écoute, Lena... Tu t'es cogné la tête très fort.

À croire, encore une fois, que je me suis infligé ce traitement moi-même.

— Tu es fatiguée, ajoute-t-elle. Tu n'as pas les idées claires.

Je ne démens pas, ce serait vain. Il est trop tard pour Rachel, de toute façon. Elle est condamnée à exister derrière un mur. À ne jamais se réveiller.

— Tu devrais essayer de dormir un peu. Je vais te remplir ton verre d'eau.

Elle éteint le plafonnier en rejoignant la porte. Elle s'arrête un temps sur le seuil, sans se retourner. La lumière en provenance du couloir la nimbe d'un halo, lui donnant l'apparence d'une silhouette uniformément noire, sans relief.

— Tu sais, Lena, finit-elle par lancer en pivotant vers moi, ça va s'arranger. Tu es en colère, tu es persuadée que nous ne comprenons pas. Mais je comprends, je t'assure.

Elle s'interrompt et se perd dans la contemplation du verre vide avant de poursuivre :

— J'étais pareille. Je me souviens de ce que je ressentais, la rage, la passion, l'impression de ne pas pouvoir vivre sans, de préférer mourir... Mais crois-moi, Lena, ce sont des effets de la maladie. Des symptômes. Dans quelques jours, tu verras, tout cela ne sera plus qu'un rêve.

— Et tu es plus heureuse maintenant ? Tu ne regrettes pas ?

Peut-être interprète-t-elle ma question comme un signe d'attention. En tout cas, elle sourit.

— Beaucoup plus heureuse.

— Alors, nous sommes différentes, murmuré-je. Nous sommes à l'opposé l'une de l'autre.

Rachel ouvre la bouche pour répliquer, mais Carol arrive sur ces entrefaites. Elle est rouge et échevelée, pourtant elle s'adresse à Rachel avec calme :

— Tout est arrangé, c'est organisé.

— Dieu merci, souffle Rachel. Mais elle n'ira pas de son plein gré, ajoute-t-elle d'un air grave.

— Est-ce jamais le cas ? repartit sèchement Carol avant de disparaître.

Son ton m'a glacé les sangs. J'essaie de me redresser sur les coudes, mais on dirait que j'ai de la gelée à la place des bras.

— Qu'est-ce qui est organisé ? interrogé-je Rachel, surprise de parler d'une voix traînante.

— Je te l'ai expliqué, seule ta sécurité nous importe.

— Qu'est-ce que vous avez organisé ?

La panique me submerge, amplifiée par la pesanteur qui me gagne. Je dois lutter pour garder les yeux ouverts.

— Ton Protocole, répond Carol, qui revient dans la chambre. Nous avons réussi à l'avancer. Il aura lieu dimanche, à la première heure. Espérons qu'ensuite tu seras saine et sauve.

— Non...

J'étouffe. C'est dans moins de quarante-huit heures. Je n'ai pas le temps de prévenir Alex, de mettre au point notre évasion. Je n'ai le temps de rien.

— Je n'irai pas...

Je ne reconnais même plus ma voix, elle n'est plus qu'un long grognement inaudible.

— Un jour, tu comprendras, réplique Carol.

Rachel et elle fondent sur moi, et je m'avise alors qu'elles tiennent, tendues entre elles deux, des mètres de corde en nylon.

— Un jour, tu nous remercieras.

Je tente de me débattre, mais mon corps est incroyablement lourd et ma vision se brouille. Des nuages obscurcissent mon esprit ; le monde devient cotonneux. Je pense : « Elle a menti pour les antalgiques. » Puis, quand je sens qu'on me cisaille les poignets : « Ça fait mal. » Et, enfin, c'est le vide complet.

Vingt-six

C'est le grand secret que nul ne connaît
(c'est la racine de la racine, le bourgeon du bourgeon,
et le ciel du ciel d'un arbre appelé vie dont la hauteur dépasse
les espoirs de l'âme ou les dissimulations de l'esprit)
et c'est le miracle qui maintient les étoiles éparses
je porte en moi ton cœur (je le porte dans mon cœur)...

Tiré de *Je porte en moi ton cœur*, poème du poète banni
E.E. Cummings, répertorié dans la *Compilation exhaustive
des idées et mots dangereux*, www.ceimd.gouv.org

J e suis tirée des brumes du sommeil par quelqu'un qui répète mon nom. Tandis que je me débats pour reprendre conscience, j'aperçois des mèches blondes et, m'imaginant, dans la confusion, qu'il s'agit d'une auréole, je me demande si je suis morte. Les scientifiques se sont peut-être trompés : le paradis ne serait pas réservé aux seuls Invulnérables.

Peu à peu, les traits de Hana se précisent et je me rends compte qu'elle est penchée au-dessus de moi.

— Tu es réveillée, Lena ? Tu m'entends ?

Je grogne, et elle recule en poussant un *ouf* de soulagement. Sa voix n'est pas plus forte qu'un murmure et elle paraît effrayée.

— Tu étais si immobile que j'ai cru, pendant une minute, que tu étais... qu'ils avaient... Comment te sens-tu ?

— À ramasser à la petite cuillère.

J'ai haussé le ton malgré moi, et Hana se retourne aussitôt. Je distingue une ombre devant la porte de la chambre. Évidemment, sa visite est sous contrôle. À moins que quelqu'un ne soit de garde, vingt-quatre heures sur vingt-quatre. Ou les deux.

Mon mal de crâne s'est légèrement apaisé, même si maintenant la douleur me laboure les épaules. Toujours abrutie par les tranquillisants, je cherche à changer de position avant de me rappeler Carol, Rachel et la corde en nylon et de me rendre compte que, comme une vraie prisonnière, j'ai les deux bras étendus au-dessus de ma tête et fixés au cadre du lit. La colère enfle à nouveau, par vagues, suivie d'un accès de panique au souvenir des paroles de Carol : mon Protocole a été avancé au dimanche matin.

Je me tourne vers la fenêtre, la poussière danse dans les rayons de soleil qui filtrent à travers les minces stores en plastique.

— Quelle heure est-il ? Quel jour est-on ?

Je me débats pour m'asseoir et retiens un cri en sentant les cordes s'enfoncer plus profondément dans mes poignets.

— Chut... dit Hana en me forçant à me rallonger et en m'immobilisant sur le matelas. On est samedi. Il est 15 heures.

— Tu ne comprends pas.

Chaque mot m'irrite la gorge. Je continue pourtant :

— Ils m'emmènent aux labos demain. Ils ont déplacé mon Protocole...

— Je suis au courant. Je suis venue aussi vite que possible.

Hana me fixe avec intensité, il me semble qu'elle essaie de me faire passer un message important. Notre petite lutte m'a vidée de mes forces. Je m'abandonne contre les oreillers. Mon bras gauche est totalement ankylosé et l'engourdissement gagne du terrain, me glaçant les entrailles. Je suis au désespoir. La situation est désespérée. J'ai perdu Alex pour toujours.

— Qui t'a prévenue ? demandé-je à Hana.

— Tout le monde ne parle que de toi.

Elle se lève pour aller farfouiller dans son sac et en tirer une bouteille d'eau. Elle revient s'agenouiller près du lit pour que nous soyons au même niveau.

— Bois ça, dit-elle, tu te sentiras mieux après.

Elle doit porter le goulot à mes lèvres comme elle le ferait pour un enfant. Ce serait humiliant si je n'avais pas des préoccupations plus sérieuses. L'eau apaise le feu dans ma gorge. Hana avait raison, je me sens mieux.

— Les gens savent… Est-ce qu'ils racontent… ?

Je m'humecte les lèvres en jetant un regard par-dessus l'épaule de Hana. L'ombre est toujours là ; quand elle bouge, j'aperçois un tablier rayé. Je reprends en murmurant :

— Est-ce qu'ils savent qui… ?

— Ne sois pas entêtée, Lena, m'interrompt-elle en élevant exagérément la voix. Ils découvriront qui t'a infectée tôt ou tard. Tu ferais mieux de nous révéler tout de suite son identité.

À l'évidence, ce petit laïus est destiné à Carol. Tout en le débitant, Hana m'adresse un clin d'œil et secoue légèrement la tête. Alex n'est donc pas inquiété. Tout espoir n'est peut-être pas perdu en fin de compte.

Je prononce en silence le prénom d'Alex, avant de pointer le menton dans sa direction, en comptant sur elle pour saisir le message : je veux qu'elle aille le trouver et qu'elle lui apprenne ce qui est arrivé.

Son regard vacille et son sourire s'évanouit. Je comprends aussitôt qu'elle s'apprête à me donner de mauvaises nouvelles. Elle continue à parler haut et fort, détachant bien chaque mot :

— Ce n'est pas seulement de l'obstination, Lena, mais de l'égoïsme. Si tu avoues, ils réaliseront peut-être enfin que je n'ai joué aucun rôle dans cette histoire. Je n'apprécie pas vraiment d'être surveillée jour et nuit.

Mon cœur se serre : ils suivent Hana, évidemment. Ils doivent la soupçonner de m'avoir aidée, d'une façon ou d'une autre, ou de détenir des informations.

Peut-être bien que je suis égoïste, mais à cet instant précis je n'arrive pas à avoir de la peine pour elle ou à me reprocher de lui avoir attiré des ennuis. Je n'éprouve qu'une déception amère. Elle n'a aucun moyen d'avertir Alex sans mettre sur sa piste toute la police de Portland. Et si celle-ci découvre qu'il se fait passer pour un Invulnérable et qu'il aide les Résistants... je doute qu'ils s'encombrent d'un procès. Ils iront directement à la case exécution.

L'abattement doit se lire sur mon visage, car Hana reprend, en susurrant cette fois :

— Je suis désolée, Lena. Tu sais que je t'aiderais si je pouvais.

— Ouais, mais tu ne peux pas.

Je regrette aussitôt mes paroles. Hana a une mine atroce, elle se sent mal, elle aussi : ses yeux sont bouffis et son nez rougi, témoignant des larmes qu'elle a versées, et il est évident qu'elle s'est précipitée à mon chevet dès qu'elle a appris la nouvelle. Elle porte ses baskets, une jupe plissée et le débardeur trop grand qu'elle met habituellement pour dormir : elle a dû enfiler les premiers vêtements qui lui tombaient sous la main.

— Je suis désolée, dis-je d'une voix radoucie. Tu sais que je ne le pensais pas.

— Aucun problème.

Elle se relève et commence à faire les cent pas, selon son habitude lorsqu'elle réfléchit. Pendant une seconde, une minuscule fraction de seconde, j'en viens presque à souhaiter de n'avoir jamais rencontré Alex. Si seulement je pouvais remonter le temps au début de l'été, où tout était simple et facile, ou même avant encore, à l'automne dernier, lorsque Hana et moi courions autour du Gouverneur, que nous révisions les contrôles de maths sur la moquette de sa chambre et que les jours me séparant du Protocole tombaient l'un après l'autre comme une rangée de dominos.

La statue du Gouverneur. L'endroit où Alex m'a aperçue pour la première fois, où il m'a déposé un message.

Une idée me vient soudain.

— Et Allison Doveney ? lancé-je le plus naturellement possible. Elle ne voulait pas me dire au revoir ?

Hana me dévisage avec surprise : je me suis servie de notre code secret pour désigner Alex. En fronçant les sourcils, elle répond :

— Je n'ai pas réussi à la joindre.

L'expression de son visage clame : « Je te l'ai déjà expliqué. »

Je hausse les sourcils pour lui signifier d'être patiente.

— J'aimerais bien la voir avant demain, avant le Protocole.

J'espère que Carol écoute la conversation et qu'elle y verra ainsi le signe que je me suis résignée.

— Tout sera différent après, ajouté-je.

Hana hausse les épaules en étendant les bras l'air de dire : « Qu'est-ce que j'y peux ? » Je soupire avant de changer, en apparence, de sujet :

— Tu te rappelles le cours de M. Raider ? En CM1 ? On n'arrêtait pas de se glisser des petits mots en douce.

— Oui, répond Hana d'un air méfiant.

Sa confusion reste entière : elle commence à se demander si le coup que j'ai reçu sur la tête n'a pas affecté mes capacités intellectuelles. Je pousse un nouveau soupir exagéré pour laisser penser que le souvenir de tous les bons moments que nous avons partagés me rend nostalgique.

— M. Raider nous avait surprises et nous avait placées chacune à un bout de la classe, tu te rappelles ? Du coup, quand on voulait se parler, on se levait pour aller tailler nos crayons et déposer un message dans le pot de fleurs vide au fond de la salle.

Je ponctue ma tirade d'un petit rire forcé avant de reprendre :

— Un jour, j'ai taillé mon crayon dix-sept fois, je crois. Il ne nous a jamais prises la main dans le sac, pourtant. Jamais.

Une lueur s'allume dans le regard de Hana et je la sens sur le qui-vive, pareille à une biche aux aguets se sachant guettée par un prédateur.

— Oui, je me souviens, répond-elle, hilare. Pauvre M. Raider. Il était complètement à la masse.

Hana s'assied sur le lit de Grace et pose les coudes sur les genoux. Elle me scrute intensément et, en dépit de son ton détaché, je comprends qu'elle a saisi le message en filigrane : je déblatère sur Allison Doveney et M. Raider pour lui expliquer comment transmettre un mot à Alex.

Je change à nouveau de sujet de conversation :

— Et tu te rappelles la première fois qu'on a couru une heure ? Après, j'avais les jambes en compote ! Oh, et la première fois qu'on a fait le trajet jusqu'au Gouverneur ? Je sautais pour lui taper dans la main...

Hana plisse légèrement les yeux.

— Tu as topé avec lui pendant des années... hasarde-t-elle.

Elle n'a pas vraiment compris, pas encore. Je veille à parler d'une voix dénuée de toute excitation :

— Tu sais, quelqu'un m'a expliqué que le Gouverneur portait un objet dans la main, autrefois. Une torche, un rouleau, ou un truc dans le genre. Qui occupait le creux dans son poing tendu.

Ça y est, j'ai lâché le morceau. Hana inspire bruyamment, l'information est passée. J'ajoute, toutefois, pour m'en assurer :

— Tu me rendrais un service ? Tu pourrais courir en suivant ce parcours, aujourd'hui, pour moi ? Une dernière fois ?

— Ne sois pas ridicule, Lena. Le Protocole agit sur ton cerveau, pas sur tes jambes.

Hana s'est exprimée avec désinvolture, comme elle l'aurait fait en temps normal, mais elle sourit en acquiesçant pour signifier : « Oui, bien sûr que j'irai. Et je cacherai là le message. » L'espoir me réchauffe, dissipant une part de ma douleur. Je pleurniche :

— Mais après l'opération, tout sera différent...

J'aperçois alors le visage de Carol par la porte entrebâillée. Elle paraît contente d'elle, persuadée, sans doute, que j'ai fini par accepter mon sort. J'ajoute :

— Et puis ça pourrait mal se dérouler.

— Ça ne se déroulera pas mal, réplique Hana en se levant et en soutenant mon regard. Je te promets que tout ira bien.

Mon cœur manque un battement. Cette fois, c'est elle qui m'explique quelque chose, et je sais que ça ne concerne pas le Protocole.

— Je ferais mieux d'y aller, dit-elle en se dirigeant vers la porte, sautant presque.

Je me rends soudain compte que, si notre plan fonctionne, si Hana réussit à prévenir Alex et si lui parvient à me faire évader de ma chambre transformée en prison, je vois mon amie pour la dernière fois.

— Attends, m'écrié-je alors qu'elle a presque atteint la porte.

— Quoi ?

Ses yeux brillent d'excitation, elle est prête à passer à l'action. Dans la lumière dorée du soleil qui pénètre entre les lames du store, elle semble scintiller, comme éclairée par une flamme intérieure. Maintenant, je comprends pourquoi ils ont inventé des mots pour parler de l'amour, pourquoi c'était une nécessité : il fallait bien décrire ce que j'éprouve à cet instant précis, ce mélange déconcertant de douleur et de plaisir, de peur et de joie, qui me transperce de toutes parts.

— Qu'est-ce qui ne va pas ? répète-t-elle en trépignant sur place.

Elle est impatiente de mettre notre plan à exécution. Je pense « Je t'aime », mais je dis, le souffle court :

— Cours bien.

— Compte sur moi !

Et sur ces mots, elle disparaît.

Vingt-sept

Celui qui s'élance vers le ciel peut certes tomber.
Mais il peut aussi s'envoler.

Ancien proverbe, d'origine inconnue, répertorié dans la
Compilation exhaustive des idées et mots dangereux,
www.ceimd.gouv.org

J'ai vu le temps s'étendre comme les ronds concentriques d'un ricochet sur l'eau, mais aussi se précipiter avec une puissance telle qu'il me laissait étourdie. Jusqu'aujourd'hui, pourtant, je ne l'avais jamais vu faire les deux simultanément. Les minutes semblent enfler autour de moi, m'étouffer avec leur langueur. J'observe la lumière qui grignote le plafond, centimètre par centimètre. Je combats la douleur dans ma tête et mes omoplates. L'engourdissement de mon bras gauche irradie vers le côté droit. Une mouche tourne en rond dans la chambre, se heurtant régulièrement au store qui l'empêche de sortir. Elle finit par tomber, vidée de ses forces, et touche le sol avec un petit ploc !

« Désolée pour toi, ma vieille, je compatis. »

Simultanément, pourtant, le nombre d'heures écoulées depuis le départ de Hana m'affole. Chaque heure me rapproche du Protocole, me rapproche de ma séparation définitive avec Alex : si les minutes semblent durer des heures, les heures, elles, semblent filer aussi vite que des minutes. Je regrette de ne pas avoir le moyen de savoir si

Hana a réussi, ou non, à dissimuler un mot dans le poing du Gouverneur. Quand bien même ce serait le cas, les chances qu'Alex pense à y chercher un message de ma part sont maigres, quasi inexistantes.

Il est permis d'espérer, pourtant.

Je ne me suis pas attardée sur les autres obstacles qui se dressent sur ma route – le fait que je sois ficelée comme un saucisson ou que quelqu'un (Carol, William, Rachel ou Jenny) soit continuellement en faction devant la porte. Déni, entêtement ou folie, voyez-y ce que vous voulez, mais je dois me raccrocher à l'espoir qu'Alex viendra me sauver, comme dans l'un des contes de fées qu'il m'a racontés lors de notre escapade, celui où, pour sauver une princesse prisonnière d'une tour, un prince affronte des dragons et des forêts d'épineux empoisonnés.

En fin d'après-midi, Rachel m'apporte un bol de soupe fumante. Elle s'assied sur mon lit sans un mot.

— Encore des antalgiques ? demandé-je avec ironie quand elle veut me donner une cuillerée.

— Tu te sens mieux, maintenant que tu as dormi, non ?

— Je me sentirais mieux si je n'étais pas attachée.

— C'est pour ton bien, dit-elle en approchant de nouveau la cuillère de ma bouche.

Je préférerais mourir plutôt que d'accepter de la nourriture de la main de Rachel, mais si Alex vient me chercher... quand, quand Alex viendra me chercher (je dois y croire), il faudra que j'aie des forces. Sans oublier que, si Carol et Rachel sont réellement persuadées que j'ai capitulé, elles desserreront mes liens ou cesseront de faire le pied de grue devant la porte de la chambre, et je pourrai prendre la fuite.

J'avale donc une cuillerée de soupe et me force à sourire en disant :

— Mmm... elle n'est pas mauvaise.

— Tu peux en manger autant que tu veux, rétorque Rachel, rayonnante. Tu dois être en forme pour demain.

« Ainsi soit-il, ma sœur », songé-je en vidant le bol avant d'en réclamer un second.

De nouvelles minutes s'écoulent lentement, pesamment, à la façon d'une enclume m'attirant vers le fond. Mais alors, soudain, la lumière se colore des teintes chaudes du miel, puis du jaune pâle de la crème fraîche, avant de fuir, désertant les murs de la chambre en tourbillonnant, à la façon de l'eau s'écoulant dans un lavabo. Je ne m'attendais pas à ce qu'Alex se manifeste avant la nuit – ce serait du suicide –, mais ma poitrine se serre malgré tout. Il ne reste presque plus de temps.

Pour le dîner, encore un bol de soupe, couronné de morceaux de pain détrempés. Cette fois, c'est Carol qui m'apporte mon repas pendant que Rachel prend son quart. Ma tante finit par accepter de me dénouer les mains pour que je puisse aller aux toilettes, mais elle refuse de me laisser faire pipi toute seule, ce qui est plus qu'humiliant. Ma migraine s'accentue quand je me hisse sur mes jambes mal assurées. Les cordes m'ont laissé de profonds sillons aux poignets, et mes bras sont deux poids morts, ballants, inertes, au bout de mes épaules. Je suis tentée de résister à Carol lorsqu'elle veut me rattacher (elle est plus grande que moi, mais je suis beaucoup plus forte), puis me ravise. Nous ne sommes pas seules : mon oncle est dans la maison, et des Régulateurs pourraient très bien s'être attardés en bas. Il leur faudrait à peine quelques minutes pour m'immobiliser et m'administrer des calmants, et il ne faut pas que je reperde conscience. Je dois rester sur le qui-vive ce soir. Si Alex ne vient pas, je devrai moi-même mettre un plan au point.

Une chose est sûre : je ne subirai pas le Protocole demain. Plutôt mourir.

Je me concentre donc pour bander mes muscles au maximum pendant que Carol m'entrave. Lorsque je les détends, un minuscule jeu se fait entre ma peau et la corde, peut-être assez pour pouvoir me libérer de ces menottes de fortune. Autre bonne nouvelle : la vigilance de mes gardiens s'est relâchée au fil de la journée, et la porte de ma chambre n'est plus sous surveillance permanente, ainsi que je l'espérais. Rachel abandonne son poste plusieurs minutes pour aller aux toilettes, Jenny passe la majeure partie de son temps à faire la leçon à Grace parce que celle-ci ne respecte pas les règles du jeu qu'elle a inventé, Carol s'absente une demi-heure, le temps de s'occuper de la vaisselle. Après le dîner, oncle William prend la relève, ce qui me ravit. Il monte avec une petite radio portable. J'espère qu'il va s'assoupir comme toujours pendant sa digestion.

Et alors, peut-être, peut-être seulement, je pourrai m'esquiver.

À 21 heures, il n'y a plus aucune luminosité dans la chambre, les ombres drapent les murs à la façon de tentures. La lune brille à travers les stores et baigne la pièce d'une lueur argentée éparse. Oncle William monte toujours la garde avec sa radio, qui diffuse un brouhaha incompréhensible. Des bruits me parviennent depuis le rez-de-chaussée : eau qui coule dans la cuisine, chuchotis, bruissement de pas... Ultimes soubresauts de la maisonnée avant qu'elle soit plongée dans le silence nocturne, semblables aux dernières affres d'un agonisant. Jenny et Grace ne sont toujours pas autorisées à dormir dans la même pièce que moi : elles sont sans doute en train de s'installer dans le salon pour la nuit.

Rachel me rend une dernière visite, munie d'un verre d'eau. Je ne peux pas en être certaine à cause de la pénombre, mais son contenu me semble trouble, comme si quelque chose y avait été dissous.

— Je n'ai pas soif.

— Trois ou quatre gorgées alors.

— Je te dis que je n'ai pas soif, Rachel.

— Ne fais pas la difficile, Lena, riposte-t-elle en s'asseyant sur le lit et en plaçant le verre contre mes lèvres. Tu as été si conciliante aujourd'hui.

Je n'ai d'autre choix que de m'exécuter, sentant le goût amer caractéristique des médicaments : l'eau n'est pas pure, elle contient vraisemblablement des somnifères. Je conserve le liquide dans ma bouche et, dès que Rachel se lève pour rejoindre la porte, je détourne la tête et le recrache, le laissant ruisseler dans mon cou et mes cheveux. Ce n'est pas très agréable, mais ça vaut nettement mieux que de l'avaler pour de bon. L'humidité se répand sur mon oreiller, apaisant momentanément la brûlure dans mes épaules.

Rachel hésite sur le pas de la porte. On dirait qu'elle cherche un message riche de sens à m'adresser. Elle finit pourtant par se contenter de lâcher :

— À demain matin.

« Pas si je peux l'éviter », rétorqué-je intérieurement. Puis elle m'abandonne, refermant la porte derrière elle.

Je suis plongée dans l'obscurité, avec pour seul repère le passage du temps, des minutes qui s'égrènent. Allongée là, sans autre chose à faire que penser, la peur m'assaille de nouveau. Je me répète qu'Alex va venir – c'est obligé –, mais les aiguilles de l'horloge continuent leur course railleuse et, dehors, le silence des rues n'est troublé qu'occasionnellement par un chien qui aboie.

Pour éloigner de mon esprit l'incessante question cruciale de la venue d'Alex, je dresse la liste de toutes les façons de mettre fin à mes jours sur le trajet des labos. S'il y a de la circulation sur Congress Street, je me jetterai sous un camion. À moins que je ne m'enfuie pour rejoindre les docks. Je ne devrais pas avoir de difficulté à me noyer, surtout si mes mains sont attachées. Dans le pire des cas, je pourrai toujours essayer de grimper sur le toit des laboratoires, comme cette fille, pour tomber dans le ciel, telle une pierre fendant les nuages.

Je revois les images qui occupaient les écrans ce jour-là, le petit filet de sang à la commissure des lèvres, l'expression étonnamment paisible de la victime. À présent, je comprends. Cela peut paraître insensé, mais imaginer ces différentes options m'apporte du soulagement, m'aide à repousser les palpitations terribles de l'angoisse et de la panique. Je préfère mourir selon ma propre volonté plutôt que vivre selon la leur. Je préfère mourir en aimant Alex que vivre sans lui.

Je t'en prie, Dieu, fais qu'il vienne me chercher.
Je ne te demanderai plus rien.
J'abandonnerai tout,
Mais fais qu'il vienne.

À minuit, la panique l'emporte sur le désespoir. S'il ne vient pas, je devrai m'en sortir toute seule.

Je secoue les poignets, essayant de tirer profit du petit centimètre d'espace que me laisse la corde. Celle-ci me taillade la peau et je dois me mordre les lèvres pour retenir un cri. J'ai beau agiter, tordre, secouer, les liens résistent. Je m'acharne pourtant, jusqu'à ce que la sueur ruisselle sur mon visage. Craignant alors de finir par attirer l'attention, je cesse de me débattre. Un liquide tiède coule le long de mon avant-bras, et, en me dévissant le cou, j'aperçois un filet de sang, semblable à un affreux serpent noir : à force de frictions, ma peau part en lambeaux.

Les rues sont plus calmes que jamais et je comprends soudain que c'est sans espoir : je ne réussirai pas à m'échapper seule. Demain, je me réveillerai, ma tante, Rachel et les Régulateurs m'escorteront en centre-ville, et je n'aurai plus qu'une issue : l'océan, ou le toit d'un laboratoire.

Je repense aux yeux de miel d'Alex, à la douceur de ses caresses et aux nuits passées sous un dais étoilé qui semblait tendu juste pour nous. Aujourd'hui, après toutes ces années, je comprends la nature et l'origine de la Froideur, ce sentiment que tout est perdu, inutile et vain. Le froid et la détresse qui s'abattent sur mon esprit, l'obscurcissant d'un voile sombre, finissent par avoir pitié de moi et, miracle, je sombre dans l'oubli du sommeil.

Lorsque je rouvre les yeux, un peu plus tard, sur un noir d'encre, il me semble sentir une présence dans la chambre, il me semble que les liens se desserrent autour de mes poignets. Mon cœur s'emballe aussitôt et je pense : « Alex ! », avant d'apercevoir Gracie, perchée à la tête de mon lit et s'acharnant sur la corde avec ses petits doigts. Parfois, elle se penche pour grignoter le nylon avec ses quenottes, me donnant l'impression d'un petit rongeur laborieux qui se fraie un passage.

Tout à coup, la corde lâche, et je suis libre. La douleur dans mes épaules est insoutenable, mes bras sont transpercés de milliers d'aiguilles. Malgré tout, à cet instant, je pourrais hurler et sauter de joie. J'imagine que c'est ce que ma mère a dû ressentir lorsque le premier rayon de soleil s'est infiltré par l'ouverture qu'elle avait pratiquée dans le mur de sa prison.

Je m'assieds et me frictionne les poignets. Appuyée contre la tête de lit, Gracie m'observe. Je l'étreins longuement. Sa peau est brûlante, sa présence ici doit la mettre dans un état de fébrilité que j'ai du mal à me figurer. Je suis sidérée de la sentir si fragile dans mes bras.

Pourtant, elle est forte, oh ! oui. Gracie est sans doute la plus forte de nous tous. Je réalise soudain que, depuis longtemps, elle résiste à sa façon, et je souris à l'idée que la rébellion coule dans ses veines : elle s'en sortira, je n'ai aucun doute là-dessus. Je m'écarte légèrement, juste assez pour lui murmurer à l'oreille :

— Oncle William est toujours dans le couloir ?

Gracie acquiesce avant de réunir ses deux mains et d'y poser sa joue pour indiquer qu'il dort.

— Il y a des Régulateurs dans la maison ?

Gracie opine de nouveau en brandissant deux doigts. Mon ventre se serre : je pensais qu'il n'y en aurait qu'un. Je me lève, pour éprouver mes jambes, percluses de crampes à force d'avoir été immobilisées pendant près de deux jours. Je m'approche de la fenêtre sur la pointe des pieds et j'ouvre le store le plus discrètement possible pour ne pas réveiller oncle William, qui dort à trois mètres de moi. Le ciel est d'un violet sombre, profond, couleur d'aubergine, et les ombres tapissent les rues comme du velours. Tout est immobile, silencieux, mais l'horizon rougit légèrement : l'aube n'est pas loin.

J'entrouvre la fenêtre, ressentant le désir soudain de humer le parfum de l'océan. Je le perçois : l'odeur des embruns salés et de la brume, qui se mêle dans mon esprit à l'idée de la révolution constante, du va-et-vient incessant des vagues. Le chagrin me submerge alors : je sais que je ne pourrai jamais trouver Alex dans cette immense ville endormie et que je suis incapable d'atteindre la frontière par mes propres moyens. J'ai davantage de chances de réussir à gagner les falaises, ou l'océan qui m'engloutira. Je me demande si j'aurai mal. Je me demande si Alex pensera à moi.

Quelque part au loin, un moteur vrombit, grondement distant et rauque, évoquant une bête essoufflée. D'ici quelques heures, l'embrasement du matin s'immiscera à travers l'obscurité, le monde récupérera ses contours, les gens se lèveront en bâillant et prépareront leur café comme toujours. La vie suivra son cours. Au fond de mon âme, une vieille douleur, plus puissante que les mots, se réveille : ce fil qui relie chacun d'entre nous aux racines de l'existence, ce vieux fil qui se déroule, résiste, recherche désespérément une prise, le moyen de rester en vie, de respirer, de continuer. Mais je me débats contre lui, je m'en libère.

Je préfère mourir selon ma volonté plutôt que vivre selon la vôtre.

Le rugissement du moteur se rapproche, et j'aperçois soudain une moto qui remonte la rue. Je me fige un instant, hypnotisée. De toute ma vie, je n'en ai vu rouler que deux, et je ne peux m'empêcher d'être frappée par la beauté du véhicule luisant, qui se faufile sur l'asphalte et transperce l'obscurité semblable à la tête noire et brillante d'une loutre fendant l'eau. Je n'aperçois que le sommet du crâne du motard, silhouette sombre penchée en avant.

Sa tête est couronnée de feuilles d'automne, de feuilles brûlées.

Alex.

Je ne peux retenir un cri d'excitation.

Du couloir me parvient un bruit sourd, quelque chose a dû heurter le mur : j'entends mon oncle jurer dans sa barbe.

Alex se glisse dans l'allée étroite qui sépare notre habitation de la voisine – une étendue d'herbe plantée d'un seul arbre étique et ceinte d'un grillage m'arrivant à la taille. J'agite frénétiquement le bras dans sa direction. Il coupe le moteur et se tourne vers la maison. Il fait encore très sombre, je ne suis donc pas certaine qu'il me voie.

Je me risque à l'appeler doucement :

— Alex !

Il lève les yeux vers moi, le visage barré d'un immense sourire, étendant les bras comme pour dire : « Tu savais que j'allais venir, non ? » Je me rappelle la première fois où je l'ai vu, dans l'observatoire, si éclatant, étoile illuminant les ténèbres pour mon seul bénéfice.

À cette seconde, je suis si emplie d'amour que j'ai l'impression de me transformer en flambeau dont la flamme monte, sans fin, bien au-delà de la chambre, bien au-delà de la ville : le reste du monde disparaît, Alex et moi sommes seuls, flottant en totale liberté dans les airs.

Puis la porte de ma chambre s'ouvre à la volée, et mon oncle se met à crier.

Soudain, la maison n'est que bruit, lumière, pas précipités et hurlements. William se tient sur le seuil de la pièce, appelant Carol à la rescousse, et j'ai l'impression d'être dans l'un de ces films d'horreur, lorsque le monstre se réveille, sauf que, dans ce cas, c'est à la maison que je dois échapper. Une cavalcade résonne dans l'escalier – les Régulateurs, je suppose – et, à l'autre extrémité du couloir, Carol s'élance hors de sa chambre, la bouche déformée par un interminable cri, sa chemise de nuit flottant derrière elle telle une cape.

Je me projette de toutes mes forces contre la moustiquaire, qui fait obstacle et me résiste. En bas, Alex s'époumone, mais le moteur, qui rugit de nouveau, m'empêche de comprendre ses paroles.

— Arrête-la ! vocifère Carol.

William s'anime soudain, bondissant dans la pièce. La douleur me laboure l'épaule lorsque je tente, une nouvelle fois, d'enfoncer la moustiquaire. Je la sens se déformer, mais elle ne cède pas. Je n'ai pas le temps, pas le temps. D'une seconde à l'autre, William m'aura attrapée, et tout sera fini.

— Attention ! s'écrie Gracie.

Mon oncle et ma tante en sont pétrifiés : c'est la première fois que Gracie parle devant eux. William fixe sa petite-fille, la mâchoire décrochée, et manque de trébucher. Carol se fige dans l'embrasure de la porte et, dans son dos, Jenny se frotte les yeux comme pour vérifier qu'elle ne rêve pas. Même les deux Régulateurs marquent un arrêt au sommet des marches.

Cette seconde est tout ce qu'il me fallait. Je donne un nouveau coup d'épaule et, cette fois, la moustiquaire cède, atterrissant dans la rue. Sans prendre le temps de réfléchir à ce que je fais, j'enjambe la fenêtre et me laisse tomber du premier étage : l'air m'enveloppe, j'ai l'impression de voler.

Je heurte le sol si violemment que mes jambes se dérobent et que j'en ai le souffle coupé. Je me suis tordu la cheville gauche, et une douleur vive rayonne dans tout mon corps. Je me mets à quatre pattes avant de me redresser et me heurte contre le grillage. Au-dessus de moi, les hurlements ont repris et, un instant plus tard, deux hommes jaillissent par la porte d'entrée.

— Lena ! s'écrie Alex.

Je redresse la tête, il est penché par-dessus le grillage et me tend la main. Je lance mon bras en l'air, il m'attrape par le coude et me soulève à moitié pour m'aider à franchir la clôture : les pointes du treillis métallique s'accrochent à mon débardeur, m'écorchant à travers le tissu. Nous n'avons pas le temps de paniquer. Un grésillement résonne sur la véranda : un des Régulateurs hurle dans son talkie-walkie. L'autre arme son fusil. Étonnamment, au milieu de ce chaos, surgit la pensée la plus absurde qui soit : « J'ignorais qu'ils étaient autorisés à porter des armes à feu. »

— Viens ! hurle Alex.

Je me hisse derrière lui sur la moto, serrant mes bras autour de sa taille. La première balle rebondit sur le grillage, à notre droite. La deuxième ricoche sur le trottoir.

— Fonce, Alex !

Il démarre en trombe au moment où la troisième balle passe si près que je sens l'air vibrer dans son sillage. Au bout de l'allée, Alex dérape sur la droite, et la moto s'incline si fortement que mon genou frôle l'asphalte. Mon estomac bondit et je pense : « C'est terminé. » Mais la moto se redresse comme par miracle et nous filons dans une rue sombre alors que les cris et les coups de feu s'éteignent dans notre dos.

Notre répit est de courte durée, néanmoins. Dès que nous nous engageons dans Congress Street, le hurlement des sirènes se rapproche. Je voudrais dire à Alex d'accélérer, mais mon cœur bat si fort la chamade que je ne peux pas parler. De surcroît, ma voix se perdrait dans les assauts du vent qui cingle autour de nous, et je sais pertinemment qu'il roule aussi vite que possible. Les bâtiments, de part et d'autre de la rue, sont flous, gris, informes, telle une masse de métal fondu. La ville ne m'a jamais paru aussi étrangère, aussi laide et difforme. Les sirènes sont si puissantes qu'elles me transpercent de toutes parts comme un poignard. Des lumières s'allument un peu partout, les habitants s'éveillent. L'horizon est teinté de rouge : le soleil se lève, couleur rouille, couleur sang séché, et ma peur est si intense qu'elle me déchiquette – je n'ai jamais rien vécu de tel, même dans mes pires cauchemars.

Soudain, deux voitures de police surgissent de nulle part, nous barrant la route. Des Régulateurs et des policiers, des dizaines de têtes, de bras gesticulant, de bouches vociférant se déversent dans la rue. Les voix enflent, amplifiées et déformées par les radios et les mégaphones.

« Arrêtez-vous ! Arrêtez-vous ou nous tirons ! »

— Tiens bon ! s'écrie Alex.

Je sens ses muscles se tendre. À la dernière seconde, il tourne brusquement le guidon à gauche et nous nous engageons dans une allée étroite. Je pousse un cri de douleur : ma jambe droite a heurté un mur de brique. Celui-ci me râpe le mollet pendant quelques secondes avant qu'Alex reprenne le contrôle du véhicule et accélère. En débouchant à l'extrémité de l'allée, nous tombons sur deux autres voitures de police.

Nous allons si vite que je suis obligée de serrer Alex de toutes mes forces, au point que mes bras tremblent. Dans un subit éclair de lucidité, je réalise alors que nous n'y arriverons jamais. Nous allons tous les deux mourir, abattus, écrasés ou brûlés dans une explosion de feu et de métal, et, lorsqu'ils voudront nous enterrer, nos corps seront si emmêlés qu'ils ne pourront pas les séparer : des bouts d'Alex resteront attachés à moi, et vice versa. Curieusement, cette pensée ne me perturbe pas. Je suis sur le point de renoncer, je rendrai mon ultime souffle dans sa nuque, en sentant ses côtes, ses poumons et sa poitrine se soulever à l'unisson des miens une dernière fois.

Alex, lui, n'est pas prêt à capituler. Il coupe par la première ruelle et deux des voitures qui nous filent pilent en se percutant, forçant ainsi les autres à l'arrêt. Un concert de klaxons résonne. L'odeur âcre de fumée et de caoutchouc brûlé me remplit les yeux de larmes, même si nous la laissons derrière nous pour débouler dans Franklin Arterial. D'autres sirènes s'ajoutent au tintamarre, à distance : les renforts sont en route.

La baie apparaît alors devant nous, elle déploie ses eaux calmes, plates et grises, pareilles à du verre ou du métal. Le ciel est grignoté dans les coins par un feu rose et jaune. Alex s'engage dans Marginal Way, mes dents se mettent à claquer à cause des vieux pavés descellés, et mon estomac joue au Yo-Yo chaque fois que nous passons sur un nid-de-poule. Les plaintes des sirènes gagnent du terrain et nous encerclent comme un essaim de frelons. Si nous réussissons à atteindre la frontière avant l'arrivée des renforts... Si nous réussissons à franchir les postes de sécurité, si nous réussissons à escalader la clôture...

Brusquement, tel un énorme insecte prenant son essor, un hélicoptère s'élève au-dessus de nos têtes : il éclaire la rue sombre, nous assourdit de son vrombissement et provoque des remous dans l'air, le déchiquetant. Une voix tonne :

« Au nom du Gouvernement des États-Unis d'Amérique, je vous ordonne de vous arrêter et de vous rendre ! »

Des touffes de brins d'herbe jaunis apparaissent sur notre droite : nous avons rejoint la baie. Alex quitte la route et nous dévalons, glissant à moitié sur la pente, en direction des marécages, pour couper en diagonale vers la frontière. La boue gicle autour de nous, elle m'éclabousse la bouche, les yeux, m'étouffe, et je tousse contre les omoplates d'Alex, qui réprime un haut-le-cœur. Le soleil forme un demi-cercle à présent, évoquant une paupière mi-close.

Tukey's Bridge se profile sur notre droite, menaçant et squelettique dans la pénombre. Devant nous, les lumières des guérites sont toujours allumées. Même à cette distance, elles semblent aussi paisibles que des lampions, aussi fragiles et faciles à démonter. Derrière elles s'élèvent la clôture, la frange d'arbres, le salut. À portée de main. Si seulement nous avions le temps... le temps.

Un bruit sourd éclate, explosion dans le noir, un jet de boue décrit un arc dans les airs. Ils nous tirent dessus, depuis l'hélicoptère cette fois.

« Arrêtez-vous, descendez et mettez les mains sur la tête ! »

Les voitures de police ont atteint la rue qui longe la baie. Davantage de véhicules s'immobilisent dans un crissement de pneus, et les agents à nos trousses se déversent sur la pente, par centaines : je n'en ai jamais vu autant rassemblés en un seul endroit, sinistres et déshumanisés, pareils à une nuée de cafards.

Nous repartons à travers la petite bande d'herbe qui sépare l'eau de la vieille route abandonnée et des guérites, nous faufilant dans les fourrés tout en essayant d'éviter les branches qui nous fouettent.

Puis, soudain, sans crier gare, Alex s'immobilise. Je suis violemment projetée contre lui et me mords la langue à cause du choc, sentant aussitôt le goût du sang dans ma bouche. Dans le ciel, le projecteur de l'hélicoptère hésite, il cherche à nous localiser. Alex lève les bras au-dessus de sa tête et descend de la selle en se tournant vers moi. Dans le faisceau éblouissant, son expression est indéchiffrable, comme s'il avait été, subitement, métamorphosé en statue.

— Qu'est-ce que tu fais ? crié-je pour couvrir le bruit des pales, des hurlements, des sirènes et, par-dessus, le grondement constant et récurrent de la marée qui lèche le rivage en montant, balaie tout sur son passage, réduit tout en poussière. On peut encore y arriver !

— Écoute-moi bien.

Il ne semble pas élever le ton, pourtant, je l'entends distinctement. J'ai l'impression qu'il me susurre ces mots à l'oreille, alors même qu'il se tient à distance, droit comme un I, les bras dressés.

— Quand je te donnerai le signal, reprend-il, tu fonceras. Tu vas devoir conduire la moto, d'accord ?

— Quoi ? Je ne peux pas...

« Citoyenne 914-238-619-3216 ! Descendez et placez les mains sur la tête ! Si vous ne vous exécutez pas immédiatement, nous serons obligés de tirer. »

— Lena...

Sa façon de prononcer mon prénom me réduit au silence.

— La clôture est électrifiée. Ils ont mis le courant, poursuit-il.

— Comment le sais-tu ?

— Écoute-moi, s'il te plaît, insiste-t-il d'une voix où la détresse et la terreur s'immiscent. Quand je te donnerai le top départ, fonce. Et quand je te dirai de sauter, saute. Tu pourras franchir la clôture, mais tu n'auras que trente secondes avant que le courant circule à nouveau, une minute maximum. Tu devras grimper le plus vite possible. Et ensuite, tu cours, d'accord ?

Je suis pétrifiée.

— Moi ? Mais... et toi ?

Sans se départir de son masque impassible, Alex répond :

— Je serai juste derrière.

« Nous vous laissons dix secondes... Neuf... Huit... »

— Alex...

Des doigts glacés se referment sur mon estomac. Alex me sourit brièvement, d'un petit sourire éclatant, comme si nous étions déjà sauvés, comme s'il s'apprêtait à se pencher pour chasser une mèche de cheveux de mes yeux ou m'embrasser la joue.

— Je te promets que je serai juste derrière, insiste-t-il avant que ses traits se durcissent de nouveau. Mais tu dois me jurer de ne pas te retourner. Pas même une seconde. Entendu ?

« Six... Cinq... »

— Alex, je ne peux...

— Jure, Lena.

« Trois... Deux... »

— D'accord, dis-je en butant presque sur le mot.

Des larmes brouillent ma vue. Aucune chance. Nous n'avons aucune chance.

— Je jure, ajouté-je.

« Un... »

À ce signal, la nuit s'éclaire de mille feux, explosions de bruit et de lumière. Simultanément, Alex hurle :

— Fonce !

Je me penche en avant et je mets les gaz comme je l'ai vu faire. Il s'accroche à moi à la dernière seconde, si violemment qu'il m'arracherait à la moto si je n'avais pas agrippé le guidon de toutes mes forces.

Nous essuyons de nouveaux tirs. Alex pousse un cri et ne laisse que son bras gauche autour de ma taille. Je me retourne et constate que le droit a été touché. Nous atteignons la vieille route, où nous attend un mur de gardes, qui nous tiennent en joue. Ils hurlent tous, mais je ne les entends pas : je n'entends que le vent qui cingle et le bourdonnement de l'électricité parcourant la clôture, ainsi qu'Alex l'avait annoncé. Je ne vois que les arbres de l'autre côté, qui verdissent dans la lumière matinale, leurs larges feuilles plates semblables à des mains tendues vers nous.

Les gardes sont si proches maintenant que je distingue des visages, des expressions : l'un d'eux a les dents jaunes, un autre une énorme verrue sur le nez. Pour autant, je ne m'arrête pas. La moto plonge sur eux, et ils s'écartent pour ne pas être fauchés. La clôture se dresse devant nous. Dix mètres, cinq, deux… Je pense : « Nous allons mourir. »

À cet instant, la voix d'Alex résonne, limpide et incroyablement calme, à tel point que je ne sais pas s'il a vraiment parlé ou si j'ai imaginé qu'il déposait ces mots dans mon oreille : « Saute. Maintenant. Avec moi. »

Je lâche le guidon et me jette sur le côté tandis que la moto finit sa course dans le grillage. La douleur me transperce de toutes parts – os, muscles et peau se disloquent –, alors que je roule sur des pierres tranchantes ; la poussière m'étouffe, je me débats pour respirer. Pendant une seconde interminable, le monde est plongé dans le noir.

Puis tout est couleurs, explosions et feu. La moto a heurté la clôture et une déflagration violente fait vibrer l'air. D'immenses langues de feu lèchent le ciel qui s'éclaircit. La clôture pousse un gémissement suraigu avant de se taire, inerte. À l'évidence, le choc a provoqué un court-circuit.

Je tiens ma chance, je dois suivre les instructions d'Alex et grimper.

Je puise dans des ressources insoupçonnées pour trouver la force de me traîner, à quatre pattes, jusqu'au grillage. Je vomis de la poussière. J'entends des cris dans mon dos, mais ils sont distants et me parviennent déformés, pareils à des sons sous-marins. Je me redresse en boitillant, puis m'élève sur le treillis métallique, centimètre par centimètre. Je vais le plus rapidement possible, mais j'ai l'impression de me traîner. Alex doit me suivre parce que je l'entends me hurler :

— Avance, Lena ! Avance !

Je me concentre sur sa voix : c'est la seule chose qui me fait tenir. Sans que je puisse l'expliquer autrement que par un miracle, j'atteins le sommet de la clôture ; je franchis alors les boucles de fil barbelé comme Alex me l'a appris avant de me laisser tomber de tout mon poids six mètres plus bas, dans l'herbe. Je suis dans un état de semi-conscience, et je ne sens plus la douleur. Plus que quelques pas, et la Nature m'aspirera, me protégeant de son bouclier impénétrable d'arbres enchevêtrés, de fourrés et d'ombres. J'attends qu'Alex me rejoigne. Mais il n'arrive pas.

Je fais alors ce que j'ai juré de ne pas faire. J'ai retrouvé toutes mes forces, la panique les a régénérées. Je me dresse sur mes pieds en entendant la clôture se remettre à bourdonner.

Et je me retourne.

Alex se tient toujours de l'autre côté de la frontière, derrière un mur mouvant de fumée et de flammes. Il n'a pas bougé d'un pouce depuis que nous avons sauté de la moto, il n'a même pas esquissé le moindre geste.

Curieusement me revient alors la réponse que j'ai donnée, il y a des mois de ça, lors de ma première Évaluation, lorsqu'on m'avait interrogée sur *Roméo et Juliette*. Je n'avais rien trouvé d'autre à répliquer que : « C'est beau », alors que j'aurais voulu parler de sacrifice.

Le tee-shirt d'Alex est rouge et, l'espace d'une seconde, je crois à un tour que me joue la lumière avant de réaliser qu'il est humide également : le sang fleurit sur sa poitrine à la façon de la tache écarlate qui s'étale dans le ciel, apportant un nouveau jour. L'armée d'hommes-insectes fond sur lui, armes au poing. Les gardes arrivent également, de tous côtés, comme pour le mettre en pièces. L'hélicoptère a braqué son projecteur sur lui. Il se tient, blanc, immobile, figé dans ce faisceau lumineux, et, de ma vie entière, je ne crois pas avoir jamais rien vu de plus beau que lui.

Il m'observe à travers l'écran de fumée, à travers le grillage. Il ne me quitte pas du regard. Ses cheveux sont une couronne de feuilles, d'épines, de flammes. Ses yeux brûlent d'un éclat merveilleux qu'aucune lumière n'aura jamais, d'un éclat unique que la technologie ne pourra jamais imiter, même dans dix milliards d'années.

Il ouvre la bouche pour me parler une dernière fois.

Et il me dit : « Cours. »

Puis les hommes-insectes s'abattent sur lui avec la rage des vautours dépouillant une proie et l'enveloppent dans leurs ténèbres.

J'ignore combien de temps je cours. Des heures, peut-être, ou des jours.

Alex m'a dit de courir. Alors, je cours.

Vous devez comprendre. Je n'ai rien d'extraordinaire. Je ne suis qu'une fille quelconque. Je mesure à peine un mètre soixante et je ne possède aucune qualité remarquable.

Mais j'ai un secret. Érigez des murs jusqu'au ciel et je trouverai le moyen de m'envoler pour les franchir. Essayez de m'immobiliser avec cent mille bras et je trouverai le moyen de résister. Et je ne suis pas la seule. Nous sommes plus nombreux que vous le pensez. À refuser d'abandonner tout espoir. À refuser de garder les pieds sur terre. À aimer dans un monde sans murs, à aimer jusque dans la haine, à aimer lorsque les espoirs sont perdus, à aimer sans peur.

Je t'aime. Souviens-toi. Ils ne peuvent pas nous enlever ça.

CE ROMAN
VOUS A PLU ?

Donnez votre avis
et retrouvez la communauté
jeunes adultes sur le site

www.Lecture-Academy.com

DÉCOUVREZ UN EXTRAIT DU ROMAN
IMMORTELS
TOME 1
DE CATE TIERNAN

CHAPITRE 1

La nuit dernière, tout mon univers s'est écroulé. Je suis maintenant en fuite, talonnée par la peur.

On mène tranquillement sa vie, dans sa propre réalité, et, tout à coup, un événement inattendu vient bouleverser à jamais cette harmonie. Cela vous est-il déjà arrivé ? On voit ou on entend quelque chose et, soudain, tout ce qu'on est, tout ce qu'on se trouve en train de faire, tout cela se brise en milliers d'éclats acérés, à l'image de ce qu'on vient de comprendre avec amertume.

C'est ce qui m'est arrivé la nuit dernière.

J'étais à Londres. Avec des amis, comme d'habitude. Nous étions de sortie, comme d'habitude.

— Non, non ! Tournez ici ! s'est écrié Boz en se penchant vers l'avant pour donner un petit coup sur l'épaule du chauffeur de taxi. Ici !

L'homme, dont la large carrure rentrait à peine dans un sweat et un gilet à carreaux, s'est retourné et a décoché à Boz un regard qui aurait incité une personne normale à se rasseoir et à se taire.

Sauf que Boz n'avait rien d'une personne normale. Il était plus mignon, plus bruyant, plus amusant, mais aussi, Dieu m'est témoin, plus idiot que la plupart des gens. Nous revenions tout juste d'une boîte de nuit où une bagarre à l'arme blanche avait soudain éclaté. Deux furies se tiraient les cheveux et piaillaient comme des poissonnières ; l'une d'elles a fini par sortir un couteau. Mes amis voulaient rester en spectateurs – ils adorent ce genre de trucs –, mais, en fin de compte, quand on a assisté à une seule bagarre au couteau, c'est comme si on les avait déjà toutes vues. Je les ai évacués de force et nous avons quitté la boîte pour nous retrouver dans la rue, hagards ; par chance, nous avons pu attraper un taxi avant que l'air froid de la nuit nous oblige immédiatement à dessoûler.

— Ici ! Laissez-nous entre ces deux immeubles, brave homme ! a lancé Boz.

Le chauffeur l'a gratifié d'un regard meurtrier – *heureusement que le port d'armes est contrôlé dans cette bonne vieille Angleterre*, ai-je pensé.

— *Brave* homme ? s'est mise à ricaner Cicely, assise à côté de moi.

Nous étions six, entassés à l'arrière de cette énorme voiture noire. Nous aurions pu être plus nombreux encore, mais nous avions découvert qu'un taxi londonien ne pouvait contenir plus de six immortels ivres – encore faut-il qu'ils s'abstiennent de vomir.

— Oui, mon brave, a repris Cicely d'un ton enjoué, arrêtez-vous là.

Le chauffeur a écrasé la pédale de frein et nous avons tous été projetés en avant. Boz et Katy se sont cogné la tête sur la cloison de verre qui nous séparait du chauffeur. Stratton, Innocencio et moi, catapultés hors de nos sièges, avons atterri sur le plancher crasseux de la voiture sans pour autant cesser de rire.

— Hé ! s'est écrié Boz en se frottant le front.

Innocencio m'a retrouvée dans un fouillis de jambes et de bras.

— Est-ce que ça va, Nas ?

J'ai fait oui de la tête, toujours en riant.

— Foutez le camp de mon taxi ! a hurlé le chauffeur.

Il est sorti précipitamment de son véhicule, l'a contourné et a brusquement ouvert la portière contre laquelle mon dos reposait. J'ai basculé dans le caniveau et ma tête a heurté le bord du trottoir.

— Aïe !

Le sol était mouillé – il avait plu, évidemment. Mais j'ai à peine senti la douleur, le froid et l'humidité. Hormis la bagarre au couteau, j'avais traversé cette soirée de festivités comme enveloppée dans un cocon de bien-être embrumé.

— Sortez de là ! a crié le chauffeur en m'attrapant par les épaules pour finir de me tirer hors du taxi.

Il m'a balancée sans ménagement sur le trottoir, puis est passé à Incy.

À cet instant, c'est vrai, j'ai éprouvé un brin de colère et retrouvé une certaine lucidité. Les sourcils froncés, je me suis rassise en me massant les épaules. Nous nous trouvions à un pâté de maisons du *Cachot*, un bar clandestin miteux où nous avions l'habitude de traîner. C'était tout près, mais la rue était pourtant sombre et déserte – des terrains vagues jouxtaient d'anciennes maisons incendiées où l'on avait dû vendre du crack, ce qui donnait à l'endroit l'allure d'une bouche édentée.

— Ça va, j'ai compris ! Bas les pattes ! a maugréé Innocencio en atterrissant près de moi sur le trottoir.

Blême de fureur, il paraissait plus réveillé que je ne l'avais cru d'abord.

— Écoutez-moi, vous autres, a craché le chauffeur. Des gens comme vous, j'en veux pas dans mon taxi. Gosses de riches ! Vous vous croyez supérieurs à tout le monde !

Il s'est de nouveau penché dans la voiture et a tiré Katy par le col de son manteau pendant que Boz s'empressait de sortir tout seul du véhicule.

— Oh !… je me sens mal, a gémi Katy, encore à moitié dans le taxi.

Boz s'est écarté d'un bond tandis que l'estomac de Katy, rempli de tout le whisky absorbé en une soirée, se vidait… sur les chaussures du chauffeur.

— Nom d'un chien ! a rugi ce dernier en secouant ses pieds avec dégoût.

Boz et moi n'avons pu nous empêcher d'éclater de rire. Quel sale type, ce chauffeur…

Il s'est emparé des bras de Katy, avec l'intention de la traîner sur le trottoir. Soudain, Incy a murmuré quelques mots et ouvert grand la main devant lui.

J'ai à peine eu le temps d'analyser ce qui se passait. Le chauffeur a titubé, comme si on venait de lui assener un coup de hache. Il a lâché Katy et s'est affaissé vers l'arrière, le dos à demi arqué, avant de s'écrouler lourdement sur le sol, le visage livide, les yeux écarquillés.

Une vague de nausées et d'épuisement s'est abattue sur moi. J'avais peut-être trop bu, plus que je ne croyais.

— Incy, qu'as-tu fait ? ai-je demandé, déconcertée, tandis que je me relevais. Tu lui as jeté un sort ? ai-je ajouté avec un petit rire, tant cette idée me paraissait ridicule.

Appuyée contre un réverbère, j'ai tendu mon visage vers la brume froide. Après quelques profondes inspirations, je me suis sentie déjà mieux.

Katy a cligné ses yeux vitreux. Boz a gloussé.

Innocencio s'est redressé et, l'air furieux, a regardé ses bottes Dolce & Gabbana flambant neuves, à présent constellées de gouttes de pluie. Stratton et Cicely sont sortis du taxi et nous ont rejoints. Ils ont baissé les yeux vers le chauffeur immobile, étendu sur la chaussée mouillée, et ont secoué la tête.

— Joli coup, a dit Stratton en s'adressant à Incy. Vraiment impressionnant, monsieur le magicien. Tu peux relever ce pauvre con, maintenant.

Nous nous sommes tous dévisagés avant de reporter notre attention sur le chauffeur. Quand avais-je vu quelqu'un se servir de la magie pour la dernière fois ? J'avais oublié. Peut-être pour obtenir une bonne table dans un restaurant, ou pour attraper un dernier métro…

— Je ne crois pas, Strat, a répondu Innocencio, le visage crispé. Je ne pense pas que cet homme le mérite.

Le regard de Stratton a croisé le mien. J'ai tapoté l'épaule d'Innocencio. Lui et moi, nous faisions équipe depuis près d'un siècle, et nous nous connaissions vraiment très bien, mais je n'étais pas habituée à cette rage froide.

— Dans ce cas, laisse-le où il est, ai-je conseillé. Il ira mieux d'ici quelques minutes, pas vrai ? Allons-y, je meurs de soif. Et Katy aussi, à ce qui me semble.

Celle-ci m'a adressé une grimace.

— Ouais, allons-y, a renchéri Cicely. Il y a un concert, ce soir, et moi, j'ai envie de danser.

— Et quand il reviendra à lui, nous serons déjà loin, ai-je ajouté en tirant Incy par la manche.

— Attends, a répliqué ce dernier.

— Laisse-le où il est, ai-je insisté.

Je me sentais un peu coupable d'abandonner ce type sous la pluie glaciale, même s'il se rétablirait dès que le sort cesserait de faire effet.

Innocencio a repoussé mon bras, ce qui m'a étonnée. Aussitôt, il a tendu les mains en direction du chauffeur, les a écartées et a murmuré quelque chose que je n'ai pas entendu.

Un craquement atroce a retenti. L'homme a été comme soulevé du sol en un sursaut et sa bouche s'est ouverte sur un cri qu'il était incapable de pousser.

J'ai de nouveau senti la nausée m'envahir et mes yeux se sont voilés. J'ai cillé à plusieurs reprises en tendant la main vers le bras de Cicely. En me voyant chanceler, elle a laissé échapper un gloussement, mettant cela sur le compte de la boisson. Au bout d'un instant, ma vue s'est éclaircie. Je me suis redressée et j'ai dévisagé Incy, puis le chauffeur.

— Qu'as-tu encore fait ?

— Oh ! Incy, a commenté Stratton en secouant la tête. Tss tss. Était-ce vraiment nécessaire ? Bon, allons-y maintenant.

Il s'est mis en route en direction du *Cachot* en refermant son manteau douillet pour se protéger du froid.

— Incy... Qu'as-tu fait ? ai-je répété.

— Ce connard l'a bien mérité, a-t-il répondu d'un air indifférent.

Katy, qui avait décidément mauvaise mine, a fixé le chauffeur d'un œil terne, puis s'est tournée vers Innocencio. Elle a toussé, secoué la tête, puis s'est éloignée pour rejoindre Stratton. J'ai lâché Cicely ; avec un haussement d'épaules, elle a pris le bras de Boz. Tous deux ont suivi le reste de la troupe et leurs pas se sont bientôt évanouis dans l'obscurité.

— Incy, ai-je repris, éberluée que nos amis soient tout simplement partis, lui as-tu... brisé la colonne en lui lançant un sort ? Où as-tu appris un truc pareil ? Non... je ne peux pas croire que tu aies agi ainsi, dis-moi que je me trompe.

Une expression amusée s'est affichée sur son beau visage ténébreux, mystérieux. Ses boucles noires étaient constellées de minuscules diamants de pluie qui scintillaient à la lueur du réverbère.

— Ma chérie, tu as bien vu quel genre de type c'était, n'est-ce pas ?

J'ai regardé Innocencio, puis le chauffeur de taxi ; il était toujours immobile, les lèvres déformées par un rictus de douleur et de terreur.

— Tu lui as *brisé* le dos ? ai-je répété, soudain sobre et horriblement consciente, tandis que mon cerveau ne savait comment se débarrasser de cette pensée, semblable à une étincelle incandescente qui lui brûlait les neurones. Tu t'es servi de la magie pour… bon sang ! OK, d'accord. Maintenant, remets-le sur pied. J'ai certes besoin d'un verre, mais ça peut attendre un peu.

Moi-même, je ne pouvais pas venir en aide à cet homme. Je ne savais pas où Incy avait appris un tel sortilège, encore moins comment le contrecarrer ou l'inverser. La plupart du temps, j'évitais d'avoir affaire à la magie, celle dont les immortels sont dotés dès la naissance, ce pouvoir qui nous vient naturellement. En général, cela me rendait physiquement malade et me causait trop d'ennuis. La dernière fois que je m'en étais servie, j'avais, au pire, obligé quelqu'un à se cogner dans une porte ou à se renverser du café sur lui. Et ça s'était passé des décennies plus tôt. Rien à voir avec ce qu'Innocencio venait de commettre.

Ce dernier ne m'a pas répondu. Il a baissé les yeux vers le chauffeur.

— Écoute bien, mon pote, a-t-il commencé à voix basse. Voilà ce qui arrive quand on est grossier avec mes amis. Compris ? J'espère que ça te servira de leçon.

L'homme le dévisageait de ses yeux exorbités, dans lesquels se reflétaient choc et douleur. Voyant qu'il ne parvenait pas à parler, pas même à grogner, j'ai tout à coup saisi qu'un sortilège « nul-vox » l'en empêchait. En plusieurs siècles, je n'avais pas assisté à cela plus d'une fois ou deux. Et jamais je n'avais vu Incy se comporter ainsi.

— Allez, inverse ton sort, ai-je lancé avec impatience. Il a compris, je crois. Les autres nous attendent. Dépêche-toi, qu'on puisse les rejoindre.

Incy a haussé les épaules et s'est emparé de ma main, qu'il a serrée si fort que j'en ai eu mal.

— Je ne sais pas l'inverser, ma belle, a-t-il dit en la portant à ses lèvres pour l'embrasser.

Puis il m'a entraînée dans la direction du *Cachot*.

J'ai jeté un coup d'œil par-dessus mon épaule pour regarder le chauffeur.

— Comment ça, tu ne peux pas annuler le sort ? Tu lui as brisé la colonne pour de bon ?

J'ai fixé celui qui était mon meilleur ami depuis près d'un siècle. Il m'a décoché un grand sourire, son visage d'ange auréolé par la lumière du réverbère.

— Autant ne pas faire les choses à moitié, a-t-il rétorqué d'un ton joyeux.

J'étais bouche bée.

— Et que vas-tu inventer d'autre, ensuite ? Trucider Stratton ? ai-je demandé d'une voix plus forte, tandis que la brume s'épaississait et retombait en fines gouttes sur mon visage.

Incy a éclaté de rire, déposé un baiser dans mes cheveux et m'a forcée à avancer. Pendant ces quelques instants, j'avais entrevu une lueur différente dans ses yeux – elle exprimait plus que la simple indifférence ou l'insensibilité, plus qu'un besoin passager de vengeance. Incy avait pris du *plaisir* à briser la colonne de cet homme, à le voir se contorsionner de peur et de douleur. Cet incident l'avait *excité*.

Mon cerveau tournait à toute allure. Devais-je appeler les services d'urgence ? Était-il déjà trop tard pour le chauffeur ? Allait-il mourir ? Je me suis écartée d'Incy, prête à faire demi-tour, quand j'ai senti vibrer le sol : les percussions sourdes et graves d'une musique résonnaient sous mes pieds. Le *Cachot*, un autre monde, une autre réalité, m'appelait à lui, et son bruit apaisant m'autorisait à oublier le chauffeur paralysé qui gisait dans la rue et le choc affreux que j'avais éprouvé. J'avais tellement envie d'y succomber…

— Mais… Incy… tu dois…

Incy m'a décoché un regard amusé. Une minute plus tard, nous descendions les marches glissantes et humides de l'escalier abrupt menant au *Cachot*. Alors que j'étais toujours dans la plus grande indécision, Incy a tambouriné contre la porte peinte en rouge, et j'ai eu l'impression que nous venions d'emprunter l'escalier menant en enfer et attendions d'y être admis. Un judas s'est entrebâillé et Guvnor, le videur, a acquiescé et nous a ouvert. Une vague immense de trépidations musicales s'est abattue sur nous puis nous a attirés dans les ténèbres parsemées des bouts rougeoyants de cigarettes allumées. Tandis que des centaines de voix rivalisaient avec le groupe qui hurlait sur scène, l'odeur suave de l'alcool se mêlait à chacune de mes respirations.

J'ai soudain repensé au chauffeur de taxi – et j'ai eu l'impression que c'était là ma dernière chance. Ma dernière chance de passer à l'action, de réagir comme une personne normale.

— Nasty !

Je me suis retrouvée dans les bras de mon amie Mal, qui m'a serrée maladroitement contre elle.

— J'adore ta coupe de cheveux ! a-t-elle hurlé aussi fort que possible dans mon oreille. Viens danser ! a-t-elle ajouté en passant un bras autour de mes épaules et en m'entraînant dans la salle obscure, aux voûtes basses.

J'ai hésité pendant un millième de seconde.

Puis, sans plus réfléchir, j'ai laissé derrière moi le monde extérieur et me suis abandonnée au bruit et à la fumée. J'étais pourtant horrifiée – et si vous étiez au courant de toutes les fois où j'ai pu me comporter en imbécile, ces mots auraient tout de suite plus de poids pour vous. Toujours dans l'incertitude, je me suis éloignée d'Incy. Il venait de commettre la pire chose dont j'aie jamais été témoin. Bien sûr, il y avait eu cette histoire de cheval du maire, dans les années 1940. Et trente ans plus tard, le fiasco avec la pauvre fille qui avait voulu l'épouser. J'avais réussi à m'expliquer ces mésaventures et à trouver de bonnes excuses à Incy. Mais, cette fois, ça m'était beaucoup plus difficile.

Il m'a adressé un dernier sourire lumineux et, pareil à un prédateur, s'est éloigné dans la foule, où plusieurs personnes, hommes et femmes confondus, prêtaient déjà attention à lui. Incy était un irrésistible séducteur capable d'aimanter la plupart des gens, qu'ils soient humains ou immortels, et tous succombaient à son charme qui dissimulait une facette en réalité beaucoup plus sinistre qu'on ne pouvait l'imaginer.

Vingt minutes plus tard, sur un canapé au revêtement collant, j'étais fort occupée à embrasser Jase, un ami de Mal, un garçon joyeux, ivre et adorable. J'avais envie de sombrer en lui, de devenir une autre, d'être la personne que Jase voyait de l'extérieur. Il n'était pas immortel, ne savait pas que je l'étais, mais j'acceptais cette distraction bienvenue avec une nervosité pressante. Tout autour de nous, les gens bavardaient, buvaient et fumaient, tandis que je glissais ma main sous sa chemise et qu'il enroulait ses jambes autour des miennes. Il a plongé ses doigts dans mes cheveux, que j'avais courts et noirs, et j'ai soudain senti un filet d'air tiède dans mon cou.

Je me suis vivement retournée pour rattraper mon écharpe ; j'étais en train de la rajuster, quand j'ai entendu Incy me demander :

— Nas ? Qu'est-ce que t'as, là, sur la nuque ?

J'ai fait volte-face. Il se tenait à l'autre extrémité du canapé, un verre dans une main, une longue cigarette au bout rougeoyant dans l'autre. Ses yeux étaient comme deux trous noirs scintillants qui me scrutaient dans la pénombre.

Mon cœur battait à tout rompre. *Pas de panique, Nasty.*

— Rien du tout, ai-je répondu avec un haussement d'épaules, avant de m'écrouler sur Jase, qui me tendait les bras.

— Nas ? a repris Incy d'une voix calme mais ferme. J'ai beau me creuser la mémoire, je crois que je n'ai jamais vu ta nuque, tu sais.

J'ai laissé échapper un petit rire forcé et j'ai levé les yeux, tandis que Jase essayait de m'embrasser.

— Bien sûr que si, ne sois pas idiot. Maintenant, dégage. Tu vois bien que je suis occupée.

— C'est un tatouage ?

— Oui. Un tatouage qui dit : « Si tu arrives à lire ceci, c'est que tu es beaucoup trop près. » Allez, fiche le camp !

À mon grand soulagement, Incy a ri et s'en est allé. Quand je l'ai de nouveau aperçu, une belle fille mince, vêtue de satin, l'enlaçait comme un serpent.

Je me suis interdit de repenser au chauffeur de taxi. Quand cette vision s'immisçait dans mon esprit, je fermais très fort les yeux et je buvais un autre verre. C'est le lendemain que tout m'est revenu. Le visage de l'homme à l'agonie. Jamais plus il ne marcherait ni ne conduirait, et cela à cause d'Innocencio, qui lui avait brisé la colonne avant de l'abandonner dans une rue de Londres, sous la pluie, dans un état pire que la mort.

Et je n'avais rien fait pour l'empêcher. *Rien.*

Être immortel présente un avantage : on peut boire jusqu'à plus soif. Mais il y a aussi un inconvénient : on ne peut pas en mourir. Ainsi, quand on se réveille le lendemain (ou parfois le surlendemain), on éprouve tout ce à quoi on aurait pu échapper si on avait eu la chance d'y rester.

Il faisait plus ou moins jour quand j'ai enfin réussi à soulever les paupières quelques secondes de suite. J'ai parcouru la pièce d'un œil vitreux et j'ai aperçu une fenêtre. La lumière, rose pâle, était soit celle de l'aube, soit celle du crépuscule. Ou bien le quartier était en flammes. Une éventualité à ne pas écarter.

Je savais que j'allais avoir du mal à me redresser, alors j'ai pris mon temps, ne bougeant qu'une partie de mon corps à la fois. J'ai prudemment soulevé la tête de quelques centimètres. Le matelas, orné d'un motif de roses jaune délavé, m'est apparu peu à peu. Un matelas nu, sans draps. Une fenêtre où filtrait la lumière. Des murs de brique peints, comme dans une usine.

Je me suis lentement tournée et j'ai découvert un corps endormi près de moi. Des cheveux hérissés, teints en vert, une épaisse chaîne en argent autour du cou, un tatouage de dragon contorsionné qui lui couvrait presque tout le dos. Euh… qui était ce type ? Jeff ? Jason ? Jack ? Son nom commençait par un J, j'en étais quasi certaine.

Quelques minutes plus tard, je suis arrivée à me redresser tout à fait. Là, en proie à une puissante nausée, mon corps a tâché de se débarrasser des toxines ingurgitées la veille au soir.

Je n'ai pas eu le temps de courir aux toilettes – désolée, Jeff.

Je me sentais vide, tremblante, et me suis mise à regretter que mon immortalité soit si incroyablement littérale, quand je me suis aperçue que j'étais encore habillée – ce qui voulait dire que soit M. J., soit moi, soit tous les deux, nous avions été trop ivres pour… approfondir notre relation. C'était tout aussi bien. D'instinct, j'ai porté la main à mon écharpe. Elle était toujours là, enroulée autour de mon cou. Je me suis un peu détendue, puis me suis rappelé l'instant où Incy m'avait demandé ce que j'avais sur la nuque. J'avais du mal à croire que cela était arrivé le même soir que notre rencontre avec le chauffeur de taxi. J'ai dégluti, grimacé et décidé de repenser à tout ça plus tard.

Détail troublant, j'avais égaré mon blouson en cuir et l'une de mes belles bottines en lézard vert. L'autre bottine à la main, j'ai discrètement pris congé de Jay – même si je me doutais qu'un séisme n'aurait pu le réveiller. J'étais convaincue qu'il était encore en vie – sa poitrine semblait se soulever. Je me suis vaguement souvenue que j'avais bu deux fois plus que lui.

En me dirigeant vers la sortie, j'ai enjambé deux ou trois autres corps endormis. L'endroit était un immense entrepôt vide, probablement dans une zone industrielle à la périphérie de la ville. Alors que je descendais en boitillant les marches de brique, j'ai senti que mon épaule et mes fesses étaient endolories, tout autant que mes muscles courbaturés. Dehors, le froid était mordant. Des détritus soulevés par le vent tourbillonnaient dans la rue déserte.

Il ne pleuvait pas, c'était déjà ça. Et soudain, contre mon gré, tout a refait surface dans mon cerveau : la soirée, la bagarre au couteau, la pluie, ma chute sur le trottoir, Incy et le chauffeur de taxi, moi qui avais failli perdre mon écharpe devant tout le monde. Mon estomac a de nouveau protesté et je me suis arrêtée un instant pour inspirer de l'air froid ; et tandis que je passais en revue les détails de la veille, une question est revenue me tarauder : où Innocencio avait-il appris la magie ? Jamais il ne s'était vanté de posséder un quelconque pouvoir, et il y avait rarement eu recours depuis que je le connaissais, en tout cas pas d'une façon aussi sinistre. Dans notre entourage, personne n'avait jamais affiné son talent dans ce domaine.

J'ai pris appui contre le mur de l'entrepôt, couvert de graffitis, pour enfoncer un pied nu dans mon unique bottine. J'ai inspiré l'air glacial et mon nez s'est mis à couler. Tout à coup, la matinée m'a paru lumineuse, atrocement limpide. Incy avait commis une chose terrible. Et ma complicité l'était tout autant : j'avais vu Incy briser la colonne de cet homme et je n'avais pas réagi. J'étais partie *m'amuser* dans un bar. Comment en étais-je arrivée là ? Quelqu'un avait-il découvert le chauffeur ? Oui, certainement. Même si ce quartier était la plupart du temps désert. Même si tout s'était déroulé très tard dans la nuit. Et qu'il pleuvait.

Malgré tout, quelqu'un avait dû tomber sur lui et l'emmener à l'hôpital. Non ?

Pour couronner le tout, Incy avait aperçu la marque que j'avais sur la nuque. Et il n'allait peut-être pas l'oublier de sitôt. Quelle ironie… Pendant quatre cent quarante-neuf ans, j'avais, de manière obsessionnelle, toujours veillé à dissimuler ma nuque et, en un instant, ces efforts avaient été réduits à néant. Incy pouvait-il comprendre l'importance de ce qu'il avait vu ? Impossible. Personne n'en était capable. Personne qui soit encore en vie, en tout cas. Alors, pourquoi étais-je aussi terrifiée ?

Voilà que toutes ces pensées effroyables, enfiévrées, nous ramènent à mon point de départ.

La nuit dernière, tout mon univers s'est écroulé. Je suis maintenant en fuite, talonnée par la peur.

CHAPITRE 2

Après tout ce que j'avais déjà vécu, la nuit précédente aurait dû ressembler à une partie de plaisir. Il m'était arrivé de fuir dans la nuit, agrippée à la crinière d'un cheval, avec pour seuls vêtements ceux que j'avais sur le dos, tandis qu'une ville en flammes se consumait derrière moi. Ou bien de voir des corps couverts de pustules, victimes de la peste bubonique, empilés les uns sur les autres dans les rues, car il n'y avait plus assez de vivants pour les enterrer. Le 14 juillet 1789, je me trouvais à Paris – croyez-moi, il est difficile d'oublier la vue d'une tête tranchée au bout d'une pique.

Aujourd'hui, nous n'étions pas en guerre. Nous menions une vie ordinaire – du moins, aussi ordinaire que celle qu'un immortel peut mener. En effet, ce genre d'existence a toujours une part d'irréalité. Mais quand on vit longtemps, qu'on traverse nombre de guerres, d'invasions ou d'attaques de pilleurs scandinaves, on finit par se défendre, parfois de manière extrême. Si quelqu'un se rue sur vous en brandissant une épée, et que vous avez une dague cachée sous votre jupe, eh bien…

Naturellement, votre assaillant n'allait probablement pas vous tuer – il n'est tout de même pas si fréquent d'être décapité de façon nette et précise –, mais cela importait peu : on avait toujours l'impression que notre vie en dépendait, et on réagissait comme si c'était effectivement le cas.

La nuit dernière, elle, s'était déroulée… normalement. Ni guerre, ni fou furieux, ni danger mortel. Juste un chauffeur de taxi en rogne.

Où Incy avait-il déniché ce sortilège ? Nous sommes immortels, oui, la magie coule dans nos veines, mais nous devons l'étudier pour en faire usage. Au fil des années, j'avais rencontré des gens qui n'avaient que ça en tête, potasser la magie, apprendre des sortilèges et toutes sortes de techniques. Pour ma part, je n'en avais pas envie, j'en avais décidé ainsi depuis longtemps. J'avais vu les morts et les destructions que la magie pouvait entraîner, je savais que certains étaient prêts à tout pour s'en servir et je refusais d'être mêlée à ça. Je préférais agir comme si elle n'existait pas. J'avais rencontré d'autres Aefrelyffen (un terme ancien pour désigner les immortels) qui étaient du même avis, et on tenait bon.

Oui, c'est vrai, il m'arrivait parfois de me servir un peu de mes pouvoirs magiques pour trouver un taxi plus facilement un jour de pluie. Ou pour que, à la boulangerie, le client qui se trouvait devant moi n'ait soudain plus envie d'acheter le dernier pain au chocolat. Ce genre de broutilles. Mais rompre la colonne vertébrale de quelqu'un, et par jeu de surcroît !

J'avais déjà vu Incy manipuler des gens, briser le cœur de filles ou de garçons, commettre des vols ou se montrer impitoyable – et tout cela participait de son charme. Il était imprudent et égoïste – sauf avec moi. Au contraire, avec moi, il était doux et généreux, amusant et prêt à n'importe quoi, n'importe où. Il était capable de me proposer de partir au Maroc dans la minute. C'était lui que j'appelais quand j'avais besoin d'être tirée d'affaire. Si un type refusait de me laisser tranquille, Incy était là, affichant son sourire carnassier. Si une femme m'adressait une remarque sarcastique, un mot d'esprit d'Incy suffisait à l'humilier en public. Il m'aidait à choisir mes vêtements, me rapportait des objets fabuleux de ses voyages, et jamais il ne me critiquait, jamais il ne me mettait mal à l'aise.

De mon côté, je lui rendais la pareille. Un jour, j'avais fracassé une bouteille sur le crâne d'une femme qui se ruait sur lui, armée d'une longue lime à ongles en métal. J'avais soudoyé des concierges, menti à des policiers et à des gendarmes, je m'étais fait passer pour sa femme, sa sœur, sa maîtresse furibonde, selon les circonstances. Ensuite, on en riait bruyamment ensemble, parfois jusqu'aux larmes, en s'écroulant dans les bras l'un de l'autre. Nous n'avions jamais été amants, ce qui évitait tout malaise entre nous et rendait les choses plus parfaites encore.

Incy était mon meilleur ami – le seul que j'aie jamais eu. Nous étions inséparables depuis près d'un siècle. Raison pour laquelle j'avais été si déconcertée la nuit précédente. Déconcertée que nos amis aient réagi avec autant d'indifférence. Déconcertée que j'aie pu atteindre un tel degré d'insensibilité. De lâcheté. Même pour moi. Par-dessus le marché, Incy avait aperçu ma nuque. De mieux en mieux.

Dès mon retour dans mon appartement londonien, j'ai pris une douche. Assise sur le sol de marbre, j'ai laissé l'eau chaude couler sur ma tête pendant un long moment, pour essayer de me débarrasser des odeurs de l'alcool et de l'entrepôt qui semblaient incrustées dans ma peau. J'étais incapable de formuler ce que j'éprouvais. De la peur ? De la honte ? J'avais l'impression de m'être réveillée dans une vie différente, d'être devenue quelqu'un d'autre. Et moi et cette nouvelle existence, nous étions soudain beaucoup plus sombres, excessives et dangereuses que je ne l'avais cru.

Je me suis savonnée avec soin, et j'ai littéralement senti l'alcool quitter chaque pore de ma peau. Je me suis lavé les cheveux en évitant d'instinct de toucher à mon... Non, ce n'était pas un tatouage. Évidemment, les immortels se font tatouer, et l'encre reste longtemps, neuf décennies peut-être. Sur nous, les blessures ou les brûlures cicatrisent, puis disparaissent peu à peu, plus vite que sur les autres êtres humains. Deux ou trois ans après, on n'en voit plus aucune trace.

La marque que j'avais sur la nuque résultait d'une brûlure infligée à l'âge de dix ans, mais jamais elle n'avait changé ni ne s'était estompée. La peau était légèrement creusée, dentelée, et la marque formait un cercle de presque six centimètres de diamètre. Quatre cent quarante-neuf années plus tôt, une amulette chauffée au rouge avait été appliquée sur ma peau. Bien entendu, en dépit de ma paranoïa, quelques personnes avaient déjà aperçu cette brûlure au cours de ces quatre siècles et demi passés. Mais, pour autant que je sache, ces gens n'étaient plus en vie. À l'exception d'Incy.

J'ai fini par sortir de ma douche, la peau toute fripée. Je me suis enveloppée dans un épais peignoir de bain volé dans un hôtel, en évitant de me regarder dans le miroir. J'ai erré dans le salon, tel un fantôme. Devant la porte de l'appartement, j'ai retrouvé le *London Times* que j'avais écarté du pied en entrant. Je l'ai ramassé et suis allée dans la cuisine, où je n'ai trouvé qu'un vieux paquet de biscuits ainsi qu'une bouteille de vodka dans le réfrigérateur.

Assise sur le canapé, j'ai mangé les biscuits rassis en parcourant le journal. L'entrefilet que je cherchais était coincé entre la rubrique nécrologique et les petites annonces.

Trevor Hollis, quarante-huit ans, chauffeur de taxi indépendant, a été agressé la nuit dernière par l'un de ses clients. La colonne vertébrale brisée, il subit actuellement des examens au service des urgences de l'hôpital Saint-James. Selon les médecins, il restera probablement tétraplégique à vie. Il est dans l'impossibilité de nommer ou de décrire son agresseur. Son épouse et ses enfants sont à ses côtés.

Tétraplégique. Paralysé des épaules aux pieds. Si j'avais appelé une ambulance, s'il avait reçu des soins plus tôt, cela aurait-il changé la donne ? Combien de temps était-il resté étendu sur le trottoir, incapable d'appeler au secours ? Pourquoi n'avais-je pas téléphoné aux urgences ? C'était quoi, mon problème ? Il aurait pu mourir. Peut-être cela aurait-il mieux valu, d'ailleurs. Il ne conduirait plus jamais son taxi. Et sa famille ? Quel genre de mari et de père allait-il devenir à présent ? Mes yeux se sont brouillés et les biscuits rassis se sont coincés dans ma gorge.

J'avais été complice de ce méfait. Je ne l'avais pas secouru. Ce qui avait dû aggraver son cas.

Qu'étais-je devenue ? Et Incy ?

Le téléphone a sonné, mais je n'ai pas décroché. Mon interphone a retenti trois fois, mais j'ai laissé le concierge s'en charger. J'avais perdu mon téléphone mobile quelques jours auparavant, et je ne l'avais pas encore remplacé ; je n'avais donc rien à craindre de ce côté. Finalement, vers 8 heures, je me suis levée. J'ai pris ma plus grosse valise, celle qui pouvait contenir un âne mort (ne vous inquiétez pas, ça n'a jamais été le cas). À la hâte, comme confrontée à une urgence soudaine, j'ai attrapé au hasard des vêtements et des babioles et j'ai fourré le tout dans la valise. Je l'ai refermée, j'ai enfilé un blouson et quitté l'appartement. Gopala, le concierge, a appelé un taxi pour moi.

— M. Bawz et M. Innosauce vous cherchaient, mademoiselle Nastalya, m'a-t-il dit.

La manière dont il écorchait nos noms m'avait toujours amusée. Évidemment, il se débrouillait beaucoup mieux que je ne l'aurais fait si je m'étais retrouvée au beau milieu de Bangalore, à chercher du travail.

— Je reviens bientôt, lui ai-je annoncé pendant que le chauffeur du taxi soulevait ma valise pour la mettre dans le coffre.

— Ah, vous partez voir vos parents, miss Nastalya ?

Comme toujours, je m'étais inventé des parents, histoire de justifier mon indépendance et mes revenus illimités, choses rares pour une adolescente.

— Oh ! non, ils sont encore en... Tasmanie, ai-je répondu après avoir très vite réfléchi. Je vais faire du shopping à Paris.

Était-ce une dépression nerveuse ? Je me sentais effrayée, angoissée, honteuse et méfiante, comme si tous les chauffeurs de taxi de Londres avaient placardé sur leur rétroviseur un avis de recherche avec ma photo. À chaque instant, j'avais l'impression qu'Innocencio allait surgir devant moi – que ferais-je, si cela arrivait ? Je me rappelais l'expression qu'il avait affichée, alors qu'il était assis à l'autre bout du canapé, dans le bar. Il avait eu l'air... intrigué. Calculateur ? Même s'il ne pouvait comprendre l'importance de la marque sur ma nuque, l'idée qu'il l'ait vue m'horrifiait. J'avais l'impression que je ne serais plus jamais capable de supporter sa présence. Or il était mon meilleur ami. Un meilleur ami qui avait gravement blessé quelqu'un la nuit précédente, et dont j'avais... peur à présent. C'était ça, ma vie. La situation dans laquelle je me retrouvais. Par ma propre faute.

J'ai grimpé à l'arrière du taxi, après avoir laissé un gros pourboire à Gopala.

— À bientôt !

Le concierge a souri et acquiescé, tout en portant la main à sa casquette.

— Vous allez à la gare de Saint-Pancras ? a demandé le chauffeur en mettant son compteur à zéro. Vous devez prendre l'Eurostar ?

— Non, ai-je répliqué en m'enfonçant dans le siège. Emmenez-moi à l'aéroport de Heathrow.

Le lendemain matin, j'étais à Boston, aux États-Unis, où j'ai loué une voiture dans une petite compagnie qui acceptait les conducteurs de moins de vingt-cinq ans.

— Tenez, mademoiselle Douglas, a dit l'employé en me tendant les clés. Je n'ai pas bien entendu votre prénom…

— Phillipa, ai-je répondu.

Comme tous les immortels, je possédais une ribambelle de passeports, de cartes d'identité et de permis de conduire différents. Il y a toujours quelqu'un qui a un ami qui connaît quelqu'un qui peut vous procurer ce dont vous avez besoin. Pendant des années, je m'étais fournie auprès d'un petit homme qui vivait à Francfort. C'était un génie. Il avait fabriqué des milliers de fausses pièces d'identité durant la Seconde Guerre mondiale. Chacun de mes passeports portait un nom, un lieu de naissance et un âge différents (dans mon cas, cela allait de dix-huit à vingt-cinq ans). La vie avait été tellement plus simple avant que les gouvernements se mettent à surveiller les gens… Tous ces extraits de naissance, ces numéros de Sécurité sociale, un sacré casse-tête !

— C'est un joli prénom, a fait observer l'employé en me gratifiant d'un sourire enthousiaste.

— Moui. Où est garée la voiture ?

Dès la sortie de Boston, je me suis rangée sur le bas-côté de la route et j'ai déplié une carte du Massachusetts. J'aurais pu demander à la compagnie de location de m'indiquer l'itinéraire à suivre pour me rendre à West Lowing, mais, si quelqu'un venait plus tard leur poser des questions, ils se souviendraient peut-être de moi.

Et pour l'instant, tout ce que je souhaitais, c'était disparaître de la circulation. Comme si j'avais le diable aux trousses. Comme si une catastrophe menaçait de s'abattre sur moi et que je devais simplement fuir le plus loin possible.

Pendant les sept heures de vol entre Londres et Boston, j'avais eu le temps de réfléchir. Ce n'est pas assez pour méditer en profondeur sur plus de quatre cents ans d'une existence qui venait de prendre un tour stupide et de plus en plus sinistre. Cependant, c'est amplement suffisant pour faire remonter à la surface nombre de points négatifs et pour avoir l'impression d'être pareille à une limace dissimulée sous une carapace. Pire qu'une limace. Une moisissure gluante.

J'ai trouvé West Lowing sur la carte. Au beau milieu du Massachusetts, près du lac Lowing et sur les berges de la rivière Lowing. Je suppose qu'il y a deux cents ans, un gros bonnet du nom de Lowing avait éprouvé le besoin de laisser son empreinte dans tous les coins de la région.

D'après mes calculs, j'avais seulement deux heures de route devant moi. En Irlande, on parcourait les trois quarts du pays d'est en ouest en deux heures. On pouvait traverser le Luxembourg encore plus vite. En revanche, les États-Unis sont vastes. Assez vastes pour que je m'y perde ? Il fallait l'espérer.

Bon, passons à cette histoire d'immortels. Vous avez certainement des questions. Je n'ai pas toutes les réponses. Je ne sais pas combien nous sommes. J'en ai rencontré des centaines au fil des ans et, si on suit un raisonnement logique, on peut imaginer que nos rangs grossissent sans cesse, non ? Il en naît constamment et les plus âgés cassent rarement leur pipe. Sans le savoir, vous en avez vous-même probablement croisé quelques-uns. En bref, les Aefrelyffen sont des êtres humains qui ne meurent pas quand leur heure est arrivée.

La plupart d'entre nous pensent qu'il y a toujours eu des immortels, tout comme les gens qui croient aux vampires pensent qu'il y en a toujours eu. Je ne sais pas où tout a commencé, ni quand ni pourquoi, mais j'ai connu des immortels de toutes les ethnies. Il faut deux immortels pour fabriquer de nouveaux petits immortels ; de ce fait, quand un immortel s'accouple avec un mortel, leurs rejetons ne sont pas immortels – mais, la plupart du temps, ils vivent beaucoup plus longtemps que la moyenne, jusqu'à un âge canonique. Il y a eu le cas d'une femme, en France ; et en Géorgie (le pays, pas l'État américain), il existe une ville où une proportion anormale de la population est centenaire. On attribue cela à une vie saine et à une consommation élevée de yaourt. Quelle blague. En réalité, cela veut seulement dire qu'un immortel a vécu là-bas et qu'il s'y est largement reproduit.

Nous prenons de l'âge, mais différemment. Généralement, jusqu'à seize ans, une année équivaut à une année et, ensuite, à une centaine d'années humaines. J'ai connu des Aefrelyffen qui vieillissaient plus vite ou plus lentement, mais je ne connais pas la raison de ce phénomène. L'immortel le plus âgé que j'aie rencontré devait avoir dans les huit cents ans. Un homme affreux, mesquin et malfaisant, imbu de sa personne. Ce qui est bizarre, c'est de rencontrer des immortels qui n'ont que quarante ou cinquante ans – ils n'ont pas encore saisi ce qu'ils sont vraiment. Ils ont l'impression d'être des adultes, alors qu'ils ont l'apparence de très jeunes adolescents ; ce qui les laisse dans une drôle d'incertitude. Souvent, ils ne savent pas comment se comporter.

« Pour l'éditeur, le principe est d'utiliser des papiers composés de fibres
naturelles, renouvelables, recyclables et fabriquées à partir de bois issus
de forêts qui adoptent un système d'aménagement durable. En outre,
l'éditeur attend de ses fournisseurs de papier qu'ils s'inscrivent dans une
démarche de certification environnementale reconnue. »

Édité par la Librairie Générale Française - LPJ
(43 quai de Grenelle, 75905 Paris Cedex 15)

Composition Nord Compo
Achevé d'imprimer en Italie par ROTOLITO LOMBARDA
Dépôt légal 1re publication mars 2013
32.0101.9/01 - ISBN : 978-2-01-320101-8
Loi n° 49-956 du 16 juillet 1949 sur les publications destinées à la jeunesse
Dépôt légal : mars 2013